La Leyenda
de los Cinco Anillos

EL SENDERO DE LAS FLORES

Un misterio de Daidoji Shin

Josh Reynolds

minotauro

Título: *El sendero de las flores*

Copyright © 2023 Fantasy Flight Games. Reservados todos los derechos.
La Leyenda de los Cinco Anillos y el logotipo de FFG son marcas comerciales
de Asmodee Group o sus afiliados.

Versión original inglesa publicada en 2022 por Aconyte Books.

Título original: *The Flower Path*

Ilustración de la cubierta: Grant Griffin
Ilustrador del mapa de Rokugan: Francesca Baerald

Publicación de Editorial Planeta, S. A. Diagonal, 662-664, 08034 Barcelona
© 2023 Editorial Planeta, S. A., sobre la presente edición
Reservados todos los derechos

Traducción: © Daniel Casado Rodríguez

ISBN: 978-84-450-1498-1
Depósito legal: B. 2439-2023
Printed in EU / Impreso en UE

Inscríbete en nuestra newsletter en: www.edicionesminotauro.com
Facebook/Instagram: @EdicionesMinotauro
Twitter: @minotaurolibros

El papel utilizado para la impresión de este libro está calificado como papel ecológico y procede
de bosques gestionados de manera sostenible.

Para Anjuli, quien lo mantiene
todo en marcha.

LA LEYENDA DE LOS CINCO ANILLOS

Rokugan es un reino de samuráis, cortesanos y místicos, además de dragones, magia y seres divinos; un mundo donde el honor es más fuerte que el acero.

Los siete Grandes Clanes han defendido y servido al emperador del Imperio Esmeralda durante mil años, tanto en batalla como en la corte imperial. Si bien los conflictos y la intriga política dividen a los clanes, la verdadera amenaza yace en la oscuridad de las Tierras Sombrías, más allá de la gran Muralla Kaiu. En aquellos siniestros páramos, una corrupción maligna intenta hacer caer el imperio a toda costa.

Las reglas de la sociedad rokuganí son estrictas: defiende tu honor, de lo contrario, podrías perderlo todo en busca de la gloria.

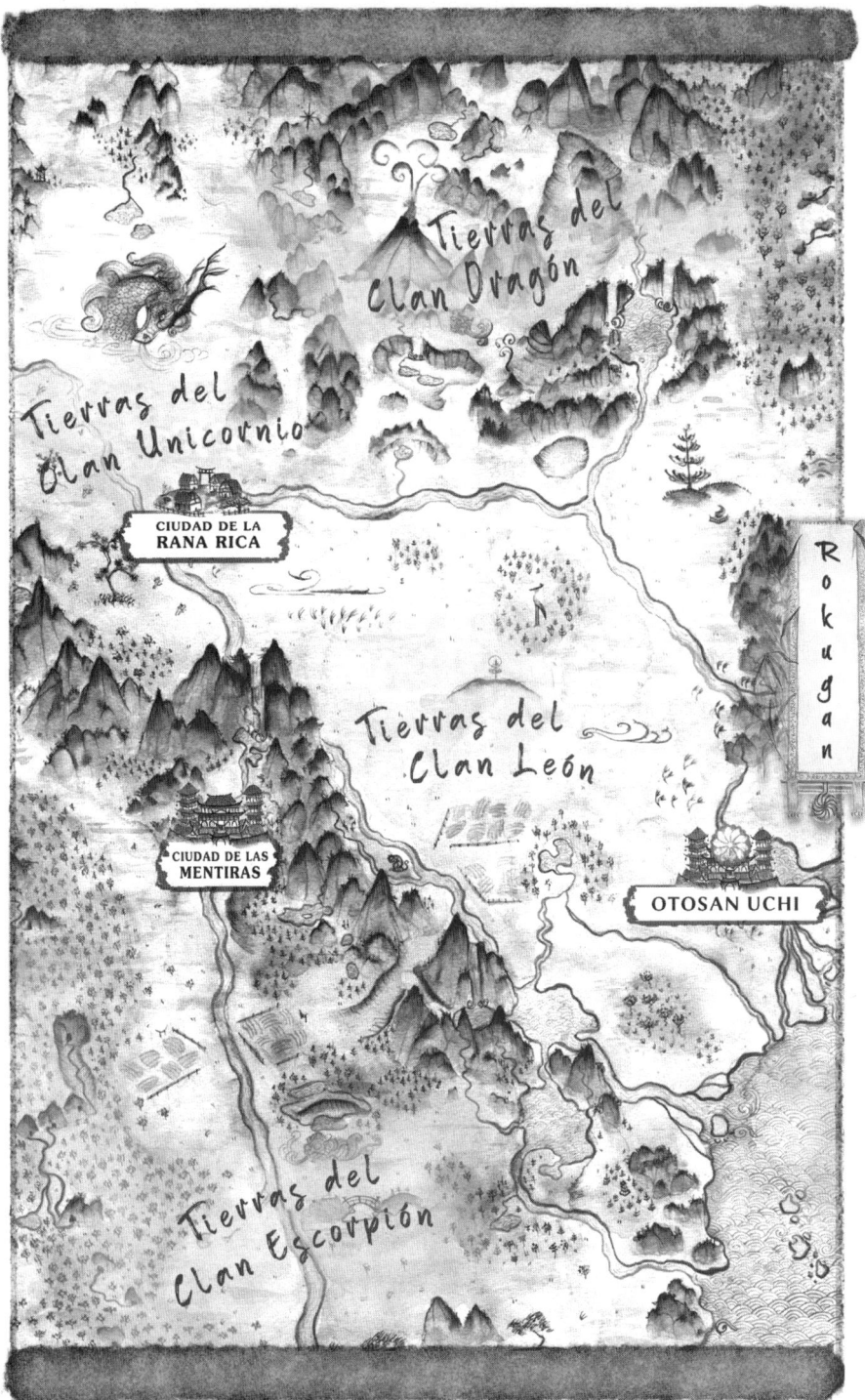

Tierras del
Clan Dragón

Tierras del
Clan Unicornio

CIUDAD DE LA
RANA RICA

Rokugan

Tierras del
Clan León

CIUDAD DE LAS
MENTIRAS

OTOSAN UCHI

Tierras del
Clan Escorpión

CAPÍTULO 1
Daidoji Shin

Daidoji Shin se terminó la taza de té con un suspiro de satisfacción.

—No hay nada más reconfortante tras una larga noche que una buena taza de té —dijo mientras se ajustaba las mangas de patrones complejos de su kimono para poder volver a llenarse la taza sin molestia.

—Y un té caro, además —murmuró su invitada, con la mirada clavada en el libro de contabilidad que tenía frente a ella—. Aguja de Plata, si no me equivoco.

Iuchi Konomi era una mujer apuesta; un hombre de la corte que Shin conocía la había descrito como alguien con quien cabalgar por las planicies, y Shin estaba más que de acuerdo. Tenía una vivacidad sorprendente, y, además, poseía una mente de lo más aguda. Por eso le gustaba pasar tiempo con ella.

Konomi era alta y musculosa bajo su túnica violeta; más alta incluso que él, y Shin no era bajo según los estándares del Clan de la Grulla. Estaba hecha para vivir a lomos de un caballo y para cabalgar hacia la batalla bajo los estandartes de cola de caballo del Clan del Unicornio. Shin, por su parte, era delgado, apuesto y de cabello blanco; la personificación de un Grulla de la corte con su túnica azul más elegante. O aquella era la impresión que quería dar. Al fin y al cabo, había ciertos estándares que debía mantener.

Estaban sentados juntos en el palco privado de Shin del recién reformado Teatro del Fuego Fatuo. En menos de dos horas, los tambores sonarían y las puertas se abrirían ante el público por primera vez en más de un año.

Durante varias semanas todo un ejército de pajes del teatro había empapelado la Ciudad de la Rana Rica con anuncios sobre la primera representación bajo el nuevo liderazgo del teatro —*Los amantes suicidas de la Ciudad de las Murallas Verdes* de Chamizo—, y se esperaba que las localidades se agotaran.

—Ha dado en el blanco —dijo Shin, observando cómo hojeaba el libro de contabilidad—. El alto precio se debe al arduo método que se emplea para su cosecha, así como a la naturaleza limitada de lo que se cosecha en sí… —Se interrumpió a sí mismo al ver que la mujer no lo escuchaba, pues mantenía la mirada clavada en las cifras que tenía delante—. ¿Este es uno de mis libros de contabilidad?

—Sí —repuso Konomi sin alzar la mirada.

—¿Está revisando mis cuentas?

—Sí.

—¿Por qué?

—Por diversión —contestó Konomi, que cerró el libro y alzó la vista con una sonrisa—. Ha gastado una cantidad considerable de dinero. ¿Cómo no se le ha acabado ya?

—Buenas inversiones. ¿Se puede saber de dónde lo ha sacado?

Notó un pellizco de molestia, pero tuvo la precaución de no mostrarlo en su expresión. No le convenía hacer saber a Konomi que había logrado irritarlo. Además, tampoco era la primera vez que se había inmiscuido en sus registros, al menos en los que dejaba para que encontraran los demás. Le resultaba difícil tenérselo en cuenta, pues, por mucho que ella pudiera ser una cotilla empedernida, él también lo era.

—El señor Kenzō ha sido tan amable de prestármelo —dijo Konomi.

Como auditor del Concilio Comercial Daidoji, Kenzō era uno de los pocos que tenían la autoridad necesaria para supervisar las finanzas de Shin. También era un espía, enviado allí para informar sobre cualquier actividad vergonzosa en la que Shin pudiera involucrarse.

El Daidoji había logrado distraer a Kenzō por un tiempo al darle rienda suelta sobre los libros de contabilidad del teatro, que estaban en un estado nada óptimo cuando él había adquirido el negocio. Sin embargo, las cuentas no lo habían mantenido ocupado durante demasiado tiempo, por lo que, una vez que las reparaciones se habían acercado a su fin, el auditor había vuelto a husmear por allí. Shin había empezado a temer que Kenzō planeara quedarse hasta que encontrara algo incriminatorio sobre lo que informar.

—Vaya, no suena a algo que haría él —dijo, alzando una ceja.

Konomi se encogió de hombros.

—Debo admitir que ha sido necesario que lo convenciera un poco. —Hizo una pausa—. Puede que le haya dado la impresión de que vamos a prometernos.

Shin se quedó paralizado por la sorpresa.

—¿Cómo?

Konomi se echó a reír con alegría y se colocó a su lado; no demasiado cerca, pero sí más de lo que permitían los buenos modales. Ella, al igual que Shin, era de la opinión de que los límites existían para ponerlos a prueba, más que para respetarlos. Y él se percató de que no le molestaba. Konomi tenía algo que le hacía sentirse más cómodo.

—Ah, relájese, Shin. Ha sido una treta y nada más. Tenía curiosidad.

—Ni me imagino lo que va a contarle a mi abuelo ahora —dijo Shin, frotándose la frente. Tuvo el repentino deseo de tener algo de corteza de sauce a mano para masticar—. Las cartas, Konomi. ¿Acaso pensó en todas las cartas que voy a tener que escribir?

—Sí, eso fue parte de la diversión. —Dio un golpecito sobre el libro de contabilidad con el dedo—. De verdad no ha escatimado en nada para el teatro.

—Quería que todo saliera a la perfección —le concedió Shin, bastante complacido consigo mismo. No solía llevar ninguna tarea hasta su conclusión, y, cuando lo hacía, se sentía con derecho a disfrutar del brillo de un logro alcanzado.

Konomi abrió su abanico de golpe y lo meció con unos movimientos vagos.

—Debería estar orgulloso.

—Y lo estoy.

Shin miró en derredor. Al igual que los demás palcos que rodeaban el nivel superior del teatro, el suyo se había decorado con mucha elegancia, a base de cojines y cortinas del azul más oscuro, además de con tapices seleccionados específicamente por su belleza inocua. Los tablones de madera que hacían las veces de techo se habían tallado con escenas de las mejores obras de teatro del último siglo.

Cada palco estaba dividido en dos partes con una pared de papel. La parte exterior era un vestíbulo pequeño con taburetes para los sirvientes y los guardaespaldas, mientras que la interior estaba pensada para el propietario del palco y sus invitados. Cinco personas cabían con comodidad en cada palco. Había unas delgadas cortinas de privacidad que podían correrse para ocultar a aquellos que estaban en el palco de los ojos del resto del auditorio. Cuando no se usaban, las cortinas quedaban apartadas mediante unas cuerdas de seda.

—No parece orgulloso.

—¿No?

—No.

Shin la miró.

—¿Y qué es lo que parezco?

Sin soltar palabra, Konomi señaló hacia su copa con el abanico. Shin se la llenó, y solo entonces ella contestó.

—Frustrado. Cansado. A punto de estallar.

—Puede ser, sí —protestó Shin, un poco nervioso por la facilidad con la que ella había sido capaz de ver a través de su máscara de comentarios educados. Al buscar algo que hacer con las manos, abrió su abanico de bordes metálicos y lo agitó con debilidad para mover el aire.

Había descubierto que dirigir un teatro era como librar una guerra contra un enemigo implacable. Cientos de detalles exasperantes lo afligían como las picaduras de insectos, y, cada vez que dejaba uno a un lado, dos más aparecían para ocupar su lugar. Demasiados problemas y muy poco tiempo para solucionar alguno de ellos.

No obstante, a pesar de las dificultades, el teatro se había alzado de sus cenizas como el ave fénix gracias a él… y a una cantidad de dinero de lo más exorbitante. Había contratado a los mejores arquitectos y obreros que el dinero podía pagar, y, al tratarse del representante de comercio del Clan de la Grulla en la Ciudad de la Rana Rica, había contado con todos los contactos necesarios con tal de conseguir los materiales que requerían para cumplir sus tareas.

El nuevo teatro ya casi no se parecía al anterior, algo que él consideraba una bendición. Cuando se produjo el incendio, el lugar había sido poco más que un local desvencijado de un callejón trasero. El paso de los años y el abandono habían desgastado toda su elegancia, pero el nuevo edificio tenía encanto a raudales.

Konomi lo miró a los ojos.

—Parece cansado, Shin.

—Ha sido una noche un poco estresante.

—Varias noches, diría yo.

Aunque Shin hizo ademán de protestar de nuevo, en su lugar, soltó un suspiro.

—No se creería la semana que he tenido, Konomi. Ha sido un desastre tras otro.

—Se lo advertí —murmuró ella—. Aun así, ha valido la pena, ¿no cree?

—Eso está por verse.

—Creo que está nervioso. —Ya había pasado a burlarse de él.

—Soy un Daidoji; no nos ponemos nerviosos.

—Y no debería estarlo —dijo Konomi con una sonrisa traviesa—. No es como si todas las personas de renombre fueran a asistir a la representación o fueran a enviar a alguien para que asista en su lugar. El Clan del León, el del Unicornio, el de la Libélula e incluso el del Escorpión, por extraño que parezca. Nadie puede dejar de hablar sobre la obra de teatro. —Hizo un gesto con su abanico como si quisiera señalar a toda la ciudad.

—Seguramente esperen que sea un fracaso estrepitoso —comentó Shin con amargura.

Había invitado a representantes de todos los grandes clanes que tuvieran un interés en la ciudad, además de al gobernador imperial. Si bien no esperaba que todos asistieran, alquilar un palco era una manera educada de expresar interés o desear buena suerte a alguien en sus menesteres. Sin embargo, algunos sí vendrían, y el gentío que conformaba la mayor parte del público los veía. Era a ellos a quien esperaba impresionar, pues serían los que asistirían al local semana tras semana y determinarían el éxito o el fracaso del nuevo Teatro del Fuego Fatuo.

Konomi soltó un resoplido, un sonido nada apropiado para una dama.

—No sea tan pesimista. Estos días tiene más amigos que enemigos en la ciudad.

—Entonces ¿dónde están?

—Bueno, yo estoy aquí —repuso ella, con intención.

Shin hizo una pausa y se relajó, aunque fuera solo un poco.

—Sí, y tiene mi agradecimiento por ello. —La miró—. No sé qué habría hecho sin usted, Konomi. Su apoyo ha sido inestimable durante estas últimas semanas.

—No ha sido nada, Shin. —Se quedó callada durante unos momentos—. Si le soy sincera, no me lo habría perdido por nada en el mundo. —Le dedicó otra sonrisa malvada—. Va a ser un desastre descomunal.

Shin la fulminó con la mirada y ella soltó una carcajada ronca.

—Es broma —le dijo, apoyando una mano en su antebrazo—. Todo irá bien. Entre los Unicornios es bien conocido que las Fortunas favorecen a los osados, Daidoji Shin, y sé que eso es lo que es usted.

—Espero que tenga razón —murmuró Shin, y le dio unas palmaditas torpes en la mano—. Creo que se me ha olvidado qué es apostar con algo en juego de verdad. Solo que esto…, esto puede que sea la mayor apuesta que haya intentado nunca.

—¿Mayor que desatar intrigas políticas y conspiraciones criminales?

Shin dudó antes de asentir.

—Sí, porque esta vez es mi cabeza la que está en la guillotina. —Soltó un suspiro—. Pero bueno, a veces hay que cargar contra el enemigo y esperar que ocurra lo mejor. No es un punto de vista demasiado Daidoji, pero ahí lo tiene —dijo.

—Como hija de los Unicornios, estoy muy de acuerdo —se rio Konomi antes de dar otro golpecito al libro de contabilidad—. Aunque déjeme decirle algo: el señor Kenzō no es alguien a quien deba tomarse a la ligera, se imagine lo que se imagine.

—Le he dedicado tanta consideración como merece, se lo aseguro.

—No creo que lo haya hecho, no. Es muy astuto. Más de lo que deja ver.

Shin esbozó una sonrisa.

—Es un auditor Daidoji, claro que es astuto. Si no, no nos serviría de nada.

—Se lo digo en serio, Shin. Kenzō ha estudiado sus cuentas tal y como un samurái estudia las defensas de su oponente. Está buscando algún punto débil. Es por ello que he pedido prestado el libro; quería comprobar si había algo que pudiera llamarle la atención.

—¿A qué se debe esta preocupación tan repentina? —le preguntó Shin, mirándola.

—No quiero que un hombrecillo tan insignificante se aproveche de usted. —Konomi dio otro golpecito más con el dedo al libro—. El dinero es poder, Shin. Puede comprar todo lo que uno necesita.

—No todo.

—Todo lo que merece la pena tener. El dinero es libertad, incluso para personas como nosotros. Si se aporta el dinero suficiente, incluso el mismísimo emperador haría caso.

Shin la observó con atención.

—¿Y qué le diría, mi dama Konomi? ¿Qué palabras sabias tiene para nuestro querido potentado?

—¿Se está burlando de mí, Shin?

—Solo un poquitito.

Un alboroto repentino en el exterior interrumpió la respuesta de Konomi, por lo que esta frunció el ceño y se dio media vuelta.

—No suena nada bien.

—Bueno, estoy seguro de que será malo para alguien. He dejado instrucciones expresas de que nadie debía molestarnos. —Shin se puso de pie con elegancia y se apresuró a llegar a la puerta corredera que separaba el palco de su vestíbulo. Konomi lo imitó y lo siguió, todavía bebiendo sorbos de su té.

Su sirviente, Kitano, lo estaba esperando en el vestíbulo.

—Mi señor, parece que tenemos un invitado —le explicó, inseguro. Era un hombre de mediana edad y aspecto zarrapastroso, a pesar de la calidad de su túnica, pues Shin se aseguraba de que sus sirvientes siempre contaran con las mejores prendas. El sirviente se rascó la barbilla con un dedo prostético mientras hablaba—. El maestro Odoma.

—Ah, me estaba preguntando cuándo atacaría esa víbora en particular. —Shin sacó su abanico y se dio un golpe en la palma de la mano con él—. Evidentemente, ha escogido hacerlo hoy.

—¿Y quién es la víbora en cuestión? —preguntó Konomi, antes de dar otro sorbo a su té.

—Un incordio persistente —explicó Shin mientras Kitano les abría la puerta que conducía al pasillo. Shin salió y se encontró con un alboroto en marcha. Tal y como Kitano le había advertido, Odoma estaba allí, acompañado como siempre por sus dos guardaespaldas. Ambos eran hombres de aspecto desaliñado, con mangas de bordes desgastados y barbas desarregladas que cubrían sus mejillas y su barbilla. Si bien ambos iban armados, tenían las manos lejos de sus armas.

Aquello se debía, en gran medida, al hecho de que a quien tenían delante era a la guardaespaldas de Shin, Hiramori Kasami, que los observaba con atención, aunque sin nada de nervios que pudieran apreciarse. Por una vez, no iba ataviada en su armadura, sino que vestía un kimono sencillo teñido con los colores del clan, pese a que, al igual que los hombres de Odoma, tenía una espada. Por mucho que los dos hombres le sacaran una cabeza, Shin sabía por quién apostar si se desataba una pelea.

Hija de las marismas Uebe, Kasami había nacido en una familia vasalla, aunque en aquellos momentos servía directamente a los Daidoji, y sus habilidades se habían afilado hasta ser letales. Estaba claro que los hombres de Odoma reconocían dicho hecho, pues la observaban como un ave observa a una serpiente, y parecieron más que aliviados cuando Odoma les pidió que retrocedieran.

—Por fin —soltó el mercader, que era bajo y rechoncho y con la cabeza redondeada, que brillaba bajo la luz de las linternas de papel desperdigadas por todo el teatro.

—Nos estamos portando bien, espero —dijo Shin, sin hacer caso a Odoma.

Kasami soltó un gruñido sin decir nada ni apartar la mirada de los hombres de Odoma. El guardaespaldas de Konomi, un samurái larguirucho llamado Hachi, estaba de pie, tieso como un palo, contra la pared, con los brazos cruzados por delante y la insignia de los Iuchi expuesta con orgullo en el pecho de su kimono.

—Todavía no los ha matado —comentó el guardaespaldas, con un amistoso ademán de cabeza hacia Shin.

—Menos mal, Hachi —le contestó Shin. El samurái se sonrojó un poco, complacido de que Shin se hubiera acordado de su nombre. El Daidoji abrió el abanico y dedicó su atención al visitante—. Bueno, maestro Odoma. ¿Qué puedo hacer por ti en este día tan agradable?

Odoma mostró los dientes en una sonrisa de lo más desagradable.

—Bueno, para empezar, podría devolverme mi dichoso teatro.

CAPÍTULO 2
El mercader Odoma

—Pensé que era un idiota, ¿sabe? —dijo Odoma, con un grado de alegría que a Shin le parecía más que molesto. Aunque, a decir verdad, casi todo lo que hacía el hombre le parecía molesto—. Al comprar este local. No valía ni lo que habría costado echarlo abajo, eso es lo que dije a Ito.

El mercader apestaba a vino de arroz, a pesar de que era relativamente temprano, y su túnica, si bien estaba brocada con elegancia, tenía varias manchas.

A Shin le había parecido mejor tratar aquellos asuntos en la privacidad de su palco. Había pedido que cerraran la cortina, y Odoma había dejado a sus guardaespaldas fuera. Konomi, por supuesto, no había captado la indirecta, por lo que estaba sentada observándolo todo desde un rincón. O bien Odoma no la reconoció o bien se alegró de contar con una testigo.

Shin asintió y esbozó una sonrisa forzada.

—Sí, ya me lo contó.

—¡Seguro que sí! —Odoma se dio una palmada en la rodilla y soltó una risotada—. Ese Ito nunca ha sido muy dado a suavizar un golpe. Aun así, me regateó mucho. Me dijo que usted lo quería por la madera. —Sacudió un dedo en una imitación de una acusación—. Me dijo que usted pensaba venderlo.

Shin agitó su abanico sin mucha fuerza y se vio recompensado con un brillo de molestia en los ojos del otro hombre.

—Eso pretendía, de hecho. Al menos todo lo que no pudiera aprovecharse para otros fines.

Odoma volvió a reírse, pero, en aquella ocasión, Shin oyó la amargura detrás de la carcajada. El mercader se había creído muy astuto al desprenderse de la propiedad tan pronto, después de que el incendio casi hubiera destruido por completo el teatro original. Creyó que el terreno carecía de valor, pero, aun así, había querido llegar a un buen trato y recibir más dinero del que valía.

Si bien Shin se habría conformado con pagar lo que el mercader pedía, había permitido que Ito, un mercader Grulla que conocía, actuara de intermediario para regatear en su nombre. Un buen regateo, por muy entretenido que fuera, no estaba considerado como una actividad digna para un hombre de la cuna de Shin. A pesar de que no solía preocuparse por lo que pensaran los demás, a veces incluso él debía rendirse ante la presión social.

—Sí, bueno, debo admitir que sí ha hecho algo con el viejo teatro —continuó Odoma—. No recordaba que fuera tan elegante cuando era mío.

—He hecho ciertas mejoras —admitió Shin con cierta satisfacción. Captó la mirada de Konomi, y ella meneó la cabeza discretamente: una advertencia, aunque una innecesaria. Sabía muy bien que Odoma se traía algo entre manos.

—Sí, desde luego lo ha arreglado muy bien, mi señor —sonrió Odoma—. Tiene mis felicitaciones. Solo que no puedo evitar sentirme un poco... estafado.

Shin cerró su abanico con un solo movimiento de muñeca.

—Qué desafortunado. Sin embargo, se pagó un precio justo. Uno más que justo, según dirían algunos.

Ito ya le había advertido de que aquello podía ocurrir. Odoma pensaba que lo habían engañado por muchas pruebas que hubiera de lo contrario.

—Un precio justo para madera, sí, pero no para un local como este, mi señor.

Shin esperó un poco antes de contestar.

—Podrías haber restaurado el teatro; tenías los fondos necesarios, desde luego. Eres uno de los hombres más ricos de la ciudad.

Odoma soltó una risotada.

—Si tengo riquezas, mi señor, es solo porque no lanzo mi dinero a las aguas de la fortuna sin pensármelo. No soy más que un humilde mercader de soja, y debo reinvertir la mayor parte de los beneficios en mi negocio. —Entrelazó las manos sobre su estómago y miró en derredor—. Aunque se dice que los Grullas tienen dinero suficiente para ir quemándolo.

Shin agachó la barbilla para reconocer lo que había dicho el hombre, aunque sin confirmarlo ni desmentirlo. En ocasiones, contar con la reputación de tener unos cofres sin fondo era de ayuda; en otras, como ahora, era un obstáculo. Odoma, al igual que otros muchos mercaderes, pensaba que un precio justo era aquel un poco por encima de lo que un cliente podía pagar.

La puerta del palco se deslizó al abrirse, y Kitano se dirigió al interior para disponer una bandeja de té en el banco pensado para ello. El té era de una variedad común, ya que Shin no vio ninguna razón para desperdiciar sus mejores hierbas en un hombre como Odoma.

—Te ofrecería algo más fuerte, dado que recuerdo que prefieres cualquier cosa que no sea té, pero, por desgracia, no tenemos nada más a mano —le dijo Shin, con una sonrisa a modo de disculpa.

Odoma restó importancia a sus palabras.

—El té está bien, mi señor. —Mantuvo la mirada firme en Kitano según este hacía una reverencia y se marchaba—. Veo que todavía tiene a ese plebeyo de mala reputación a su servicio.

—Puede que tenga mala reputación, pero te aseguro que no es ningún plebeyo. —Shin sirvió el té humeante en las dos tazas que su sirviente les había llevado—. Me he acabado enterando de que su padre fue un *ronin* de cierta infamia. Se valió de sus habilidades para convertirse en bandido y luego en pirata, antes de acabar atravesado por la lanza de un León.

Odoma abrió mucho los ojos, sorprendido.

—¿Cómo se enteró de eso?

—Se lo pregunté, claro —repuso Shin, dándole una taza. Miró a Konomi y dio un golpecito sobre la tetera, pero la Unicornio negó con la cabeza, por lo que Shin volvió a acomodarse en su tarima—. ¿Conoces a Kitano, entonces?

—Estuvo a mi servicio. Hace tiempo.

—Confío en que su desempeño fuera satisfactorio.

Odoma soltó un gruñido y dejó su taza a un lado, sin beber ni un sorbo.

—No he venido a hablar de él.

—No, ya imagino que no —suspiró Shin—. Podría interesarte saber que el Concilio Comercial Daidoji envió a un auditor hace poco para comprobar mis registros, Junichi Kenzō. ¿Has oído hablar de él?

La expresión de Odoma pasó por varias contorsiones interesantes antes de quedarse en una mirada de interés casual.

—Creo que sí. Le precede una reputación poderosa.

Shin sospechaba que Odoma ya conocía a Kenzō, dado que seguramente habían sido sus quejas las que habían proporcionado al Concilio Comercial la excusa necesaria para enviar a un auditor hasta sus puertas.

—Así es. Ha sido de gran ayuda en cuanto a mis esfuerzos para restaurar este lugar.

—Seguro que sí —dijo Odoma, frunciendo el ceño y sin rastro de su anterior bravuconería.

—Si de verdad crees que nos hemos aprovechado de ti, estaría encantado de presentarte a Kenzō. Estoy seguro de que entre los dos podréis llegar a un acuerdo. —Shin llevó una mano hasta la campana situada junto a la tarima en la que estaba arrodillado—. Si quieres, puedo pedirle a Kitano que vaya a buscarlo.

—No será necesario, mi señor —se apresuró a decir Odoma—. Ahora ya veo que estaba equivocado. Debo disculparme por hacerle perder el tiempo de esta manera. —Hizo una reverencia tan profunda como un hombre de su corpulencia era capaz de hacer sentado.

—No hace falta que te rebajes. Somos hombres de mundo y los malentendidos como este son el pan de cada día en nuestro negocio. —Shin esbozó una sonrisa—. Confío en que te quedes para la actuación. Te he reservado un palco, y eres libre de utilizarlo si así lo deseas. Me honraría mucho tu presencia.

—Sí que lo haría, ¿verdad? —Odoma se enderezó—. Algunos podrían considerarlo un acto de apoyo hacia el nuevo teatro.

—Algunos, sí. —Shin no, pero no vio ninguna razón para hacérselo saber.

—Imagino que habrá invitado a todas las personas importantes de la ciudad, ¿eh? No solo a mí.

—He enviado varias invitaciones, así es. —Vio el atisbo de una sonrisa en Konomi, aunque pretendió no haberse dado cuenta. La Unicornio se lo estaba pasando en grande.

Odoma soltó un gruñido.

—A diferencia de otros, mi apoyo no sale barato. Como ya he dicho, no soy más que un humilde mercader. No puedo permitirme dar mi buena voluntad gratis.

Shin dejó su taza.

—Te he proporcionado el palco; puedes acudir o no, como te plazca.

—Lo he insultado —dijo Odoma con una sonrisa.

—Si me hubieras insultado, ya te habrías enterado —contraatacó Shin, sin afectarse.

Ya había combatido en aquel duelo en particular una docena de veces desde que había adquirido el teatro y se estaba hartando. Odoma intentaba desgastarlo, conseguir algún pago para contentar a su ego.

Odoma dudó antes de probar cambiando de tema.

—Ustedes los Grullas llevan a cabo muchos negocios en esta ciudad. Sobre papel más que nada, ¿verdad?

—Sí, eso creo.

En teoría, Shin era el representante de comercio del Clan de la Grulla en la Ciudad de la Rana Rica, aunque creía firmemente en un enfoque sin intervención a la hora de supervisar a los mercaderes que estaban bajo su autoridad. Ellos conocían de sobra su negocio, en especial Ito, y no necesitaban que él se inmiscuyera en sus asuntos. Siempre que el dinero continuara entrando, Shin no veía ninguna razón para involucrarse en el tema más de lo necesario.

—Aun así, dicen por ahí que usted no estaba interesado en hacer de príncipe mercader. Que tenía, cómo decirlo…, otras aficiones. —Observó a Shin con cierto brillo travieso en los ojos.

Shin se paró a pensar, pues aquella táctica era nueva. Se preguntaba a dónde quería llevarlo. Su afición, como la había llamado el mercader, era algo más que eso. Había empezado a ser conocido en la ciudad y más allá como persona que resolvía acertijos, muy a menudo de naturaleza delicada. El tipo de acertijos que aparecían en lugares como aquel: robos, desapariciones e incluso algún que otro asesinato. Si era sincero, le parecía una manera más interesante de pasar el tiempo que tratar con licencias comerciales e impuestos de importación.

—Uno intenta mantenerse ocupado, claro —dijo tras un momento—. Yo tengo mis acertijos, y tú, tu interés por los dados.

Odoma se ruborizó. Al igual que muchos hombres ricos, entre ellos Shin, el mercader disfrutaba de unos cuantos vicios. Apostar era uno de los ejemplos más ordinarios de los malos hábitos de Odoma. El mercader ganaba más de lo que perdía, aunque solo era porque no solía ir a ningún lugar sin sus guardias armados para que se encargaran de aplicar su punto de vista en el resultado de ciertas tiradas de dados. O eso era lo que le había contado Kitano. A juzgar por la expresión en el rostro de Odoma, lo más seguro era que fuera cierto.

—Ahora soy yo el insultado —contestó el mercader, con las mejillas sonrojadas por la vergüenza. Shin se quedó estudiando a Odoma. ¿Podría ser lo suficientemente astuto para conducirlo a una trampa? No. No a menos que alguien lo hubiera adiestrado.

—Mis disculpas, no pretendía que te tomaras mi comentario de esa manera. Como he dicho, te estaría muy agradecido si decidieras asistir a la actuación de hoy. Es posible que ya hayas oído que he contratado los servicios de la actriz Noma Etsuko. Hoy será su primera aparición en el escenario de nuestra ciudad.

Odoma soltó un gruñido.

—Eso he oído. Es una mujer muy bella. ¿Cómo ha conseguido contratar a alguien así? Me han dicho que se negaba a cualquier oferta para abandonar la Ciudad Imperial.

Shin abrió su abanico de golpe y lo agitó.

—Puedo ser de lo más persuasivo, o eso dicen. ¿Debo asumir que te quedarás para la actuación, entonces?

—Tal vez. —Odoma lo miró con otra sonrisa traviesa—. Ya que no piensa devolverme el teatro, supongo que es mejor pájaro en mano que ciento volando, como dicen ustedes los Grullas.

—¿Eso decimos? —preguntó Shin, con una expresión de inocencia—. No lo había oído nunca.

Odoma carraspeó y se puso de pie con cierta torpeza.

—Ya, bueno, imagino que debería marcharme.

—Solo si tienes que hacerlo. —Shin no se puso de pie, sino que se limitó a hacer sonar la campana para anunciar a Kitano que podía abrir la puerta a Odoma—. Hasta la próxima, maestro Odoma.

El mercader se marchó sin decir ninguna palabra más. Konomi esperó hasta que se hubo ido para hablar.

—Qué hombrecillo más vil. ¿Intentaba chantajearlo?

—A su manera torpe, pero es posible. —Shin soltó un suspiro y echó un vistazo a la taza llena de Odoma—. Menudo desperdicio de té.

—¿Debo asumir que esto ya ha sucedido antes?

—Varias veces. Siempre sigue el mismo guion. Insinúa que lo he estafado, me exige una compensación de alguna manera oblicua y yo lo tranquilizo con una pequeña muestra de generosidad. Al principio me hacía gracia, aunque ya me estoy cansando.

—¿Con qué comercia?

—Con soja. ¿Por qué?

—Por nada. Imaginaba que podía tratarse de vino de arroz, por cómo olía. —Konomi agitó su abanico como si quisiera aclarar el ambiente—. ¿Por qué lo permite?

—Odoma es el líder de la asociación de mercaderes de la ciudad, por lo que no puede parecer que lo estoy obligando a nada. Lo sabe muy bien y se aprovecha de ello.

—Espera que le dé dinero para dejarlo tranquilo —asintió Konomi.

—Es eso o matarlo.

—Sé lo que yo le aconsejaría hacer.

Shin soltó una carcajada.

—Kasami me ha dicho lo mismo. Por desgracia, me temo que tendré que soportarlo y ya está, al menos hasta que el señor Kenzō haya vuelto a casa. —Frunció el ceño—. Bueno, tal vez podría hacer que los mataran a los dos. Aunque saldría un poco caro. —Hizo una pausa como si se lo estuviera pensando de verdad—. No, no, mejor dejar las cosas como están.

Konomi se lo quedó mirando un momento, como si estuviera considerando si se trataba de una broma de verdad antes de soltar una breve carcajada.

—Me alegra saber que siguió mi consejo de contratar a Noma Etsuko —dijo, cambiando de tema.

—Una buena idea es una buena idea, venga de quien venga —repuso Shin con delicadeza.

Konomi soltó una risa ronca.

—Me preocupaba que su reputación lo hubiera echado atrás. —Le dedicó una mirada calculadora—. Aun así, ella proporcionará una notoriedad muy bien recibida a su nuevo local.

—¿De verdad me cree capaz de hacer semejante cálculo?

—Si no fuera así, no seríamos amigos —contestó Konomi—. Es bastante popular, y no solo entre el público.

—Eso suena a cotilleo —comentó Shin con una sonrisa.

—¿Eso significa que no quiere que se lo cuente?

—Oh, todo lo contrario. Sabe que no me puedo resistir a un buen escándalo.

Konomi volvió a reír desde el fondo de su garganta.

—Es uno de los rasgos que más me gusta de usted.

Shin estaba a punto de contestar cuando lo interrumpió el estruendo de un tambor en algún lugar por encima de ellos, lo que indicaba que las puertas estaban a punto de abrirse. Konomi alzó la mirada.

—Se me había olvidado que logró engatusar a Tetsua para que le diera permiso para construir una torre del tambor —comentó, refiriéndose al gobernador imperial de la ciudad, Miya Tetsua.

—Es lo menos que podría haber hecho teniendo en cuenta todo lo que sucedió —repuso Shin.

El tambor y la torre plana que lo ocupaba había sido todo un golpe maestro, pues solo a los teatros que contaban con el favor de la corte imperial se les permitía tener una torre del tambor en su tejado. Aquello indicaba a los clientes que el Fuego Fatuo estaba por encima de los demás, que era un lugar en el que estar y en el que dejarse ver. El gobernador Tetsua le había dado permiso como recompensa por los servicios que le había prestado aquel mismo año, durante el asunto con el arroz envenenado.

—He oído el rumor de que un representante imperial asistirá a la actuación de hoy —dijo Konomi—. Imagino que no se trata del gobernador Tetsua.

—Por desgracia, no. —Soltó un suspiro y se estiró para tratar de aliviar la tensión de sus músculos. Había pasado demasiado tiempo sentado últimamente, y había descuidado su práctica con la espada, o al menos eso era lo que le decía Kasami. Él no estaba muy seguro de si estaba de acuerdo, aunque sí debía admitir que se sentía más rígido de lo que le gustaba—. Pero temo que no me queda tiempo para cotilleos; debo ir a saludar a mis invitados, pues esa es la responsabilidad de un buen anfitrión.

Se pusieron de pie al mismo tiempo. Konomi le dedicó una sonrisa y le dio una palmadita en el brazo. Se detuvo en la puerta, antes de irse.

—Ah, por cierto, quiero presentarle a alguien. Uno de mis primos.

—¿De dónde salen todos esos primos? —le preguntó Shin—. Parece que tiene uno nuevo cada vez que hablamos.

—Los Iuchi somos una familia muy grande, y nos gusta conocer a más gente —repuso Konomi, frunciendo un poco el ceño—. Y deje de intentar cambiar de tema. Se trata de Shinjo Yasamura.

Shin parpadeó, sorprendido.

—Espere. ¿El hijo del campeón del Clan del Unicornio? ¿Ese Shinjo Yasamura?

—¿Conoce a algún otro?

—¿Es su primo?

Konomi hizo un gesto para restarle importancia.

—Técnicamente es medio hermano de uno de mis primos, pero acaba siendo lo mismo, al fin y al cabo.

—¿Ah, sí?

—Déjese de preguntas absurdas, Shin. Quiere conocerlo.

—¿Por qué?

—¿Por qué no iba a querer? —repuso Konomi con una sonrisa—. Usted es de lo más interesante, como no deja de repetirme. —Le dio un golpecito suave en los nudillos con su abanico—. Yasamura le caerá bien. Es un gallito vanidoso que se cree muy inteligente. —Hizo una pausa—. Tienen mucho en común.

Shin decidió hacer caso omiso del último comentario.

—¿Cuándo?

—Asistirá a la actuación de hoy como mi invitado. Me ha dicho que tiene muchas ganas de verla. Y de verlo a usted. —Le dedicó una mirada crítica de arriba abajo—. Intente comportarse como es debido, Shin. No querría que me dejara en evidencia.

CAPÍTULO 3
Noma Etsuko

Tras acompañar a Konomi al exterior, Shin mandó a Kitano a averiguar cuáles de sus invitados habían llegado pronto y cuáles no tenían ninguna intención de ir. Mientras su sirviente se encargaba de ello, él se tomó un respiro para acabar su té, pues odiaba desperdiciarlo.

Kasami entró mientras se servía lo poco que quedaba en la tetera en su taza.

—Parece rígido —comentó ella, sin venir a cuento.

Shin la miró de reojo. A pesar de ser más joven que él, solía tratarlo como si la situación fuera la contraria. El tono de su guardaespaldas a menudo se aproximaba a la falta de respeto, y Shin se enorgullecía de ser capaz de sacarla de su caparazón construido por el deber. Agitó su abanico, pues sabía que eso la molestaba.

—Ya pasará —dijo, a sabiendas de que esa respuesta también iba a molestarla.

—Parece nervioso —continuó ella, como si el Daidoji no hubiera dicho nada.

—No estoy nervioso —contestó él, en un tono más duro de lo que había pretendido. Primero Konomi, y luego Kasami. Le resultaba irritante descubrir que había dejado caer su máscara, y todo era peor porque tenía razón: sí que estaba nervioso. Nunca había intentado algo como aquello. Hasta entonces, toda su vida había dado vueltas en torno a no hacer nada, a propósito además.

Kasami siguió hablando sin afectarse por el tono de Shin.

—Anoche no durmió nada. Lo oí dar vueltas de un lado para otro hasta las tantas.

—Sí que dormí —respondió a modo de protesta. No demasiado bien, a decir verdad, aunque sí un poco.

—No lo suficiente, a juzgar por su aspecto.

Shin se pasó una mano por la cabeza, con cuidado de no despeinar su cabello blanco.

—¿Eres mi guardaespaldas o mi niñera?

—A veces creo que necesita las dos cosas —le contestó ella—. Mírese.

Shin se alisó las arrugas de su túnica, avergonzado.

—Mira quién habla.

—Pero qué infantil —repuso Kasami, tras soltar un resoplido.

—No te veo a ti durmiendo.

—Pues no. Si ve a un guardaespaldas dormir, es que no es un buen guardaespaldas. —Kasami alzó la nariz y dio un golpecito a la empuñadura de la espada que llevaba envainada en un costado. En una situación normal, no la habría llevado dentro de un edificio, pero se trataba de un local público, y la guardaespaldas había ignorado a Shin cuando este le pidió que mantuviera su hoja fuera de vista—. Aunque no dudo de que esta actuación hará todo lo posible por hacer que me duerma.

—Eres una salvaje. —Se dio un golpe en la palma de la mano con el abanico, y los radios metálicos traquetearon un poco.

—El kabuki es aburrido —respondió ella, encogiéndose de hombros.

—*Los amantes suicidas de la Ciudad de las Murallas Verdes* es un clásico de su género, la obra maestra de Chamizo —explicó Shin—. Es una historia de vergüenza y obligación, de amor y pérdida, pero también del triunfo sobre la tragedia. Tiene todo lo que el público podría desear.

—¿Batallas con espadas? —quiso saber Kasami.

—Bastantes, sí. ¿No me escuchabas antes cuando te he contado de qué va?

—No.

Shin soltó un suspiro y meneó la cabeza.

—A veces me desesperas.

—¿Por qué escoger una obra de teatro que todo el mundo ya ha visto? —preguntó Kasami.

—Porque ya la han visto, mi señora.

Shin y Kasami se giraron. Wada Sanemon, el director de la compañía de teatro de las Tres Flores, la compañía de kabuki que actuaría allí, estaba en la puerta abierta.

—Esto… La puerta estaba abierta, mi señor. Espero no haber… interrumpido nada —dijo a trompicones mientras se pasaba una mano, nervioso, por la coronilla sin pelo. Era un hombre robusto, corpulento y de hombros anchos, al igual que muchos otros exsoldados. Su rostro y sus manos mostraban las cicatrices de su profesión anterior, y todavía vestía una túnica, que ya no le quedaba bien, como si de una armadura se tratase. A pesar de su apariencia, se mostraba nervioso de manera patológica cuando estaba cerca de aquellos a quienes consideraba sus superiores. Su coronilla estaba, como siempre, moteada por una fina capa de sudor.

—Maestro Sanemon —lo saludó Shin, haciendo un gesto para que pasara—. Confío en que todo esté listo y dispuesto para la actuación de hoy.

Sanemon tragó en seco.

—Precisamente por eso venía a hablar con usted, mi señor…

Shin notó una repentina punzada de pánico, aunque se obligó a mostrar una sonrisa.

—¿Ah, sí? En ese caso, por favor, maestro Sanemon, ¡continúa!

—Se trata de la dama Etsuko, mi señor.

—¿Qué le ocurre?

—Quiere verlo.

Shin intercambió una mirada con Kasami.

—Bueno, estaré encantado de hablar con ella después de recibir a mis invitados.

Sanemon volvió a tragar en seco, nervioso.

—No lo entiende, mi señor. Quiere hablar con usted, esto… Ahora mismo. —Echó un vistazo por encima del hombro e hizo un gesto. Shin se puso de pie para acercarse a la puerta, se asomó al pasillo y fue testigo de algo que habría dejado sin aliento a cualquier hombre cuerdo.

Noma Etsuko recorrió el pasillo hacia su palco, seguida como de costumbre por la silueta tímida de su pupila, Ashina. A simple vista, Etsuko era una mujer bajita y con curvas, de edad similar a Shin. Había un rumor que decía que pedía sus prendas un poco más pequeñas de lo que debía para acentuar sus dones naturales, aunque Shin no estaba seguro de que necesitara ese tipo de ayuda. Rebosaba de carisma, con el cabello atado sin demasiado esmero, los ojos grandes y la boca colocada en una firme línea conforme avanzaba hacia ellos, con la cabeza en alto.

Ashina, por otro lado, era alta y recatada. Era más joven que Etsuko, si bien solo por unos pocos años. Shin había oído que se la consideraba una actriz prometedora, pero desde que había empezado a servir a Etsuko no solía tener la oportunidad de subirse al escenario. Tenía una expresión arrepentida mientras seguía a su señora.

Pese a que Sanemon trató de interceptar a la actriz, esta lo hizo a un lado como si importara lo mismo que una mosca.

—Mi señor, es intolerable, más que intolerable —se quejó Etsuko, y su voz recorrió todo el pasillo—. ¡Insoportable!

Shin soltó un suspiro y puso una expresión de empatía antes de salir del todo al pasillo.

—Seguro que sí, mi dama Etsuko. Aun así, si me permites la pregunta, ¿qué es exactamente lo que te parece intolerable?

Quiso añadir «esta vez», pero se contuvo. Etsuko se había quejado de una cosa u otra desde que había llegado, tanto que

Shin empezaba a preguntarse si Konomi le habría aconsejado que la contratara como una broma pesada.

Si bien era cierto que a Etsuko se la reconocía como la mejor actriz de su generación, también era la mujer más caprichosa que había tenido la desgracia de conocer. No era solo por sus quejas incesantes, sino porque cada vez exigía más de su tiempo y de su atención. Etsuko se tenía en alta estima y estaba decidida a conseguir que los demás opinaran lo mismo.

Se detuvo frente a él, con la espalda recta como una vara de hierro y una expresión de desolación absoluta. Shin reconoció aquella mirada, pues había visto cómo la empleaba más de una vez sobre el escenario. Pese a que era una buena expresión, de lo más potente, carecía de un sentimiento verdadero que la respaldara. La actriz se estrujó las manos.

—Los carteles, mi señor. Ay, es demasiado vergonzoso para decirlo en voz alta. —Se cubrió los ojos y se dio media vuelta, como si la emoción la hubiera sobrepasado—. ¡Piense en mi reputación!

—¿Qué ocurre con los carteles, mi señora? —le preguntó Shin, con más firmeza que antes.

Los carteles estaban delante del teatro y tenían una lista con el elenco, normalmente en orden de aparición, además de unos bocetos de los actores con su vestuario. Miró de reojo a Sanemon, quien no fue de demasiada ayuda al menear la cabeza en una expresión de desaliento evidente.

—Mi nombre, mi señor…, mi imagen, todo está en el lugar incorrecto —susurró Etsuko, sin inclinarse hacia él del todo—. Alguien intenta sabotearme, mi señor…, y a usted, por supuesto. Es la única explicación posible.

—O tal vez solo se trata de un error —dijo Shin, con un tono calmado. Alzó las manos, pero tuvo la precaución de no tocarla.

Si bien el gesto habría sido inocente, Etsuko podría haber captado un significado en él que no existía. Cada vez que sus miradas se encontraban, Shin veía algo en sus ojos que lo incomodaba: un hambre de algo, aunque no tenía ni idea de qué podría ser.

Etsuko cruzó la distancia que los separaba hasta rozar el margen de los malos modales.

—Me han colocado debajo de él —dijo, con los ojos muy abiertos—. Como si no fuera más que un nuevo miembro del elenco.

Kasami apareció como de la nada y estiró un brazo para separarlos.

—Atrás —se limitó a decir en un tono seco.

Etsuko la fulminó con la mirada, pero su expresión malhumorada se desvaneció en un instante y retrocedió a una distancia más apropiada, con la cabeza gacha.

—¿Debajo de quién? —preguntó Shin, por mucho que ya lo supiera.

—Nao —gruñó ella, y, por un momento, pareció ser una persona distinta—. Intenta sabotearme, mi señor. Desde que llegué aquí ha estado librando una guerra en mi contra. —Era una acusación que le resultaba conocida, una que había oído a menudo desde la llegada de Etsuko, por lo que hizo un gesto para poner paz.

—Sé que Nao puede ser un poco difícil, pero es el actor principal. Tú acabas de llegar y necesitarás un tiempo para que la compañía se acostumbre a tu presencia.

—Llevo aquí casi seis meses, mi señor —dijo Etsuko, tras erguirse—. Si no se han acostumbrado ya a mí, le sugiero que contrate los servicios de una nueva compañía. —Miró de reojo a Sanemon mientras lo decía, y el hombre frunció el ceño, aunque no protestó.

—Lo tendré en cuenta —dijo Shin.

Etsuko esbozó una sonrisa.

—Sé que lo hará, mi señor. Es un hombre de una sabiduría y una distinción excepcionales. Es por ello que accedí a actuar para usted. —Le tocó el brazo antes de que Kasami pudiera intervenir—. Y sé que hará lo mejor para el teatro. Para todos nosotros.

Y, con ello, se giró y se alejó a grandes zancadas, con Ashina pisándole los talones. Shin la observó marcharse, un poco confuso. Entonces, con un suspiro, se volvió hacia Sanemon.

—Supongo que no debo preguntar si nuestra nueva actriz principal está encajando con el resto.

Sanemon soltó un suspiro y negó con la cabeza.

—Hacemos lo que podemos, mi señor. La dama Etsuko es una mujer de... personalidad fuerte.

—Esa es una manera educada de decirlo, sí. Dime la verdad.

—Es maleducada, exigente y le falta decoro. Se pasa el día insultando a los otros actores, a los tramoyistas, y, bueno, a mí.

—Al menos es buena actriz —dijo Shin, con una débil sonrisa.

—Sí, por desgracia —gruñó Sanemon en respuesta.

Shin se quedó callado un momento antes de volver a hablar.

—¿Tan buena como Okuni? —preguntó en voz baja.

—Mejor, en algunos aspectos —repuso el director tras una pausa—. Okuni se metía con demasiada facilidad en sus papeles. Le faltaba la presencia auténtica que requiere una buena actriz principal. No lideraba el escenario, sino que solo se insinuaba.

—Como un gato.

Entonces fue Sanemon quien esbozó una pequeña sonrisa.

—Se podría decir así, mi señor —respondió y se aclaró la garganta de nuevo, claramente con la esperanza de cambiar de tema.

Nekoma Okuni era un tema un tanto sensible para los dos. Había sido la actriz principal de Sanemon antes del incendio. También había sido una *shinobi*, y fue en gran parte debido a Shin que ella se había visto obligada a huir de la ciudad. Ambos guardaban la esperanza de que regresara, aunque fuera por razones distintas. Dicha esperanza no se había cumplido hasta el momento.

Shin, a regañadientes, había tomado la decisión de contratar a una nueva actriz principal. Se había enterado de que la compañía de actores previa de Noma Etsuko estaba revisando su contrato, por lo que había descendido sobre ellos para llevársela. A pesar de lo poular que era la actriz entre el público, sus antiguos jefes no se habían resistido mucho a dejarla marchar. Shin había empezado a entender a qué se debía.

—Los actores son caprichosos por naturaleza, mi señor —continuó Sanemon—. Hasta el más plácido de ellos puede volverse en su contra en un abrir y cerrar de ojos. Pero la dama Etsuko… —Se quedó callado.

—No es plácida —acabó Shin por él.

—No, mi señor. Nada plácida. —Logró sonreír un poco—. Aunque estoy seguro de que encontrará su lugar con un poco más de tiempo.

—Esperemos que sí, maestro Sanemon. El futuro de tu compañía y de este teatro bien podría depender de ello. —Se arrepintió de lo que había dicho nada más pronunciarlo; no era culpa de Sanemon. Soltó un suspiro e hizo un ademán para restarle importancia—. No te preocupes. Lo que tenga que ser será. Gracias por intentar advertirme. —Shin reflexionó por un momento—. ¿Serviría de algo que visite al elenco antes de que empiece la actuación? Una muestra de apoyo, por llamarlo de alguna manera.

Sanemon le dedicó una pequeña sonrisa.

—Puede que sí, mi señor. Sé que al menos los actores lo valorarán.

—Bien —repuso Shin, asintiendo—. Iré *ipso facto*. —Y dio una palmada en el hombro a Sanemon—. Los Daidoji tenemos un dicho: «se debe empezar como se pretende acabar».

—No lo había oído nunca, mi señor —dijo Sanemon, frunciendo el ceño.

—Bueno, me lo acabo de inventar. Pero suena bien, ¿no crees? —Shin hizo un gesto hacia la puerta—. ¿Vamos? No queda mucho tiempo y hay bastantes personas a las que tengo que ver.

CAPÍTULO 4
Entre bastidores

Kasami dejó paso a un bordador en pánico mientras el hombre se dirigía a toda prisa a la sala de vestuario, tirando de una costura suelta en una túnica rojo bermellón. Dicha sala era la más grande de entre bastidores, pues era necesario que así fuera. Cada pared estaba repleta de estantes, donde había los disfraces, guardados y doblados con cuidado. Los sastres, bordadores y tintoreros estaban sentados en taburetes por todas partes y se encargaban de las alteraciones y las reparaciones de última hora para los actores que esperaban.

Rin, el maestro de vestuario de la compañía de las Tres Flores, estaba en el centro de la sala, con una larga vara de bambú en una de sus manos regordetas. Era un hombre bajo y estrecho, con unas mejillas siempre sonrosadas y una sonrisa amplia. Se valía de la vara para señalar hacia estantes y disfraces a sus jóvenes ayudantes, quienes iban a buscarlos y los preparaban para los actores.

—Sombreros, tocados y calzado, hijos míos. ¡No os olvidéis de nada u os daré con esta vara!

Los ayudantes se echaron a reír ante sus palabras. Rin era demasiado amable para llegar a librar un castigo semejante, y los demás lo sabían. Él mismo soltó una risita y miró a Shin.

—Como puede ver, mi señor, he dado un gran uso a su generosidad: ¡tenemos un traje para cada ocasión!

Shin asintió, claramente complacido por el comentario, y Kasami tuvo que contener un gruñido de desaprobación. No le correspondía a ella opinar sobre cómo Shin se gastaba el dinero, al menos no en público.

Un grupo de tres actrices entraron con elegancia en la sala. Kasami reconoció a una de ellas: Chika. Se trataba de una de los pocos miembros de la compañía de actores cuya presencia toleraba. No eran amigas, pues aquello no habría sido apropiado, pero sí se llevaban bien. La joven solía hacer el papel de abuela o de tía matrona, no porque tuviera un aspecto anciano, sino por su voz áspera y sus dotes para la comedia. Con la peluca adecuada y un poco encorvada, bien podría haber sido cualquier anciana del mercado…

Chika se dirigió Kasami y echó un vistazo a Shin por el camino. El Daidoji se había adentrado más en la sala, alejándose de ella.

—Parece animado —murmuró.

—No lo puede evitar —gruñó Kasami.

—Ninguno de nosotros podemos. —Chika echó un vistazo a la espada de Kasami—. ¿Le preocupa que alguien esté planeando soltarle un saco de arena encima?

—Tiene enemigos.

—Como todo el mundo.

Kasami la miró de soslayo.

—¿Tú también?

Chika se echó a reír y le tocó el brazo en un gesto amistoso.

—¡Ay, es muy inocente, mi señora! Los actores tenemos tantos enemigos como los apostadores tienen deudas. Y eso es solo tras bastidores. Vaya, hasta la dama Etsuko me amenazó una vez con un cuchillo. —Se inclinó más hacia la guardaespaldas y añadió en un susurro—: Y no soy la primera a quien se lo hace.

—No me sorprende —repuso Kasami con un resoplido.

Etsuko era una mujer problemática, molesta y arrogante, y no tenía ni idea de cuál era el lugar que le correspondía en el mundo. Durante los meses que habían transcurrido desde la llegada de la actriz, Kasami había soñado despierta con enseñarle buenos modales en numerosas ocasiones.

—Debería venir con nosotros —dijo Chika, tras volver a echarse a reír—. Después de la actuación, digo. Deje que el señor Shin se encargue de su seguridad durante una noche. —Le dedicó una sonrisa traviesa—. O mejor aún, tráigalo también...

La respuesta de Kasami quedó interrumpida por un golpe seco de bambú contra el suelo. Rin chasqueó los dedos en dirección a Chika.

—Tú. Aquí. Ahora. Tenemos que probarte el traje como es debido.

Chika puso los ojos en blanco y suspiró.

—Sí, maestro Rin. —Le guiñó un ojo a Kasami—. Piénsese lo que le acabo de decir, mi señora. Un poco de diversión le vendría de perlas.

Kasami volvió a gruñir, poco convencida por el argumento de Chika. Una parte de ella, aunque era una parte muy pequeña, pensaba que una vida sin aquel tipo de indulgencias leves era algo triste, como una fruta de cerámica: agradable a la vista, pero vacía de todas maneras. Sin embargo, la indulgencia podía conducir a cometer errores. Le habían inculcado durante toda su vida que el deber se anteponía a todo. Cualquier otra cosa sería un fracaso, y el fracaso era anatema para ella.

Buscó a Shin y vio que seguía sumido en su inspección innecesaria. Ya había visitado la pequeña sala de pertenencias y los almacenes para comprobarlo todo. Sabía que iba a quedarse más tiempo del necesario tras bastidores hasta que empezara la actuación, o incluso después de ello, si se salía con la suya. Todo era de lo más innecesario. Por suerte, Shin tenía otras tareas que cumplir.

Retrocedió hasta el pasillo, satisfecha de que Shin estuviera a buen recaudo por el momento. Rin no representaba ninguna amenaza, y los artesanos estaban demasiado ocupados con su trabajo para percatarse de su presencia. Una vez que estuvo fuera, ocupó su posición junto a la puerta, con los brazos cruzados.

La zona tras bastidores tenía forma de medio octágono, separada por paredes de papel que conformaban un nido de pasillos interconectados y doce salas. Las más grandes, como la que acababa de abandonar, se habían destinado a almacenar utilería, trajes y demás, mientras que el resto estaban pensadas para que los actores se cambiaran de ropa.

También sabía que por debajo de ellos había un laberinto de papel y madera que se extendía hasta la parte frontal del teatro. Y, bajo todo ello, estaban las cloacas de la ciudad: unos túneles de piedra laberínticos por los que pasaba el agua. Kasami se había decidido a aprender la localización de cada punto de entrada y salida del edificio, así como cada trampilla, panel corredizo y portillo.

La zona tras bastidores era un caos, al faltar tan poco tiempo para la actuación. Los actores se dirigían al vestuario comunal, acompañados por los modistas y los ayudantes. Tres artesanos pasaron corriendo cerca de ella, cargando montones de cabezas decapitadas hechas de madera y rellenas de serrín teñido de rojo. Le dedicaron una reverencia torpe, aunque desde bastante lejos.

Muchos de los que trabajaban tras bastidores habían sido objeto de la ira de Kasami en algún momento u otro desde que Shin adquirió el teatro. Si Shin era el señor benevolente que entregaba recompensas y cumplidos de manera generosa, Kasami era su puño de hierro y dispensaba reprimendas allí donde fuera necesario.

Kasami pretendió no darse cuenta de su respeto cargado de cautela, pero se alegró de ello. En el fondo era tradicionalista y nunca estaba más complacida que cuando los demás sabían qué lugar les correspondía en el mundo. «Ojalá Shin pudiera hacer lo mismo…» Apartó el pensamiento de su mente en cuanto este pasó por ella. A decir verdad, Shin sí que sabía qué lugar le correspondía; siempre lo había sabido. Aquel era el origen de gran parte de sus dificultades.

Sin embargo, últimamente el Daidoji había mostrado cierta satisfacción con su parte en la vida; un deseo de mejorar. Muchos de sus vicios previos habían dejado de interesarle, y, en su lugar, se preocupaba por los asesinatos y los robos. Si bien no era una ocupación muy apropiada para un hombre de su cuna, seguía siendo mejor que malgastar su estipendio semanal en apuestas.

Aun así, aquella última indulgencia bien podría acabar con él. Nunca lo había visto tan agitado; estaba nervioso como un chico en la víspera de su *genpuku*, y su conversación con la dama Konomi no lo había calmado como ella esperaba. En lo que concernía a los compañeros de Shin, Iuchi Konomi era la única que parecía bien a Kasami. Era de sangre noble y, lo que aún era mejor: parecía más que capaz de tolerar a Shin y sus... Bueno, sus *shinidades*.

Sus pensamientos se interrumpieron ante la llegada de una figura mugrienta que ella conocía muy bien.

—Kitano —dijo, y cargó el nombre de tanta decepción como fue capaz—. ¿En busca de algo que robar?

—Esta vez no —repuso Kitano Daichi con una sonrisa sórdida. Kitano era todo tosquedad y miradas furtivas, y una vez había intentado matar a Shin. El Daidoji le mostró piedad, lo que había decepcionado a Kasami a más no poder, y esta había tenido que conformarse con cortarle un dedo. A pesar del recelo de su guardaespaldas, Kitano había demostrado que podía ser útil, si bien también que era un poco incorregible.

Kitano se rascó la mejilla sin afeitar con su dedo prostético.

—¿Va a tardar mucho en salir? —preguntó, asomándose a la sala de vestuario.

—¿Por qué? ¿Qué es lo que quieres, apostador?

—Alguien le está esperando en su palco —dijo él—. Uno de sus invitados.

—¿Cuál? —preguntó Kasami tras soltar un gruñido de sorpresa.

—El Escorpión. —Kitano dudó antes de añadir—: Son de lo más desagradables.

—Siempre lo son —murmuró Kasami.

Si bien no era algo demasiado extraño que los invitados visitaran a su anfitrión antes de una actuación, Shin nunca había conocido a su homólogo entre los Escorpiones. El Clan del Escorpión no llevaba a cabo muchos tratos comerciales en las aguas de aquella ciudad, y el hecho de que contaran con una delegación allí era más una formalidad que otra cosa.

Se preguntó qué querría mientras pedía a Kitano que se marchara con un gesto.

—Ve a hacer algo de provecho y prepara un poco de té. Yo me encargo de nuestro señor.

Aun así, Kitano permaneció allí un poco más.

—¿Está Chika por ahí?

—Sí —repuso la guardaespaldas, con el ceño fruncido—. ¿Por qué?

—Por nada. Solo es curiosidad.

Kasami le dio una colleja en un costado de la cabeza. No le dio fuerte, sino solo lo suficiente para recordarle quién era.

—La curiosidad es un privilegio, uno del que no gozas. Vete. Iré a buscar a Shin. —Kitano se marchó con la sonrisa todavía en el rostro.

Kasami soltó un suspiro. El problema que tenían los hombres como Kitano era que tanteaban la suerte demasiado a menudo, y, con el tiempo, se pasaban de la raya. Se asomó por el borde de la puerta y soltó un silbido agudo. Shin se dio media vuelta y frunció el ceño, y la guardaespaldas hizo un gesto para que lo siguiera. Unos instantes después, el Daidoji salió de la sala de vestuario.

—Confío en que todo vaya bien.

—Sí, pero deberíamos ir a su palco. Le espera un invitado.

—¿Quién?

—Bayushi Isamu, el enviado de los Escorpiones.

Shin se rascó la barbilla.

—¡Qué raro! —Se encogió de hombros—. Pero bueno, supongo que nos ahorra tener que pasar por su palco. Aunque antes quiero desear buena suerte al resto de los actores. —Se giró y se quedó petrificado—. ¡Ay, madre! —murmuró.

Kasami siguió su mirada y soltó una carcajada discreta cuando un rostro malhumorado que le resultaba muy conocido apareció en el otro extremo del pasillo, apenas visible por encima de las cabezas inclinadas de un grupito de trabajadores. Junichi Kenzō era un hombre delgado, afilado como una aguja y recto como una espada. Tenía una expresión contraída eterna, como si acabara de oler algo desagradable.

A pesar de ser un hombre de la corte, Kenzō vestía de manera modesta con una túnica de color azul pálido. Llevaba un libro de contabilidad apretado contra el pecho, acunado como si fuera su hijo. Miró a su alrededor con los ojos entornados, como si buscara a alguien. Por suerte para ellos, el pasillo estaba repleto de tramoyistas y artesanos, por lo que Kenzō todavía no los había visto.

Kasami se permitió sonreír un poco.

—No parece nada contento.

—Es la cara que tiene siempre. Aun así, vayámonos antes de que nos vea. —Shin se volvió y empezó a recorrer el pasillo a toda prisa; Kasami lo siguió a grandes zancadas—. ¿Es que acaso no duerme? —preguntó, un poco para sí mismo, mientras caminaban—. Últimamente, mire donde mire, me lo encuentro. ¡Me está acosando!

—Es un auditor —se limitó a decir Kasami—. Eso es lo que hacen.

—Pensaba que a estas alturas ya se habría ido a casa, la verdad —continuó Shin, mirando por encima del hombro—. No sé por qué sigue aquí.

—Porque le gusta —repuso Kasami.

Shin la miró de reojo.

—¿Le gusta qué? ¿Supervisar mis finanzas?

—Ya sabía cómo era cuando se lo sugirió —dijo ella, encogiéndose de hombros—. ¿Pensaba que se iba a aburrir? Porque las personas como él no se aburren.

—Pensaba que ya se habría dado cuenta.

—Quizás así sea.

—Está claro que no —contrapuso Shin.

—¿Se lo ha preguntado?

—No digas tonterías.

—Entonces ¿cómo lo sabe?

—Lo intuyo —repuso Shin, dándose un toquecito en un lado de la cabeza—. Si se hubiera dado cuenta, ya me habría dicho algo. En su lugar, lo único que hace es incordiarme sobre asuntos fiscales. Es como si hubiera decidido nombrarse mi secretario, sin importar lo que opine sobre ello.

—¿Tan malo sería? Usted odia revisar los libros de contabilidad.

—Tienes que reconocer que no son una lectura demasiado entretenida —dijo Shin.

Kasami soltó un resoplido.

—No tengo cómo saberlo. Los samuráis no nos preocupamos por asuntos como ese; para ello están los hombres como Kenzō. ¿Por qué no deja que lo haga?

Shin no contestó. Kasami sabía que el Daidoji no tenía muy buenos motivos para desconfiar de las razones de Kenzō, salvo por la eterna sospecha de que al auditor no lo había mandado el Concilio Comercial Daidoji como decía, sino el abuelo de Shin. Si bien nunca hablaba del tema con ella, después de tanto tiempo juntos ya había aprendido a leer lo que pasaba por su mente.

Suspiró para sus adentros. Decir que su relación era tensa se quedaba corto. El anciano nunca había ocultado su decepción; siempre había visto a Shin como a un problema que controlar, en lugar de como a un nieto. Shin, por su parte, veía al anciano como a un obstáculo que sortear... o un enemigo al que vencer con su astucia. El duelo había ocupado a Shin durante la mayor parte de su vida, y lo más seguro era que continuara hasta que el anciano falleciera.

Kasami nunca había conocido al abuelo de Shin en persona, ni siquiera cuando le habían confiado la vida del Daidoji formalmente. Por lo que había oído de él, era un pragmatista empedernido, un samurái de la vieja escuela, un hombre con muy poca paciencia para las tonterías. La antítesis de Shin.

La guardaespaldas echó un vistazo atrás: no había ningún rastro del auditor. Lo habían despistado por el momento, pero el teatro no era tan grande y acabaría encontrado a Shin tarde o temprano. Sonrió al pensarlo.

—¿Qué te hace tanta gracia? —quiso saber Shin.

—Nada —repuso Kasami—. ¿Qué cree que quiere el Escorpión?

Shin soltó un suspiro.

—Supongo que ahora lo descubriremos.

CAPÍTULO 5
Sanemon

Wada Sanemon se mordió una uña discretamente mientras observaba cómo los tramoyistas preparaban el escenario para la primera actuación en el Teatro del Fuego Fatuo en más de un año. La primera actuación desde que el local había quedado medio consumido por un incendio y se había convertido en poco más que un montón de cenizas ardientes. Por no mencionar que era la primera actuación de la compañía de actores de las Tres Flores desde que habían perdido a su actriz principal.

Cada día de estreno sucedía lo mismo —los nervios, la expectativa—, y era sobrecogedor. Como una droga. Inspiró hondo para tratar de ralentizar el ritmo de su corazón. No le convenía perder el conocimiento o algo peor en aquel preciso momento, no cuando tanto dependía de él.

Si bien la mayoría de las compañías de teatro tenían su director, además del líder de la compañía, la de las Tres Flores se las había arreglado sin esa posición durante mucho tiempo. Sanemon se había encargado de las responsabilidades de supervisar la actuación en directo, de hacer que los actores cumplieran el horario y de asegurarse de que el escenario estaba dispuesto para cada escena en el orden apropiado. También era el responsable de que cualquier cambio de última hora en el elenco o en el escenario sucediera de la manera más llevadera posible. Así se mantenía ocupado en vez de preocupado.

Con un poco de suerte nada de eso iba a ser necesario aquel día. Siempre era algo complicado tratar de esconder algo al público, en especial cuando estaba atento. Un grupo de músicos pasó a toda prisa por su lado y lo distrajo por un momento. Se dirigían al escenario, tras la pantalla negra que los escondía del público. Hizo un gesto para saludarlos, y los músicos le dedicaron unas reverencias rápidas y torpes conforme continuaban.

Muchos de ellos eran nuevos; los antiguos músicos de la compañía se habían acercado más al lado del entusiasmo que al de la habilidad. Otro ejemplo de la generosidad del señor Shin, además de otro ejemplo de que su nuevo mecenas había arreglado algo que no necesariamente estaba roto.

No era que no se lo agradeciera, claro; el señor Shin los había rescatado de la penuria. Sin embargo, el dinero implicaba una obligación. Sanemon se había desesperado tanto por encontrar un mecenas, que no se había dado cuenta de lo que aquello podía significar: al fin y al cabo, quien tenía el dinero tomaba las decisiones.

Echó un vistazo hacia el otro extremo del escenario, donde un puñado de trabajadores se encargaba con diligencia de uno de los estopores que controlaban la plataforma giratoria en el centro del escenario. Ya llevaban una hora con ello y parecían no tener mucha prisa por acabar con las reparaciones. Se preguntó si debía acercarse y decir algo al patrón, Ishi, pero decidió no hacerlo. Ishi sabía lo que hacía, y Sanemon no vio ningún motivo para distraerlo.

Aun así, aquello le molestaba. Se trataba del más reciente de una larga cadena de accidentes que había afligido al teatro y a la compañía durante los últimos meses. Herramientas desaparecidas, escenarios dañados, trajes robados, caídas y pequeños incendios. Piedrecitas que, sumadas, conformaban un desprendimiento de rocas. Y, pese a que todavía no había acabado de caer sobre ellos, solo era cuestión de tiempo que lo hiciera.

Que todo aquello fuera tan solo otra parte de la vida de teatro únicamente lo empeoraba todo. No se podía hacer nada más que comprar herramientas nuevas y arreglar lo que se hubiera roto. Aun así, algunos de los miembros de la compañía más supersticiosos afirmaban que todo era obra de un fantasma, concretamente el de Okuni, que los perseguía por algún motivo, a pesar de que todos sabían que seguía con vida, que solo… no estaba presente. Otros susurraban sobre otro tipo de espíritu, el del antiguo teatro, enfadado por lo que le parecía una profanación de su lugar sagrado.

Pero no eran más que tonterías, claro. Solo que las tonterías podían adquirir vida propia bajo las condiciones adecuadas. Hasta el momento había conseguido contenerlo todo, incluso había conseguido que el señor Shin no se enterara de nada, aunque sospechaba que era cuestión de tiempo que lo hiciera. No tenía cómo saber qué iba a suceder entonces. Seguramente querría investigar o alguna tontería por el estilo.

—¡Maestro Sanemon!

Sanemon dio un respingo y se giró. Vio al auditor, el señor Kenzō, caminar a grandes zancadas hacia él, con un libro de contabilidad apretado contra el pecho. Los trabajadores del escenario se desperdigaron ante el hombre de la corte cual aves asustadas, por mucho que el hombre no les dedicara ni una pizca de su atención.

—Justo a quien esperaba ver —continuó Kenzō—. Tenemos cosas de las que hablar tú y yo.

Sanemon inclinó la cabeza.

—Mi señor Kenzō, es un placer, como siempre.

—Una mentira obvia, pero aceptaré la intención —dijo Kenzō, sonriendo. A diferencia de la sonrisa cómoda del señor Shin, la de Kenzō le recordaba a la de un tigre preparado para saltar. Echó un vistazo más allá de Sanemon, hacia el escenario—. ¿Cómo va todo?

—No va a ninguna parte aún, mi señor —repuso Sanemon.

A pesar de la diferencia de clase entre ambos, sentía una extraña comodidad con el auditor. Kenzō no era amistoso en ningún sentido, pues, al fin y al cabo, seguía siendo un hombre de la corte, aunque sí que era alguien pragmático, en especial en todo lo que concernía al dinero. Y a Sanemon le gustaba pensar que él era igual. A lo largo de las últimas semanas, Kenzō había demostrado ser una buena fuente de consejos sobre medidas para ahorrar.

El auditor soltó una pequeña carcajada educada.

—Ya lo hará, maestro Sanemon, no me cabe la menor duda. —Hizo una pausa—. Tengo entendido que las ventas de entradas han sido excepcionales.

—Mejor de lo esperado.

—No pareces muy contento.

Sanemon dudó antes de contestar.

—Llenar todas las localidades conlleva una serie de dificultades, mi señor.

—También conlleva recibir más dinero —dijo Kenzō, dando un golpecito a sus libros—. El señor Shin ha gastado una buena fortuna tratando de arreglar este local. Sería una lástima que no fuera capaz de recuperar su inversión.

—Una lástima para todos nosotros, mi señor.

—Sí, sí. —Kenzō volvió a echar un vistazo hacia el escenario—. ¿Qué están arreglando?

—El estopor, mi señor.

—¿Se ha roto?

—Parece que sí. Lo descubrimos anoche.

—Ha habido varias dificultades como esa últimamente, si no me equivoco —dijo Kenzō, con el ceño fruncido.

Antes de que Sanemon pudiera contestar, oyó unos gritos repentinos que le sonaban muy familiares desde los vestuarios. Reconoció las voces al instante: la dama Etsuko y Nao. Nadie más discutía con tanta… teatralidad.

—¿Qué es este alboroto? —exigió saber Kenzō, con una expresión asustada.

—Otra dificultad —gruñó Sanemon.

El señor Shin había derrochado palabras dulces como la miel sobre la actriz antes de que llegara. Tras conocerla, Sanemon se había dado cuenta de que no habían sido nada más que eso: pura palabrería. La realidad de Noma Etsuko era de todo menos dulce.

Era tan arrogante y exigente como cualquier dama de la corte, solo que con el mal humor de una pescadera y una voz capaz de hacer temblar los pilares del cielo. No pasaba ni un solo día sin causar algún problema. Sanemon procuraba hacer caso omiso de sus arrebatos cuando estos no apuntaban hacia él, aunque, en algún momento, el señor Shin iba a tener que intervenir, lo admitiera o no. De otra manera, la compañía no lograría sobrevivir.

—Mis disculpas, mi señor, pero debo encargarme de ello —dijo Sanemon.

—Por supuesto —asintió Kenzō—. Te acompañaré.

Si bien Sanemon habría preferido que no fuera así, no estaba muy seguro de cómo desalentar al auditor sin insultarlo. Por tanto, en su lugar, se limitó a asentir y se dirigió hacia la discusión, con Kenzō pisándole los talones. Y no eran los únicos: vio a Chika y a unas cuantas actrices más que se encaminaban en la misma dirección a toda prisa. Las discusiones entre Etsuko y Nao se habían convertido en algo legendario tras bastidores, tanto que hasta llegaban a hacer apuestas al respecto. A Sanemon no le parecía bien, pero tampoco hacía nada por detenerlo. La compañía necesitaba tener algo para desfogarse, por vergonzoso que fuera.

El campo de batalla de su última refriega parecía ser la sala de pelucas. Una muchedumbre ya se había reunido alrededor, y Sanemon vio monedas que pasaban de mano en mano. Como el nombre indicaba, la sala de pelucas era una sala llena de pelucas, liderada por una anciana peluquera llamada Uni. Pese a que la mayoría de compañías teatrales contaban con varias personas que desempeñaban dicho cargo, la de las Tres Flores dependía únicamente de Uni. La mujer caminaba encorvada y se había encogido por la edad, pero se movía a una velocidad sorprendente cuando quería. Todos los integrantes de la compañía sabían bien que debían apartarse de su camino. En aquel momento, la anciana casi daba saltos de pánico y agitaba las manos como las alas de un pájaro asustado. Varias pelucas habían caído al suelo, mientras que otra estaba en el firme agarre de la nueva integrante de la compañía, quien la blandía cual arma hacia su rival.

—Devuélvemela —gritó Etsuko, dando estocadas a Nao con la peluca que sostenía. A diferencia de su rival, Nao era alto, delgado y de rasgos afeminados. Bajo la luz adecuada y con el vestuario apropiado podía interpretar papeles tanto masculinos como femeninos, y se había valido de dicho talento para hacer avanzar su carrera como actor al interpretar una gran variedad de papeles que le habían hecho ganar el clamor del público, pero no el éxito que solía acompañarlo.

Nao miró a Etsuko por encima de la nariz, con una expresión altanera. Sanemon se percató de que él también tenía una peluca, aunque la sostenía cerca de su pecho en un gesto protector.

—Es mía y lo sabes —dijo con un tono seco—. Querías robármela.

—No he robado nada —repuso Etsuko, sin ceder ni un solo milímetro—. La peluca es mía. Y se puede comprobar porque está hecha de pelo de ujik, no de caballo…, como esas cosas raídas que te pones.

Blandió la peluca que sostenía con más fuerza, lo que arrancó un grito de nervios por parte de Uni. Sanemon estiró una mano para contener a la anciana.

—Dejad esta pelea tan infantil —ordenó.

Ninguno de los dos le hizo ni pizca de caso. No había esperado que lo hicieran, pero tenía que intentarlo.

—Pelo de caballo —susurró Nao. Se llevó una mano al pecho, como si le hubiera clavado una flecha—. ¡Pelo de caballo!

¿Cómo te atreves a insinuar algo así? ¡Serás... aficionada!

Etsuko se puso pálida.

—¿Cómo me has llamado?

—Ya me has oído.

Etsuko alzó más la barbilla, echando chispas por los ojos.

—Si hay algún aficionado aquí, ese eres tú. Yo he compartido escenario con leyendas. ¿Qué has hecho tú que hayan visto los demás?

Nao se sonrojó y abrió la boca para responder, pero Sanemon respiró hondo y rugió:

—¡Silencio!

El silencio se hizo en el pasillo, y hasta Etsuko pareció sorprenderse. Sanemon se alejó de Uni y fulminó con la mirada a los participantes.

—Sois unos idiotas. He dicho silencio —espetó cuando vio que Etsuko quería protestar. Le quitó la peluca de la mano y se la entregó a Uni, quien se había puesto a sollozar—. ¿Acaso no tenemos suficiente de lo que preocuparnos hoy sin que os pongáis a hacerlo todo más difícil? No me importa quién lo haya empezado; yo lo acabo aquí y ahora.

Miró en derredor.

—Hoy es el día más importante de nuestras vidas. Si la actuación sale bien, el futuro de nuestra compañía de teatro está asegurado. Si sale mal, mañana estaremos todos buscando un nuevo trabajo. —Les dedicó una mirada dura a Etsuko y a Nao—. Y eso os incluye a vosotros dos también. Así que basta ya.

Etsuko cogió aire por la nariz y recobró su dignidad.

—No tengo por qué estar aquí y escuchar todo esto; no soy ninguna niña pequeña a quien deba reñirse. Tengo que ir a prepararme. —Se dio media vuelta y miró a Sanemon—. ¡Y espero que el cartel esté cambiado antes de que suba al escenario!

—Y, con eso, se alejó a grandes zancadas, y la muchedumbre empezó a dispersarse.

Sanemon captó la mirada de Nao y le hizo un gesto para que se quedara donde estaba, pues quería hablar con el actor después de haberse librado de Kenzō. Se giró hacia el auditor y le dedicó una reverencia.

—Mis disculpas, mi señor. No debería haber tenido que ver nada de esto.

—No, no, ha sido de lo más instructivo, maestro Sanemon —respondió Kenzō—. Me preguntaba cómo lo mantienes todo en marcha, y ahora ya lo he visto. Este es tu reino y tú eres su gobernador.

—No sé si lo diría con esas palabras —contestó Sanemon, ruborizándose—, pero gracias.

—Aunque debo admitir que no es la primera vez que presencio un altercado semejante. Por mucho que me cueste decirlo, al pensar en ello y en todos los demás accidentes, no me parece muy buen augurio para la actuación de hoy.

Sanemon dudó antes de responder.

—Se considera buena suerte tener unos cuantos problemas el día del estreno, mi señor.

—¿Ah, sí? —Kenzō lo miró de reojo.

—¡Ah, claro, mi señor! —asintió—. No se puede tener una buena actuación sin que algo no haya ido mal antes; eso es lo que se dice siempre.

Y no era mentira. Se trataba de un dicho antiguo, solo que no tenía ningún sentido.

El auditor vaciló antes de inclinarse más hacia Sanemon, como si quisiera compartir un secreto con él.

—Entre nosotros, mi tarea sería más sencilla si este esfuerzo no diera frutos.

—¿Qué quiere decir, mi señor?

—Lo digo hipotéticamente, claro. El triunfo del señor Shin es el triunfo del Clan de la Grulla; es por eso que le he prestado mis servicios. Sin embargo, no se puede predecir cómo acabará una cosa así. Las artes escénicas son de lo más resistentes a una predicción precisa. Por ejemplo, si sucediera algo, el público podría pedir un reembolso, lo que es la perdición de cualquier empresa creativa.

—¿Por qué iban a pedir algo así, mi señor?

—Ah, por cualquier motivo —repuso Kenzō, con astucia.

Sanemon se puso recto, nervioso.

—No tenemos la costumbre de devolver el dinero.

—A veces se deben hacer excepciones. —El auditor había empezado a hablar en voz baja—. Y entonces, bueno, tendría que encontrarse un nuevo local, así como un nuevo mecenas. Aunque creo que eso no te costaría demasiado. No lo digo por decir cuando afirmo que esta compañía teatral está entre las mejores de las compañías de gama media. Seguro que serías capaz de encontrar un lugar más apropiado en el que desempeñar tus artes creativas, si así lo quisieras. —Esbozó una sonrisa—. Vaya, hasta estaría dispuesto a ofrecerte mis servicios para ello si fuera necesario. Es lo mínimo que podría hacer.

—Me honran sus palabras, mi señor —dijo Sanemon, inclinando la cabeza. Escogió sus siguientes palabras con cautela, pues no estaba del todo seguro de qué era lo que el auditor pretendía lograr con una sugerencia como aquella—. Pero acabamos de empezar la temporada y estoy seguro de que marcharnos ahora por cualquier motivo sería perjudicial para nuestra reputación.

Kenzō hizo un ademán para restarle importancia.

—Eso es fácil de solventar si es necesario. —Hizo una pausa—. Aunque no digo que lo sea. Estoy seguro de que todo irá según lo planeado. ¿Lo has visto, por cierto? Tengo que hablar con él.

—¿Al señor Shin?

—¿A quién más me podría referir?

—Mis disculpas. —Sanemon vaciló—. No, mi señor. Creo que ha ido a recibir a sus invitados.

—Muy bien —repuso Kenzō, con el ceño fruncido—. Hablaré con él más tarde. —Respiró hondo y se dio la vuelta para marcharse, aunque luego volvió a mirarlo—. Piensa en lo que acabo de decirte, maestro Sanemon.

—Lo haré, mi señor —dijo Sanemon en voz más alta, pues el auditor ya se marchaba.

Se sintió un poco mareado conforme pensaba en las palabras de Kenzō. Sucedía algo, algo que representaría un problema para él y los suyos. Cuando los señores se enfrentaban, solían ser los plebeyos quienes sufrían. Aun así, la pregunta que lo carcomía por dentro era si debía involucrarse o si era mejor dejarlos a su aire y esperar que todo saliera bien.

—Que las Fortunas me protejan de las confabulaciones de los Grullas —musitó para sí mismo.

Al otro lado del escenario, Ishi soltó una maldición porque algo iba mal con el estopor. Sanemon cruzó el escenario a toda prisa para lidiar con aquella nueva dificultad, con una sensación que se asemejaba al alivio en el cuerpo.

Aquello, al menos, sabía que podía solucionarlo.

CAPÍTULO 6
Nao

—¿Qué quería el Grulla, entonces? —preguntó Nao cuando Sanemon entró en la sala de pelucas, con una expresión abatida en el rostro—. El otro Grulla, quiero decir. No el nuestro. —Oyó el resonar de los tambores que provenía de lo alto, y el sonido hizo que el corazón le latiera más deprisa, como siempre.

—Nada —respondió Sanemon en un tono seco.

Sonaba cansado. Todos estaban cansados. Aquel día era un nuevo comienzo para ellos, pero, si salía mal, no iban a tener una segunda oportunidad. Nao estaba seguro de ello. Incluso los tramoyistas lo sabían. La compañía de las Tres Flores había recibido un respiro, aunque solo era algo temporal.

—No he sido yo quien ha empezado la pelea esta vez —dijo Nao, frunciendo el ceño.

—No importa quién haya empezado, lo grave es que alguien como Kenzō la haya visto.

Nao soltó un suspiro e hizo un gesto fastidiado para pedir a la anciana de las pelucas que se marchara, mientras ella trataba de recoger los restos del huracán Etsuko.

—Ya lo recogeré todo, Uni, muchas gracias —dijo en un tono cortante. Entonces, con un poco más de amabilidad, añadió—: ¿Por qué no va a hacerse una taza de té para calmar los nervios? Estará todo limpio como una patena para cuando vuelva, se lo prometo.

La anciana hizo una reverencia baja y se marchó mientras murmuraba algo en desaprobación para sí misma. Nao y Sanemon la observaron irse. Uni era una parte indispensable de la compañía y lo había sido desde que esta había tenido otro nombre y un director distinto. Era, quizás, la integrante más mayor de su pequeña familia, y todos la tenían en alta estima.

—Nuestra nueva actriz principal no le ha caído en gracia precisamente —comentó Nao, aunque sabía que tampoco le importaría, pues la actriz veía a los trabajadores entre bastidores como poco más que muebles.

—Necesita tiempo.

—Lo que necesita es un buen...

—Nao, por favor —lo cortó Sanemon antes de dejarse caer sobre un taburete—. Tienes que parar.

Nao se miró las uñas.

—Si ni siquiera ha sido una pelea. Una pequeña disputa como mucho.

—Sigue así y terminará abandonando la compañía. ¿Y qué haremos todos entonces?

—¿Estar en las nubes por la felicidad?

—Nao, por favor —repitió Sanemon, un poco pensativo—. La necesitamos.

—Eso es debatible.

—No, no lo es. El señor Shin cuenta con nosotros. Nos ha dado todo lo que hemos querido, y, a cambio, solo nos pide que llenemos las localidades. Y Etsuko es la mejor manera de hacerlo.

—Eso también es debatible. Y el señor Shin es un Grulla; tiene más dinero del que puede gastar.

Nao recogió una peluca del suelo y le sacudió el polvo de encima con cuidado. Se sentía a gusto en la sala de pelucas, pues era un lugar lleno de posibilidades. Era como si cada peluca fuera un espíritu distinto a la espera de ser invocado, ya fuera maestre o doncella, hombre de la corte o plebeyo. Eran como viejos amigos. Había llevado la mayoría de ellas en alguna obra u otra.

Sanemon soltó un gruñido, molesto.

—Tal vez, pero no existe ningún cofre sin fondo, y bien podría llegar el día en el que decida que ya ha perdido dinero suficiente. Mi intención es posponer ese día tanto como me sea posible. Y estaría bien que me ayudaras con eso.

—Ya estoy ayudando —respondió Nao mientras colocaba la peluca de vuelta en su maniquí con un respeto que estaba seguro que Etsuko no compartía.

La actriz no estaba sola en ello, pues había muy pocos actores en aquellos tiempos que entendieran la importancia de cosas como la magia de la historia, de la transformación y de la tradición, la magia de los corazones y de las mentes. Al tener maestría sobre todo ello, se era capaz de llevar al público al borde de las lágrimas o de hacerlos estallar en carcajadas. Para Nao no había ningún poder más grande que aquel, así como ninguna responsabilidad mayor.

—¿Y cómo lo estás haciendo exactamente? ¿Peleándote con Etsuko delante de todos los trabajadores?

—Pues mira, sí. —Nao clavó la mirada en el director—. Si no fuera por mí, estaría aterrorizando a los sastres, a los bordadores o a algún pobre encargado del telón, porque esa mujer prefiere las presas fáciles. Pero por suerte, no es capaz de resistirse a una pelea, así que yo se la doy. De verdad, tendrías que darme las gracias. Los demás ya están lo bastante nerviosos por estar en este lugar y no necesitan el estrés añadido que ella representa.

—No dejo de decirles que no hay ningún fantasma —dijo Sanemon, exasperado, antes de quedarse callado por un momento—. ¿De verdad le has robado la peluca?

—¿Tú qué crees? —contestó el actor con una sonrisa.

Sanemon meneó la cabeza y se puso de pie con dificultad.

—Creo que al final vas a acabar conmigo. —Se detuvo frente a la puerta—. Y, si no tienes cuidado, ella acabará contigo.

—¿Qué se supone que significa eso?

—La dama Etsuko tiene amigos, Nao, y, según sé, son amigos importantes. Si la incordias demasiado cabe la posibilidad de que alguno de ellos decida intervenir en su nombre.

Nao soltó un resoplido.

—No sería la primera vez que tengo que lidiar con un pretendiente demasiado ambicioso.

—Ya, solo que esta vez no será uno de los tuyos —repuso Sanemon, tras imitar su gesto.

—Si eso es lo que crees, quizá será mejor que me vaya.

—¿Cómo? —preguntó Sanemon, mirándolo.

—Ya me has oído. Tal vez lo mejor será que nos separemos de una vez por todas. —Lo había dicho a modo de broma, aunque tenía un atisbo de seriedad. Nao había sido testigo de demasiadas compañías de teatro atrapadas entre dos actores rivales, y no pretendía que la de las Tres Flores sufriera el mismo destino.

—No digas tonterías. —Sanemon vaciló antes de seguir—. Solo... piensa en lo que te he dicho. Por favor. Hazlo por Okuni, al menos. —Y, un instante después, se marchó.

Nao soltó un suspiro. Okuni. La antigua actriz principal de la compañía no había sido tan buena actriz como Etsuko, pero sí que era más agradable. También había sido una *shinobi* y había contribuido a la compañía con otros medios además de con sus habilidades artísticas. Ahora se había marchado, había huido, y Nao no la culpaba. Se había involucrado —y los había involucrado a todos— en algo demasiado peligroso para personas como ellos. Sin embargo, gracias a su nuevo mecenas, había conseguido escapar.

Nao solía preguntarse dónde habría ido tras abandonar la ciudad, aunque era mejor que no lo supiera. En las manos equivocadas, la información era un arma de lo más letal. Era algo que sabía mejor que la mayoría. Distraído, acarició una de las pelucas y disfrutó de la sensación del pelo bajo sus dedos. No era pelo de caballo, en absoluto, sino humano, y muy bien cuidado por parte de Uni.

Últimamente había estado pensando en si quizás Okuni había tenido razón, si de verdad era el momento de dejar todo aquello atrás, irse a otra parte y ser otra persona.

—¿Está bien, maestro?

Nao soltó un suspiro y se volvió.

—Sí, Choki. —Su suplente era joven, y bello más que apuesto. Pese a que aspiraba a ser actor principal, por aquel entonces solo era un aprendiz—. ¿Qué quieres?

El joven le dedicó una reverencia.

—El maestro Sanemon ha pensado que podría necesitar ayuda. Con las pelucas, quiero decir. —Miró alrededor de la sala—. Aunque Uni no suele dejarme entrar aquí.

—Y con razón. Este lugar tiene un orden que respetar, y la mayoría de vosotros nunca os habéis molestado en aprendéroslo.

—¿Por qué deberíamos hacerlo, maestro? Para eso están los encargados de las pelucas.

Nao chasqueó la lengua.

—Sí, pero ¿qué ocurre cuando no hay ningún encargado o cuando el que tienes es incompetente? Porque yo he pasado por ambas situaciones, y ninguna de las dos es una experiencia que me gustaría repetir. —Dio un golpecito con un dedo a una peluca con una melena suelta a los lados y un moño en lo alto—. Esta, por ejemplo. ¿Qué puedes decirme de ella?

—Es un estilo formal que llevan principalmente las mujeres jóvenes no casadas —dijo Choki sin dudarlo ni un instante.

Nao esbozó una débil sonrisa.

—¿Y?

Choki vaciló antes de contestar.

—¿Y qué, maestro?

—Mira el estilo del moño: suelto, desordenado en apariencia. No es el peinado de una doncella casta ni tiene el estilo sensual de una geisha, sino que tiene una forma más acampanada propia de una dama de la corte de, por ejemplo, la Ciudad del Fin del Viaje. —Resiguió la curva desigual del moño—.

Las pelucas cuentan historias, al igual que todas las demás partes de un disfraz. Lo que llevas es casi tan importante como la manera de llevarlo. Tienes que aprender todo esto si de verdad quieres dedicarte a las artes escénicas.

El aprendiz asintió.

—Lo aprenderé, maestro. —Dudó antes de añadir—: Aun así, creo que ya he aprendido bastante, y podría aprender más sobre el escenario que aquí encerrado.

—¿Eso es lo que crees? —preguntó Nao, con pereza.

—Quiero ser actor, maestro —insistió Choki—. Pero no puedo aprender nada tras bastidores, sin recitar ni una sola línea en una sola escena. ¡Estoy preparado para algo más!

Nao soltó un suspiro. Ya había oído aquella cantinela de parte de otros jóvenes en la misma posición que Choki, con sus voces encendidas por el fuego de la ambición. Cada uno de ellos se había visto a sí mismo como un futuro maestro del escenario.

—¿Sabes lo que significa ser actor? —preguntó con tanta amabilidad como fue capaz de aunar—. Pues, una vez pisas el escenario por primera vez, y me refiero a pisarlo de verdad, tu destino está sellado, y no puedes desviarte. No hay marcha atrás. Como si fueras un soldado, debes avanzar o perecer.

Choki tragó en seco.

—No tengo miedo.

—No te he preguntado si tienes miedo, te he preguntado si lo entiendes.

—Lo entiendo.

—Pues yo creo que no. Ser actor es dar algo de ti mismo, dedicar tu vida al escenario. —Nao cogió la barbilla de Choki con una mano y obligó al joven a mirarlo—. El escenario es tu reino, tu señor, tu dios. Es tu pareja, tu amante. Lo es todo, y, al mismo tiempo, no es nada. Pues, al final, al escenario no le importan aquellos que recorremos el sendero de las flores. No somos nada más que grano para la molienda.

Choki apartó la mirada, con las mejillas coloradas. Estaba avergonzado. Nao esbozó una sonrisa triste.

—Choki, has sido un aprendiz excelente. Me has observado durante semanas, por no decir meses, desde que vinimos a esta ciudad y te incorporaste a nuestra compañía. Pero todavía tienes mucho que aprender. —Sonrió—. Ahora debo prepararme para la actuación de hoy. —Se dirigió a la puerta, aunque se detuvo para darle una última orden—: Termina de recoger la sala, por favor, y luego ven a ayudarme con el vestuario.

Pese a que el aprendiz no logró ocultar su decepción, asintió.

—Sí, maestro.

Nao examinó la curva desconsolada de los hombros del joven por un momento, antes de dejarlo allí. Si bien comprendía la impaciencia de Choki, sabía que no iba a conseguir nada bueno si dejaba que el chico subiera al escenario con un papel principal demasiado pronto.

Muchos actores jóvenes abandonaban el teatro cuando su sueño era demasiado difícil de cumplir, mientras que otros seguían con su compañía teatral y alcanzaban el estrellato. Solo el tiempo sería capaz de decir en qué camino acabaría Choki. Sin embargo, hasta entonces, Nao pensaba hacer todo lo que estuviera en sus manos para instruir al joven, tal y como habían hecho con él durante su juventud imberbe.

Aun así, la triste realidad era que Choki seguramente nunca llegara a convertirse en el actor que imaginaba ser. Su talento era mediocre, tal vez adecuado para un público poco sofisticado, pero nada más, solo que Nao no se lo había dicho, claro. No tenía ningún motivo para aplastar el espíritu del chico, no cuando la mediocridad también tenía su utilidad.

Toda compañía teatral requería actores que no eran ni lo suficientemente excepcionales para interpretar un papel principal ni tan malos para que el público se percatara de ello. Ser adecuado a secas era suficiente para algunos papeles; los más pequeños y los aburridos que llenaban las filas de cualquier elenco de personajes: el mensajero, el pendenciero, la doncella de risita nerviosa. A Choki se le darían la mar de bien estos papeles, y Nao se lo había comunicado a Sanemon. El director conocía de buena mano aquel tipo de papeles, pues se le habían dado de maravilla durante su breve etapa de actor, o eso decía. Nao nunca había visto a Sanemon actuar. No se habían conocido hasta mucho después de que el director hubiera dejado de lado el escenario en aras de las tareas tras bastidores. En ocasiones se arrepentía de ello, aunque no demasiado a menudo.

Nao había actuado en un teatro provincial de una pequeña aldea de las marismas, donde había sido uno de los pocos actores de la compañía de la Tortuga Roja hasta que Okuni lo había contratado para hacer de actor principal junto a ella en la de las Tres Flores. Si bien había actuado en compañías mejores que aquella, la de Sanemon era un paso adelante respecto a la de la Tortuga Roja. Y, además, una residencia permanente en la Ciudad de la Rana Rica tenía sus ventajas.

Para empezar, no era la Ciudad de las Mentiras. Nao se estremeció al pensar en ello mientras llegaba a su vestuario, por lo que apartó ese pensamiento de su mente. Los recuerdos de la ciudad en la que se había criado eran como un mal olor: desagradables, pero pasajeros. Se detuvo frente a la puerta y pensó en Choki, quien se había quedado mirando las pelucas. Meneó la cabeza y cerró la puerta tras él después de entrar.

La profesión de actor de teatro kabuki era, sobre todo, hereditaria. Con unas pocas excepciones, los actores de la mayoría de las compañías compartían lazos de sangre, por muy diluidos que estuvieran. Muchos eran descendientes de las grandes familias de actores de las generaciones previas, y hasta sus nombres pasaban de uno a otro. Nao no era el primero en hacerse llamar así, y tampoco sería el último.

Los nombres como el suyo eran una bendición y una maldición por partes iguales, pues, si bien uno podía acudir al peso de la tradición para guiar sus pasos, también se ataba a aquellos que habían vivido antes que él. El público conocía de sobra la historia de cada nombre que mereciera la pena recordar, y era imposible evitar las comparaciones. Nao había hecho todo lo que había podido, pero a veces se preguntaba qué pensaría su predecesora de él. Aun así, Shosuro Nao había sido una persona difícil de entender, incluso en sus mejores épocas, pues la mujer calculaba cada expresión y palabra para causar el mejor efecto. Con todo, había sido una buena instructora, mucho mejor que él mismo, en su opinión.

—¿Ya has acabado de jugar con tus pelucas? —le preguntó Etsuko cuando él entró en el vestuario que compartían.

Era el más grande de todos, como correspondía a su estatus de actores principales. En otros tiempos, lo había compartido con Okuni. En general, había sido una compañera de habitación mucho más agradable.

Etsuko se estaba vistiendo con algo de ayuda de su sustituta, Ashina. Nao dedicó una sonrisa amable a la joven, aunque ella evitó su mirada. Ya llevaba varios años con Etsuko, por lo que era probable que supiera que no debía reconocer la presencia de cualquier persona que cayera mal a su señora.

—¿Quieres decir si ya he terminado de recoger tu estropicio? Pues sí. De verdad, tendrías que disculparte con Uni, por cierto. No es nada sabio incordiar a la preparadora de pelucas.

—Cuento con mis pelucas —repuso Etsuko, despectiva—. Tengo el cuero cabelludo sensible. Te crees muy listo, Nao, pero no eres más que un crío.

—Mejor un crío que una vieja.

—¿Cómo me has llamado? —Etsuko dirigió su mirada hacia él a toda prisa.

—Ya me has oído.

A decir verdad, Etsuko no era mayor que él y lo suficientemente joven para resultar creíble al interpretar el papel de una adolescente enamorada, siempre que uno estuviera dispuesto a pasar por alto ciertos aspectos.

—¡Cómo osas hablarme así!

—Te hablaré como me dé la real gana —le espetó Nao, que se encaró a ella y supo que era un error incluso mientras lo hacía.

No había pasado tanto tiempo desde su última disputa. La actriz hizo un gesto exasperado y Ashina se alejó a toda prisa, con los ojos muy abiertos y el rostro pálido. Etsuko metió una mano en su túnica y sacó una daga pequeña. Nao se sorprendió tanto que por un momento se quedó sin palabras.

Etsuko blandió la hoja. Su tono, antes pulido, se había vuelto más duro.

—Tendría que cortarte la lengua. —Dio un paso adelante y Nao se echó atrás hasta chocar contra su mesa de maquillaje. La actriz se inclinó más hacia él—. Sé que te has llevado algo más que mi peluca, Nao. ¿Dónde están las cartas?

—¿Qué cartas?

—No te hagas el tonto. Mis cartas privadas.

Nao se puso a pensar y recordó el alboroto que la mujer había provocado unas semanas antes sobre unos documentos suyos que alguien le había robado, aunque en aquel entonces no le había dado demasiadas vueltas. Si bien ella culpó a Chika, no había ocurrido nada más después de aquello.

—¿Todavía sigues con esa cantinela?

—Y seguiré hasta que me las devuelvan —repuso, echando chispas por los ojos.

—No me he llevado ninguna carta. Ahora guarda ese cuchillo antes de que alguien se haga daño —dijo en voz baja.

—El único que va a salir malparado eres tú, pedazo de fanfarrón vanidoso. —Etsuko alzó la daga y se detuvo. Le dedicó una mueca de desdén que habría prendido fuego a las tres primeras filas si se hubiera producido sobre el escenario, y luego guardó la daga—. Pero no quiero mancharme el traje de sangre. Me devolverás las cartas al final de la actuación o ya verás.

—¿Qué veré?

—Que le diré a mi nuevo prometido que me has insultado. —Se dio media vuelta para que Ashina pudiera acabar de vestirla. Nao se la quedó mirando, sorprendido.

—¿Prometido?

—Sí, parece que por fin me voy a casar.

—¿Y quién es el pobre desgraciado que te corteja?

—Bayushi Isamu —repuso ella, mirándolo por el reflejo del espejo—. Un nombre que te sonará, si no me equivoco.

Nao se quedó callado, sorprendido a pesar de que no quería mostrarlo. ¿Bayushi Isamu? ¿Allí? Pensar en ello hizo que un escalofrío le recorriera el cuerpo.

—De ninguna manera.

—Eso no es lo que dice él.

—Los Escorpiones mienten —dijo Nao, encogiéndose de hombros y tratando de no hacer caso al pánico repentino que se había apoderado de él—. Se parecen mucho a nosotros en ese sentido.

—No creo que sea ninguna mentira. De hecho, me ha hablado mucho de ti, Nao. ¿Quieres saber qué me ha contado?

—No.

La sonrisa de la actriz le heló los huesos.

—¿Estás seguro?

Nao no dijo nada. No tenía ninguna intención de darle la satisfacción de ver cuánto lo había trastocado aquel nombre. Etsuko reemplazó su sonrisa con una mueca de desdén.

—Muy bien. Mis cartas, Nao. O, si lo prefieres, puedes hablar con mi querido Isamu en persona.

Nao la miró en su espejo y estudió la sonrisa de satisfacción de su rostro. Etsuko pensaba que había ganado. Su ira se volvió gélida. ¿Quería ponerlo nervioso? Pues vale.

Él también sabía jugar a ese juego.

CAPÍTULO 7
Bayushi Isamu

Cuando Shin y Kasami llegaron, había una sola Escorpión frente a la puerta. Era delgada bajo su túnica de color rojo y negro, con el rostro completamente oculto bajo una máscara que parecía un demonio sonriente y que incluía un par de cuernos bastante impresionantes. La mujer iba armada y mantenía las manos cerca de la empuñadura de su espada mientras los miraba por el rabillo del ojo.

—Usted es el Grulla —dijo.

—¿Ah, sí? Pues menudo alivio, pensaba que me había puesto la túnica equivocada esta mañana. —Shin se alisó las arrugas de su túnica y dedicó a la mujer su sonrisa más encantadora. A pesar de ello, la mujer no se relajó y Shin esperó un poco antes de hablar—. Soy el Grulla, sí. Y este es mi palco.

—Mi señor está en el interior —dijo, antes de dirigir la mirada a Kasami. Las dos mujeres se observaron durante un largo momento. Shin casi era capaz de oír el estruendo de la batalla conforme se medían la una a la otra. Se llegó a una tregua y la Escorpión se echó atrás y abrió el paso hacia la puerta—. Su guardaespaldas puede quedarse aquí.

—Qué considerado por tu parte —dijo Shin antes de que Kasami pudiera protestar—. Y en mi teatro, además. Muy amable, sí. No me imagino por qué el Clan del Escorpión tiene la reputación que tiene. —Miró a Kasami de reojo—. Acompáñala. Y compórtate. —Se tomó el gruñido sin palabras de su guardaespaldas como una confirmación y se acercó a la puerta. Un sirviente, y no uno de los suyos, la abrió.

—Por aquí, mi señor —murmuró el sirviente enmascarado. Shin alzó una ceja, aunque no dijo nada. Los Escorpiones eran tan infames a su manera como los Grullas en lo que respectaba a la cortesía. Como regla general, los miembros de la corte del Clan del Escorpión eran detestables. Todo lo que hacían estaba diseñado para ganar ventaja en una situación dada y aferrarse a ella. Mientras que los Grullas se valían de la cortesía para cumplir el mismo fin, los Escorpiones empleaban la falta de cortesía. Se trataba de una táctica interesante, una que Shin había usado con éxito en más de una ocasión.

Había cuatro miembros de la corte esperándolo en el palco. Cada uno de ellos llevaba una máscara fabricada de una manera distinta, con diferencias sutiles que indicaban el rango, el gusto y otras variables. Tres de ellos estaban sentados sobre los cojines, dos hombres y una mujer. El último miembro del cuarteto estaba en la parte delantera del palco para observar el escenario.

Habían abierto la cortina de privacidad, seguramente para que los demás se percataran de su presencia.

—Espero de todo corazón que tengan muchas ganas de ver la actuación —dijo Shin, y les dedicó una breve reverencia. Los demás lo observaron en silencio desde detrás de sus máscaras.

El cuarto se volvió mientras Shin hablaba.

—*Los amantes suicidas de la Ciudad de las Murallas Verdes.* Una elección poco inspirada, aunque segura.

—Y usted debe de ser Bayushi Isamu —dijo Shin, sin hacer caso al insulto.

Bayushi Isamu era delgado y elegante, y la mitad inferior de su rostro quedaba oculta bajo un velo de buen gusto. Vestía una túnica de color negro y dorado con un bordado llamativo en los bordes. No llevaba su cabello negro atado, al igual que Shin, salvo por una cinta dorada y con forma de escorpión que se lo mantenía alejado del rostro. Miró a sus tres compañeros, quienes, sin soltar ni una palabra, se pusieron de pie y salieron del palco en fila, lo que dejó a Isamu y a Shin solos.

Shin los observó marcharse.

—¿No se van a quedar? —preguntó.

En sus adentros notó una punzada de diversión. Se trataba de la señal que indicaba que Isamu quería hablar en privado; una vieja táctica, aunque un tanto ostentosa.

—No para esto —dijo Isamu.

—Lástima. Siempre me siento más cómodo delante de un público.

—Eso he oído. —El tono de Isamu implicaba que lo que había oído no era demasiado impresionante.

Se examinaron el uno al otro al estilo de los miembros de la corte de cualquier lugar en busca de un punto débil del que aprovecharse, al mismo tiempo que esperaban a ver quién hacía el primer movimiento. Shin, quien conocía de primera mano aquel tipo de juegos, cedió la primera ronda a Isamu.

—Es nuevo en la ciudad, entonces —dijo en su primer movimiento.

Isamu asintió ligeramente.

—Usted no.

—No. Me gusta este lugar.

—Otra cosa que he oído.

—Mi fama me precede.

—Se dice que «la infamia se alarga como una sombra».

—Kazushi —repuso Shin para reconocer la cita. Alisó el borde de su manga—. «El sol de nuestras acciones arroja la larga sombra de la infamia». Me tomo esa comparación como un cumplido.

—Eso también lo he oído.

—Oye muchas cosas.

—Escucho cuando los demás hablan.

—Me he dado cuenta de que uno puede escuchar incluso mientras habla —comentó Shin—. Es uno de mis talentos. —Ladeó la cabeza—. ¿Qué le está pareciendo?

—¿La ciudad? Adecuada.

—No debe haber salido mucho, entonces.

—No comparto su predilección por los vicios de los plebeyos.

—¿Otra cosa que ha oído? —preguntó Shin, alzando una ceja.

—No he tenido que escuchar con demasiada atención. La mayor parte de la ciudad está llena de rumores relacionados con sus hazañas. Usted es el tema de muchas conversaciones.

—Qué emocionante —murmuró Shin, y entonces decidió pasar a la ofensiva—. Parece saber mucho sobre mí. ¿Tan interesante soy?

—No para mí —repuso Isamu, aunque luego dudó. ¿Se trataba de un error o de un amago? Shin rodeó la declaración con cuidado antes de decidir no ofenderse.

—Es lo que esperaba. No soy nada más que un humilde hombre de la corte, al fin y al cabo.

Isamu hizo un ademán con la mano.

—Dos conceptos intrínsecamente opuestos: la humildad y la corte.

Shin esbozó una sonrisa.

—Y, aun así, se dice que «la humildad es la hoja más puntiaguda y la piedad, el borde más afilado».

—«Si se apuñala el espíritu de un hombre, este sangra por igual» —dijo Isamu—. De Hiroki. *Oda a la Espada Gentil.*

—Sonaba como si no aprobara la elección de Shin. ¿Un fallo en su defensa u otro amago? Shin decidió averiguarlo.

—Una obra fundamental, en mi opinión.

—«Con opinión y plumón alza vuelo la Grulla» —repuso Isamu a tal velocidad que Shin pensó que debía haber estado esperando a que le llegara la oportunidad.

—Nunca lo había oído —dijo Shin, alzando una ceja.

Isamu se enderezó de una manera tan ligera que fue casi imperceptible.

—Es de cosecha propia.

Allí estaba: un lugar por el que atacar. Y eso fue lo que hizo el Daidoji.

—Ah, bueno, todos tenemos nuestras aficiones.

—Sí. —La mirada de Isamu se volvió más dura—. Me han contado que usted resuelve misterios.

Shin se abanicó y decidió hacer un amago propio.

—Me halaga.

—No era mi intención.

Shin se cubrió la boca con el abanico para ocultar su sonrisa.

—En ese caso, quedo escarmentado.

—Lo dudo mucho. —Isamu miró alrededor del palco, como si estuviera anotando cada una de sus muchas imperfecciones—. Me sorprendió recibir su invitación.

—¿Sí? —preguntó Shin. Dado que ya habían probado sus filos el uno contra el otro, llegaba el momento de ponerse manos a la obra—. No sé por qué. Usted es un personaje con cierta importancia en la ciudad; habría sido más extraño que no lo hubiera invitado.

Isamu se volvió para mirar a un lugar justo por encima del hombro de Shin.

—He oído que la actuación de hoy es para establecer el tono. Si es un éxito, recibirá numerosos halagos. Y si fracasa…

—Estaré donde empecé, sin haber sufrido mayor daño.

—Un punto de vista optimista.

—«No tiene que mirarse a la oscuridad para entender las sombras» —dijo Shin.

—Harada. Una filósofa de segunda.

Shin se encogió de hombros.

—Aun así, dice muchas verdades. ¿Es por eso que ha venido a verme? ¿Para calumniar a los filósofos que decido citar?

—He venido a informarle de que hoy será la última actuación de la dama Etsuko.

El Daidoji hizo una pausa antes de contestar.

—¿Ah, sí?

—Así es. Nos vamos a casar.

—Ah. —Shin se quedó callado una vez más para digerir aquella nueva información. Fuera lo que fuera que hubiera esperado de aquella conversación, no había sido eso—. Ya veo.

—Parece molesto.

—Tan solo sorprendido. Gasté una suma considerable para comprar su contrato previo. Si lo hubiera sabido antes… —Hizo otra pausa—. ¿Podría preguntarle cómo ha sido que se han comprometido?

Isamu dio un respingo, no de manera clara, pero si se le tensó ligeramente la piel alrededor de los ojos.

—¿Me puede decir cómo es eso asunto suyo?

Más palabras maleducadas, aunque en aquella ocasión estaban pensadas para desviar la pregunta en lugar de para atraerlo a una trampa. Shin decidió aprovechar aquella ventaja momentánea.

—Como en estos momentos tiene un contrato conmigo, lo considero un asunto de cierta importancia. Por ejemplo, no estaría bien que permitiera que a una de mis actrices la presionaran para que se comprometiera. Imagine lo que dirían por ahí.

—Le aseguro que no ha habido ningún tipo de presión por mi parte —repuso Isamu.

Era una manera un tanto curiosa de negarlo, muy particular. Shin lo archivó para analizarlo más adelante, pues notaba algo ahí, justo bajo la superficie. Se preguntó si podría lograr sacarlo a la luz.

—Le tomo la palabra —dijo Shin. Si bien era un poco burdo, transmitió lo que quería dar a entender. No dio a Isamu la oportunidad de recuperarse—. Aun así, dada la gran variedad de pretendientes que han pedido su mano, es natural sentir curiosidad acerca de cómo lo consiguió usted.

—¿Era usted uno de ellos? —le preguntó Isamu.

Fue una pregunta directa, casi una acusación.

—No.

—Ah. Lo siento, había oído que sus gustos giraban en torno a las actrices.

—Mis gustos son variados e igualitarios —dijo Shin, agitando su abanico—. Mire usted por donde, hasta he coqueteado con algún Escorpión por aquí o por allá.

Isamu soltó un leve gruñido.

—Ya. Mi prima me lo advirtió.

—¿Su prima?

—Bayushi Chiasa.

Shin se quedó callado, confuso por un momento, cuando los recuerdos de una joven que se reía tras su velo surgieron en la parte frontal de sus pensamientos. Aun con todo, se recuperó deprisa.

—Creo que ese nombre me suena.

—Debería. Al fin y al cabo, usted la secuestró.

Shin cerró su abanico de un solo movimiento.

—Al contrario, más bien fue una travesura juvenil en la que ella participó de manera voluntaria. Y hasta entusiasta, se podría decir.

—Fue en la víspera de su compromiso.

—¿Y terminó casándose con el hombre al final?

—No —respondió Isamu, en un tono seco.

—Bueno, entonces supongo que ese fue el motivo de su entusiasmo. —Shin pensó un segundo—. No me ha respondido la pregunta.

—Poesía —dijo Isamu.

—¿La suya?

—En parte. —Isamu cogió aire—. «Cuán desolador el pasado, aquese tiempo triste en el que no te había visto; mejor olvidar los días antes de que te conociera».

Shin esbozó una sonrisa educada.

—Encantador. De Tetsua Atsu, si no me equivoco. Aunque debo admitir que siempre he preferido a Kana. —Se aclaró la garganta—. «El color de las flores se desvanece bajo el aguacero diluviano, al tiempo que mi encanto se vuelve lejano; ambos florecieron, dulce tristeza, en vano».

—Le aseguro que los encantos de la dama Etsuko no están nada lejanos —interpuso Isamu.

—No era mi intención —dijo Shin a modo de disculpa. Hizo un gesto bastante dramático y citó—: «Tumbado en las arenas silentes, hoy recuerdo la distante agonía de mi primer amor». —Hizo un gesto con su abanico como si quisiera impulsar las palabras hacia Isamu—. De Ishihara. Las palabras se le dan de maravilla a ese hombre.

—Un sensiblero sin más, según lo veo —comentó Isamu— Shika lo expresa mejor, creo. «El agua se ha ido, arrojada y perdida; el rocío se desliza como perlas de las flores».

—¿Y eso no es sensiblero? —preguntó Shin.

—Al menos es más sutil.

—La sutileza está sobrevalorada. Es un arma para cobardes.

Isamu lo miró con atención.

—¿Está seguro de que es un Grulla? Suena como algo que diría un miembro del Clan del León.

Shin se echó a reír.

—Teniendo en cuenta a quién se lo oí, no me sorprende. ¿Conoce a Akodo Minami, la comandante de la guarnición de los Leones?

—No demasiado —repuso Isamu, tras dudarlo.

—Me sorprende.

—¿Por qué? Como bien ha dicho, hace poco que he llegado.

—Estaba, o, mejor dicho, está, enamorada de la dama Etsuko —dijo Shin con una sonrisa—. O eso he oído.

—Típico de un Grulla: ofrecer un rumor sin que se le haya pedido.

Shin se llevó una mano al pecho.

—Un golpe bajo, mi señor. Debo admitir que los chismes son uno de mis vicios. Aun así, debe perdonármelo; sigo un poco sorprendido por la noticia de que voy a perder a mi nueva estrella.

Isamu hizo un gesto para restarle importancia.

—Por supuesto. Es por ello que quería contárselo yo en persona; no quiero que se produzca ninguna situación incómoda entre nosotros si volvemos a vernos.

—Seguro que lo haremos —dijo Shin, mirándolo con atención. Sí, estaba seguro de que había un trasfondo de... ¿qué? ¿Incomodidad? ¿Frustración? No lo sabía a ciencia cierta. Isamu no estaba contento por algo y se había decidido a no mostrarlo. Aquello también lo archivó para analizar en el futuro—. Aun con todo, por muy desafortunado que sea para mí, lo felicito y le deseo toda la felicidad que las Fortunas sean capaces de brindarles.

Isamu cogió aire por la nariz.

—Se lo agradezco. Lo dejaré tranquilo; estoy seguro de que tiene más invitados con quienes hablar. —Hizo una pausa—. He oído que Tonbo Yua va a asistir a la actuación, ¿es eso cierto?

—Así es —dijo Shin, sin mostrar ni un atisbo de la curiosidad que aquella pregunta había despertado en él.

Había invitado a Tonbo Kuma, actual representante de la delegación del Clan de la Libélula en la ciudad, pero alegó tener un compromiso previo y había enviado a una de sus primas, Yua, en su lugar. Si Kuma tenía de verdad un compromiso previo o albergaba cierta inquina hacia Shin desde su anterior encuentro durante todo el asunto del arroz envenenado, Shin no estaba seguro de ello. Si bien no había creído que Kuma fuera una persona que guardara tanto rencor, se decía que las aguas tranquilas eran las más profundas.

—Excelente. Tengo asuntos que tratar con ella.

—¿Asuntos comerciales?

—Algo así —respondió Isamu, y le dedicó una reverencia un tanto rígida—. Me marcharé ya.

Y, con eso, abandonó la sala, acompañado por su sirviente. Shin los siguió hasta la puerta y observó a toda la comitiva, miembros de la corte, sirviente y guardaespaldas, salir en dirección a su palco.

—No me fío de ellos —dijo Kasami sin cortarse ni un poco, y Shin la miró de reojo. Estaba cerca de la puerta, rígida y con los brazos cruzados—. Los Escorpiones no hacen nada sin motivo.

—Ha venido a decirme que se va a casar —explicó Shin, distraído—. Con la dama Etsuko.

Kasami soltó un gruñido de sorpresa.

—Pobre hombre —dijo, antes de poder contenerse.

—Yo también me siento un poco perjudicado —dijo Shin con un suspiro—. Pero bueno, es un problema para mañana. —Miró en derredor—. ¿Dónde está Kitano? Pensaba que lo habías mandado a preparar té.

—Aquí, mi señor —contestó Kitano a sus espaldas. Parecía un poco más maltrecho de lo habitual—. Me... Me han pedido que me marchara. Que el té no era necesario. —Se frotó la nuca, avergonzado—. He pensado que lo mejor era no discutir.

Shin restó importancia a la excusa con un ademán.

—Claro. ¿Han llegado los demás invitados?

—Sí, mi señor. —Kitano asintió deprisa—. Ya están todos aquí.

—Perfecto. —El Daidoji miró a su guardaespaldas—. ¿Hacemos nuestra ronda?

Kasami se alejó de la pared y asintió.

—Si no hay más remedio...

—No lo hay. Kitano, prepárame algo de té, por favor. Ah, y cierra la cortina de privacidad, no quiero que nadie me moleste cuando vuelva. —Shin empezó a recorrer el pasillo, con las manos detrás de la espalda, todavía pensando en la visita de Isamu, por mucho que hubiera pretendido dejarlo para más adelante. Sin darse la vuelta, añadió—: Si todo va bien, volveré antes de que empiece la actuación.

CAPÍTULO 8
Un buen anfitrión

Shin contuvo un bostezo mientras recorría el pasillo. Kasami soltó un gruñido de desaprobación.

—Póngase recto —lo riñó—. ¿Qué pensarán si lo ven encorvado como un borracho?

—Supongo que pensarán que me he pasado de copas, lo que es probable que suceda antes de que acabe el día. Y más aún si todo sale mal. —Se dio una sacudida y se enderezó. Estaban llegando al palco privado que Shin había regalado exclusivamente al Clan de la Libélula—. Aun así, me tomo tu comentario con la intención que pretendías.

Una sola guardia estaba en su puesto en el exterior del palco, sobre un taburete. Iba vestida de manera similar a Kasami, si bien le faltaba su aire de competencia. Shin pensó que era nueva en el puesto, aunque estaba claro que los había estado esperando, pues se puso de pie en cuanto los vio acercarse.

—La dama Yua acaba de llegar, mi señor —dijo la mujer, nerviosa, inclinando la cabeza—. Lo espera en el palco.

—Maravilloso —contestó Shin—. Hablaré con ella ahora.

—La guardia deslizó la puerta para abrirla y miró con cautela a Kasami conforme esta ocupaba su posición en el lugar opuesto. Shin se detuvo en la entrada—. Pórtate bien —le pidió a Kasami, señalándola con un dedo a modo de advertencia. El gruñido de la guardaespaldas fue su única respuesta.

En el interior del pequeño vestíbulo, dos sirvientes vestidos con los colores de la Libélula postraron su frente contra el suelo cuando Shin pasó por delante de ellos hasta el palco propiamente dicho.

Recibir a los invitados del Clan de la Libélula primero era tanto por cortesía como por conveniencia. Oficialmente, la ciudad estaba controlada en conjunto por tres clanes: el del León, el del Unicornio y el del Dragón. De manera extraoficial, el Clan del Dragón había cedido su parte a su clan vasallo, el de la Libélula. De los tres poderes, las Libélulas eran los más débiles, tanto en términos militares como económicos, por lo que eran los invitados más seguros a quienes recibir primero.

—Mi dama Yua —la saludó Shin después de entrar y dedicarle una reverencia educada.

Tonbo Yua era una mujer mayor, desaliñada y práctica. Vestía con un estilo que pasaba desapercibido y tenía una expresión seria. Shin no sabía mucho sobre ella, salvo que era una de varios enviados comerciales que supervisaban la parte que tenía el clan en la Ciudad de la Rana Rica.

—El señor Kuma le envía sus saludos y sus disculpas, mi señor Shin —repuso con seriedad—. Como dijo en su carta, no podrá asistir a la actuación, por lo que me ha enviado a mí en su lugar. Espera que no se lo tome como un insulto.

Shin inclinó la cabeza.

—Nunca. Pero sí espero que disfrute de la actuación. ¿Es usted por casualidad devota de las artes escénicas?

Shin echó un vistazo alrededor y vio que la mujer había colocado un escritorio portátil y varios libros de contabilidad amontonados junto a él. Una caja llena de hojas de té secas y más libros de contabilidad yacían cerca. El olor que desprendían las hojas de té era intenso, con un picor amargo potente que se aferraba al papel. Bien podría haber sido una firma.

—Me considero una persona culta —se limitó a contestar.

Echó un vistazo por el palco, y su rostro no mostró ningún indicio de lo que podía estar pensando. Tras unos momentos, añadió—: Me han contado que ha conseguido los servicios de Noma Etsuko. Todo un golpe maestro, mi señor.

Shin se obligó a sonreír.

—Eso me dicen. ¿Le gusta su manera de actuar?

—Como he dicho, me considero una persona culta.

Algo de su tono le daba a entender que lo más sabio sería no seguir con aquella parte del interrogatorio. Shin captó la advertencia que la mujer no había pronunciado y se volvió hacia el escenario.

—Bueno, tendrá una buena vista al sendero de las flores desde aquí —dijo, señalando la estrecha pasarela que se extendía desde el escenario hasta la parte trasera del público.

Dicha pasarela permitía a los actores entrar por entre el público, lo que siempre proporcionaba cierto entretenimiento a los que estaban sentados en los bancos.

—Muy considerado por su parte —respondió ella sin nada de emoción.

Shin decidió hacer caso omiso del tono de la mujer, como si este fuese una nimiedad.

—También he dispuesto con los mercaderes de té del lugar que siempre haya un suministro de Benten de Hierro a mano. Si no me equivoco, es la bebida favorita entre los Tonbo...

—Prefiero Sonrisa de Primavera.

—Por supuesto —dijo Shin, todavía sonriendo. Así que ese era el olor, el té seco de las cajas. Debía preferirlo de verdad si lo usaba como material para envolver paquetes además de como bebida—. Me aseguraré de tener algo a mano por si le apetece. En cuanto a la comida, puedo recomendarle a un excelente vendedor de fideos...

—He traído mis víveres.

—Muy sabio por su parte. Uno nunca puede fiarse del todo de la comida que prepara otra persona. —Shin notó que se estaba hundiendo; una sensación que no le era muy familiar, aunque sí muy poco agradable. Yua parecía decidida a ser maleducada, y él no tenía ni idea de por qué. Tal vez solo quería estar sola. Fuera como fuera, su deber como anfitrión era asegurarse de que su paso por el teatro resultara lo más placentero posible. Intentó construir un último puente—. He hablado con Bayushi Isamu hace un momento.

—¿Y por qué debería interesarme eso a mí?

Shin frunció el ceño. Había algo duro en su tono, casi una acusación.

—Me ha mencionado que deseaba hablar con usted.

—¿Con qué motivo? —preguntó ella, con los ojos entornados.

—No me lo ha dicho.

Yua se enderezó y se giró.

—Discúlpeme. Estoy cansada.

Al captar que se había quedado más tiempo del necesario, Shin se disculpó, dedicó una reverencia a la mujer y se marchó con su incipiente entusiasmo más decaído que antes. Kasami hablaba en voz baja con la guardaespaldas del Clan de la Libélula, y ambas se quedaron calladas cuando el Daidoji cerró la puerta tras él.

—Ven —pidió a su guardaespaldas. Kasami se alejó de la pared y dedicó un ademán con la cabeza a la otra mujer a modo de despedida—. ¿Una nueva amiga? —preguntó cuando se hubieron alejado lo suficiente.

—Se llama Hira. Es una Koshei y entrenó con los Shiba. Este es su primer encargo.

—¿Has descubierto todo eso en tan poco tiempo?

—La mujer estaba muy nerviosa.

—Yo también lo estaría si tuviera una señora así —dijo Shin.

—¿No ha ido bien, entonces?

—Si no supiera que es imposible, diría que Kuma intentaba insultarme. La dama Yua no parece estar demasiado contenta con mi hospitalidad.

Kasami soltó un resoplido.

—Qué horrible debe de ser para usted.

—Como un puñal en el corazón, como comprenderás —protestó Shin.

A pesar de todo lo que lo había intentado, Kasami no entendía cuánto esfuerzo se necesitaba para ser un buen anfitrión. Cualquier fallo en su patrón podía conducir a rumores entre iguales. Shin sabía que los demás pensaban que era un haragán excéntrico, pero, si empezaban a pensar que además era un mal anfitrión... Le dio un escalofrío tan solo de pensarlo.

Kasami meneó la cabeza.

—¿Ahora dónde vamos?

—A los Leones, creo. Konomi lo entenderá.

—Seguro que sí —murmuró Kasami.

Shin se detuvo y le dedicó una mirada seria.

—¿Cómo dices?

—Ya me ha oído.

—Sí. ¿Qué insinúas?

Kasami soltó un gruñido, sin decir nada, y Shin esperó, con los brazos cruzados.

—Ha pasado mucho tiempo con ella desde que volvimos de las tierras del Clan del Unicornio —dijo ella finalmente.

—¿Y eso es un problema?

—No, pero la gente habla.

Shin hizo un gesto para restarle importancia y se dio media vuelta.

—Pues que hablen. Unos cuantos rumores siempre son algo bueno.

—Los rumores podrían llegar hasta su familia.

—¿Mediante nuestro querido auditor? Sí, supongo que sí. Pero no me imagino que ni mi abuelo tuviera algo que objetar con Iuchi Konomi. —Soltó una ligera carcajada—. Aunque me gustaría ver cómo lo intenta.

—Entonces, ¿la está cortejando?

—¿Cómo? —soltó, sorprendido por la brusquedad de la pregunta—. No, somos amigos. Nada más. ¿Qué te hace pensar esas cosas?

—Sería una pareja apropiada para usted.

Shin meneó la cabeza, con las manos en el aire.

—No. Para. No vamos a tener esta conversación. Eres mi guardaespaldas, no mi casamentera.

—Cerciorarme de que se case con una buena pareja es un tipo de protección —repuso Kasami, con un tono ligero.

Shin la miró, lleno de sospecha. En realidad su única objeción real ante el matrimonio era que se trataba de algo que se esperaba de él, y estaba decidido a no hacer nunca lo que se esperara de él. Kasami lo sabía, así que sin duda era por ese motivo que lo sugería.

—Te lo has estado pensando bien, ¿verdad?

—León —señaló Kasami.

Shin se volvió y casi se estrelló contra un samurái León con mala cara. El guerrero lo fulminó con la mirada. Era grande y corpulento; le resultaba un poco conocido, aunque Shin no recordaba de dónde.

—La dama Minami lo está esperando —gruñó.

A juzgar por su tono, Shin supo que lo habían enviado a buscarlos. Minami era de lo más impaciente.

—¿Ah, sí? Qué bien. —Shin dedicó una expresión radiante al samurái—. Te sigo, entonces. Ha pasado demasiado tiempo desde que hablé con tu señora por última vez. —El samurái torció el gesto, pero le hizo caso.

Durante toda la historia del imperio, el Clan del León y el de la Grulla nunca habían hecho buenas migas. Demasiada sangre se había derramado por culpa de aquello, aunque, según Shin, se esperaba cierta civilidad de todas maneras. Además, sabía que sus nociones exageradas de la cortesía los ponían de los nervios. Ser educado y molesto al mismo tiempo era una habilidad a la que había dedicado gran parte de su vida hasta lograr ser un incordio letal.

El palco de los Leones era un poco más grande que el reservado para las Libélulas, lo que era apropiado debido a que el primero era uno de los grandes clanes. Una segunda samurái estaba de guardia frente a la puerta y les dedicó una mirada de arriba abajo con cautela antes de hacerse a un lado. Shin hizo un ademán, y Kasami se detuvo y se dispuso a esperar con paciencia. Si bien confiaba en que no fuera a provocar a la samurái León sin motivo alguno, pensó que lo mejor sería que su visita fuera breve.

Una sola sirvienta lo esperaba en el interior, una mujer mayor un tanto brusca que le dedicó una reverencia y lo acompañó hasta el interior del palco, donde una sola ocupante lo aguardaba. Cuando hubo deslizado la puerta tras de sí, dijo:

—Mi dama Minami. Es un placer, como siempre.

Akodo Minami era una mujer bajita y de complexión fuerte: una guerrera más que una mujer de la corte. Parecía incómoda en su posición arrodillada, como si estuviera preparada para ponerse de pie ante la primera señal de problemas. Aun así, no se levantó cuando Shin entró en el palco, sino que le hizo un gesto para que se sentara.

—Me sorprendió recibir su invitación —dijo ella tras un momento.

—Directa al grano, entonces —repuso Shin.

—Lo mejor es quitarse las tareas desagradables de encima cuanto antes —le espetó ella—. ¿Por qué me ha invitado?

—No hacerlo habría representado el riesgo de insultar al Clan del León. —Shin esbozó una sonrisa y miró en derredor—. Espero que todo esté a su gusto. —Hizo un ademán hacia el sigilo de la familia Akodo, un rostro de león reservado dividido en dos mitades distintas que estaba tallado en los paneles situados sobre sus cabezas.

Unas cortinas con los colores de los Leones decoraban el interior del palco, y hasta los cojines se habían tejido teniendo en cuenta la heráldica del clan. Unos pergaminos que honraban las grandes batallas de la historia de los Akodo colgaban de los marcos del palco, y las pantallas de privacidad estaban decoradas con un estilo similar.

Minami siguió su gesto e hizo un mohín.

—No me gusta el teatro.

—Y, aun así, ha decidido asistir a la representación. Me halaga.

—No lo he hecho por usted, Grulla —dijo. Su lenguaje corporal era tan fácil de leer como siempre: estaba incómoda, nerviosa.

Shin sonrió y asintió, complacido por llevar la ventaja en aquella conversación.

—Lo siento, por cierto. —Bajó el tono de voz y desplegó su abanico—. Dicen que la dama Etsuko ha dejado un rastro de corazones rotos a su paso.

—No sé a qué se refiere.

—Acabo de enterarme de que la dama Etsuko se ha prometido con Bayushi Isamu.

Minami se puso más rígida.

—Ese asunto no me importa lo más mínimo.

—Entonces ¿por qué ha venido? ¿Tal vez esperaba echar un último vistazo? —Shin agitó su abanico y la estudió tras sus radios. Se había sorprendido al enterarse de que Minami era una de las pretendientes de Etsuko, no porque pusiera en duda los encantos de la actriz, sino porque no podía imaginarse cómo se habrían conocido—. Pero, bueno, ¿cómo la conoció? Teniendo en cuenta que no le gusta el teatro, claro.

—Eso es asunto mío.

—No pretendía ofenderla, se lo aseguro. Es por pura curiosidad.

—No tengo ninguna intención de satisfacer dicha curiosidad. —Minami le dedicó una mirada de advertencia y Shin se reclinó en su asiento, en un gesto simbólico de retirada. Aun así, estaba decidido a seguir combatiendo según se retiraba. Se aclaró la garganta.

—¿Alguna vez la ha visto actuar? A la dama Etsuko.

—No —gruñó Minami.

—En ese caso, le espera una experiencia maravillosa, mi señora.

—Seguro que sí.

—Espero con ansias debatirla largo y tendido con usted.

Minami soltó un gruñido sin ninguna palabra más y Shin entendió que la charla había llegado a su fin, por lo que se puso de pie, le dedicó una reverencia educada y se marchó. Pese a que disfrutaba incordiando a Minami, ella no estaba de humor para eso en aquel momento. Normalmente atacaba tanto como recibía; tal vez estaba distraída pensando en que Etsuko se iba a casar con otra persona. Meneó la cabeza, molesto, en nombre de ella.

Shin colocó una débil sonrisa en su expresión cuando salió al pasillo. Se quedó satisfecho con dedicar un ademán educado con la cabeza a los guardaespaldas de Minami antes de marcharse de allí. Kasami no tardó en seguirlo.

—¡Qué rápido! —comentó la guardaespaldas.

—La dama Minami no estaba de humor para nuestras pullas de siempre.

—Bueno, es que usted es bastante cansino.

Shin la miró de reojo.

—Cuidado, eso se ha acercado a la falta de respeto —se burló, y antes de que ella fuera capaz de responder, añadió—: Kaeru Azuma ya debería haber llegado. Ven, quiero asegurarme de que está cómodo.

—Seguro que está bien.

Shin le dedicó una mirada cargada de significado.

—Dado que está aquí como representante del gobernador, además de como aficionado a las artes escénicas, me perdonarás si quiero asegurarme de ello.

—Reunirte con él antes de ir con los Unicornios podría verse como un indicio de favoritismo —dijo Kasami.

Si hubiera sido cualquier otra persona, Shin podría haber pensado que se estaba burlando de él. Al no ser así, decidió valerse de la mofa para enseñarle algo.

—Solo para quienes no saben nada. —Shin echó atrás los bordes de sus mangas liberando sus manos para los gestos de énfasis que estaban por venir—. En realidad, al visitar a los Unicornios en último lugar demuestro que no hay ningún sesgo indebido respecto a ellos, y al mismo tiempo reafirmo el vínculo entre nuestros clanes. Son los últimos, y, por tanto, los menos importantes, pero al visitarlos en último lugar puedo pasar más tiempo con ellos, con lo cual demuestro que, de hecho, son más importantes para mí.

Kasami se lo quedó mirando.

—¿De verdad escucha lo que dice o solo habla para oír su voz?

—Estoy intentando enseñarte algo importante.

—No necesito saber eso.

—Es lo mismo que opino yo de las tácticas con espada, y, aun así, insistes en que entrene cada día.

—Ahora que lo pienso, lleva varios días sin practicar.

Shin restó importancia a su comentario con un ademán de la mano.

—He estado ocupado. Además, como siempre digo, unos campos de batalla diferentes requieren tácticas distintas.

Kasami le dedicó una mirada cargada de sospecha.

—Eso es de *La espada*, de Kakita —dijo.

—¿Ah, sí?

—Sí.

—¡Qué raro! Bueno, las grandes mentes piensan igual —dijo Shin, animado.

El palco reservado para los representantes imperiales estaba casi en el centro de la pasarela, directamente encima del sendero de las flores. También era el más grande de todos, tal y como regía el protocolo.

Tres guardaespaldas Kaeru hacían guardia en el exterior y miraban con cara de mal humor a cualquiera que se acercara por allí. Eran un grupo de aspecto tosco, incluso sin su uniforme. Se los podía imaginar perfectamente combatiendo contra piratas en la cubierta de un barco en llamas o asaltando el escondrijo de un contrabandista.

Técnicamente, los Kaeru no debían lealtad a nadie más que al gobernador Miya, y eso solo era porque les pagaba para ello. Sin embargo, estaban vinculados intrínsecamente a la ciudad. Hasta su nombre dejaba entrever su lealtad subyacente —Kaeru significaba «rana»—, y, en cierta manera, tenían tanto derecho a la ciudad como los grandes clanes que combatían por ella en abierto.

Al igual que los Leones, estaba claro que lo habían estado esperando. Mientras uno de los sirvientes lo hacía pasar, oyó una risa que le sonaba y se detuvo, perplejo.

—¡Ay! Deje de esconderse por ahí, Shin. Pase —lo llamó Konomi desde el palco. Shin puso una sonrisa al entrar.

—Mi dama Konomi, ¡menuda sorpresa!

—Espero que sea una sorpresa agradable —dijo Konomi—. Pensaba que podría dejarnos a nosotros para el final, así que hemos decidido ahorrarle el esfuerzo. —Dio un golpecito a Azuma en el antebrazo con su abanico—. Además, hace demasiado tiempo que no comparto una taza de té con el señor Azuma.

Azuma levantó una ceja ante aquella muestra de familiaridad, aunque no pareció molestarse demasiado. Incluso sentado, Azuma era alto y delgado como un palo, con rasgos duros y un cabello que empezaba a volverse plateado. Iba bien vestido, aunque de manera modesta. Dedicó un ademán con la cabeza a Shin para saludarlo.

—Mi señor Shin. Muchas gracias por invitarme a la representación.

—Soy yo quien debe darle las gracias por acceder a venir —repuso Shin con amabilidad. Hizo además de sentarse, pero se detuvo y miró a Konomi—. Me había dicho que…

Konomi sonrió y señaló hacia el tercer ocupante de la sala, a quien Shin no había visto a causa de la sorpresa que se había llevado ante la presencia de Konomi. Se volvió para ver a un hombre apuesto y delgado ataviado en un kimono de decoración elegante y sentado al lado opuesto de Konomi y de Azuma, de espaldas al escenario. Este esbozó una amplia sonrisa al estudiar a Shin.

—¿Es él, entonces? —preguntó con un tono melifluo.

Konomi cerró su abanico de un solo movimiento.

—Mi señor Shin, permítame que le presente al señor Yasamura. Shinjo Yasamura…, este es Daidoji Shin.

CAPÍTULO 9
El sendero de las flores

Sanemon estaba en los laterales del escenario y observaba cómo los bancos se llenaban y los palcos se abrían. El tambor sonaba como un trueno por encima de su cabeza. Se dio cuenta de que se había aferrado al borde de la cortina auxiliar cuando los músicos comenzaron a tocar una melodía relajante que recordaba a la lluvia veraniega. Aquello tenía el objetivo de impedir que el público causara demasiado alboroto conforme buscaban sus asientos. Solo cuando el último asiento estuviera ocupado, el gran tambor con forma de barril que estaba tras la pantalla de los músicos sonaría para indicar el momento en el que debía abrirse el telón.

Dio un vistazo al palco del señor Shin y vio que las cortinas seguían echadas. Aquello pintaba bien, pues quería decir que estaba satisfecho por una vez en la vida. Si bien no albergaba nada más que respeto hacia el Daidoji, el noble había demostrado ser un entrometido empedernido. Había recibido un gran número de quejas por parte de los trabajadores en cuanto al… entusiasmo de Shin, a su necesidad de supervisar hasta el más mínimo detalle, incluso los que no necesitaban de su participación.

Uno de los actores secundarios, un hombre mayor llamado Botan que se especializaba en papeles cómicos, se acercó a Sanemon a toda prisa.

—¿Cómo lo ves?

—Lleno —repuso Sanemon, con el ceño fruncido—. ¿Por qué no te has puesto el traje aún?

Botan echó un vistazo a su túnica desaliñada.

—Ya lo llevo. Hago de monje, ¿recuerdas?

—Sí, pero ese no es el traje que Rin escogió para ti.

—Lo sé, este es mejor.

Sanemon meneó la cabeza.

—Que no te oiga decir eso. —Hizo un gesto hacia la pasarela que se extendía desde el escenario hasta la zona de asientos. Se podía llegar allí desde detrás de los bastidores mediante un pasadizo oculto que trazaba una curva por la pared interior—. El sendero de las flores te llama, Botan. Intenta no tropezar como la última vez.

Botan se echó a reír, se alisó la túnica desaliñada y se dirigió al pasadizo oculto, donde iba a ocupar su lugar junto a los otros actores, que también iban a entrar por detrás.

—Les encantó. Cada representación necesita alguna que otra caída.

—Si casi te rompiste el cuello.

—Pero ¿oíste los aplausos? —repuso Botan por encima del hombro—. ¡Valió la pena!

Tras soltar un suspiro, Sanemon se alejó del escenario y casi se dio de bruces con el suplente de Nao, Choki. Sostuvo al joven con una mano firme.

—Tranquilo, chico. Respira un poco. ¿Qué ha ocurrido?

Choki prácticamente saltaba de un pie a otro de puros nervios.

—¡La dama Etsuko, maestro!

Sanemon suspiró. Notaba un dolor de cabeza incipiente en algún lugar tras sus ojos.

—¿Qué ha hecho ahora?

—Nada, maestro. No es ella en realidad, es…

La explicación de Choki se vio interrumpida por la llegada de Etsuko y Ashina, quienes caminaban, decididas, hacia Sanemon. Una silueta corpulenta les pisaba los talones, con las manos estiradas en un gesto de súplica. Sanemon contuvo una maldición y se apresuró a ir a hablar con ellas. La misma escena se había repetido más de una vez desde que Etsuko se había incorporado a su compañía, tanto que Sanemon ya conocía más de la cuenta a quien la perseguía.

Ichiro Gota era un hombre bajo y corpulento con una complexión similar a la de Sanemon, aunque ahí era donde acababa su parecido. Gota era un vástago del Clan del Tejón, además de un mercader muy conocido. Se decía que había seguido a Etsuko por el río desde Otosan Uchi, que había trasladado su negocio y su vida entera solo para estar más cerca de ella. Etsuko, según lo que veía Sanemon, no correspondía dicha devoción.

—Tienes que escucharme, Etsuko —decía Gota—. Te suplico tan solo un momento de tu tiempo. Seguro que puedes dedicarme eso al menos…

Etsuko no le hizo ni caso. Vio a Sanemon y le dedicó un gesto con la cabeza para indicar que requería su intervención una vez más. El director suspiró y alargó uno de sus gruesos brazos para obligar a Gota a detenerse. Sanemon hizo una reverencia mientras Etsuko y su suplente se alejaban a toda prisa.

—Mis disculpas, mi señor, pero la dama Etsuko debe ocupar su lugar en el sendero de las flores. ¿En qué puedo ayudarle?

Cuando se enderezó, vio que el guardaespaldas de Gota tenía la mirada clavada en él y notó que un escalofrío le recorría la espalda. El ujik, pues Sanemon no sabía cómo se llamaba, iba vestido con una túnica negra de corte extranjero, aunque mostraba la insignia de los Tejones de manera bien clara. Llevaba el cabello atado en un rodete informal y no se había afeitado. Parecía como si no se tomara la civilización demasiado en serio. Tenía la mano apoyada en la espada curvada que llevaba enfundada en un costado.

El ujik acompañaba a Gota a todas partes. Nunca hablaba, según sabía él, y prácticamente ni reconocía la presencia de los demás. Aun así, perturbaba a Sanemon, pues conocía bien lo que era la violencia, y el ujik la irradiaba. El hombre era un asesinato en busca de un lugar en el que ocurrir.

Gota hizo un gesto para que su guardaespaldas se echara atrás.

—En nada —dijo el mercader, con un tono brusco—. No, tú no me puedes ayudar. Lo que tengo que decir es solo para oídos de ella. —Alzó la cabeza en un gesto que a Sanemon le recordó a una avalancha al revés—. No para los de tu calaña.

Sanemon aceptó la riña con una expresión amable. Gota no era como Shin y ni siquiera como Kenzō, sino que era un tradicionalista en muchos sentidos, en especial cuando tenía que tratar con aquellos que percibía como sus inferiores sociales. Hacía dos semanas, Gota había ordenado a su ujik que diera una paliza a un tramoyista que había cometido el error de apartarse de su camino sin la prisa necesaria. Sanemon consideró mencionar el asunto al señor Shin, aunque al final optó por no hacerlo, principalmente porque el ujik había propinado dicha paliza con cierta apatía: tan solo unos golpecitos suaves con el dorso de la mano. Y también porque involucrar al señor Shin implicaba involucrar a su guardaespaldas, Kasami, y eso sí que iba a conducir al derramamiento de sangre.

—La representación está a punto de comenzar, mi señor. Debería ir a su asiento. —Sanemon dudó antes de añadir—: No querrá perderse la gran entrada de la dama Etsuko.

Gota lo fulminó con la mirada, con una expresión retorcida por la frustración. Flexionó sus grandes manos, las relajó y, por fin, las dejó caer a sus lados. Soltó un suspiro y se alejó. Su ujik se quedó un instante más, dedicó a Sanemon un ademán de respeto con la cabeza y luego siguió a su señor.

Sanemon no se permitió relajarse hasta que los dos se hubieron marchado. Se giró de vuelta al escenario y se llevó un susto al darse cuenta de que Nao estaba detrás de él. Llevaba un kimono elegante, ya vestido para su papel como uno de los amantes secretos. Etsuko interpretaba a la otra mitad del duunvirato clásico, claro.

—¿Cuál de todos era ese? —preguntó Nao. Hizo un gesto, y Choki, quien lo había estado observando todo con los ojos muy abiertos, se alejó para encargarse de lo que le hubiera pedido.

—Gota.

—Ah. Está prometida, ¿sabes?

Sanemon se quedó sin saber qué decir.

—¿Qué?

—Me lo ha contado hace un rato. Alguien ha propuesto matrimonio a esa víbora repugnante, ¿te lo puedes creer? —Nao esbozó una sonrisita mientras lo decía, aunque su burla no le llegó a los ojos. Estaba preocupado, y eso hacía que Sanemon también se preocupara.

—No me ha dicho nada —repuso, mordisqueándose una uña. Posó la mirada en la dirección por la que Etsuko se había marchado—. ¿Quién es?

—Bayushi Isamu.

—¿El enviado de los Escorpiones? —El director parpadeó, sorprendido. Sí que había sido rápido. Según sabía, el hombre acababa de llegar a la ciudad—. ¿Te ha dicho cuándo?

Nao negó con la cabeza.

—Imagino que pronto, o, si no, no me lo habría mencionado. Sabes lo que significa eso, ¿verdad?

—Sí —dijo Sanemon, frotándose la frente.

Nao lo fulminó con la mirada.

—La temporada acaba de empezar y esa mujer ya nos ha saboteado. Te lo dije.

—Quizá no cambie nada —dijo Sanemon, desesperado, aunque sabía que ese no sería el caso.

Cuando se era un actor prominente como Nao o Etsuko, casarse con alguien noble, acaudalado o ambas cosas al mismo tiempo solía ser la meta final si no se tenían ganas de enseñar. Y mientras los ricos no tenían ningún problema a la hora de aportar fondos al teatro, no querían que sus parejas se dirigieran al escenario con pelucas y maquillaje. Así funcionaban las cosas.

—Alguien se lo tendrá que decir al señor Shin —dijo Nao.

—Tal vez podrías hacerlo tú —propuso Sanemon, lleno de esperanza.

—Yo no estoy al mando.

—¿Desde cuándo te ha impedido eso hacer algo?

Nao meneó la cabeza.

—Tú querías ser nuestro líder, Sanemon, así que lidera. Ve a decir a nuestro mecenas que ha perdido el dinero en una actriz principal caprichosa que ahora quiere abandonarnos para vivir una vida fácil y plena. —Se volvió hacia el escenario. La música estaba cambiando de ritmo; los últimos miembros del público iban a llegar poco después, tras lo que cerrarían las puertas.

Sanemon agachó la cabeza, pues notaba como si el peso del mundo entero le hubiera caído encima.

—Se lo contaré al señor Shin.

Sin embargo, mientras lo decía, se preguntó qué pensaría el señor Kenzō de todo ello. Y también si valdría la pena que se lo dijera a él primero. Nao tenía razón, al fin y al cabo: el líder era Sanemon y tenía la responsabilidad de asegurarse de que la compañía de las Tres Flores prosperara, aunque fuera a las posibles expensas de su mecenas actual. Aun así, decidiera lo que decidiera, aquello iba a tener que esperar. Tal vez para el entreacto ya se le hubiera ocurrido qué hacer.

Seguía debatiendo el asunto cuando uno de los pajes de la compañía corrió hacia él. Los pajes eran la corriente sanguínea tras bastidores: transmitían mensajes de un lado para otro, ayudaban a trasladar utilería y avisaban a los trabajadores de cualquier problema que se hubiera producido, y todo por el módico precio de un plato de comida y un lugar cálido en el que dormir.

—Tengo un mensaje para usted, maestro —dijo el chico, entre jadeos por haber corrido. Agitó un trozo de papel con torpeza en dirección a Sanemon, lo que lo obligó a quitárselo de las manos.

—¿Un mensaje para mí? —Sanemon frunció el ceño y desplegó el papel. Se detuvo al ver el contenido—. ¿Qué es esto? —El mensaje no contenía ninguna palabra, sino tan solo un símbolo, y uno bastante curioso. Le recordaba al símbolo de un clan, aunque no sabía a cuál pertenecía. Oyó que Nao soltaba un siseo y echó un vistazo al actor—. ¿Qué sucede? ¿Sabes lo que significa?

—No —repuso Nao.

—Mentiroso —dijo Sanemon, mirándolo fijamente.

—Yo no miento —protestó Nao.

—Te he soportado lo suficiente para saber cuándo estás mintiendo, Nao. ¿Qué es esto? ¿Alguna bromita de las tuyas? Si es así, no estoy de humor.

—Nunca estás de humor, pero no, no es ninguna broma de las mías. —Nao cogió el mensaje con cuidado y lo observó—. Es el símbolo de una familia, solo que mezclado. Como en un rompecabezas infantil.

—¿De qué familia?

—De los Bayushi —repuso Nao, demasiado deprisa.

—¿Y cómo lo sabes?

—Me suena de por ahí. —Nao miró al chico—. ¿Quién te ha dado el mensaje? ¿Dónde está ahora?

Sobresaltado, el chico se giró a medias para señalar, pero Nao lo aferró del hombro antes de que pudiera hacerlo.

—No, no señales, solo dímelo.

—A… Ahí atrás —tartamudeó el paje.

Nao lo soltó y observó el lado opuesto del lateral, que daba paso a la zona tras bastidores propiamente dicha. Sanemon se quedó mirando al actor.

—¿Qué es lo que ocurre, Nao? —exigió saber Sanemon—. Sabes algo; cuéntamelo.

Nao metió la nota con fuerza en la mano de Sanemon.

—No sé nada, y tú tampoco.

—Sé que es un mensaje del prometido de Etsuko —dijo Sanemon entre dientes—. ¿Verdad?

—¿Quién sabe? Pregúntaselo a ella. —Nao se volvió y recogió la túnica a su alrededor, aunque se detuvo antes de irse—. Podría acabar siendo una bendición, Sanemon. Cuanto antes se vaya, mejor. No nos podemos permitir mezclarnos en los asuntos del Clan del Escorpión. Por experiencia, son muy malos mecenas. —Y, un momento más tarde, ya había desaparecido entre la multitud de actores que se dirigían a sus puestos.

Sanemon meneó la cabeza, desorientado por todo lo que acababa de suceder. Nunca había visto a Nao tener miedo de algo, pero estaba seguro de que eso era lo que había ocurrido en aquel momento, por lo que se preguntó si él también debía asustarse. Dobló la misiva con cuidado y la escondió en su túnica cuando vio al Escorpión.

El guerrero estaba sereno, ajeno a todo el caos que lo rodeaba. Los trabajadores y los actores se alejaban de él al pasar por allí, y Sanemon no los culpaba. El Escorpión llevaba un antifaz dorado con filigranas y un velo de seda roja que le cubría la boca y la nariz. Paseaba la mirada entre el público como si estuviera buscando a alguien.

Sanemon vaciló antes de acercarse al hombre.

—¿Puedo ayudarle en algo, mi señor? —preguntó, nervioso—. Soy Wada Sanemon, el director de la compañía. —El Escorpión se lo pensó antes de mirarlo.

—¿Dónde está el vestuario de la dama Etsuko? Deseo llevarle un saludo de parte de mi señor, Bayushi Isamu.

—Ah, su prometido, sí —dijo Sanemon.

—Así es. —El Escorpión hizo otra pausa—. ¿Has recibido mi mensaje?

Entonces fue Sanemon quien dudó antes de contestar.

—Eh… Sí, lo he recibido. Aunque debo confesar que no lo he entendido. —Hizo ademán de sacar el mensaje de la túnica, pero el Escorpión lo detuvo con un gesto ligero.

—Es normal. Aun así, la persona a quien está destinado no tendrá ninguna dificultad para comprenderlo.

—¿Se refiere a la dama Etsuko? —preguntó, con el ceño fruncido, por mucho que sospechara que el hombre se refería a otra persona.

El Escorpión meneó la cabeza de manera casi imperceptible, aunque no le proporcionó más explicación. Sanemon quería preguntarle por qué le había mandado un mensaje a él si estaba destinado a otra persona, pero, dada la reacción de Nao, decidió que lo más seguro era contenerse.

—El vestuario —insistió el Escorpión.

Sanemon señaló en dirección a los vestuarios; eran bastante fáciles de encontrar si uno sabía navegar entre bastidores. No obstante, algo le dijo que el Escorpión ya sabía dónde encontrarlos.

—Me temo que la dama Etsuko ya está en el sendero de las flores. Si desea hablar con ella, ha llegado un poco tarde.

El Escorpión inclinó la cabeza.

—Por supuesto. Hablaré con ella más tarde. —Y, con eso, se dio media vuelta y se marchó, sin prisa pero sin pausa. Sanemon lo observó y se preguntó por qué habría notado un repentino escalofrío de pura preocupación.

Por encima de él, sonó el último estruendo de los tambores.

La obra estaba a punto de empezar.

CAPÍTULO 10
Shinjo Yasamura

Shinjo Yasamura dedicó una sonrisa amable a Shin cuando este se sentó en el cojín que quedaba libre.

—Konomi me ha hablado mucho sobre usted, mi señor Shin. Entiendo que es un seguidor del método Kitsuki.

—Efectivamente, lo soy. ¿Lo conoce? —Shin miró de reojo a Konomi, quien pretendió no darse cuenta.

Azuma parecía entretenido, aunque en silencio, y Shin se lo tomó como una buena señal. El Daidoji dedicó su atención a Yasamura y lo estudió con una curiosidad nada encubierta. Era un hombre apuesto, con un rostro un tanto angular y un aire de buen humor travieso. Llevaba el cabello corto y el vello facial recortado con bastante arte para cubrir una mandíbula cuadrada. Estaba claro que era un hombre que se enorgullecía de su apariencia física.

—Lo suficiente para que me parezca ridículo —repuso Yasamura. Shin frunció el ceño.

—En absoluto —dijo.

—Ah, pero estoy seguro de que puede admitir que se trata de un precedente perturbador. —Yasamura se abanicó y puso una expresión de desdén—. Se burla de nuestro sistema legal y crea una equivalencia falsa entre las clases. La palabra de un plebeyo no puede tener el mismo peso que la de sus superiores. El mero hecho de considerarlo es absurdo.

—¿Por qué? —preguntó Shin, con cuidado para no expresar nada más con su tono de voz.

¿Se estaba burlando de él? Era difícil saberlo. Yasamura era un hombre complicado de leer, como cualquier persona de la corte experimentada.

—¿Cómo dice?

—¿Por qué es absurdo?

Yasamura se echó a reír como si hubiera estado esperando la pregunta. Konomi se aclaró la garganta y dio una palmada en la rodilla a su primo.

—Debería habérselo advertido, Shin; a mi primo le gusta bromear con los demás. No se tome esos comentarios en serio.

Yasamura esbozó una amplia sonrisa.

—Tonterías. No le haga caso, mi señor Shin. —Se inclinó hacia delante—. Siempre estoy dispuesto a entrar en un debate educado —dijo, estudiando a Shin con una mirada especuladora—. En especial cuando mi oponente es tan apasionado sobre el tema. Dígame, ¿ha leído el tratado de Yomei sobre la naturaleza humana?

Shin se relajó. Se trataba de un juego, entonces.

—Lo he leído, sí. —Cogió aire y citó—: «Cada alma es una joya, con sus propias facetas y fallos, con su propio valor».

Yasamura asintió, complacido, y volvió a inclinarse hacia él.

—Y estará de acuerdo en que algunas joyas son más valiosas que otras, ¿no?

—Solo que el valor no es intrínseco ni objetivo —repuso Shin—, sino que se basa en un razonamiento subjetivo. El valor de las joyas proviene del que les dan quienes comercian con ellas. Si yo afirmo que la palabra de un plebeyo tiene peso, ¿acaso eso no le otorga un valor comparable al de la palabra de su superior social?

Yasamura se echó a reír y dio una palmada.

—Ah, muy bien razonado. Es una tontería, claro, dado que el valor lo determinan los administradores del cielo, pero muy bien dicho.

—La idea de que el valor lo determina el cielo está plagada de fallos —dijo Shin, sonriendo de puro placer. El debate siempre le resultaba más entretenido cuando su contrincante estaba dispuesto a ello—. Somos nosotros quienes debemos traducir los decretos celestiales, de la misma manera que los sirvientes de la corte interpretan los caprichos del emperador. Como dijo Shogo: «La verdad siempre depende de dónde uno se encuentre».

Yasamura miró a Konomi de reojo.

—Y ahora arrastra a Shogo al debate. Me dijo que era un filósofo, no un teólogo.

—He estudiado ambas ramas —explicó Shin, un poco más a la defensiva de lo que había pretendido.

Ya había mantenido discusiones similares con otras personas, y aquel tipo de debates, si bien solían tener buenas intenciones, en ocasiones se volvían más mordaces. A veces era difícil saber en qué dirección iba a soplar el viento.

—Al igual que yo —contraatacó Yasamura, claramente entretenido. Cerró su abanico de un solo gesto—. Me interesa, mi señor Shin.

—Llámeme Shin, por favor.

—Y usted puede llamarme Yasamura —dijo él, con una amplia sonrisa.

Konomi soltó un resoplido.

—Y ahora todos somos amigos. ¡Qué bien!

Yasamura la fulminó con la mirada, aunque no contestó. En su lugar, volvió a mirar a Shin.

—Pero bueno, no creo que haya venido a hablar de filosofía, por muy divertido y agradable que sea.

Shin soltó un suspiro.

—Pues no, de hecho, he venido a recibir al señor Azuma antes de la representación y a asegurarme de que estuviera cómodo.

Azuma inclinó la cabeza.

—Ah, sí, muy cómodo. Por no hablar de lo bien que me lo estoy pasando.

—Me alegro —repuso Shin—. Ahora, si me disculpan, creo que ha llegado el momento de volver a mi palco.

Hizo ademán de ponerse de pie, pero un ligero gesto de Yasamura lo hizo detenerse.

—¿Tan pronto?

—La obra está a punto de empezar —dijo Shin—. ¿Qué pensarán los clientes si el palco del propietario se queda vacío?

—Si su atención está donde debe estar, ni se darán cuenta —lo contradijo Yasamura—. Y, si la suya está donde debe, tampoco lo hará. —Se puso de pie y dio una palmada con las manos. Konomi y Azuma también se pusieron de pie, y uno de los sirvientes entró en el palco y colocó los cojines en una disposición distinta para que los cuatro pudieran observar el escenario sin girar la cabeza.

Mientras volvían a sentarse, Yasamura dijo:

—Debo admitir que no es la obra que yo habría escogido. —Miró de reojo a Shin con una expresión traviesa—. ¿*Los amantes suicidas de la Ciudad de las Murallas Verdes*? Es un poco ordinaria, ¿no le parece?

—Tal vez sea ordinaria —admitió Shin—, pero está escogida a propósito. Podría haberme decantado por algo más sensacional, claro: un drama político o incluso un romance. O hasta algunas de las tragedias de Meko, como *Lágrimas en una tienda de papel*. Sin embargo, al optar por algo menos tradicional, tal vez no habría conseguido llenar todas las localidades.

—¿Y es eso tan importante?

—Es lo más importante. —Shin señaló hacia el público de más abajo con su abanico—. Todas esas personas volverán a casa y dirán a sus amigos y familiares lo bien que se lo han pasado aquí. Y luego esos amigos y familiares serán quienes acudan a la siguiente representación, o a la que venga después de esa.

—Caballos salvajes, primo —murmuró Konomi.

Shin la miró, extrañado. Yasamura se echó a reír y dio una palmada a Shin en el antebrazo, y el Daidoji vaciló, aunque no dijo nada. Los Unicornios, al menos en su experiencia, tenían una cultura de afecto casual que solían extender a las personas ajenas al clan sin aviso previo.

—Cuando se quiere capturar un caballo salvaje, no se le tiene que perseguir, sino que hay que atraerlo con comida o con una yegua dispuesta. Se le ofrece algo que le sea familiar, algo que sepa que quiere. Para cuando se da cuenta del engaño, ya se ha acostumbrado a disfrutar de todo ello. Entonces se puede domar y amaestrar al gusto de cada uno.

—¡Ah, bueno! Al no haber perseguido a ningún caballo salvaje nunca, debo confiar en su palabra. —Shin dudó antes de añadir—: En lo que a mí respecta, no soporto a esas bestias. Son unos brutos poco de fiar.

Konomi soltó un grito ahogado, y Shin se permitió esbozar una pequeña sonrisa. Yasamura se echó a reír de nuevo, como sabía que iba a hacer. Dio a Shin otro golpecito con el abanico y dijo:

—¡Sí que lo son! En ese sentido, son más o menos como una persona de la corte. No son de fiar, a menos que uno conozca el secreto para amaestrarla.

—¿Y usted lo conoce? —le preguntó Shin, sin pensarlo.

—Muy buena pregunta —repuso Yasamura, con una sonrisa a modo de invitación.

—Silencio, los dos —soltó Konomi, aunque no bruscamente—. Ya va a empezar.

Comenzó con el trino vibrante de una flauta, contrapuesto al golpeteo de un tambor. La música era frágil e inquietante; el ritual de un mago para trasladar al público de un lugar y un momento a otro. El telón se abrió hacia los lados poco a poco, de manera que el público tuviera tiempo para ajustar su vista al cambio de luz. Reveló un jardín vallado, o, mejor dicho, una imitación bastante cara de un jardín vallado. Un músico rasgó su *shamisen* para indicar la apertura de la escena.

Una mujer nerviosa, vestida con el atuendo de una noble, el cabello recogido con mucho arte y un rostro blanco como la nieve, salvo por unas motitas de rojo y negro que marcaban los contornos de sus mejillas y su boca, se dirigió a la plataforma central desde detrás e hizo un gesto como si estuviera llamando a alguien. Mientras lo hacía, una cantante fuera del escenario dispuso la escena con un tono poderoso y vibrante.

Shin conocía la historia. Todos la conocían, de hecho, pues era tan antigua como Rokugan, y, si bien la versión de Chamizo era la más popular, también era la más reciente de las variantes de la historia. Shin la prefería por encima de las versiones anteriores, en gran parte porque Chamizo, como buen dramaturgo que era, conocía a su público, por lo que había añadido un final feliz a la historia. El mundo real ya tenía tristeza más que de sobra, por lo que Shin no veía ninguna razón por la que debiera dejar que la pesadumbre infectara también el escenario.

La obra estaba situada en la Ciudad del Fin del Viaje, más conocida como la Ciudad de las Mentiras. Shin, quien había pasado unos agradables años allí cuando era más joven, tenía muy buenos recuerdos de la ciudad, aunque no se había arrepentido de marcharse. La necesidad había hecho que la partida fuera un asunto más entretenido de lo que habría sido de otra manera. Posó la mirada en el palco de los Escorpiones, en el lado opuesto del teatro, y se percató de que la cortina de privacidad estaba echada.

Pensó de nuevo en su encuentro con Bayushi Isamu. Cuanto más pensaba en ello, más le parecía que la visita del hombre había sido una amenaza velada y no una muestra de cortesía, como si Isamu le hubiera estudiado para un propósito que estaba por revelar. Shin esbozó una sonrisa. Tal vez Isamu pretendía abrir un teatro con su nueva prometida como estrella principal.

Apartó el pensamiento de su mente y devolvió la atención al escenario. Con los preparativos ya completados, la actriz que hacía de madre de Etsuko quedó libre para desfogarse con sus llantos más dramáticos. Llamó a su hija y le exigió que apareciera, y eso fue lo que hizo.

Un murmullo silencioso recorrió el público cuando Etsuko apareció en el extremo más alejado del teatro y recorrió el sendero de las flores acompañada por los actores que hacían de sus ayudantes. Aunque nadie miraba a los demás, claro. No, todas las miradas estaban posadas en Noma Etsuko, y, a juzgar por la manera como caminaba, ella lo sabía más que de sobra.

Caminaba despacio, como si fuera reacia a hacer caso del llamamiento de su madre. La hija reticente, rebelde e indomable. Un papel sustancioso para cualquier actriz, y uno con el que Etsuko se daba un festín de buena gana. Se detuvo a medio camino hacia el escenario y miró por encima del público para dejar que la admiraran. Un acto breve y deliberado, a medio camino entre diva y devota. ¿Era su imaginación o había fijado la mirada en el palco de los Escorpiones? ¿Se movió la cortina un poco? No lo sabía a ciencia cierta, pero el pensamiento se quedó con él mientras la actriz seguía caminando hacia el escenario.

—Magnífica —dijo Yasamura en voz baja.

—Sí —murmuró Shin—. Eso sí que lo es, al menos.

Ya había visto a Etsuko actuar antes; por ello se había esforzado para adquirir su contrato. La reputación era algo importante, pero era mucho mejor verlo con sus ojos. Aun así, le sorprendió la fuerza de su presencia. Etsuko conquistaba el escenario como un señor de la guerra conquistaba un campo de batalla. Le pertenecía desde el momento en el que salía del sendero de las flores, y nadie se lo podía discutir.

—Le doy las gracias a su prima por sugerirme que la buscara —continuó Shin. Yasamura se rio por lo bajo.

—Debería darme las gracias a mí, porque soy yo quien se lo sugirió a ella en primer lugar.

Shin creyó ver que Konomi se tensaba, y se preguntó si le habría molestado que su primo quisiera llevarse el mérito de manera tan descarada. La miró de reojo, pero la Unicornio no lo estaba mirando. Dedicó una sonrisa a Yasamura.

—En ese caso, les doy las gracias a los dos. Aunque solo contaremos con su presencia durante poco tiempo.

—¿Y eso? —preguntó Yasamura, con el ceño fruncido.

—Se va a casar, por lo que parece.

—Ah. —Yasamura no pareció sorprenderse—. Qué mala suerte para usted.

—Ajá. Bueno, tal vez una actuación sea suficiente.

Shin volvió a mirar hacia el escenario. La voz de Etsuko se alzaba y caía como las olas del mar. Sus gestos estaban controlados a la perfección momento a momento. El movimiento de su túnica cuando se arrodillaba, la cabeza gacha en un gesto de humildad, por mucho que no lo fuese, cuando aceptaba la regañina seria de su madre. Pronunciaba sus respuestas como un arquero que lanza flecha tras flecha hacia su objetivo. Cada palabra daba en el blanco del público.

Shin no pudo evitar compararla con Okuni. La *shinobi* poseía un magnetismo elemental, sí, pero su manera de actuar... Bueno, «burda» era la palabra que le venía a la cabeza. Naturalística. No actuaba, sino que lo pretendía. Se metía en la piel de sus papeles tan bien, con tanta habilidad, que parecía que no estaba actuando. Si bien aquello era algo impresionante, el público no pagaba por ello. Querían que los actores actuaran, y Etsuko actuaba con todas las de la ley. Y, aun así, había algo atractivo en cuanto a Okuni, algo...

—Está frunciendo el ceño. ¿Va todo bien? —preguntó Yasamura en voz baja.

Shin se sobresaltó y se quedó en blanco por un momento, antes de recordar que debía sonreír y negar con la cabeza.

—Sí, todo bien. Estaba pensando en la predecesora de Etsuko y en las diferencias entre sus estilos.

Mientras lo decía, notó la mirada de Konomi clavada en su espalda. La Unicornio sabía algo de sus tratos con Okuni, pero siempre había tenido la sensación de que no le parecía bien, aunque no tenía cómo saber si la animosidad era hacia la actriz o hacia el interés que Shin había mostrado por ella. Se enderezó y se quitó una mota de polvo inexistente de la manga.

—Ah. ¿Era una buena actriz, entonces?

—Regular —interpuso Konomi antes de que el Daidoji pudiera contestar.

Yasamura frunció el ceño, claramente perplejo. Shin la miró de reojo, y ella le dedicó un gesto brusco. Shin meneó la cabeza.

—Era bastante más que eso —dijo, mirando de nuevo a Yasamura.

—¿Ah, sí? —murmuró el hombre. Su expresión se volvió especulativa, y Shin pretendió no darse cuenta de la pregunta que escondía. Todavía no estaba seguro de qué le había contado Konomi ni de qué esperaba él—. ¿Y por qué no está aquí ahora? —preguntó—. ¿Alguna desavenencia?

—Una emergencia familiar —repuso Shin, sin darle mayor importancia.

—Ah, una de esas. Bueno, imagino que eso dificulta interpretar ciertos papeles. —Hizo una pausa, antes de preguntar con un tono más grave—: Imagino que se está encargando del cuidado del niño.

Shin lo miró, sorprendido.

—¿Qué? —Sus pensamientos frenaron en seco mientras trataba de asimilar la insinuación de Yasamura—. ¿Qué? —repitió.

—Mis disculpas —dijo Yasamura con una sonrisa—. Había imaginado que…

—Le aseguro —empezó a decir Shin, atropellando las palabras, desconcertado a más no poder— que ese no es el motivo…

—Nunca se sabe —interpuso Yasamura—, y menos en estos tiempos que corren. Se oyen historias similares, en especial sobre hombres como usted. —Miró por encima del hombro, y Shin se volvió para fulminar con la mirada a Konomi, quien escondía una sonrisa detrás de su abanico.

—¿Y qué es exactamente lo que ha oído de mí, mi señor? —preguntó Shin, tras colocarse una máscara educada de distanciamiento.

Yasamura hizo un mohín, molesto, y le dedicó su mirada malhumorada a Konomi.

—Menos de lo que me hicieron pensar, creo.

—Los rumores son las malas hierbas del jardín, ocultan la verdad entre sus tallos —dijo Shin, como un devoto.

Se volvió de nuevo hacia el escenario. Oyó que Yasamura siseaba algo a Konomi, además de la risita a modo de respuesta por su parte. Se trataba de un buen recordatorio de que, por muy amigable que fuera Konomi, también le gustaba generar problemas cuando creía que le iba a resultar entretenido. Con el rabillo del ojo, vio que Azuma le dedicaba un ademán de empatía con la cabeza.

Trató de concentrarse en la actuación. Como en muchas de las obras de Chamizo, todos los personajes importantes se presentaban de manera directa, con la cantidad apropiada de fanfarria. Nao iba a hacer acto de presencia en cualquier momento, con el papel de amante sagaz, ayudado por el monje borracho. Allí, en el jardín de sus padres, los jóvenes amantes —los vástagos fieles de dos familias enfrentadas— iban a establecer el pacto que ponía en marcha el hilo argumental.

Tenía ganas de ver cómo Nao se comportaba con Etsuko. Nao era mejor actor que Okuni, un maestro de los cambios rápidos llevados a cabo en el momento justo. No conquistaba el escenario como Etsuko, sino que lo robaba, en abierto y sin vergüenza.

En el escenario, la madre se marchó, apaciguada. Etsuko alzó las manos hacia el cielo y suplicó a los dioses que la guiaran por el buen camino. El monje apareció en el escenario a trompicones, susurró, borracho, y arrancó las risas del público con sus travesuras estúpidas. Entonces, de sopetón, se enderezó y se acercó a Etsuko, vacilante. Shin miró la cara de la actriz y frunció el ceño: algo iba mal. Pensó que lo había visto antes, aunque lo había atribuido a una mala pasada de la luz.

Se inclinó hacia delante y casi se puso de pie. Oyó que Yasamura le hacía una pregunta, pero no le hizo caso, pues estaba demasiado concentrado en lo que sucedía sobre el escenario. Nao estaba entrando en escena, con el aspecto de noble con mal de amores y con su voz que perforaba el aire con fuerza y brío. Sin embargo, Etsuko no avanzaba para encontrarse con él. De hecho, no se movía ni un ápice, sino que solo... miraba al frente. ¿Miraba a Nao o a algún otro lugar? Era imposible saberlo. La actriz se llevó las manos a la garganta e hizo un gesto convulsivo, como el de alguien al ahogarse.

Y entonces, con un solo grito ahogado, la mejor actriz de su generación cayó al suelo.

CAPÍTULO 11
Estrella fugaz

Nao vio cómo su rival caía al suelo, y, por un solo momento de felicidad, creyó que se había desmayado. ¡Menuda vergüenza! ¿Cómo iba a poder soportarlo? No obstante, cuando se acercó un poco más, se percató de que no se trataba de eso. Etsuko yacía hecha un ovillo, se sacudía y trataba de coger aire, como un pez fuera del agua. Se llevaba las manos a la garganta, y los ojos se le movían de un lado para otro, sin ver nada. Sin saber qué hacer, Nao se volvió hacia Botan, pero el otro actor también estaba paralizado, al igual que el público. Todas las miradas estaban puestas en Etsuko. Cualquier otro día, aquello podría haberle molestado.

Al final, tras lo que le parecieron siglos, dio un solo paso titubeante hacia ella. La actriz seguía respirando, si bien estaba claro que le costaba y que cada vez le costaba más. Se puso de rodillas a su lado e hizo un gesto frenético a los encargados del telón. Vio a Sanemon en un lateral, con los ojos muy abiertos y el rostro pálido.

—Echa el telón —siseó Nao, a sabiendas de que las primeras filas del público podrían oírlo, aunque le dio igual. No estaba seguro de lo que le sucedía a la actriz, pero se había dado cuenta de que, si no hacían algo, Etsuko iba a morir pronto—. ¡Ayúdame, estúpido! —dijo a Botan.

Botan se movió hacia delante como un caballo asustado. Mientras el telón empezaba a deslizarse poco a poco por el escenario, se arrodilló junto a Nao.

—¿Qué le ocurre?

—¿Tengo pinta de médico? —le espetó Nao—. Tenemos que sacarla del escenario. Ayúdame a cargar con ella. —Puso las manos en el rostro de Etsuko para tratar de llamarle la atención, que parecía desaparecer por momentos—. Etsuko. Etsuko, escúchame. Vamos a llevarte al vestuario.

La actriz trató de decir algo, quizás un nombre, pero no la entendió. Se aferró a su brazo con una mano débil. Por instinto, Nao se dobló para cogerla en brazos, y su espalda protestó por un momento por el peso repentino. Botan daba vueltas por allí, agitando las manos en un gesto inútil.

—¿Puedes...? Puedo... —empezó a decir. Nao negó con la cabeza.

—Yo me encargo. Distrae al público.

A decir verdad, a Nao le sorprendió lo poco que pesaba Etsuko bajo el traje. Se puso de pie con algo de torpeza y trató de mantener una expresión compuesta.

—¿Y cómo se supone que voy a hacer eso? —siseó Botan entre dientes.

—No lo sé..., tropiézate o algo —le susurró Nao en respuesta.

Si tenían suerte, el público pensaría que aquello no era nada más que una modificación en una vieja escena. Si tuviera la cabeza donde era debido, podría haber intentado improvisar una línea o dos, solo que sus pensamientos estaban demasiado dispersos para eso. Le estaba costando la vida no tambalearse hasta el vestuario.

Botan soltó un gruñido, pero hizo lo que le había pedido. Improvisó unos cuantos tropiezos de borracho mientras balbuceaba algo gracioso sobre que la joven se había visto sobrepasada por su santidad. El público respondió despacio, pues sabían que no era lo que debía haber sucedido, aunque estaban dispuestos a ver el nuevo giro.

Nao rezó una plegaria silenciosa de agradecimiento hacia el público flexible y empezó a cargar con la mujer hacia el lateral del escenario. El telón se cerró un momento más tarde, y el público aplaudió, solo que con menos entusiasmo del que habrían mostrado si todo hubiera ido bien. Sanemon, Choki y otros más se acercaron a ellos a toda prisa cuando por fin salieron de la vista del público.

—¿Qué le ha ocurrido? —exigió saber Sanemon—. ¿Está enferma?

—No lo sé —le espetó Nao—. Tenemos que llevarla a nuestro vestuario. —Apartó a Choki de un empujón—. Aparta, chico. ¡Todos fuera de mi camino!

Sanemon lo persiguió.

—¿Y qué hacemos con la actuación?

—¡Pasa a la siguiente escena! —Nao meneó la cabeza—. No puedo encargarme de ella y hacer tu trabajo al mismo tiempo.

Sanemon dio un respingo ante sus palabras y endureció la expresión, y Nao se arrepintió un momento por el tono que había empleado, pero no podía hacer nada. La primera regla del teatro era que, pasara lo que pasara, el espectáculo debía continuar. Incluso si una de las actrices parecía estar muriéndose.

Pensar en ello hizo que un escalofrío le recorriera el cuerpo mientras contemplaba a la mujer que llevaba en brazos. Etsuko lo miraba a la cara, aunque no creía que lo estuviera viendo de verdad. En su lugar, miraba a algo que solo ella podía ver mientras la piel se le moteaba bajo la máscara de polvo y crema. Su respiración era corta, con unas sacudidas dolorosas que hacían que su cuerpo traqueteara.

—¿Se va...? ¿Se va a morir? —susurró Choki desde detrás de su codo.

Él mismo estaba pálido como un fantasma, con una expresión llena de terror. Nao no tenía ninguna respuesta para el joven actor, así que, en su lugar, se abrió paso entre bastidores, entre los trabajadores y los actores por igual, sumido en su prisa de movimientos torpes. Por muy liviana que fuera, Etsuko parecía pesar más con cada paso que daba.

Al final, con un poco de ayuda de Choki, logró meterla en su vestuario. Ashina alzó una mirada llena de culpabilidad al apartar la vista del delgado volumen encuadernado que había estado leyendo. Abrió la boca, y el libro se le cayó cuando se puso de pie. Choki fue a su lado antes de que la chica gritara y le susurró algo.

En la parte trasera del vestuario había un pequeño rincón un poco separado que hacía de habitación a veces. Nao era el único que lo había usado, pues a Etsuko le parecía tan pequeño que le había resultado insultante. Aun así, no pensó que fuera a quejarse en aquella ocasión.

La colocó en la tarima para dormir y llamó a Choki.

—Ve a buscar a Rin y a Uni. Tengo que quitarle el traje y no tengo tiempo para hacerlo bien. ¡Ashina!

La suplente de Etsuko entró en la habitación. Estaba pálida y temblaba, con las manos entrelazadas con semejante fuerza que sus nudillos parecían astillas de mármol.

—¿Mi... Mi señor? —preguntó con voz temblorosa. Nao chasqueó los dedos.

—¿Dónde está ese cuchillo que tiene?

—¿Mi señor?

—¡El cuchillo con el que me ha amenazado antes! ¿Dónde está?

Ashina dirigió la mirada a la túnica de Etsuko, y Nao soltó un gruñido de incredulidad.

—¿Lo tenía consigo en el escenario? Cómo se atreve... —Rebuscó en su túnica hasta que encontró la forma del cuchillo y lo sacó. Mientras lo hacía, Choki volvió con Rin y Uni. Nao no desperdició ni un momento—. Voy a cortarle el traje para quitárselo, Rin.

El vestuarista asintió, sin dudarlo.

—Busca la costura del lado, será más fácil por ahí. Intenta no desgarrar nada, por favor. Un corte sí que lo puedo coser, pero un desgarro... no es tan fácil. —Nao dio la vuelta alrededor de la tarima y empezó a retirar los bordes de la túnica—. ¿Qué ha pasado, Nao? ¿Qué le ocurre?

—Está enferma, creo. Aunque no tengo ni idea de qué tipo de enfermedad puede ser. Le cuesta respirar, eso sí está claro. Uni, quítale la peluca si no quieres que salga mal parada.

La peluquera se puso pálida y le sacó la peluca deprisa mientras Nao comenzaba el tedioso proceso de quitarle el traje.

—Necesitamos un médico —dijo Rin mientras ayudaba por donde podía.

—Estoy de acuerdo. ¿Conoces a alguno?

—No —repuso Rin, con una mueca de desagrado.

—No, yo tampoco. —Nao frunció el ceño.

Tenía algunos conocimientos en lo que concernía a cortes y a golpes, pero aquello se escapaba de su limitada sabiduría.

—Hay un albéitar de caballos cerca del mesón, a dos calles de aquí —dijo Uni, aferrando la peluca en un gesto protector contra el pecho. Nao la miró, y ella se encogió de hombros—. ¿Qué? Es mejor que nada. Es más de lo que se merece, a decir verdad. ¡Mira qué le ha hecho a mi pobre peluca!

—La mujer podría estar muriéndose —protestó Rin. Aquello solo provocó que la mujer se encogiera de hombros otra vez.

—Solo es una actriz —dijo Uni, con una cantidad de veneno nada sorprendente. Uno no se labraba una larga carrera en el teatro sin aprender a guardar rencores—. ¡Esta peluca tiene casi setenta años!

Tanto Rin como Nao le dedicaron una larga mirada antes de que el primero meneara la cabeza y dijera:

—Tiene razón, al menos. Un albéitar es mejor que nada. ¿Debería mandar a uno de mis hombres a buscarlo?

—No será necesario —dijo el señor Shin desde la entrada. Su aparición repentina sobresaltó a los tres. Hizo un gesto a Rin y a Uni para que se alejaran, y mientras lo hacían, se adentró en la diminuta habitación. Se arrodilló junto a Etsuko y se plegó sobre sí mismo con una elegancia que Nao envidiaba. Fuera lo que fuera, el Grulla siempre controlaba sus movimientos a la perfección, de una manera que pocos hombres, o pocas mujeres, podían lograr—. La he visto caer al suelo. ¿Se ha desmayado?

—Es lo que me ha parecido al principio, pero ahora no estoy tan seguro. —Consiguió sacarle la última parte del traje y chasqueó los dedos para pedir algo. Ashina le dio un cuenco lleno de agua y un trapo—. Necesitamos a un médico, mi señor.

—Ya he mandado a alguien a buscar a mi médico personal. Estará aquí en un momento. Hasta entonces, tenemos que hacer todo lo que podamos por ella.

Shin estiró una mano. Nao dudó antes de entregarle el trapo. Con cuidado, Shin empezó a retirar el maquillaje a Etsuko del rostro, y Nao fue a ayudarlo con la manga de su túnica.

Etsuko seguía respirando con dificultad y había empezado a temblar, como si tuviera frío, aunque su piel estaba cálida al tacto. Con cuidado, Nao le examinó los dedos y las palmas de las manos.

—Hinchados —murmuró.

Se le puso la piel de gallina al darse cuenta de ello. Shin lo miró.

—¿Cómo dices?

—Nada, mi señor —dijo Nao, por instinto.

El señor Shin lo miró durante un momento más antes de encorvarse para examinar el rostro de Etsuko. Se detuvo.

—¿Ya tenía este sarpullido en el cuello antes?

—¿Sarpullido? —Nao lo miró con una sorpresa que solo estaba fingida en parte. Notó un escalofrío que le recorrió el cuero cabelludo y la nuca. La miró en un gesto exagerado y negó con la cabeza—. No, no que yo recuerde.

—Qué curioso. ¿Ashina?

—¿Mi... Mi señor? —preguntó Ashina, con una expresión que indicaba que habría preferido estar en cualquier lugar que no fuera aquel. Se encogió cuando Shin volvió su mirada hacia ella.

—¿Has visto si la dama Etsuko tenía un sarpullido cuando la has ayudado a prepararse?

La chica negó con la cabeza, con una expresión confusa.

—No, mi señor.

—Y más curioso aún —dijo Shin, apoyando el peso sobre los talones.

Nao continuó retirando el maquillaje del rostro y del cuello de Etsuko. Si bien parecía respirar con menos dificultad, todavía no lo hacía con normalidad, ni de lejos. Sus ojos se habían hinchado tanto que casi habían quedado cerrados, y el sarpullido se le había propagado por el cuello y el pecho hasta los brazos y las manos.

—Compresas frías —exclamó Nao, tras llamar la atención de Choki—. Trapos mojados en agua fría directamente del pozo. ¡Corre! —Se percató de la mirada de Shin y añadió—: Podría ayudar con la hinchazón.

Shin asintió.

—¿Ya lo habías visto antes?

—No, mi señor —repuso Nao.

Tenía que andarse con cuidado. Su señor era más que astuto, capaz de leer entre líneas tan bien como cualquier actor. Podría olerse una mentira, por lo que mejor sería no intentarlo siquiera. Shin ladeó la cabeza. Había oído la duda en la voz de Nao, aunque no estaba seguro de lo que significaba. Por suerte, no insistió con el tema.

Antes de que el Daidoji pudiera formular más preguntas incómodas, Sanemon entró a toda velocidad. Estaba sudando y se había puesto rojo.

—Respira antes de que te desmayes tú también —dijo Nao mientras se ponía de pie.

La respuesta de Sanemon murió en sus labios cuando se percató de la presencia de Shin, y le dedicó una reverencia agotada.

—¡Mi señor!

Shin hizo un gesto para calmarlo.

—Tranquilo, maestro Sanemon. ¿Cómo está el público?

—Nervioso, mi señor —repuso el director, con el ceño fruncido—. Se preguntan qué ha ocurrido. —Tragó en seco y miró a Etsuko—. ¿Qué es lo que ha pasado?

—Eso es lo que pretendo averiguar —contestó Shin, con cierto melodrama, según lo vio Nao.

Si bien le gustaba un poco de melodrama de vez en cuando, aquel momento no era el más apropiado. Echó un vistazo a Etsuko y notó una punzada de culpabilidad. Quería disculparse, decirle que todo quedaba perdonado, pero ya era demasiado tarde. Demasiado tarde para cualquier cosa que no fuera el arrepentimiento. Apartó el pensamiento de su cabeza y se alisó la túnica.

—Quedan unas cuantas escenas antes de que Etsuko deba volver al escenario. Entre los dos, espero que se os ocurra alguna especie de plan para hacer que vuelva o para sustituirla antes de eso. Ahora, si me disculpan, debo prepararme. Me esperan en el escenario para asesinar a un hombre…, perdón, para batirme en duelo con un hombre, y debo cambiarme.

Nao volvió al vestuario propiamente dicho. Rin y Uni habían decidido que una retirada a tiempo era una victoria, y se habían marchado de allí tras alejarse de la vista del señor Shin. No los culpaba. Aquello era un desastre en ciernes. Soltó un suspiro e hizo un gesto a Choki.

—Ayúdame a cambiarme. Ve a buscar el traje mientras me retoco el maquillaje. —Se sentó frente a su tocador y echó un vistazo a los botes. Como esperaba, faltaba uno, aunque no dijo nada. Al fin y al cabo, ya no le iba a servir de nada a Etsuko.

Nao se vio en el espejo y se quedó helado. Y entonces, con la mirada gacha, empezó a retocarse el maquillaje. El espectáculo debía continuar. Aquella era la primera regla del teatro.

El espectáculo debía continuar.

CAPÍTULO 12
El doctor Sanki

Shin salió al pasillo y deslizó la puerta tras él para cerrarla. Soltó un largo suspiro. Había dejado a Konomi y a los demás a toda prisa y sabía que en algún momento iba a tener que dar explicaciones acerca de su abrupta partida. No se consideraba apropiado que el propietario de un teatro se fuera corriendo tras bastidores ante el más mínimo problema. Esperaba que al menos Konomi lo comprendiera.

Kasami estaba en la pared opuesta y pasaba la mirada de un lado del pasillo al otro. Cuando habían llegado, una muchedumbre ya se había estado reuniendo, y todas las personas gritaban preguntas distintas. Tras pedírselo, Kasami las había dispersado dándoles unas cuantas patadas en sus reticentes traseros para hacer que se movieran más deprisa. Si bien la guardaespaldas lo había disfrutado más de lo que era apropiado, se había contenido de regañarla. La mujer se dejaba llevar tan poco que no tenía agallas para impedírselo.

Aun así, el daño ya estaba hecho. Los rumores ya se estarían propagando por todo el teatro, por lo que iba a tener que pedir a Sanemon que lo contuviera todo si era posible. No podía permitirse que el elenco y los trabajadores entraran en pánico.

—¿Y bien? —le preguntó Kasami.

—Está enferma —dijo Shin en voz baja—. De gravedad, por lo que parece. Con suerte, Sanki estará disponible. Si hay alguien capaz de ayudarla a sobrevivir a lo que sea que es esto, es él.

Había mandado a uno de los trabajadores del teatro a buscar al médico en cuanto se había dado cuenta de que algo iba mal.

—¿Está seguro de que esa es la mejor opción? —preguntó Kasami, frunciendo el ceño—. Los demás podrían ponerse a hablar. Llamar a su médico personal para una actriz… Algunos podrían preguntarse cuáles son sus motivaciones.

—Que digan lo que quieran. Sanki es el mejor médico de la ciudad.

—Por no decir que es el más irrespetuoso.

—Eso también.

—No es el indicado para esto, es un maleducado. —Bajó la voz—. Trata a marineros comunes.

Kasami no tenía muy buena opinión de Sanki. El médico, por su parte, parecía no tener ninguna sobre Kasami, y Shin sospechaba que aquello era parte de lo que alimentaba su animosidad. Kasami esperaba recibir respeto por parte de los demás o, si eso no era posible, miedo. El hecho de que Sanki no pareciera considerarla merecedora de ninguno de los dos sentimientos la hacía enfadar, por mucho que no fuera a admitirlo.

—Se toma su deber con mucha seriedad.

—El doctor Otaru es un médico perfectamente bueno —continuó ella.

Shin puso los ojos en blanco.

—Otaru es un matasanos empalagoso —dijo—. Y lo que es peor aún, es un chismoso. Con una hora en su tediosa compañía ya supe más de lo que quería sobre lo que aflige a los más ilustres de esta ciudad. Y no me cabe la menor duda de que a ellos también les ha hablado de lo que me aflige a mí.

—Y, por supuesto, también se niega a ayudarlo con sus investigaciones —añadió Kasami.

—¡Se desmaya al ver sangre! ¿Qué tipo de médico es ese?

—Para ser justos, era bastante sangre.

—Ya, bueno, sigue sin ser excusa —repuso Shin.

En otro momento, Otaru se había mostrado animado, hasta ansioso, por ayudar a Shin con sus casos. Sin embargo, en cuanto hubieron visitado la escena de un crimen, la euforia de Otaru se había vuelto terror.

Shin suponía que leer sobre asesinatos sangrientos en diarios de almohada era algo muy distinto a experimentarlos en persona. Sobra decir que Otaru había rechazado cualquier otra oportunidad para ayudar a Shin con sus investigaciones.

Sanki, por otro lado, estaba hecho de otra pasta. Shin lo había buscado después de que la capitana Lun se lo hubiera recomendado. La expirata de un solo ojo había acudido a la sanación de Sanki en más de una ocasión. A partir de lo que le había dicho la capitana, se enteró de que Sanki había aprendido su oficio en el campo de batalla, al servicio del Clan del León. Amputar extremidades y coser heridas de lanza daba a alguien un estómago de hierro forjado.

Desde aquellos tiempos, se había retirado a la ciudad y había dispuesto una consulta en la que atendía a marineros, algo que lo mantenía ocupado, aunque no le proporcionaba demasiado estímulo. Shin había conocido al anciano, lo había encontrado tan irascible e inteligente como había proclamado Lun y se había apresurado a contratarlo como su médico personal. Todavía no se había arrepentido de ello.

Kasami se tensó de repente, lo que lo sacó de sus pensamientos. Siguió la mirada de su guardaespaldas y vio una silueta que le sonaba y que estaba en un extremo del pasillo.

—¿Es ese…?

—El guardaespaldas de la dama Minami —repuso Kasami.

Parecía como si el samurái León de cara de pocos amigos estuviera a punto de acercarse, pero dudó y se dio media vuelta de sopetón, tras lo que se desvaneció en el pasillo. Fue como si hubiera cambiado de parecer en cuanto a lo que fuera que estuviese planeando.

—¿Se puede saber qué estaba haciendo aquí? —murmuró Shin. La respuesta le vino a la mente en cuanto acabó de formular la pregunta: claro que Minami había enviado a alguien, lo raro habría sido que no lo hiciera. Soltó un suspiro—. No importa. Me temo que no será el último en venir. Lo más probable es que tengamos una legión con todas las de la ley intentando entrar en el vestuario, entre los que quieren desear a Etsuko que se recupere pronto y los cotillas.

—Que lo «intenten» —dijo Kasami con una sonrisita.

—Haz pasar a Sanki en cuanto llegue —continuó Shin—. Pero a nadie más, ¿de acuerdo? No quiero que entre nadie en la sala sin mi permiso expreso.

Kasami asintió con brusquedad. Shin se metió de nuevo en el vestuario, donde Nao estaba en el proceso de terminar de cambiarse, con un poco de ayuda de Choki.

—Habrá una invasión —dijo Nao mientras se retocaba las cejas.

Shin se detuvo en seco.

—¿Cómo?

—Una invasión. De sus admiradores. Todos van a querer saber qué le ha ocurrido. Sé de buenas fuentes que hay al menos media docena de ellos entre el público.

—Kasami está en la puerta.

—Ah, entonces mi advertencia no ha sido necesaria —dijo Nao, esbozando una pequeña sonrisa.

—Pero lo valoro de todas maneras. Eso y lo que has hecho en el escenario. La has traído aquí a una velocidad admirable. —Shin observó a Nao mientras el actor acababa de maquillarse—. ¿Ha pasado algo así antes?

—Como le he dicho, no que yo sepa. —Nao se quedó callado y se puso de pie para que Choki pudiera ayudarlo con su traje para la siguiente escena—. ¿Cree que se recuperará?

—Solo puedo esperar que sí —repuso Shin.

—Por el bien de todos nosotros, quiere decir —continuó Nao, con el fantasma de una sonrisa amarga en el rostro—. Al fin y al cabo, sin ella, ¿qué esperanza tenemos los demás? —Se sacudió el polvo del bordado de sus mangas y miró a Shin.

—Ese me parece un punto de vista un tanto lúgubre.

—No la habría contratado si no fuera así, mi señor —dijo Nao, con cierta intención—. La necesitábamos y ha fracasado.

Shin estudió al actor. Nao era todo un enigma: su rostro, su postura, todo ello se encontraba en un estado fluido constante, de masculino a femenino, de joven a anciano, y luego de vuelta a lo que fuera antes cuando le venía en gana. Había algo más en él de lo que era evidente. Llevaba muchas máscaras, y uno nunca podía estar seguro de que estuviera viendo el rostro verdadero que había bajo ellas.

—¿Tú crees? —preguntó Shin tras unos momentos—. Se podría decir que se ha asegurado de que todo el mundo hable de esta actuación durante días.

—Sí, pero ¿qué es lo que van a decir? —preguntó Nao, de nuevo con cierta intención.

Shin hizo un gesto para restarle importancia.

—¿Qué más da? Que hablen sobre la actuación es suficiente para lo que pretendemos. Un dinero bien gastado.

Dio una palmada, y Nao inclinó la cabeza para reconocer el argumento de Shin, aunque no hubiera quedado convencido.

Ambos se volvieron cuando el sonido de unos tambores sonó desde el escenario.

—Ha llegado el momento de que mate a alguien —dijo Nao—. La mejor parte de cualquier actuación.

Shin no dijo nada mientras el actor se marchaba, sino que se preguntó si Nao habría pretendido que sus últimas palabras sonaran tan siniestras. Conociéndolo, lo más seguro era que sí lo hubiera hecho adrede. Sin saber muy bien qué hacer, volvió a la habitación.

Se resistió a las ganas de pasarse las manos por el cabello cuando miró a Etsuko, pues mostrar su nerviosismo de aquella manera solo añadiría más problemas al momento. Sanemon, sentado junto a la tarima, alzó la mirada después de que hubieran transcurrido unos segundos de silencio.

—Nao tiene razón, mi señor —dijo con una reticencia visible—. Tenemos que pensar en algo y rápido, o toda la representación se irá al traste.

—Etsuko tiene una suplente, ¿no? —propuso Shin, distraído.

—¿Ashina? Sí, pero… —empezó a decir Sanemon.

—Pero nada. Llega un momento en el que cada suplente debe dirigirse al escenario. ¿A menos que consideres que no está lista?

—Si hay una suplente que esté lista, es ella —contestó el director, con el ceño fruncido—. El problema es que a Etsuko no le va a parecer nada bien.

—En estos momentos, Etsuko no está en condiciones de hacer nada para impedirlo —empezó Shin, pero antes de que pudiera acabar de decir lo que pensaba, Kasami lo llamó desde la parte delantera del vestuario. Shin salió de la habitación y vio que su guardaespaldas hacía pasar a una silueta encorvada que le sonaba mucho—. Ah, doctor Sanki. Muchas gracias por venir.

—No me ha quedado más remedio —gruñó Sanki. Y luego, casi como en un reparo, añadió—: Mi señor.

Sanki era una figura frágil, encorvada por el paso de los años y por una vida vivida al borde de una espada. A pesar de caminar tan doblado, lo hacía sin ayuda de ningún bastón. Tenía una barba rala teñida de color plateado y llevaba su largo cabello recogido encima de la cabeza en un rodete descuidado.

Llevaba un morral consigo, lleno de manchas y tan desgastado en algunas partes que incluso brillaba. La túnica que vestía estaba limpia, aunque era práctica tanto por color como por decoración. Sanki era un hombre a quien no le importaba la atención. Dio un golpecito al morral con su mano arrugada.

—¿Dónde está?

Shin deslizó la puerta de la habitación para abrirla y le hizo un gesto para que entrara.

—Por aquí. La hemos puesto cómoda, pero más allá de eso...

—Más allá de eso, no sirven para nada —lo cortó Sanki, tras pasar por su lado arrastrando los pies—. Lo que saben sobre medicina podría llenar un dedal, y todavía sobraría espacio.

Shin echó un vistazo atrás y vio que Kasami había clavado su mirada en él, en una expresión de indignación silenciosa. La guardaespaldas señaló hacia la espalda de Sanki, y Shin se encogió de hombros. Le hizo un gesto para que volviera al exterior y siguió a Sanki a la habitación. El médico ya se había colocado junto a Etsuko y le estaba examinando los ojos.

—Ha perdido el conocimiento y tiene dificultad para respirar. ¿Cuánto tiempo ha pasado desde el ataque?

—No mucho; media hora, tal vez un poco más.

Sanki cogió uno de los trapos húmedos que Nao había colocado en el cuello de Etsuko.

—Retiro lo dicho, sí que sirven para algo. Estos trapos pueden haberle salvado la vida, o al menos habrán reducido un poco la hinchazón. —Se inclinó hacia delante para comprobar el sarpullido que la mujer tenía en la piel, tras lo que chasqueó la lengua de una manera desagradable que Shin conocía bien—. Hace tiempo que no veía esto.

—¿De qué se trata?

Sanki no hizo caso a su pregunta.

—¿Es alérgica a algo? —Le tocó un lado de la garganta para buscarle el pulso—. ¿Qué ha comido? —Sanki se tensó y musitó una maldición. Antes de que Shin o Sanemon fueran capaces de reaccionar, apartó la manta que la cubría y apoyó la oreja en el pecho de la mujer. Sanemon se lanzó sobre él con un grito ahogado, pero Shin lo contuvo. El médico alzó la mirada—. El corazón le late demasiado rápido.

—¿Qué significa eso?

Antes de que Sanki pudiera responder, Etsuko empezó a dar sacudidas sobre su tarima, y sus torturados intentos por respirar aumentaron de volumen y se volvieron más desesperados. Sanki se lanzó sobre su morral.

—Por los kami, sujétenla —ladró—. ¡Está sufriendo un espasmo!

Lo hicieron lo mejor que pudieron, pero Shin notaba la fuerza de las convulsiones: era como si el cuerpo de la actriz intentara romperse a sí mismo. Sanki no dejaba de soltar maldiciones mientras extraía un vial y varias agujas largas de su morral. Sin embargo, cuando llevó una aguja al vial, ya había acabado todo. Shin notó cómo la vida se escapaba del cuerpo de la mujer. Sanemon soltó un sonido ahogado.

Sanki se apoyó sobre sus talones y soltó un suspiro lleno de amargura.

—Demasiado tarde. —Miró a Shin—. Tiene que atajarse en cuanto empieza la hinchazón, si no, es demasiado tarde. A decir verdad, me sorprende que haya sobrevivido tanto tiempo. Tenía mucha resistencia para ser una mujer tan pequeña.

—Ha muerto… —musitó Sanemon, con la mirada clavada en la actriz, conmocionado.

Sanki asintió.

—Bastante, sí.

—¿Cómo? —exigió saber Shin.

—Ya lo ha visto. Su corazón no ha podido más con el esfuerzo y se ha dado por vencido.

—Sí, pero ¿por qué, doctor?

—Parece una reacción alérgica —repuso Sanki, con un gruñido—. Algo en la piel, a juzgar por el sarpullido, aunque eso puede pasar con alguna comida también. ¿A qué era alérgica?

Shin miró a Sanemon, quien negó con la cabeza y dijo:

—A nada, que yo sepa.

—Debe ser algo —insistió Sanki—. Una vez dentro de su sistema, el efecto habría sido casi inmediato. Su mensajero me ha contado que se ha desmayado.

—Así es —repuso Shin, distraído.

Sanki asintió.

—Pues ahí lo tiene. Ha muerto en cuanto se ha caído en el escenario, solo que su cuerpo ha tardado un poco más en darse cuenta de ello. —El médico hizo una pausa, y sus rasgos desgastados por el tiempo se arrugaron en un gesto especulativo—. ¿Dice que no era alérgica a nada?

—No que yo sepa. ¿Por qué?

Sanki se valió de su manga para retirar un poco más de maquillaje del rostro de Etsuko y miró la mancha blanca con el ceño fruncido.

—Porque, por lo que veo, ha sido el maquillaje lo que ha provocado esto. —Lo olisqueó y arrugó la nariz—. Si antes no era alérgica al maquillaje, diría que alguien lo ha adulterado.

Sanemon soltó un siseo de incredulidad.

—Quiere decir que…

—Veneno. —Shin miró a Etsuko, que tenía una expresión bastante compuesta, algo sorprendente dada la situación—. La dama Etsuko ha sido asesinada.

CAPÍTULO 13
Problemas

Ashina tenía miedo. Temblaba tanto que Shin se preguntó si iba a tener que pedirle a Sanki que le recetara algo. Sin embargo, la sustituta respiró hondo y cuadró los hombros mientras él se aclaraba la garganta. Era atractiva, si bien no de la misma manera que Etsuko. Tenía una calidad poco llamativa en ella; no fuego, sino luz de luna. Tenía algo que le recordaba a Okuni.

La chica echó un vistazo más allá de él, hacia la cama y Sanki.

—¿Se recuperará? —preguntó, aunque no lo miró a la cara.

Ya fuera por nervios o por culpabilidad, Shin no tenía cómo saberlo por el momento. Con un poco de suerte, lo averiguaría antes de que la sustituta de Etsuko tuviera que volver al escenario.

Shin dudó antes de negar con la cabeza.

—Por desgracia, la dama Etsuko ha… Es decir, está…, bueno…

—Muerta —interpuso Sanki, desde su lugar junto a la cama.

Ashina abrió mucho los ojos, sorprendida, y Shin se dirigió a la puerta para cerrarla antes de volver a mirar a la actriz.

—Indispuesta —dijo Shin con firmeza. Si la noticia de la muerte de Etsuko se difundía, era imposible predecir cómo iban a reaccionar el público y el elenco, por lo que lo mejor era mantenerlo todo en secreto por el momento—. La dama Etsuko ha sufrido lo que parece ser una reacción alérgica grave a su maquillaje, pero no ha muerto. Sanki exagera.

Observó a la joven con atención mientras hablaba. Si bien temblaba, su expresión permaneció compuesta durante toda la explicación, y fue solo cuando mencionó el maquillaje que vio algo en sus ojos.

—Si no me equivoco, has sido su sustituta durante varios años. ¿Ha sufrido alguna reacción así antes?

Ashina dudó, aunque no dijo nada. Shin vio que su mirada se dirigía hacia los bancos de maquillaje, por lo que se puso de pie y se acercó a ellos.

—¿Cuál de estos es el suyo?

Ashina agachó la cabeza y se quedó mirando el suelo. Shin cogió los distintos botes del banco más grande de los dos. Sabía un poco de todo, incluso de maquillaje para actuaciones. Los colores principales eran el rojo y el negro, y se solían aplicar sobre un fondo blanco. Sin embargo, había distintas variaciones entre diferentes actores, en especial en lo que concernía a actores como Etsuko y Nao.

Cogió un pincel y lo olió antes de volver a dejarlo y mirar a Ashina.

—Te lo preguntaré una vez más, ¿ha sufrido alguna reacción así antes?

La chica no lo miró.

—Una vez —dijo con un tono de voz apenas perceptible—. Después de eso, insistió en mezclar su maquillaje ella misma. Preparaba un nuevo lote para cada actuación.

Shin volvió a mirar hacia la mesa.

—¿Y dónde conseguía los suministros?

—En tiendas distintas cada vez —repuso Ashina, y miró hacia la puerta cerrada—. Me enviaba allí con una lista antes de cada actuación, y yo compraba lo que necesitaba. —Respiró hondo—. No dejaba de cambiar la composición de sus productos cosméticos.

Shin asintió. Si lo que decía Ashina era verdad, no había muchas posibilidades de que se tratara de un envenenamiento intencional, a menos que ella estuviera detrás de todo. Tras pensárselo un poco, Shin preguntó:

—¿Hay algo más que deba saber?

—La… La he oído acusar al maestro Nao de robar algo —contestó la actriz, entre titubeos—. Antes de la actuación.

—¿Y de verdad lo ha robado?

La chica negó con la cabeza tras unos segundos.

—No que yo sepa, mi señor.

—¿Qué es lo que la dama Etsuko creía que le había robado?

Volvió a dudar antes de hablar.

—No… No estoy segura, mi señor. Estaba ocupada con otra cosa.

Shin la miró con más atención; era su primera mentira, y no era una demasiado buena. Aun así, decidió dejarlo correr por el momento.

—Eres mayor que el resto de los suplentes, ¿verdad?

Ashina se puso pálida y volvió a agachar la mirada.

—No estoy preparada. La dama Etsuko dice…, decía… que todavía no había aprendido la disciplina necesaria.

—Y, mientras tanto, ella sigue con una sirvienta a quien no tiene que pagar —murmuró Shin, y Ashina trató de hacerse más pequeña. Si actuaba, claramente estaba lista para el escenario. Shin dio un golpe con el nudillo sobre la mesa de maquillaje—. Bueno, tengas la disciplina necesaria o no, esta es tu oportunidad de demostrar lo que sabes hacer. La dama Etsuko no está en condiciones de subir al escenario para su siguiente escena. Confío en que hayas ensayado sus diálogos.

Ashina alzó la mirada de repente, y la sorpresa se mostró de manera evidente en su expresión.

—Eh… Sí, mi señor.

—Bien. Ponte el traje, rápido. Vas a tener que usar el otro vestuario, claro. Haremos el anuncio para que el público esté preparado. —Shin hizo un gesto para restarle importancia cuando la chica empezó a tartamudear su agradecimiento—. Ve, ve. ¡Corre!

Cuando la chica llegó a la puerta, Shin volvió a llamarla.

—Ashina, una última cosa… Me gustaría que la condición de la dama Etsuko no trascendiera, al menos hasta que acabe la representación. ¿Podrías hacer eso por mí?

Ashina dudó antes de asentir.

—Sí, mi señor.

—Bien. ¿Qué haces ahí plantada todavía? ¡Corre!

Se apresuró a salir para cambiarse, y Shin se dirigió a la habitación. Sanki alzó la mirada cuando el Daidoji abrió la puerta interna.

—Lo siento —se disculpó el médico—, no sé en qué estaba pensando.

Sanemon ya se había marchado para hacer todo lo posible por calmar al resto del elenco y hacerles saber que Etsuko iba a estar indispuesta durante lo que quedaba de actuación.

—Imagino que no es algo de lo que tengas que preocuparte normalmente —dijo Shin, mirando a la forma inmóvil que yacía sobre la cama—. ¿Estás seguro de que se trata de una reacción alérgica?

Sanki soltó un gruñido y sacó una pipa larga y delgada de su morral. Empezó a llenar la cazoleta mientras hablaba.

—Tanto como puedo estarlo en estas condiciones. Ya había visto una hinchazón así, cuando a uno de mis pacientes le picó una abeja.

—¿Sobrevivió?

—Sí, pero solo porque le hice un agujero en la garganta antes de que se ahogara. —Sanki apisonó la cazoleta de la pipa y la encendió con un poco de pedernal y acero—. Aunque aquello fue un caso extremo. Hay ciertas tinturas que pueden reducir el efecto de una reacción así, solo que, como he dicho antes, deben aplicarse deprisa.

—¿Hay alguna manera de identificar el veneno en cuestión?

—Si es que ha sido veneno, quiere decir.

—Sí, sí —dijo Shin, con un gesto lleno de irritación—. ¿Hay alguna manera de identificarlo?

—Existen pruebas que puedo llevar a cabo, claro —repuso Sanki—. Si hay algo, podría ser capaz de identificarlo, pero no prometo nada —añadió con seriedad.

—Solo te pido que lo hagas lo mejor que puedas.

Sanki soltó un resoplido.

—Eso no es lo que dijo la última vez.

Shin no vio ninguna razón por la que tuviera que responder a ello, por lo que lo dejó pasar.

—Si logramos identificar qué ingrediente ha provocado su muerte, podríamos determinar cómo ha llegado hasta su maquillaje. Una vez que lo hagamos, tan solo quedará determinar quién es el responsable.

—Si es que hay un responsable —murmuró Sanki. Fumó de su pipa durante unos momentos, lo que llenó el ambiente de un olor dulzón, y entonces explicó—: El humo cubrirá cualquier mal olor, al menos hasta el final de la actuación.

—Qué considerado por tu parte.

—Puedo marcharme, si lo prefiere.

—No —dijo Shin, tras pensárselo un poco—. Puede que requiera tu pericia. Si estás dispuesto a ello, claro.

Sanki soltó un gruñido.

—No va a ser como aquella vez con el cadáver metido en el barril de arroz, ¿verdad? Porque hasta hace poco seguía teniendo pesadillas.

—No prometo nada —dijo Shin, con tan buen ánimo como pudo aunar. Sanki soltó un suspiro.

—Estoy a su servicio, mi señor, pero espero que me compense por mi tiempo.

—Por supuesto —repuso Shin.

Volvió a mirar a Etsuko y pensó en que no había sido una muerte sin dolor, lo que era una desgracia si se trataba de un accidente. Pero si no lo era…

—Cree que alguien la ha envenenado, ¿no es así? —Las palabras de Sanki le provocaron un sobresalto.

—¿Tanto se me nota? —repuso Shin.

Sanki se echó atrás en su taburete, con los brazos cruzados, y siguió fumando de su pipa, satisfecho.

—Tiene esa expresión de siempre en la cara. —Cogió aire por la nariz—. Si alguien se entera, ya puede despedirse de las ventas de entradas para las siguientes actuaciones.

Shin lo miró desde arriba.

—Y es por eso que Kasami está en la puerta y tú no vas a salir de esta sala. Con algo de suerte, nadie se dará cuenta hasta que haya acabado la actuación, ¿eh?

Shin se volvió hacia el sonido de unos gritos que venían del exterior. Sanki se echó a reír, aunque transformó la carcajada en una tos cuando el Daidoji lo fulminó con la mirada.

Shin salió de la habitación, deslizó la puerta tras él y se dirigió al pasillo. El dolor de cabeza de antes estaba volviendo a hacer acto de presencia conforme se preguntaba si se le había pasado algo que hubiera podido impedir lo sucedido. Si bien se trataba de una idea ridícula, era su responsabilidad, al fin y al cabo.

Las voces cada vez sonaban más alto. Respiró hondo y se dio un momento para recobrar la compostura antes de salir al pasillo.

—¿Se puede saber qué ocurre?

La escena que presenció al salir era tensa. Kasami estaba encarada hacia un ujik con túnica, quien al parecer se había colocado entre ella y un hombre bajo y corpulento. Shin reconoció a este: Gota, un mercader noble de cierta fama. El ujik tenía una mano en la empuñadura de su espada y estiraba la otra como si quisiera pedir a Kasami que se detuviera. La mano de la guardaespaldas estaba a escasos milímetros de la empuñadura de su espada.

Si la desenvainaba, el ujik perdería la vida allí mismo; Shin estaba seguro de ello. Muy pocos hombres podían sobrevivir a la atención de una Kasami enfadada. Sin embargo, un segundo vistazo al nómada le hizo reconsiderar la velocidad a la que se iba a producir su muerte inevitable: el ujik bien podría durar unos instantes más que la media. Tenía aspecto de espadachín. Shin decidió que lo mejor sería intervenir antes de que la situación se descarrilara todavía más.

—Usted es el señor Gota, si no me equivoco —dijo, apartando la mano del ujik sin mucha preocupación mientras se dirigía a su señor—. No nos han presentado. Soy Daidoji Shin, propietario de este local y jefe de Noma Etsuko.

Gota titubeó, y Shin aprovechó la oportunidad para verlo más de cerca. Era un hombre corpulento, otrora musculoso, aunque en aquellos momentos los músculos se estaban transformando en grasa. Por la manera como había plantado los pies cuando Kasami los había confrontado y la posición de sus brazos, supo que entrenaba en artes marciales o que solía hacerlo.

—Entrenó en el arte del Sumai, ¿verdad? —continuó Shin.

—Sí, luchaba cuando era joven —confirmó Gota—. ¿Cómo lo sabe?

—Lo he supuesto. Es algo por lo que el Clan del Tejón es conocido, si mal no recuerdo —dijo Shin.

Mientras hablaba, trató de recordar todo lo que podía sobre los Tejones, lo que no era demasiado. Se trataba de un clan menor cuyo territorio estaba principalmente en las montañas septentrionales, un pueblo trabajador pero aislado, con una extensa red comercial que llegaba hasta las tierras más bajas.

Los mercaderes Grulla solían comprar seda a dicho clan, aunque pocos lo admitían en público. Shin contaba con varios kimonos hechos de seda producida por los Tejones y le parecían de los mejores de su vestuario. Lo más probable era que Gota fuese un mercader, y uno de buena cuna además, dado su apellido. Konomi había mencionado a un Tejón como parte de la colección de fieras que perseguía a Etsuko, por lo que debía ser aquel. Hizo un ademán para que Kasami retrocediera, y ella obedeció a regañadientes, con un gesto de disgusto evidente en la manera en la que alejó la mano de su espada.

Gota asintió y se dio una palmada en la panza con cierta pesadumbre.

—Pero me he encogido un poco desde la última vez que pisé el cuadrilátero. El paso del tiempo derrumba hasta la montaña más poderosa.

—Ahora es una colina —interpuso el ujik en un rokuganí con mucho acento. Gota fulminó con la mirada a su guardaespaldas, y este ni se inmutó.

Shin volvió su atención al nómada. El hombre había terminado de envainar su espada y se había echado atrás. Sus ojos oscuros se encontraron con los del Daidoji, y el hombre inclinó la cabeza con respeto, aunque solo fuera un poco. Shin le devolvió el gesto. Los mercaderes ujik no eran algo desconocido, ni tampoco muy poco común al estar tan cerca de las tierras del Clan del Unicornio, pero ver a un guerrero al servicio de un mercader rokuganí sí que era curioso.

—Una buena broma —repuso Shin en la lengua ujik.

El guerrero parpadeó, tal vez sorprendido de oír su idioma en boca de alguien del sur.

—¿Habla ujik? —preguntó Gota, claramente impresionado.

—No demasiado bien —contestó Shin—. Sé unas cuantas palabras gracias a un mercader que conozco. Puede que también lo conozca, se trata de un hombre llamado Ito.

—Lo conozco, sí —dijo Gota, con el ceño fruncido—. Una daga de hierro en una vaina de terciopelo.

Shin inclinó la cabeza.

—Buena descripción. Él lo aprendió de un comerciante de los Moto. —Miró mejor al ujik, quien ya no estaba tan relajado—. Estoy seguro de que hay una historia interesante aquí.

—No mucho —repuso Gota con brusquedad—. Se me debía algo, y el servicio de Arban fue la forma de pago. Hasta el momento, no he tenido motivos para quejarme. —Los labios de Arban se movieron un poco, y a Shin le dio la sensación de que el ujik quería echarse a reír.

—Ah —asintió Shin—. ¿Y qué es lo que pretende conseguir al acercarse a mi guardaespaldas en el pasillo?

—Quiero ver a la dama Etsuko.

—Me temo que no va a recibir a ningún visitante por el momento.

—A mí sí querrá verme —aseguró Gota.

Shin se enderezó todo lo posible y miró al hombre más bajo por encima de la nariz.

—No está en condiciones de recibir a nadie, mi señor. Como bien habrá visto desde su asiento, no se encuentra bien.

—En ese caso, llamaré a un médico para que se encargue de ella.

—Ya he acudido a mi médico personal para que la trate, y eso es lo que está haciendo ahora mismo. Me temo que su presencia solo sería una distracción indebida e innecesaria. Por el momento, no hay nada que pueda hacer.

—Eso lo juzgaré yo mismo —dijo Gota, sacando pecho.

—Ahí es donde se equivoca. Como ya le he dicho, soy el propietario de este local, y puedo darle dos opciones. La primera es que vuelva a su palco, y yo estaré encantado de mantenerlo al tanto del estado de la dama Etsuko.

—¿Y la segunda?

—Que lo expulse del edificio —dijo Shin con una sonrisa—. La decisión es suya, por supuesto.

Gota echó un vistazo a Kasami, quien tenía la mirada clavada en Arban. El ujik, por su parte, parecía un poco intrigado por la idea de continuar con la pelea que Shin había interrumpido, o tal vez por alguna otra cosa. Shin desplegó su abanico y lo agitó.

—No le hará ningún bien a nadie causar más problemas, y mucho menos a la dama Etsuko. Estoy seguro de que querrá hablar con usted en cuanto se reponga, pero, por el momento, debe descansar.

Gota fulminó con la mirada al Daidoji, aunque acabó asintiendo, algo tenso.

—Muy bien. —Estiró uno de sus gruesos dedos hacia el aire bajo la nariz de Shin—. Pero me mantendrá informado de todo lo que ocurra con ella, Daidoji. O, de otra manera, yo mismo me encargaré de sacar a mi señora de este lugar.

Shin asintió y se valió de su educación para hacer caso omiso tanto de la amenaza como del dedo.

—Cómo no, mi señor Gota. Y, si me permite el comentario, debo añadir que su caballerosidad dice mucho de usted.

Gota murmuró algo entre dientes mientras se daba la vuelta. Hizo un gesto brusco, y Arban se dispuso a seguirlo, aunque no sin antes dedicar una última mirada a Kasami. El ujik tenía una expresión extraña, como un buey aturdido.

—Creo que tienes un admirador —dijo él, mirando a Kasami de reojo.

La guardaespaldas se relajó un poco.

—¿Qué es lo que anda murmurando?

—Arban. Parece un hombre interesante. ¿Has conocido a algún ujik antes?

—No.

—Son nómadas, en su mayoría, aunque también muy buenos guerreros. Su concepto de la disciplina es un tanto distinto al nuestro, así como su idea de las buenas formas. Aun así, son un pueblo duro y resistente. Muy parecido al tuyo, de hecho. —Shin plegó su abanico y se dio un golpecito en la palma de la mano.

—¿Y por qué me lo cuenta?

—He pensado que podría interesarte —dijo el Daidoji, con aire de inocencia.

—Pues no.

—Tienes que ampliar tus horizontes, Kasami.

—No tengo que hacer nada por el estilo —espetó antes de mirarlo—. Lo volverán a intentar.

—¿Esa es tu opinión profesional?

—Lo es.

—En ese caso, te quedarás aquí y te asegurarás de que nadie entre en el vestuario sin mi permiso —dijo Shin en un tono que indicaba que no debía discutírselo—. No quiero que nadie moleste a Sanki. ¿Me he expresado bien?

Kasami asintió.

—¿Y qué hará usted mientras yo me quedo aquí plantada?

Shin volvió a darse otro golpe en la palma de la mano con el abanico y frunció el ceño.

—Con un poco de suerte, averiguar quién ha envenenado a nuestra actriz principal.

CAPÍTULO 14
La debida diligencia

—¿Su médico está seguro, entonces? —quiso saber Azuma—. ¿Se trata de veneno?

Shin asintió. Estaba en el palco de Shin, con la puerta vigilada por dos de los mejores guerreros de Azuma y la cortina de privacidad un poco echada. Shin había pedido a sus sirvientes que se retiraran por el momento, incluido Kitano, de manera que no hubiera riesgo de que alguien oyera su conversación.

—Tanto como puede estarlo antes de investigar mejor, pero confío en Sanki. Si dice que alguien ha adulterado el maquillaje de la dama Etsuko con un veneno de contacto, es que eso es lo que ha ocurrido.

Azuma soltó un gruñido y se frotó la barbilla.

—No me gusta nada. Deberíamos detener la actuación e interrogarlos a todos...

—Con «todos», imagino que se refiere a todas las personas que estaban tras bastidores.

—¿A quién más puedo referirme?

—Etsuko tenía relaciones que iban más allá del escenario —repuso Shin, con intención. Azuma frunció el ceño.

—¿Y?

Shin se rascó la barbilla.

—Se acababa de prometer con Bayushi Isamu.

—Cree que el culpable podría ser un amante despechado —dijo Azuma, con los ojos entornados.

—Es una hipótesis que vale la pena explorar —confirmó Shin, que echó un vistazo hacia el escenario, sobre el que continuaba la actuación.

Ni Nao ni Ashina estaban en el escenario por el momento, sino que un actor vestido de monje hacía un número cómico para entretener al público al tiempo que varias actrices que representaban sirvientas se burlaban de él. A juzgar por las risas, el público parecía complacido por ello.

Azuma asintió poco a poco.

—Tal vez. Deberíamos preguntárselo, a ver qué opina ella.

—Por desgracia, esa vía de investigación se nos ha cerrado.

—¿Qué quiere decir?

Shin dudó, pues tratar de ocultarle algo a Azuma no sería una decisión demasiado sabia. Si quería contar con la cooperación del Kaeru, iba a tener que confiar en él.

—Ha muerto.

—¿Qué? —soltó Azuma, con los ojos muy abiertos.

—Ha sucumbido a los efectos del veneno poco después de que Nao la llevara tras bastidores —explicó Shin, asintiendo con solemnidad—. No había cómo salvarla, o eso afirma Sanki.

—Eso complica las cosas —dijo Azuma en voz baja—. Y más si, como dice, la actriz iba a casarse. Los Escorpiones exigirán venganza.

—Lo sé, al igual que sé que, si todo sale mal hoy, la reputación de este teatro, además de la mía, sufrirán un duro golpe del que tal vez no puedan recuperarse nunca.

—Por triste que eso sea, no es lo que me preocupa —empezó a decir Azuma. Shin alzó una mano para interrumpirlo.

—No esperaba que dijera otra cosa, pero me gustaría hacerle una petición sencilla, si me lo permite.

Azuma entornó los ojos.

—Quiere investigar el asunto usted mismo.

—Es mi teatro, al fin y al cabo, así que, ¿quién mejor que yo? Puede llamarlo debida diligencia, si quiere.

Azuma soltó un resoplido.

—Un día se pasará de la raya con este negocio suyo, Grulla.

—¿Es ese día hoy?

—No —repuso Azuma tras considerarlo unos momentos.

—En ese caso, ¿me permitirá investigarlo?

—¿Acaso podría detenerlo? —preguntó Azuma, que hizo un ademán para atajar la respuesta de Shin y meneó la cabeza—. Es un asunto peliagudo. ¿Cómo lo va a abordar?

—Tan rápido como me sea posible. Una vez que acabe la actuación, nuestras posibilidades de identificar al asesino pasarán de ser pocas a nulas. Es por ello que preciso su ayuda.

—¿Qué necesita? —quiso saber Azuma, pasándose las manos por el rostro.

—A unos cuantos de sus soldados para que vigilen las entradas y las salidas —explicó Shin—. Salir antes de que acabe la actuación es un poco sospechoso, ¿no cree?

—¿Y qué hacemos con el entreacto? Las casas de té pondrán el grito en el cielo si les niega su costumbre.

Shin le restó importancia con un gesto.

—Eso es fácil de solucionar. Mandaré a un paje para hacerles saber que deben traer sus mercancías al teatro. Que sirvan a los clientes en sus asientos.

—Poco ortodoxo, pero eficiente —dijo Azuma con un gruñido.

—Eso es lo que se me da mejor —comentó Shin, y Azuma se echó a reír.

Desde que se habían conocido durante el asunto del arroz envenenado, él y Azuma se habían convertido en conocidos cercanos, si no en amigos. En cierto sentido, ambos servían al mismo señor.

—Aun así, no ordenaré a mis soldados que encierren a personas aquí en contra de su voluntad.

—Tampoco se lo pediría —dijo Shin, negando con la cabeza—. Solo quiero que vigilen, y lo que es más importante aún, que los demás los vean vigilando.

—Ah. —Azuma asintió al comprender lo que quería decir—. La promesa de una espada suele ser tan peligrosa como la espada en sí.

—O eso decía Kakita —confirmó Shin, al reconocer la cita—. Haré todo lo que esté en mis manos por mantener en secreto la... condición de la dama Etsuko, pero los rumores son el alma del teatro. Los demás se darán cuenta de que algo va mal en cuanto la suplente de Etsuko ponga un pie en el escenario. Y, después de eso, solo será cuestión de tiempo que la verdad salga a la luz.

—¿Por dónde empezará?

—Tras bastidores —repuso Shin—. Etsuko no ha hecho muchos amigos en el tiempo que lleva aquí, pero sí muchos enemigos, así que hablaré con ellos antes. —Dudó antes de añadir—: Aun con todo, en algún momento voy a tener que hablar con sus amigos. Incluido su prometido.

Azuma respiró hondo.

—Va a tener que andarse con cuidado ahí.

—Yo siempre me ando con cuidado.

—Lo digo en serio, Grulla.

—Lo entiendo. Ya he tenido un encontronazo con uno de ellos, de hecho. Hace un momento, tras bastidores. Un tal señor Gota, ¿lo conoce?

—Un enviado comercial del Clan del Tejón —asintió Azuma.

—Exacto. No sé mucho sobre él; parece un poco... bruto. —Shin se rascó la mejilla. Si bien estaba bastante claro que Gota era un amante despechado, no parecía el tipo de persona que envenenaba a nadie. Aun así, su comportamiento levantaba sospechas—. Se ha convertido en todo un incordio últimamente. Cree que puede apropiarse del tiempo de Etsuko. Cuando empiece con los amigos, él será el primero con quien hablaré. —Se volvió cuando Kitano abrió la puerta y les dedicó una reverencia con respeto—. Ah. ¿Lo has encontrado?

—Como me ha pedido, mi señor —dijo Kitano, que dedicó a Azuma una mirada llena de cautela mientras hablaba—.

Aunque el maestro Sanemon ha insistido en venir con él.

—¿Ah, sí? Bueno, supongo que eso me ahorra tener que mandarte a buscarlo. —Shin empuñó su abanico y lo desplegó. Había enviado a Kitano a buscar a Choki, el ayudante de Nao. Además de Nao, Etsuko y Ashina, él era el único que tenía acceso inmediato al vestuario en cuestión. A pesar de que no creía que Choki hubiera tenido nada que ver con la muerte de Etsuko, cabía la posibilidad de que el joven hubiera visto u oído algo importante. Se volvió hacia Azuma—. Si me disculpa...

—Por supuesto. —Azuma se puso de pie—. Me encargaré de que haya soldados apostados en las puertas. —Se alisó la túnica—. Y, si sus invitados vienen a quejarse, o, mejor dicho, cuando lo hagan, los dirigiré hacia usted, ¿de acuerdo?

—Sería muy amable por su parte, sí.

Azuma esbozó una sonrisa.

—Debería ahorrarle tiempo, al menos.

—Siempre es de lo más considerado, Azuma. Es una de las razones por las que me cae bien. —Shin hizo una pausa antes de decirle—: Si pudiera no mencionar nada de esto a Konomi ni a su primo, se lo agradecería mucho. Sería una lástima aguarles la fiesta, con lo entretenidos que están.

Azuma se detuvo en la puerta.

—Ha preguntado por usted, ¿sabe? Después de que saliera corriendo de mi palco antes. Parece un buen hombre, aunque un poco arrogante. Me recuerda un poco a usted.

—Imagino que debo tomármelo como un cumplido —dijo Shin.

Azuma se echó a reír una vez más y se marchó. Unos momentos más tarde, Kitano hizo pasar a Sanemon y a Choki, y Shin les hizo un gesto para que se sentaran. Los dos le hicieron caso, aunque un poco a regañadientes.

Shin examinó a los dos sin hablar durante unos momentos. Ambos estaban nerviosos, por lo que decidió tranquilizarlos.

—Muchas gracias por venir, Choki. Y a ti también, Sanemon. Estoy seguro de que los dos estáis muy ocupados, pero… vaya.

Sanemon inclinó la cabeza.

—Nos alegra poder serle de ayuda, mi señor…, ¿verdad, chico? —Miró a Choki de reojo y le dio un codazo.

—S… sí, mi señor —contestó Choki.

—Excelente —dijo Shin con una sonrisa—. Choki, naciste en esta ciudad, ¿no es así?

—Sí, mi señor.

—Entonces ¿te contrató la dama Okuni?

—No, mi señor, el maestro Sanemon. —Choki miró de reojo al director, quien asintió.

—Ah —repuso Shin—. ¿Has actuado alguna vez?

—Un poco, mi señor. Papeles pequeños. Tengo algo de talento musical y sé hacer malabarismo.

—Habilidades útiles —comentó Shin—. Yo mismo soy un malabarista aficionado. ¿Has visto lo que ha ocurrido? —Formuló la pregunta de sopetón, sin previo aviso. Choki se quedó petrificado.

—Eh… Esto… Sí. He ayudado al maestro Nao a llevarla al vestuario. —Hizo una pausa—. ¿Está…? ¿Está enferma?

—Está descansando —dijo Shin.

Notó la mirada que le dedicó Sanemon, pero decidió no hacerle caso por el momento. El director sabía mejor que la mayoría lo que estaba en juego y lo que podría suceder a su éxito aquel día si se propagaba la noticia de la muerte de Etsuko.

Choki tragó en seco.

—Bien. Pensaba… Tenía miedo de que… Bueno. Ya sabe.

Shin hizo un ademán con su abanico.

—No, dime.

Choki tragó una vez más antes de contestar.

—Me temía que hubiera muerto.

—¿Por qué?

—Es solo que… Vaya. Parecía muy… y respiraba como…

—Hizo un gesto hacia su garganta—. No tenía buena pinta, eso es todo.

Se quedó callado, y Shin lo miró de cerca. Choki, según sospechaba, era más listo de lo que Nao reconocía. O más observador, al menos.

—No, bueno, no la tenía, ¿verdad? —Shin se dio un golpecito en la barbilla con su abanico plegado—. Choki, esta puede parecerte una pregunta curiosa, pero ¿se te ocurre alguien que pudiera tener inquina a la dama Etsuko?

Choki volvió a mirar a Sanemon de reojo antes de contestar.

—Eh…, pues, mi señor… La verdad es que… ¿varias personas? —Se encogió de hombros en un gesto desamparado—. Si me perdona el comentario, no es la persona más amistosa del mundo.

—Ya, pero ¿trata peor a alguna persona en concreto?

—Al maestro Nao —contestó Choki, sin dudarlo ni un instante—. No se llevan muy bien.

Shin se reclinó en su asiento.

—¿Se te ocurre alguna otra persona?

No le gustaba pensar en que Nao pudiera estar involucrado, aunque la posibilidad ya se le había pasado por la cabeza. Nao era de lo más enigmático, casi tanto como Okuni.

Choki volvió a encogerse de hombros.

—Algunos de los otros actores. Chika, desde luego. Y una vez con Botan.

—¿Qué motivos tuvo?

Choki se lamió los labios.

—Pensaba, esto… Pensaba que Chika le había robado algo. —Dirigió una mirada a Sanemon, quien frunció el ceño en lo que pudo ser una expresión de molestia—. Con Botan no estoy tan seguro. Creo que él interrumpió uno de sus… encuentros. —Se sonrojó al decirlo—. Tras bastidores, quiero decir.

—¿De verdad? —preguntó Shin—. ¿Dijo Botan a quién había visto?

—No, mi señor. —Choki negó con la cabeza—. Aunque solo fue hace unas cuantas semanas.

—Después de que se prometiera, entonces —dijo Shin.

—¿Estaba prometida? —preguntó Choki, con los ojos muy abiertos.

Sanemon carraspeó.

—Creo que ya es momento de que Choki vaya tras bastidores, mi señor. Tiene que prepararse; va a interpretar a uno de los artesanos de la escena del mercado.

Shin lo miró antes de asentir.

—Muy bien. Aunque me gustaría hablar contigo, maestro Sanemon.

—Por supuesto, mi señor —repuso el director. Choki se puso de pie, le dedicó una reverencia y se marchó a toda prisa. Sanemon se secó la coronilla sudada con la manga—. Gracias, mi señor. No quería interrumpirlo, pero…

—El hecho de que Etsuko tenía intención de casarse no se ha divulgado, según veo —dijo Shin.

—No, mi señor. Por razones obvias, he decidido no mencionarlo. —Sanemon lo miró—. Supongo que no debería sorprenderme que usted ya lo supiera, mi señor.

—Me lo ha contado su prometido. ¿Cómo te has enterado tú?

Sanemon dudó antes de contestar.

—Bueno… Ha sido por parte de Nao, mi señor. Él me lo ha contado.

—Imagino que a él se lo ha dicho la dama Etsuko —dijo Shin, asintiendo poco a poco.

Si bien solo era una conjetura por parte del Daidoji, Sanemon se lo confirmó.

—Han tenido una pequeña disputa tras bastidores hace un rato. —Sanemon frunció el ceño—. Siento decirle que el señor Kenzō la ha presenciado.

—¿Ah, sí? —dijo Shin tras unos momentos. Pese a que era un poco desafortunado, Shin sospechaba que el auditor había visto escenas peores—. Bueno, no importa. Esta disputa… ¿Ha sido por las tonterías de siempre o por algo más concreto?

Sanemon hizo una mueca.

—Lo de siempre. Pero luego han vuelto a empezar en su vestuario. Allí es donde ella le ha contado sus planes.

—Y luego él te lo ha contado.

Sanemon asintió.

—Quería que se lo contara a usted, que es lo que quería hacer, pero… —Se interrumpió a sí mismo e hizo un gesto desesperado.

Si bien no devolvía la mirada a Shin mientras hablaba, aquello no era nada sospechoso por sí solo, pues Sanemon casi no miraba a Shin si podía evitarlo.

La música aumentó de volumen en el escenario: Ashina estaba haciendo su entrada. Shin hizo un gesto a Sanemon para que esperara y se volvió para mirar por la rendija en las cortinas. Se quedaron en silencio mientras Ashina cruzaba el sendero de las flores para dirigirse al escenario, seguida de una multitud de actrices que hacían de sus damas de honor. La voz le tembló cuando se acercó al monje, aunque solo al principio, pues luego cogió fuerza.

—Se le da bien —comentó Shin en voz baja.

—Mejorará con el tiempo —dijo Sanemon. Hizo una pausa y se frotó la coronilla una vez más—. Entonces ¿su médico está seguro? ¿La han envenenado?

Shin asintió.

—¿Se te ocurre alguien que pueda haber tenido inquina a Etsuko?

—Eh… Pues, la verdad… Sería más fácil nombrar a aquellos que no. A quienes no le tenían inquina, quiero decir —dijo entre titubeos, antes de hacer un mohín—. Como le ha dicho Choki, no ha hecho muchos amigos aquí. Y los actores cuidan de su rencor como si fuera un bebé.

—¿Cómo Botan?

Sanemon negó con la cabeza.

—En ese caso, el rencor era todo de parte de Etsuko. Botan vio por casualidad uno de sus encuentros, o eso dijo él. Ella intentó forzarme a que despidiera al pobre hombre, y ¿por qué? Porque ella no tuvo la cautela suficiente para hacer esas cosas en algún lugar más privado.

—¿Botan te dijo con quién la había visto?

—No, y no se lo pregunté.

—Seguramente fue lo más sabio —dijo Shin, un poco decepcionado. Fuera quien fuera aquel amorío, era un sospechoso, por mucho que no necesitara más de ellos. Ya tenía un teatro lleno de sospechosos—. ¿Quién más podría haber querido que le sucediera algo malo a la dama Etsuko? Debe de haber algún nombre que se le ocurra antes que otros.

Sanemon se frotó la barbilla con una expresión pensativa.

—Rin, tal vez. Y Uni. Entre los dos, lo saben todo sobre todos en la compañía. Son unos chismosos incorregibles. Suelen ser mis ojos y mis oídos entre los miembros de la compañía.

—Estaban presentes cuando Nao ha llevado a Etsuko, ¿verdad?

—Así es, mi señor.

—Y no han tardado mucho en salir en cuanto he llegado yo.

—Ajá —dijo Sanemon con una sonrisa torcida—. Usted tiene cierta reputación, mi señor.

Shin frunció el ceño.

—Pensaba que era una buena reputación, al menos entre los miembros de la compañía.

—Lo es, mi señor —dijo Sanemon para apaciguarlo—, pero no todos están cómodos con ella. A veces hace preguntas incómodas.

Shin lo aceptó aunque no sin cierta desazón. Forzó una sonrisa y dijo:

—En ese caso, permíteme formular otra. Choki ha mencionado que Chika robó algo, y no recuerdo haber oído nada más al respecto… ¿Podrías ponerme al tanto?

Sanemon se encorvó hacia delante y meneó la cabeza.

—No es nada, mi señor. Etsuko acusó a Chika de robar correspondencia privada de su vestuario, pero no fue nada. Los actores se pasan el día acusándose de robar cosas los unos a los otros. En ocasiones es cierto, aunque la mayoría de las veces no lo es. En este caso no fue más que una tontería.

—Imagino que lo investigaste, entonces —preguntó Shin, algo impresionado por la iniciativa de Sanemon.

—No tuve que hacerlo. Chika no había estado ni cerca del vestuario en el momento en cuestión. —Sanemon soltó una tos, incómodo—. Estaba... en compañía de un amigo.

—¿Cómo dices? Ah, ya. —Shin se enderezó—. ¿Y quién era ese amigo?

—Preferiría no decirlo, mi señor.

Shin frunció el ceño.

—Te aseguro que mantendré su identidad en la más estricta confidencia.

—El maestro Odoma —dijo Sanemon con un suspiro.

Shin parpadeó, sorprendido.

—¿De verdad?

Sanemon se encogió de hombros.

—Sí.

Parecía un poco apesadumbrado cuando lo dijo, y Shin consideró dejar el tema en aquel momento, pero era presa de su curiosidad.

—¿Y cuándo empezó eso?

—Desde que la dama Etsuko se rio en su cara. —Sanemon se puso rojo.

Shin dudó antes de seguir interrogándolo.

—¿Cuándo sucedió? —preguntó con cautela. Odoma no lo había mencionado antes, aunque, pensándolo mejor, ¿por qué iba a hacerlo?

—Hace unos meses, poco después de que ella llegara. —Sanemon meneó la cabeza—. Estoy seguro de que ha oído hablar de todas sus aventuras. Odoma intentó caerle en gracia, le envió regalos, pero ella no quería saber nada. Y Chika y algunas de las otras actrices, bueno… No tardaron en correr hacia él para consolarlo.

Shin casi preguntó por qué, aunque la respuesta era obvia. Odoma tenía riquezas y no estaba casado, por lo que era un buen partido para una actriz de orígenes humildes. Incluso si no llegaban a casarse, podrían encontrar cierto beneficio en soportar sus atenciones. Tal vez era por eso que Odoma estaba tan interesado en volver a adquirir el teatro. Shin apartó el pensamiento para reflexionar sobre ello más adelante.

—¿Y cómo reaccionó Etsuko a todo eso?

—Bueno, con la acusación, mi señor —repuso Shin.

El Daidoji se echó atrás en su asiento, un poco sorprendido por la respuesta de Sanemon.

—Crees que la acusó…, ¿por qué? ¿Por rencor?

Sanemon inclinó la cabeza, pero no dijo nada. Shin se pasó una mano por el cabello y se preguntó en qué más líos se habría metido Etsuko… y si alguno de ellos sería la razón por la que había muerto.

—Tendré que hablar con Botan y Chika además de con Rin y Uni.

Sanemon asintió.

—Les haré saber que deben acudir a usted. —Vaciló antes de añadir—: Pero seguro que no considera que ninguno de ellos es el culpable, ¿verdad?

—No lo sabré hasta que hable con ellos —dijo Shin—. Por el momento, lo único que tengo es un teatro lleno de preguntas y muy pocas respuestas.

CAPÍTULO 15
Hira

Kasami estaba sentada en el taburete y miraba hacia ningún lugar en particular. Ocupaba sus pensamientos trazando los patrones del papel de la puerta y las paredes y con una *kata* de embestidas con acrobacia y retiradas de barrido. Cada pincelada era el movimiento de una espada imaginaria, y sus músculos se tensaban y se relajaban al ritmo del movimiento ilusorio.

No estaba aburrida, pues el aburrimiento era una debilidad de las mentes poco disciplinadas, un fallo en la defensa que debía solventarse y corregirse. Cuando llegaba al final del patrón, empezaba de nuevo, y así una y otra vez. Practicaba sin moverse, con una forma serena, aunque sin perder de vista el mundo que la rodeaba. Había anotado mentalmente cada rostro que pasaba por delante de ella para ir de un extremo al otro del pasillo.

No estaba demasiado preocupada por Shin. Si bien era un desperdicio de sus habilidades estar allí sentada y montar guardia para una mujer muerta, él era su señor, y, por una vez en la vida, le había dado una orden directa. Por lo tanto, no pensaba desobedecerla.

Aun así, no podía evitar preguntarse qué sentido tenía todo aquello. Una parte de ella pensaba que lo mejor sería que Shin perdiera todo su interés en ser un mecenas de las artes escénicas. Costaba dinero y tiempo, por no mencionar que su reputación ya estaba lo suficientemente mellada de por sí. Sin embargo, conociéndolo, aquel incidente solo habría conseguido avivar la llama de su deseo menguante.

Tal vez se trataba de algo bueno, de una señal de madurez. Shin no solía aferrarse a nada más allá de unos cuantos meses. Entre su nueva fascinación por los misterios y sus responsabilidades como propietario de teatro, se estaba convirtiendo en una persona casi respetable. Tal vez incluso llegara a casarse. Aquello sí que complacería a su familia.

Había varias posibilidades para aquella situación, entre las que destacaba Iuchi Konomi. La noble contaba con una buena reputación y tenía un fuerte vínculo con los líderes de su clan. Era una mujer inteligente, tenaz y hábil. Kasami se había enterado de que Konomi había roto las costillas a alguien que quería ser su pretendiente con una buena patada. Y, por encima de todo, era sensata. En resumen: una buena pareja para Shin.

El Daidoji, por supuesto, lo veía de otra manera. O tal vez estaba de acuerdo y simplemente se negaba a admitirlo, pues eso era lo que solía ocurrir. Confiaba en que su señor acabaría dándose cuenta de lo que era obvio y que haría lo que se esperaba de él. Si no, pensaba hacer todo lo posible para que entrara en razón. Si bien su familia había permitido sus tonterías, se les estaba agotando la paciencia. En algún momento le iban a exigir que cumpliera con su deber, opinara lo que opinara él. Por tanto, lo mejor sería que saltara antes de que su familia decidiera empujarlo.

Además, Konomi le caía bien. No le resultaría nada difícil servirla en el caso de que se produjera la unión. Al menos aquello podría poner fin a las aventuras más peligrosas de Shin.

Pensar en ello la complacía, aunque apartó el pensamiento de su mente casi de inmediato al notar que alguien se acercaba.

No era la primera vez que alguien se dirigía al vestuario desde que Etsuko se había desmayado. Los actores y los trabajadores se habían pasado por ahí para husmear, a la caza de rumores, aunque normalmente lo único que necesitaba para mandarlos por donde habían venido era una mirada seria. Por suerte, la actuación mantenía ocupada a la mayoría de personas del teatro. Sin embargo, aquello era algo distinto.

La recién llegada se aclaró la garganta con timidez, y Kasami llevó la mirada en su dirección. Koshei Hira estaba a cierta distancia de ella.

—Mi…, eh… Es decir, la dama Yua… —empezó a decir.

—La ha mandado a preguntar por la dama Etsuko —la ayudó Kasami.

Examinó a la otra mujer de cerca. Hira era unos años más joven que Kasami; de hecho, tenía la misma edad que Kasami cuando le habían asignado proteger a Shin.

Hira tragó en seco y asintió.

—Así es.

—Está descansando.

Hira dirigió la mirada hacia la puerta, aunque no se movió en su dirección, algo que Kasami le agradeció. La joven estaba nerviosa, y Kasami se preguntó si solo se debía a la incomodidad que había notado antes o a algo más.

—Me gustaría verla. La dama Yua me ha ordenado que… —empezó a decir Hira, aunque se interrumpió al ver la expresión en el rostro de Kasami.

La guardaespaldas negó con la cabeza de manera casi imperceptible.

—Nadie entrará en el vestuario sin el permiso expreso del señor Shin.

Le pareció raro que la Libélula fuera la primera en ir a buscar a Etsuko, sin contar el intento a desganas del León antes. Según lo veía, los Escorpiones debían haber sido los primeros, y, aun así, no había visto ninguna señal de ellos. Aunque tal vez tampoco debiera sorprenderle tanto, pues los Escorpiones no eran conocidos por su empatía precisamente.

—¡Ah! —exclamó Hira, que pasó su peso de un pie a otro, incómoda.

Echó un vistazo por donde había venido, pero no hizo ningún ademán de marcharse. Kasami la observó unos momentos.

—¿Tanto miedo da, entonces?

—¿Quién? —preguntó Hira, frunciendo el ceño.

—La dama Yua. ¿Es una señora que da tanto miedo?

—No —repuso Hira, parpadeando por la confusión—. No, miedo no.

Soltó un suspiro, y Kasami notó una punzada de lástima, por lo que hizo un gesto hacia un lugar en la pared a su lado.

—Siéntese. Cuanto más tarde en llegar, menos enfadada estará.

Hira la miró, sorprendida, aunque hizo lo que Kasami le había sugerido. Se puso en cuclillas con facilidad y ladeó la cabeza para mirar a la guardaespaldas.

—Gracias. Ha insistido mucho en que viniera, de otra manera no me habría apartado de su lado.

Kasami soltó un gruñido.

—Esas frustraciones me resultan algo conocidas.

Hira inclinó la cabeza, pero Kasami la vio sonreír.

—Eso he oído. El señor Shin… no tiene muy buena reputación entre los Tonbo. A la dama Yua no le cae nada bien, aunque hoy ha sido la primera vez que se han visto en persona, que yo sepa.

—¿Ah, sí? —preguntó Kasami. Si bien no dudaba de las palabras de Hira, tenía curiosidad por averiguar cómo Shin había logrado importunar a un clan menor entero.

—Sí, aunque no estoy segura de a qué se debe. Tiene algo que ver con todo el asunto del arroz envenenado, creo. La dama Yua no habla de ello. Nadie lo hace.

Kasami asintió sin decir nada. Aquello tenía sentido. La investigación de Shin sobre una remesa de arroz envenenado había acabado con la muerte de un administrador de la familia Tonbo. El hecho de que dicho administrador hubiera sido responsable de la muerte de otros, por no decir de un intento de asesinato contra Shin, daba igual. Al Clan de la Libélula, como a todos los demás clanes, ya fueran grandes o menores, le parecía más fácil culpar a alguien de fuera que a uno de los suyos.

—Debe de ser emocionante trabajar con un hombre como él —continuó Hira.

Kasami miró en derredor.

—Sí. Muy emocionante.

Hira echó un vistazo en dirección al vestidor.

—¿Está enferma, entonces?

—Eso me han dicho.

—No la he visto desmayarse; estaba fuera, en el pasillo.

—Como yo. Es allí donde debemos estar.

—La dama Yua estaba asustada. Nunca la había visto así. Aunque puede que solo sea por el Escorpión.

Pese a que Kasami frunció el ceño, pues los chismes eran algo indecoroso, no amonestó a la otra guardaespaldas. La experiencia le indicaba que Shin podría tener cierto interés en aquella información, por lo que, en su lugar, dijo:

—Se refiere a Bayushi Isamu.

Hira asintió poco a poco.

—Ha venido a hablar con ella antes de la actuación. Y con los Leones también, si lo que ha dicho Yoku es cierto.

—¿Yoku?

—El guardaespaldas de la dama Minami. ¿Lo conoce?

—Sí —repuso Kasami, recordando al samurái de cara de pocos amigos. Se habían conocido durante el problema del arroz envenenado y casi habían tenido que enfrentarse en combate—. Es desagradable.

—¿De verdad? Ha sido muy cortés cuando hemos hablado —dijo Hira, con una sorpresa evidente.

Kasami desestimó el comentario con un gesto.

—Los Escorpiones han visitado a los Leones también, entonces. ¿Cuándo?

—No estoy segura; no se ha quedado mucho tiempo. Al parecer, la dama Minami lo ha echado después de ponerlo a caldo. —Hira esbozó una sonrisa—. Me habría gustado verlo.

—Y a mí —admitió Kasami.

Hira soltó una risita y Kasami le dedicó una mirada seria. Los guerreros no se reían así. Sin embargo, Hira no se percató de ello, pues tenía la mirada clavada en la puerta una vez más.

—La dama Yua nunca había tenido guardaespaldas —dijo tras unos momentos—. No sé por qué pidió una. —Miró a Kasami de reojo—. ¿Cree que pueda tener algo que ver con el Escorpión?

—Puede ser. —Kasami se encogió de hombros—. ¿De qué han hablado?

Hira puso una expresión de susto.

—¡No he oído nada! Escuchar a escondidas no es de buena educación.

—No es lo mismo —dijo Kasami—. Las personas de la corte lo hacen como un pasatiempo lujurioso; nosotros lo hacemos para proteger mejor a nuestros señores. —Y dedicó una mirada seria a la otra mujer—. ¿Qué es lo que ha oído?

—No mucho —admitió, tras ruborizarse—. Estaba demasiado ocupada tratando de ganar el concurso de miradas con los guardaespaldas Escorpión. La de la máscara de demonio no dejaba de dar golpecitos a su espada. Pensaba que iba a desafiarme en cualquier momento.

—Sí, no es nada cortés. —Kasami miró a Hira de arriba abajo—. Aunque sospecho que usted se las desempeñaría bien en cualquier duelo que iniciara ella.

Hira se puso más roja todavía. Fueran cuales fueran las otras habilidades que poseyera, todavía no había aprendido a colocarse una máscara de guerrera. Era algo que Kasami comprendía hasta cierto punto, pues solía perder los papeles o rendirse ante la exasperación, en especial cuando estaba cerca de Shin.

—Muchas gracias por el cumplido —murmuró Hira, con la cabeza inclinada.

Kasami escondió una sonrisa.

—Antes ha mencionado a los Shiba. ¿Qué le pareció su formación? —preguntó, con una curiosidad sincera.

—Completa —repuso Hira—. Agotadora.

Kasami asintió en un gesto de aprobación. Los guerreros de la familia Shiba tenían fama de ser los mejores guardaespaldas de todo Rokugan, por lo que no cabía duda de que Hira estaba tan bien entrenada como Kasami.

—Sé algo sobre sus métodos. ¿La hicieron caminar con los cubos?

Hira se echó a reír.

—Sí. Primero con tierra y luego con piedras.

Kasami asintió.

—Yo lo hacía con agua.

Caminar con cubos era un método muy efectivo para entrenar la resistencia. Al aspirante se le daba una vara que debía mantener en equilibrio sobre los hombros, con un cubo lleno colgado en cada extremo. Después debía caminar por un sendero hecho de cubos del revés, piedras mojadas o, en el caso de Kasami, juncos dispuestos por la marisma. El objetivo era pasar de un lado a otro sin derramar nada ni perder el equilibrio.

La sonrisa de Hira desapareció de su rostro.

—No me gusta.

—¿Hablar?

—Que mi señora me mande lejos. —Hira la miró—. ¿Cómo lo soporta usted?

Kasami esbozó una débil sonrisa.

—Ayuda saber que pueden valerse por sí solos. —Hizo una pausa antes de preguntar—: ¿Por qué la ha enviado a usted y no a uno de sus sirvientes?

Hira apartó la mirada.

—Me ha dicho que entre y que no acepte ninguna negativa. Debía hacer una pregunta a la dama Etsuko.

—¿Qué pregunta?

—No creo que deba compartirla.

Kasami asintió. Era lo que se había esperado. Hira se puso de pie de repente.

—Creo que ya me he quedado el tiempo suficiente; la dama Yua debe estar preguntándose dónde estoy. —Según lo decía, se tensó y se volvió, con la mano cerca de la empuñadura de la espada.

Su giro repentino asustó a Choki mientras este recorría el pasillo. El joven se detuvo en seco, y después retrocedió, con las manos alzadas.

—¿Quién es? —exigió saber Hira.

—Nadie —repuso Kasami con brusquedad, lo que provocó que Choki hiciera una mueca. No le caía bien el joven: no era de fiar, incluso para ser actor. No se imaginaba por qué Nao seguía contando con sus servicios—. ¿Necesitas algo, Choki?

—N... No. Bueno, sí —dijo Choki a toda prisa—. El maestro Nao necesitará retocarse el maquillaje, y he venido a ver si estaba listo. —Se acercó hacia la puerta del vestuario—. ¿Puedo?

—Pasa —asintió Kasami—. Pero no tardes. —Choki se adentró en la sala con una prisa poco educada y deslizó la puerta tras él. Kasami miró a Hira, quien estaba frunciendo el ceño—. ¿Va todo bien?

—A uno de los guardaespaldas Escorpión lo han enviado a buscar a alguien llamado Nao justo antes de que el señor Isamu hablara con la dama Yua.

—Pensaba que no escuchaba a escondidas —dijo Kasami, entretenida, aunque detrás de su sonrisa se estaba preguntando qué podían querer los Escorpiones con Nao.

No conocía muy bien al actor, por no decir que no lo conocía y punto. Era un engreído empedernido y se creía más importante de lo que era en realidad: un individuo de lo más desagradable, desde su punto de vista, al igual que Etsuko. No era nadie para juzgar su habilidad artística, aunque imaginaba que debía tener cierto talento, pues, si no, ¿por qué Sanemon seguía manteniéndolo a su lado?

Hira dudó antes de esbozar una pequeña sonrisa.

—En retrospectiva, es posible que haya escuchado solo un poquito. —Volvió a mirar hacia el vestuario—. ¿Por qué cree que querían hablar con el tal Nao?

Kasami frunció el ceño y negó con la cabeza.

—No lo sé. Pero sí sé que al señor Shin le va a parecer de lo más interesante.

CAPÍTULO 16
Investigaciones

Shin estaba sentado en su palco, con un ojo hacia el escenario y otro en su sirviente.

—Kitano, necesito que lleves a cabo una serie de interrogatorios discretos con los trabajadores tras bastidores. Yo no puedo hacerlo, por motivos obvios.

Kitano le dedicó una reverencia con respeto, con una tenue sonrisa en el rostro.

—¿Lo dice porque le tienen miedo, mi señor? —preguntó, con el cuidado de no teñir su tono con nada de burla.

Shin dedicó toda su atención a Kitano.

—Sí, aunque no entiendo por qué, de verdad. He hecho todo lo que estaba en mis manos por agradar más a Ishi y al resto.

Una sombra pasó por el rostro de Kitano a tal velocidad que Shin casi ni la vio. Solo que sí lo hizo. Se aclaró la garganta.

—Di lo que piensas, Kitano. Kasami no está por aquí; no tienes por qué temer la integridad del resto de tus dedos.

—Es generoso, mi señor —contestó Kitano, escogiendo claramente sus palabras de manera deliberada—. Demasiado generoso, a veces. Y eso… da miedo.

Shin parpadeó, sorprendido.

—No lo entiendo.

Kitano se lamió los labios, y quedaba claro que no estaba muy seguro de cómo su señor iba a tomarse sus siguientes palabras.

—Se preguntan cuándo caerá la espada, mi señor. Y dónde.

—¿Qué espada?

Kitano se encogió de hombros.

—La espada que siempre está ahí, mi señor, invisible. Encima de nuestras cabezas. La espada que empuña por virtud de quién y qué es.

Shin se lo quedó mirando. Era lo más sabio que había oído de parte del exapostador. Kitano interpretó su silencio como un enfado y se apresuró a añadir:

—Aunque yo no pienso eso, mi señor. Yo no. Pero ellos sí.

—Ya, bueno, espero que no —dijo Shin, un poco incómodo con la brusca sinceridad de Kitano. Hizo un gesto hacia la puerta—. Ve. Encuéntrame algo útil.

—Como desee, mi señor —repuso Kitano, antes de dedicarle una reverencia y salir de espaldas del palco.

Shin devolvió su atención al escenario, donde Nao se dirigía a una muralla llena de samuráis enfadados. Aquella iba a ser la tercera pelea con espadas en tres escenas seguidas, y en algún lugar de los laterales un par de cabezas falsas esperaban para salir rodando entre una estela de seda roja. Que no se dijera que Chamizo no daba al público lo que quería. Sangre y romance: las dos claves para hacer que cualquier obra fuera memorable.

Shin cerró los ojos sin escuchar de verdad la actuación, y reflexionó sobre los granitos de información que había adquirido durante la última hora en busca de algo que lo llevara en la dirección correcta o que al menos le permitiera formular las preguntas adecuadas. Etsuko había muerto por culpa de un veneno, pero ¿había sido adrede o un accidente? También tenía que pensar en el móvil. ¿Por qué envenenarla en un lugar tan público? Se preguntó si aquello era un indicio de que el asesino buscaba publicidad, una ejecución pública en cierto sentido, un castigo por un crimen que, hasta el momento, desconocía. Una tos discreta tras él le hizo abrir un ojo.

—¿Sí? —preguntó, curioso.

—Tiene visita, mi señor —indicó Niko, una de sus otras sirvientas. Si bien parecía nerviosa, siempre lo estaba. Según Shin, era porque se trataba de una espía. El Concilio Comercial Daidoji la había asignado a su casa el día en que él había llegado a la ciudad, y Kasami la había descubierto casi de inmediato, aunque Shin había decidido no decir nada. Más vale espía conocido, al fin y al cabo.

—Dile que se vaya, Niko. Estoy ocupado.

—A mí no me parece nada ocupado —dijo Konomi desde la entrada.

Sacaba casi una cabeza entera a Niko, por lo que podía mirar por encima de ella en dirección al palco. Shin soltó un suspiro, sonrió e hizo un gesto para que entrara. Parecía que Rin y Uni iban a tener que esperar.

—Mi dama Konomi. Como siempre, su presencia me alegra el día. —Dio unos golpecitos en los cojines situados a su lado—. ¿Qué tal le está yendo el día hasta el momento? Confío en que le vaya bien.

—Mejor que a usted, creo. ¿Qué ha ocurrido? No ha vuelto al palco de Azuma después de que Etsuko se desmayara. —Se sentó en el lugar que Shin le había indicado—. Pensaba que lo habíamos ofendido de alguna manera.

—En absoluto. —Llevó la mano hacia la campanilla que estaba sobre una bandeja junto a su cojín y la sacudió un poco. Niko asomó la cabeza por la puerta.

—¿Sí, mi señor?

—Trae té, por favor. Gracias.

Konomi lo observó y su expresión de burla se convirtió en una de preocupación.

—En serio, ¿qué ha ocurrido, Shin? Azuma no me cuenta nada, por mucho que intente sonsacárselo.

—Algo inesperado —respondió Shin.

—Cuente, cuente —dijo una nueva voz.

Niko entró en el palco con una reverencia torpe y la bandeja de té en las palmas de sus manos, haciendo equilibrios con cierto riesgo mientras el recién llegado pasaba por su lado. Shinjo Yasamura hizo una reverencia más grácil que la que había conseguido Niko y se sentó sin que lo invitaran.

—¿Cómo está la dama Etsuko?

—Está descansando —dijo Shin, sin afectarse.

—¿Podrá continuar con la actuación? —preguntó Konomi.

Shin dudó y se preguntó si debería contar la verdad a ella o a los dos. La cautela ganó la batalla, por lo que asintió despacio.

—Ya veremos. Ashina, su suplente, es lo suficientemente capaz.

—Seguro que sí, pero el público ha pagado para ver a la gran Noma Etsuko.

Shin oyó algo en el tono de voz del hombre, algo que iba más allá de la mera curiosidad.

—Por desgracia, eso no es posible por el momento.

—¿Está enferma, entonces?

—Se podría decir que sí.

—¿Y qué más se podría decir?

Shin vaciló antes de contestar.

—Nada por el momento.

—Lástima. Tenía muchas ganas de ver la actuación.

—La actuación seguirá según lo planeado —se apresuró a decir Shin. Tal vez con demasiada prisa, pues Yasamura le dedicó una mirada inquisitiva—. Como he dicho, la suplente de la dama Etsuko es más que capaz de asumir su papel, tal y como podrá comprobar usted mismo.

—Me alegro, entonces —dijo Yasamura—. Y tengo ganas de verlo. Aun así, siento curiosidad. —Dio un golpecito juguetón a Shin en la rodilla—. Está investigando algo. ¿De qué se trata? Cuéntemelo, se lo suplico.

Shin trató de restarle importancia.

—Un asunto no relacionado.

Yasamura era encantador, casi embaucador. Tenía que andarse con cuidado con lo que le decía. Si se permitía caer ante sus palabras, podía acabar revelando demasiado.

Yasamura frunció el ceño y miró de reojo a Konomi, quien se encogió de hombros.

—No soy idiota, Shin. Las coincidencias son para los críos. Está sucediendo algo; la dama Etsuko se desmaya delante de todo el público y luego usted se marcha. Le suplico que me lo cuente.

Shin vaciló. Tal y como bien había dicho Yasamura, no era ningún idiota, y tratarlo como tal podría acabar siendo un insulto. Iba a tener que proceder con cautela.

—Lo haría si pudiera, pero si digo algo podría poner en peligro mi investigación.

Yasamura se echó a reír y dio una palmada.

—¡Lo sabía! —Miró a Konomi—. ¿Acaso no he dicho que había algo raro en todo ello? —Konomi asintió, con la mirada clavada en Shin. Yasamura se reclinó en su asiento, claramente complacido consigo mismo—. ¿Se trata de un envenenamiento, entonces?

—¿Por qué lo dice? —preguntó Shin, frunciendo el ceño.

—Parece la conclusión más obvia —dijo Yasamura—. ¿Me equivoco?

—Debería darle vergüenza, primo —interpuso Konomi—. Ya le ha dicho que no puede contar nada. ¿Por qué insistir con el tema más allá de por una curiosidad nada educada?

Yasamura alzó las manos en un gesto de rendición burlón.

—Tiene razón, claro. Me he pasado. Le pido disculpas por mis ansias. —Se dio una palmada en las rodillas y se puso de pie con una gracilidad envidiable antes de dedicar una reverencia a Shin—. Lo dejaré con sus cavilaciones, mi señor. Konomi, ¿deberíamos volver a nuestro palco?

—Iré en un momento —dijo Konomi, tras pensárselo unos segundos.

Yasamura le dedicó una reverencia sin decir nada y se marchó con una expresión inescrutable. Shin reflexionó sobre ello y sospechó que algo había ocurrido entre los primos.

Shin y Konomi se quedaron sentados sin decir nada durante unos momentos, hasta que el Daidoji rompió el silencio.

—Bueno, no me importa lo que digan los demás, a mí me cae bien.

Y era verdad. Yasamura era encantador sin ningún esfuerzo, inteligente... y apuesto. Pero ocultaba algo, Shin lo notaba.

Konomi soltó un resoplido y casi derramó su té.

—Es lo que esperaba.

—Ya lo imaginaba.

—¿Qué piensa de él de verdad? Ahora en serio.

—Es muy apuesto.

—¿Y?

—Y listo.

Konomi notó algo en su mirada.

—¿Pero...?

—Pero ¿qué? Pero nada. Es un buen hombre. Respetable. A diferencia de mí.

—Shin, odio tener que decírselo, pero a usted solo le asignan una mala reputación las personas que se toman esos asuntos demasiado en serio. Comparado con algunos que yo me sé, usted no es más que un bebé en pañales.

Shin se echó atrás.

—Quiero que sepa que es probable que eso sea lo más hiriente que me han dicho nunca.

—¿Qué problema hay, entonces? —preguntó Konomi, tras soltar un resoplido.

—No puedo evitar pensar que soy una preocupación secundaria para el señor Yasamura.

El pensamiento lo perturbaba, aunque no tanto como lo habría hecho en otras circunstancias. Teniendo en cuenta la situación del momento, casi le resultaba un alivio. Algo menos de lo que preocuparse.

—¿Qué quiere decir? —preguntó ella, con los ojos entornados.

—Bueno, no ha venido aquí por mí, ¿verdad? —Hizo un gesto hacia el escenario con su abanico—. Ha venido por la dama Etsuko.

Si bien era una puñalada a tientas, a veces daban en el blanco.

—Tonterías.

—¿De verdad? Entonces, ¿por qué tantas preguntas?

—Estaba intentando mostrar su interés —dijo Konomi.

Shin la miró a los ojos y vio un atisbo de algo… ¿Decepción? No, era satisfacción. Muy extraño.

—Sí, por la misteriosa enfermedad de la dama Etsuko.

—No, pedazo de zopenco, por usted. —Konomi lo miró durante un largo momento antes de poner una mano sobre la de él—. Es por la actriz, ¿verdad? Eso es lo que lo hace dudar.

—¿Etsuko?

—La otra, Shin.

—Ah. —El Daidoji se apoyó sobre sus talones. Konomi sabía algo sobre Okuni, aunque no demasiado—. No, no del todo.

Pese a que era mentira, era una pequeñita. De hecho, solía pensar en Okuni a menudo. Tal vez más de lo que le convenía.

—Bien, porque, por lo poco que me ha contado de ella, no parece nada apropiada para usted.

Konomi le dio una palmadita en la mano. Su toque era afectivo y cercano.

Shin soltó una pequeña carcajada y Konomi esbozó una sonrisa.

—Eso está mejor. Me gusta más cuando sonríe —y le dio otra palmada en la mano antes de retroceder.

Shin soltó un suspiro.

—Al menos la presencia de Yasamura asegurará que la actuación de hoy llegue a los círculos apropiados. —Echó un vistazo hacia la puerta—. Aun así, para ser alguien que cree que el método Kitsuki es una ridiculez, parece muy ansioso por sumarse a la investigación.

—Su entusiasmo es algo que le sale de manera natural —dijo Konomi, y, tras unos segundos, añadió—: Pero usted tiene razón: él la conoce. A Etsuko, quiero decir.

Shin la miró con atención.

—Cuando dice que la conoce, quiere decir que…

—Un devaneo, o eso me ha asegurado. Aunque ahora me ha hecho preguntarme si volver a verla era parte de la razón por la que aceptó mi invitación para asistir a la actuación. —Suspiró y se dio un golpecito en los labios con el abanico—. No acabó nada bien, según sé.

—¿Por parte de él?

Konomi negó con la cabeza.

—No, por otros. Solo lo menciona en broma, pero creo que ella lo dejó por otro.

Shin frunció el ceño.

—¿Ella lo dejó? ¿A él? ¿Al hijo del campeón del Clan del Unicornio?

—No conozco los detalles, Shin. Bien podría haber sido como dice él, poco más que un devaneo. Pero sí sé que tenía ganas de volver a verla.

—No ha dicho nada de eso.

El interés de Yasamura por Etsuko parecía haber cobrado más sentido, y Shin se preguntó si sería por esa razón por la que el noble había ido al teatro de verdad. No era por él, ya estaba seguro de eso. Pensar en ello lo decepcionó y lo intrigó a partes iguales.

—Porque le he pedido que se comporte —explicó Konomi con firmeza, tras lo que le dedicó una mirada atenta—. ¿Es verdad, entonces? ¿La han envenenado?

Shin vaciló, pero decidió arriesgarse.

—Eso parece, sí. —Sonrió—. Me pregunto si Yasamura estará investigando por su cuenta.

—¿Qué quiere decir?

—Me refiero a cómo me estaba interrogando.

Shin se dio un golpecito en los labios con el abanico mientras reflexionaba al respecto. Konomi abrió mucho los ojos al percatarse en qué estaba pensando él.

—No puede querer decir que cree que él ha tenido algo que ver con eso.

Shin volvió a dudar antes de decir:

—No, no creo que haya sido así. Sin embargo, como él mismo ha dicho, las coincidencias son para los críos. —Se le ocurrió algo—. ¿Qué sabe usted sobre la dama Etsuko?

—¿Qué le hace pensar que sé algo?

—Porque a estas alturas la conozco lo suficiente para saber que subsiste a base de rumores además de comida y bebida. Además, fue usted quien me la recomendó. —Shin hizo un ademán en su dirección con el abanico—. Así que dígame.

Konomi frunció el ceño, y, tras unos momentos, dijo:

—Sé que tiene cierta reputación de querer escalar puestos en la sociedad. Empezó su vida como la hija menor de una familia vasalla menor de un clan menor. Una verdadera doña nadie.

—Una valoración un tanto dura —comentó Shin.

—Pero apropiada, mi querido Shin. No era nadie antes de ponerse maquillaje y una peluca. Y ahora se codea con los miembros de la nobleza. —Vaciló antes de añadir con intención—: A veces, muy para desgracia de los demás. No quisiera que usted se acercara demasiado a ella, en cualquier caso.

—Eso parece otra advertencia —dijo Shin, alzando una ceja.

Konomi le dedicó una sonrisa.

—Bueno, he llegado a conocerlo bien, Shin.

—Va a casarse, ¿sabe? —dijo, a la espera de ver cómo reaccionaba.

Konomi pareció sorprenderse ante la idea, aunque su expresión tenía algo de artificial, como si ya hubiera estado preparada para la revelación.

—No me imagino con quién.

—Con Bayushi Isamu.

La dama volvió a parpadear deliberadamente, una expresión de sorpresa fingida, y las sospechas de Shin se cristalizaron. Ella ya lo sabía, o al menos lo había sospechado. Aquello se lo aseguró.

Konomi y su primo se traían algo entre manos; ya estaba seguro de ello. Solo que ¿qué relación tenía aquello con Etsuko? Pensó en preguntárselo directamente a Konomi, aunque cayó en la cuenta de que aquello podría verse como algo impertinente, por lo que, en su lugar, continuó:

—Es inesperado, lo sé. Me pregunto si fue una sorpresa para alguien más. —La sonrisa desapareció de su rostro—. Y, si es así, qué podría haber decidido hacer al respecto.

CAPÍTULO 17
Cambio de escena

Sobre el escenario, el primer acto llegaba a su fin. Sanemon observó a Nao batirse en duelo con un pretendiente rival por la mano de Etsuko. Aquella parte siempre lo ponía nervioso. La batalla era más enérgica de lo habitual. Normalmente, las batallas sobre el escenario eran un tanto lánguidas, llenas de movimientos lentos practicados hasta la saciedad. Aquella, en cambio, se asemejaba más a una danza, llena de acción rápida y acrobática.

Se valió del conjunto de utensilios de escritura que siempre llevaba encima para garabatear algo en una nota antes de dársela a uno de los varios pajes que había por allí, sentados sobre taburetes o apoyados contra las paredes del lateral del escenario.

—Llévaselo a Ishi; quiero hacer el cambio de cuerpo en esta escena. Asegúrate de que esté preparado.

El paje, un chico de menos de quince años, asintió con ganas y salió disparado tras bastidores. Ishi estaba al mando de todo lo que sucedía debajo del escenario, y aquello incluía hacer que los actores pasaran por las trampillas de manera segura.

En el escenario, Nao giró sobre sí mismo y su espada de madera emitió un fuerte chasquido al chocar contra la de su contrincante. Las campanas que ambas armas llevaban en la empuñadura tintineaban, lo que proporcionaba un ambiente más festivo. Sanemon frunció el ceño. Normalmente, las armas no llegaban a tocarse sobre el escenario, pues las campanas ya proporcionaban la ilusión del acero al chocar. No obstante, aquello no era suficiente para Nao. A él le gustaba el choque de la madera, el sonido del contacto de verdad. Al público lo hacía estremecerse.

Mientras observaba al actor, Sanemon empezó a preguntarse, y no por primera vez, si Nao habría entrenado de verdad con una espada. Sus movimientos no eran tan exagerados como cabía esperar de alguien formado en el arte del combate sobre un escenario, sino que su juego de pies tenía una fluidez que hizo que un escalofrío que le resultaba muy conocido recorriera su espalda. Solo había visto a un hombre moverse así sobre el campo de batalla. Como de costumbre, se obligó a pensar en otra cosa. Aquellos días no eran algo en lo que quisiera pensar ni revivir de ninguna manera.

—Es muy rápido —susurró alguien junto a su codo. Sanemon se llevó un susto y miró a su alrededor. Choki estaba agazapado en la oscuridad, con la mirada clavada en su maestro—. Nunca me ha enseñado a moverme así de rápido.

—No, no esperaba que lo hiciera —dijo Sanemon—. A decir verdad, me temo que no es algo que pueda enseñarse. Nao es rápido porque es rápido, no porque haya aprendido a serlo.

Choki hizo un mohín.

—Entonces, ¿cómo voy a llegar a interpretar un papel así?

Iba vestido como un mercader y acababa de salir por el foro junto a los demás aprendices.

Sanemon, quien ya había oído preguntas similares por parte de otros actores jóvenes, esbozó una sonrisa.

—Igual que cualquier otro actor: a tu manera.

Choki les caía bien, pues el chico trabajaba como era debido cuando hacía falta. Era capaz de memorizar diálogos y de recitarlos apropiadamente. Si había un hueco en una lista de reparto, había peores opciones que Choki para llenarlo. El único problema que había con él era que aspiraba a ser un actor principal, un papel para el que todavía no estaba preparado.

O al menos aquello era lo que opinaba Nao. Al principio no estuvo demasiado contento cuando Sanemon contrató al joven para que fuera su aprendiz, pero, durante los meses transcurridos desde entonces, se había empezado a tomar más en serio su papel como mentor. Al menos cuando no mandaba a Choki a cumplir tareas por él.

Como si estuviera pensando lo mismo, Choki meneó la cabeza, con la mirada todavía centrada en el escenario.

—Dice que no estoy listo.

Sanemon hizo que lo mirara.

—Eso dice. Dime algo, ¿has memorizado bien la obra? ¿Esta escena? ¿Puedes decirme lo que va a ocurrir a continuación sin pensarlo?

Choki parpadeó, aturdido.

—El… El pretendiente muere, y entonces el maestro Nao huye por el sendero de las flores y los guardias…, no, los primos llegan. Es eso, ¿verdad?

—No del todo. Los primos llegan antes, lo que obliga a nuestro héroe a retirarse. ¿Por qué?

—¿Por qué, qué?

—¿Por qué no huye antes de que lleguen?

Una expresión de perplejidad se apoderó del rostro de Choki.

—No… No estoy seguro.

—Un héroe no huye como cualquier asesino común, sino que se queda en el lugar, desafiante, hasta que lo obliga a retirarse el hecho de darse cuenta de que quedarse allí implicará más muerte. Las muertes de ellos, no la suya. —Sanemon señaló hacia el escenario—. Nuestro héroe es un guerrero sin parangón. Eso es lo que lo mete en líos, ¿sabes? Mata al primo favorito de su amante, con quien ella estaba prometida. Si bien ella no quería casarse con él, tampoco quería verlo muerto. Cuando se entera de lo que ha sucedido, se imagina lo más lógico, que su amante ha matado a su primo en un arranque de celos, en vez de en defensa propia, y se ve atrapada entre la lealtad hacia su familia y la lealtad hacia su amante.

—Lo sé, lo sé —dijo Choki, un poco molesto.

Se tiró de la túnica, como si su roce lo irritara. Y tal vez era así, pues se hacían de materiales más baratos en comparación con los trajes que vestían los actores principales.

Sanemon no se ofendió por el tono de voz del joven.

—Eso espero. —Hizo una pausa—. Ashina hará su gran aparición pronto.

—¿Ashina? —Choki parecía sorprendido. Un instante más tarde, preguntó—: ¿Y qué hay de la dama Etsuko? ¿Todavía no se ha recuperado?

—No —repuso Sanemon, tras dudarlo tan solo un instante.

Vio a Ashina dirigiéndose hacia la entrada del sendero de las flores y le hizo un gesto para que se acercara. Tenía un aspecto nervioso bajo su maquillaje. Uno de los ayudantes de Rin caminaba tras ella y hacía unos últimos retoques a su vestimenta para la escena.

Sanemon la miró de arriba abajo.

—Arréglale la manga, ahí —pidió, distraído. El bordador lo fulminó con la mirada, aunque hizo lo que le había pedido—. ¿Cómo lo llevas? —preguntó a la actriz mientras esta alargaba un brazo para que el bordador se pusiera manos a la obra.

—¿Cree que se han dado cuenta? —preguntó en voz baja, sin mirarlo a los ojos—. De que no soy la dama Etsuko.

—No —dijo Choki al instante.

—Sí —dijo Sanemon, y dedicó una mirada dura al actor—. Pero eso no es nada malo. El público la ha visto desmayarse, así que la mayoría esperaba que hubiera un cambio de actriz.

—Alisó una arruga de la túnica de ella, a pesar de una queja muda del bordador, y observó su expresión cargada de nervios—. Esta vez solo tendrás que estar un rato en el escenario —murmuró—. Lo estás haciendo muy bien. —Ella asintió, y él se echó atrás, con lo que casi chocó con Choki. El joven la miraba con una expresión loca de amor.

Sanemon soltó un suspiro y le propinó una suave colleja en la nuca.

—Ya basta. Deja de babear por ella, chico. Ya tiene suficiente de lo que preocuparse.

Choki dio un respingo y se frotó la nuca.

—Solo quería… No es que…

—Sé lo que querías —lo cortó Sanemon—. Ve a buscar algo más productivo que hacer.

Un repentino grito ahogado colectivo desde el público le hizo volver a mirar al escenario. El duelo había llegado a su fin y Nao seguía en pie, triunfante. La trampilla oculta se había abierto, lo que había depositado al otro actor bajo el escenario y había colocado un muñeco de trapo con una cabeza de papel en su lugar. Pese a que se trataba de un acto torpe de arte teatral y no engañaba a nadie de entre el público, valoraban el esfuerzo.

Sanemon observó a Ashina llegar al escenario. El público se había quedado en silencio en su mayoría, pues solo sonaron unas pocas voces quejicas, pero otros miembros del público las silenciaron. Las quejas eran para después de la obra, o para el entreacto si no podían esperar tanto.

Los nervios de Ashina se dejaron ver en cuanto abrió la boca. La voz le temblaba un poco, aunque era mejor que antes. Si bien estaba cogiendo más confianza, Sanemon sospechó que lo único que necesitaría sería fallar una línea para volver a empezar de cero. Sin embargo, tal y como había esperado, recitó su diálogo a la perfección y el director soltó un suspiro de alivio cuando los otros actores se dirigieron al escenario para rodearla en un cálido manto de bufonería. Nao se retiró.

Unos lamentos a gritos se alzaron desde los actores que se reunían alrededor de una cabeza de papel que soltaba seda roja desde el cuello cortado. Juraron venganza. Y fin de la escena. Se cerró el telón. Los aplausos sonaron desde el público.

En cuanto cerraron el telón, Sanemon redactó otra nota y llamó a un paje con un gesto.

—Llévasela a los músicos y hazles saber que vamos a hacer un cambio en el orden de las escenas que quedan. ¡Rápido!

El paje salió corriendo.

—¿Algo que deba saber? —preguntó Nao tras acercarse a él por detrás. El actor ya se estaba quitando el traje, y, mientras lo hacía, le iba entregando partes de él a Choki, quien lo esperaba—. ¿Por fin vamos a retirar todo intento de drama serio y nos vamos a dedicar a nuestra inclinación natural hacia la farsa?

Sanemon se acercó a él con un dedo alzado para señalar justo por debajo de la nariz del actor.

—No estoy de humor para tonterías ahora mismo, Nao, así que por mí puedes guardarte tus bromitas para ti solo. —Bajó la mano—. Botan saldrá antes que tú.

—¿Por qué? —preguntó el actor, con el ceño fruncido, antes de pensárselo mejor—. Ah. Sigues preocupado por Ashina.

—¿Tú no?

—Pues, ahora que lo dices, no. Lo está haciendo bien, Sanemon.

—Eso solo lo dices para hacerme sentir mejor.

Nao soltó un resoplido.

—¿Cuándo he hecho yo eso? No, la he visto practicar. Es mucho mejor que otras actrices que yo me sé. —Se alisó la caída de su manga—. Es verdad que ha empezado con el pie izquierdo en el escenario, pero está mejorando. Y yo estaré con ella durante la mayor parte de su siguiente escena. Si falla en algo, yo lo corrijo, igual que hacía con Okuni.

Sanemon miró al actor. Nao rebosaba confianza, como de costumbre. Solo había visto a Nao sin palabras una vez, y había sido al ver a Okuni colarse por una ventana con una flecha clavada en el hombro. Soltó un suspiro.

—Ojalá estuviera aquí ahora.

Nao frunció el ceño e hizo un gesto a Choki para que los dejara.

—Ve a preparar el traje para mi siguiente escena. Iré en un momento. —El joven se marchó a regañadientes—. No eres el único que la echa de menos —dijo Nao cuando el chico e había marchado—. Pero no podemos hacer nada más que seguir adelante en su ausencia.

—Muy gracioso por tu parte. No te pusiste a llorar precisamente cuando se fue.

—Yo solo lloro cuando lo exige el guion, ya lo sabes. —Nao se recolocó la peluca—. Por cierto, ¿cómo está Etsuko?

Sanemon respiró hondo. El señor Shin le había pedido que no dijera nada, pero ¿acaso Nao no merecía saberlo?

—¿Qué? ¿Qué ocurre? —preguntó el actor, con la mirada clavada en él.

—Ha muerto.

Nao se puso pálido, aunque no pareció sorprenderse demasiado.

—¿Ha muerto?

—Envenenada.

—¿Estás seguro? —preguntó Nao, apartando la mirada.

—El médico del señor Shin lo está, y eso me vale.

Nao soltó un gruñido.

—Vaya. Eso no nos va a ayudar en absoluto.

—No. —Sanemon miró al actor y vaciló antes de decirle en voz baja—: ¿Has sido tú?

La pregunta se había desatado en sus labios. Si bien no había querido formularla, en aquel momento se preguntó si debía haberlo hecho antes.

Nao parpadeó, sorprendido.

—¿Cómo?

—¿La has envenenado tú?

El rostro de Nao se quedó inmóvil, como una máscara.

—¿Cómo puedes hacerme esa pregunta?

—Siempre te estabas peleando con ella y tienes acceso a su maquillaje. Me sorprende que el señor Shin no te lo haya preguntado.

—Quizá me conoce mejor que tú —le espetó Nao, y se echó atrás.

Por una vez, Sanemon no retrocedió ante la ira de Nao. Si el actor estaba enfadado, aquello significaba que la pregunta había dado en el blanco.

—Si te lo pregunto es porque te conozco. Quizá no querías matarla, quizás ha sido un accidente. Cuéntamelo y haré todo lo que pueda para ayudarte…

Nao se lo quedó mirando con una expresión de sorpresa probablemente fingida, aunque Sanemon no estaba seguro de ello.

—Te has vuelto loco. Es eso, ¿no? El estrés te ha acabado volviendo loco. Es la única razón que se me ocurre por la que puedas acusarme de algo así. —Se llevó la mano al pecho, como si le doliera—. Después de todo lo que hemos pasado juntos, ¿crees que soy capaz de cometer un crimen así?

Sanemon dudó antes de decir:

—Entonces, dime, ¿quién crees que ha sido?

Nao soltó una risotada.

—Quizás ha sido Ashina, ¿eh? No sería la primera sustituta que se vale de un método similar para poder subir al escenario por fin.

—No lo dices en serio.

—¿Por qué no? Si lo de Etsuko ha sido un envenenamiento, Ashina es la culpable más probable. Ya sabes cómo la trataba esa mujer.

—Más o menos como tú tratas a Choki —dijo Sanemon, y Nao se paró a pensar, con el ceño fruncido.

—¿Perdona?

—Lo tratas como a un sirviente en lugar de como a un actor.

—Le estoy inculcando responsabilidad. —La expresión de Nao se endureció todavía más.

—¿Al pedirle que te prepare el vestuario? —Sanemon hizo un gesto con la mano para impedir su respuesta—. No, no te molestes en dar explicaciones, no estoy de humor para excusas hoy.

Mientras hablaba, observó a los trabajadores del escenario cambiar el fondo. Unas cuantas piezas por un lado u otro y, de repente, un mercado se había convertido en un bosque recóndito. Casi parecía magia. Volvió a mirar a Nao con la decisión tomada.

—La verdad es que, si has sido tú, no quiero saberlo. Pero si es así, será mejor que te asegures de que nadie más lo descubra. Por el bien de todos.

CAPÍTULO 18
Tras bastidores

Shin decidió hacer que el maestro de vestuario, Rin, fuera su primera parada al dirigirse tras bastidores. Rin era más sociable que Uni, al menos según lo veía Shin. Había pretendido encontrarse con ellos a solas, pero aquello no iba a poder ser. Miró a su compañera.

—No me puedo creer que haya insistido en acompañarme —murmuró mientras él y Konomi se dirigían a la zona tras bastidores. Su guardaespaldas, Hachi, les seguía en silencio.

—Y yo no me puedo creer que haya accedido —repuso ella, con el brazo rodeando el codo de él. Agitó su abanico hacia un grupito de actores que pasaba por allí, y ellos le dedicaron una reverencia, sorprendidos. Ella soltó una risita educada, y varios de los actores se ruborizaron bajo su maquillaje conforme se apresuraban a proseguir su camino.

—Yasamura se estará preguntando dónde está —dijo Shin.

—Que se pregunte lo que quiera, esto es más divertido. Nunca he visto el escenario desde este lado. Espero que uno de estos días me lo enseñe.

Shin esbozó una sonrisa y meneó la cabeza.

—Estoy seguro de que puedo organizar algo.

—Le tomo la palabra. —Lo miró de reojo, con una expresión especulativa—. ¿Cree que han sido los Escorpiones? Son conocidos por envenenar a los demás.

—Eso no quiere decir que hayan envenenado a Etsuko.

Shin había considerado que Isamu bien podría ser el culpable, pero, hasta el momento, no veía ningún motivo por el que hubiera querido hacerlo. El Clan del Escorpión tenía una reputación en cuanto a la sutileza que podía competir contra la de los Grullas, y la muerte de Etsuko había sido de todo menos sutil.

—Tampoco quiere decir que no hayan sido ellos —contraatacó ella, y Shin se echó a reír.

—Está empezando a sonar como Kasami.

—Es una mujer sabía, debería hacerle caso más a menudo —dijo con una sonrisa, antes de añadir—: ¿Ha hablado ya con Bayushi Isamu?

—Sí. ¿Lo conoce?

—Conozco a todo el mundo —dijo, alzando la nariz—. Y usted también debería, por cierto. Al fin y al cabo, es el representante de comercio. Lo más apropiado sería que actuara como tal de vez en cuando.

Shin soltó un gruñido.

—Por suerte, los mercaderes del Clan de la Grulla no necesitan demasiada supervisión.

—No son los mercaderes quienes me preocupan, sino sus señores. —Cerró el abanico de un solo movimiento y le dio un golpecito en el brazo con él—. ¿Por qué cree que lo invito a todas mis fiestas?

—Pensaba que le agradaba mi compañía.

—En pequeñas dosis supongo que es tolerable —sonrió ella, lo que restó importancia a sus palabras—. Se habla de usted, Shin. Los rumores fluyen como el agua por esta ciudad. Y, al igual que el agua, se esparcen de un lugar a otro. Más deprisa y más lejos de lo que se imagina.

—¿Qué intenta decir, Konomi?

No le estaba contando nada que no supiera ya, pues estaba acostumbrado a ser el centro de atención de los rumores, en especial entre otros miembros de la nobleza. De hecho, se había convertido en ello adrede.

—Solo que debe andarse con más cuidado. —Volvió a hacer otra pausa antes de continuar—. ¿Quién cree que ha sido?

—No lo sé.

—Pero debe sospechar de alguien —insistió, aferrándose a su brazo con más fuerza.

—De varias personas.

—¿Como quién?

Shin le dedicó una mirada astuta. Konomi lo estaba tanteando, aunque más sutilmente que Yasamura.

—Permítame que le haga la misma pregunta: ¿quién cree que ha sido?

Konomi se dio un golpecito en los labios con el abanico, con la cabeza ladeada. Si se había molestado por el hecho de que Shin hubiera esquivado su pregunta, no mostró ningún indicio de ello.

—Su suplente parece la culpable más obvia. Me sorprende que todavía no haya hablado con ella.

—Sí que he hablado con ella, y sí, estoy de acuerdo en que parece la respuesta más obvia. Etsuko la trataba mal y la mantenía lejos del escenario. Tiene sentido que quisiera envenenarla. Pero... no. Estaba tan sorprendida como los demás cuando Etsuko se ha desmayado.

—O quizás es mejor actriz de lo que usted cree —propuso Konomi con delicadeza.

—También es posible —concedió Shin—. El problema es que no sé qué preguntas hacer, todavía no. Necesito más información.

—Y de ahí esta visita a... ¿Cómo ha dicho que se llama?

—Rin. Está a cargo del vestuario. Y sí.

—¿Cree que podrá ayudarle con sus preguntas? —quiso saber Konomi, dudosa.

—Al menos podrá darme más contexto sobre lo que ha ocurrido antes —dijo Shin, e hizo un gesto con su abanico—. La han envenenado de tal manera que no pudo hacer otra cosa que desmayarse en medio del escenario. Quienquiera que lo haya hecho sabía que eso iba a suceder o le ha dado igual. Podría haber echado el veneno en el té, en el arroz o hacerlo gotear por un cable hacia su boca mientras dormía. En su lugar, lo ha hecho aquí y ahora. ¿Por qué?

—¿Y si no era el objetivo de verdad?

El Daidoji frunció el ceño y la miró.

—¿Qué quiere decir?

—Ya sabe lo que quiero decir, Shin. Me sorprende que no haya llegado a la misma conclusión; se supone que el investigador es usted. —Su tono era algo burlón, pero Shin supo que lo decía en serio—. Su reputación, su inversión… Todo podría irse al traste si esta actuación sale mal.

Shin meneó la cabeza, si bien no contestó de inmediato. No era tan arrogante para considerar que el objetivo era él, solo que tal vez era la arrogancia lo que hacía que no lo hiciera: la arrogancia de un señor que se imagina por encima de las disputas del populacho. Fuera como fuera, no tenía ninguna prueba a favor o en contra por el momento.

Konomi le dio un golpecito en las costillas, aunque, antes de que pudiera decirle algo vio la silueta del señor Kenzō, quien se dirigía a toda prisa hacia ellos, con una expresión alegre que era poco apropiada.

—¡Señor Shin! ¡Señor Shin! —Esbozó una sonrisa obsequiosa cuando se detuvo ante Shin y Konomi—. Había ido a hablar con usted en privado, pero me han dicho que estaba tras bastidores… y acompañado por la dama Konomi. —Le dedicó una reverencia—. Hola una vez más, mi señora. Me alegro de verla. Espero tener la oportunidad de conocer a su primo antes de que acabe el día.

—Estoy segura de que el señor Yasamura se alegrará de conocerle, mi señor Kenzō.

Kenzō amplió aún más su sonrisa.

—Me alegra mucho oírlo. —Pasó su mirada a Shin—. Mi señor Shin, espero que todo vaya bien. Con la dama Etsuko, quiero decir. ¿Ha enfermado?

—No soy médico, así que no tengo cómo saberlo —repuso Shin—. Mis disculpas, señor Kenzō, pero estamos bastante ocupados ahora mismo… —Aunque hizo un gesto para que el hombre se apartara, este se quedó donde estaba, terco.

—Estaba en el público. Cuando ha ocurrido, quiero decir. Ya que usted no me ha invitado a su palco.

Ese último comentario lo soltó con cierta intención, o al menos así lo vio Shin. Se preguntó si Kenzō se habría sentido insultado. Una pequeña parte infantil de él esperaba que así fuera.

—Le ofrezco mis disculpas por el descuido —contestó Shin.

Kenzō hizo un gesto para restarle importancia.

—No importa, mi señor, no importa. Nunca había visto una obra de teatro entre el público. De verdad, es una experiencia estimulante.

—Bueno, me alegro de que lo esté disfrutando —dijo Shin.

—¡De ninguna manera! Es una obra terrible, insoportable. Pero el entusiasmo del público común es algo que debe presenciarse al menos una vez en la vida.

Konomi soltó una risita.

—Pensaba que había sido usted quien recomendó esa obra, mi señor.

—Ah, así es, así es. Pero la recomendé por su popularidad, no por mi preferencia. —El auditor dio un golpecito en el aire con un dedo—. Se debe mirar más allá de la preferencia para conseguir el éxito en una empresa.

—Sabias palabras —dijo Shin con un poco de amargura—. Mi abuelo dijo algo similar en algún momento, si no me equivoco.

Kenzō asintió.

—Su abuelo es un hombre de lo más inteligente, mi señor. Posee una perspicacia sin parangón. —Miró a Konomi de reojo—. ¿Ha tenido el placer de…?

—Por desgracia, no —repuso ella, negando con la cabeza—. Aunque me gustaría conocerlo algún día.

—Tiene que hacerlo. Y más aún si ustedes dos van a… Bueno, es decir, sería algo de esperar si fueran a…

Kenzō se quedó callado, con torpeza. Konomi se echó a reír y dio una palmadita en el brazo a Shin, lo que solo pareció aturullar al auditor más todavía.

Shin se vio tentado a seguir la corriente del engaño, aunque solo fuera por ver qué nuevos tonos adquiría el rostro de Kenzō, pero decidió contenerse.

—Sí, bueno, ya veremos —dijo—. ¿Puedo ayudarle en algo, señor Kenzō? Como le he dicho, estamos bastante ocupados.

—Por supuesto, mi señor, lo siento. —Kenzō se echó hacia delante, como si quisiera compartir un secreto—. Entre usted y yo, mi señor, el público se está molestando un poco con la actuación. Es por eso que he venido hasta aquí para buscarlo cuando sus sirvientes me han dicho dónde estaba. Puede que lo más apropiado sea que cancele el resto de la actuación, dado que nuestra estrella ha enfermado.

—No voy a cancelar nada, Kenzō. Ashina es más que capaz de interpretar el papel de Etsuko. Como ya sabría si hubiera estado prestando atención.

El auditor hizo otro ademán para desestimar aquel comentario también.

—No digo que la chica no sea capaz, pero el público no ha pagado para verla a ella, ¿verdad?

—Usted es la segunda persona que me dice lo mismo hoy, así que repetiré lo que ya he respondido antes. La actuación puede continuar, y eso es lo que hará. No hay ningún motivo por el que preocuparse, mi señor Kenzō. Todo va como debe ir.

—Pero el público ha pagado para ver a la dama Etsuko… —insistió Kenzō—. No querrán una sustituta. No me sorprendería que la mitad de los asientos quedaran vacíos durante el entreacto. Eso no será nada bueno para su reputación.

—Tal vez. Ya lo veremos.

Shin examinó al auditor. Kenzō actuó casi como si lo hubiera decepcionado, y tal vez era así. Por un breve instante se preguntó si Kenzō sería un sospechoso. Sin embargo, descartó la idea con la misma velocidad. Kenzō tenía métodos más sencillos para sabotear los esfuerzos de Shin, además de oportunidades previas, y, hasta donde él sabía, el auditor nunca había conocido a Etsuko.

—Sí, bueno, estoy seguro de que usted sabe lo que es mejor, mi señor —dijo Kenzō, con el ceño fruncido, antes de añadir—: En ese caso, ¿podríamos hablar sobre los gastos de esta actuación? Me acaban de informar de que ha decidido permitir que las casas de té vendan sus productos dentro del edificio...

—Así es.

—¿Y cuánto le ha costado convencerlas para que lo hagan?

Shin vaciló antes de contestar.

—No tanto como se imagina.

De hecho, no le había costado nada. Las casas de té se habían mostrado entusiasmadas ante la idea de vender directamente a un público animado, o al menos eso era lo que sus intermediarios le habían dicho. Shin no había hablado con ningún propietario.

—¿Y qué me dice de la seguridad extra en las puertas? —se apresuró a preguntar Kenzō. Debió haber pensado que la duda de Shin era molestia, pues continuó—: No recuerdo haber autorizado semejante gasto cuando hablamos sobre el presupuesto la semana pasada...

Shin alzó una mano para cortar cualquier otra queja.

—Por muy agradecido que le esté por la ayuda que me ha brindado en estos asuntos, mi señor Kenzō, debo recordarle que usted no está al mando; yo lo estoy. Y no tiene por qué preocuparse por ningún gasto. La seguridad adicional la proporciona el señor Azuma gratuitamente.

—Ya veo —dijo Kenzō, tenso—. ¿Me permite preguntarle qué motiva dicha muestra de generosidad?

—No, no se lo permito —repuso Shin, con un tono agradable. Kenzō se sonrojó, aunque no mostró ningún indicio más de haberse molestado. Al Daidoji le dio lástima y le dio una palmadita en el brazo—. No tema, mi señor Kenzō. Me he cerciorado de que sus intentos para que este local dé beneficios no sean en vano. Ahora me temo que debemos dejarlo. Tengo que hablar con el maestro Rin en cuanto a un asunto de vestuario.

Y, con eso, Shin le dedicó una reverencia y se abrió paso apartando al hombre, con amabilidad pero con firmeza, y condujo a Konomi y a Hachi hacia delante. Ella echó un vistazo hacia atrás.

—Parece que haya dado un bocado a algo desagradable.

—Esa es la cara que tiene siempre.

—Le dije que tuviera cuidado con él, ¿verdad?

—Ajá —murmuró Shin.

—Pues permítame que se lo repita: le traerá problemas.

—Ya, pero hasta que esté seguro de qué tipo de problemas, no puedo hacer mucho más que ser educado.

—Su presencia me hace preguntarme lo fácil que es dirigirse tras bastidores, incluso en plena actuación —comentó Konomi, con el ceño fruncido—. En especial para nosotros.

—Sí; de hecho, es muy fácil y ocurre muy a menudo, o eso es lo que me han dicho. Los trabajadores y los miembros del elenco suelen estar demasiado ocupados para notar la presencia de alguien que parezca que no debe estar ahí. Decenas de personas entran y salen de cada sala en todo momento, y más aún en los vestidores. Y bueno, ¿quién le va a decir a un hombre o a una mujer de la corte que no pueden entrar a un lugar?

—Ya empiezo a ver por qué le está costando tanto encontrar un culpable.

Shin asintió.

—Es una tontería intentar identificar a quién podría haber estado en el vestuario en el momento en el que se envenenó a Etsuko. Tan solo la jerarquía que hay tras bastidores ya lo convierte en una tarea imposible: los actores prácticamente ni reconocen la presencia de los otros actores, y mucho menos la de los trabajadores o los pajes. —Hizo una pausa antes de continuar—: Por eso necesito más contexto. Tengo que apartar los matorrales y encontrar el sendero.

—El sendero correcto, espero —interpuso Konomi.

—A estas alturas, cualquier sendero me sirve. —Shin se detuvo frente a la sala de vestuario—. Aquí estamos. ¿Le apetece esperar fuera o…?

—Ah, por supuesto que no, no quiero perdérmelo. —Konomi miró a su guardaespaldas de reojo—. Hachi, vigila la puerta, por favor.

Hachi asintió y ocupó su posición contra la pared más alejada. Shin le dedicó un ademán con la cabeza a modo de agradecimiento. Se sentía un poco desnudo, con Kasami todavía vigilando el vestuario de Etsuko, por lo que la presencia de Hachi era reconfortante e imperturbable, al menos.

Shin deslizó la puerta para abrirla y se volvió hacia Konomi.

—Usted primera.

CAPÍTULO 19
Arban

Kasami se puso de pie de repente y dio un susto a quien había ido a mostrar sus respetos a la dama Etsuko. Era un hombrecillo rechoncho, un administrador de una de las agencias independientes que se aferraban al puesto, a juzgar por el estado de su túnica y la tinta que le manchaba los dedos.

—¿Acaso no lo he dejado claro ya? —gruñó—. Nadie puede entrar a ver a la dama Etsuko. Nadie.

—Pero… —empezó a decir el hombre, y Kasami se abalanzó sobre él con actitud belicosa.

—Y mucho menos tú —aclaró.

El administrador captó la indirecta y huyó. Kasami se enderezó y soltó un suspiro, molesta.

—Pobre hombre —dijo alguien.

Kasami se volvió para ver a Chika apoyada contra la pared, con una botella hecha de arcilla que colgaba de su mano. La actriz seguía maquillada, aunque había sustituido su traje por una túnica que le quedaba holgada.

—Ya es el quinto que intenta entrar desde el cambio de escena —le explicó Kasami.

Era exasperante. Cualquiera podía meterse tras bastidores en cualquier momento, solo tenía que saber adónde ir. Iba a tener que hacer algo respecto a la falta de seguridad antes de la siguiente actuación, opinara lo que opinara Shin.

—¿Solo cinco? Me esperaba una estampida. —Chika extendió la botella—. ¿Quiere?

—¿Qué es?

—Vino de arroz.

Kasami negó con la cabeza.

—No mientras estoy de servicio.

—Bueno, me beberé su parte —dijo Chika antes de descorchar la botella y tomar un pequeño trago—. ¿Cómo está?

—Descansando —respondió Kasami mientras examinaba a la actriz. Si bien Chika no parecía ebria, olía bastante a vino—. ¿Celebras algo?

—¿Cómo? Ah, por el vino. No. —Negó con la cabeza—. Solo quiero mantenerlo todo lubricado. —Dio otro trago y se agazapó con torpeza junto al taburete de Kasami, quien se sentó—. Bueno, ¿qué ha ocurrido? Sanemon no nos cuenta nada.

—Se ha puesto enferma, eso es lo único que sé.

A Kasami no le gustaba mentir a Chika, ni a nadie en general. Pese a que Shin parecía disfrutar un poco al hacerlo, Kasami siempre había sido de la opinión que las mentiras eran armas de doble filo, por lo que podían acabar hiriendo a quienes las empuñaban. Chika soltó una pequeña carcajada.

—No le podría haber sucedido a alguien mejor. ¿Sabe que una vez intentó apuñalarme?

Kasami alzó una ceja.

—¿Qué habías hecho?

Chika esbozó una sonrisa inocente.

—Nada que mereciera una respuesta así. —La sonrisa desapareció de su rostro—. Se va a casar y pensaba que ninguno de nosotros lo sabía. —Dio otro trago de su botella—. Estará de lo más cómoda con los Escorpiones. Tal para cual.

—¿Cómo te enteraste? —preguntó la guardaespaldas, rascándose la barbilla.

—Soy muy observadora —repuso Chika, y se señaló los ojos—. Y no son muy discretos que digamos. Llevan semanas paseándose tras bastidores. Y no solo ellos, sino sirvientes de los Tonbo y de los Akodo también, con preguntas impertinentes y molestando a los trabajadores.

Kasami se dio un golpecito en la barbilla.

—¿Qué clase de preguntas?

—¿Quién sabe? —Chika se encogió de hombros y se apoyó contra la pared—. Pensábamos que solo acompañaban a sus señores a la alcoba de Etsuko. —Hizo un gesto hacia el vestuario—. Aunque quizás eso solo lo hizo el Escorpión.

—Hablas del señor Isamu.

Chika se volvió a encoger de hombros y dio otro trago a su botella.

—Supongo. No llegué a enterarme de cómo se llamaba, porque Etsuko hacía todo lo que podía para esconder a sus pretendientes ante los demás. Siempre se veían de noche, cuando la mayor parte de los actores y los trabajadores ya se habían ido.

—Pero no todos.

Chika sonrió.

—Los teatros nunca están tan vacíos como parecen. Siempre hay alguien que se queda donde no debe.

Kasami le devolvió la sonrisa.

—¿Y tú eres una de ellos?

Se preguntó qué opinaría Shin de la revelación de Chika. Si bien a ella no le parecía demasiado interesante, el Daidoji tenía unas ideas extrañas acerca de la información inocua. «Pistas», las llamaba. Más de aquellas tonterías absurdas de los Kitsuki, según lo veía Kasami.

Antes de que Chika pudiera responder, alguien interpuso:

—Buena pregunta. Podría decirse que ninguno de nosotros está en el lugar que debe. —Kasami frunció el ceño cuando el guardaespaldas ujik del señor Gota, Arban, recorrió el pasillo en su dirección. Se detuvo frente a ellas y dedicó una sonrisa a Chika—. ¿Celebras algo?

—No —contestó Kasami en su nombre.

Miró a Chika de reojo y la joven asintió, se puso de pie y se marchó sin decir nada. Arban la observó irse.

—Qué guapa.

Kasami soltó un gruñido. El ujik se sentó en el suelo a su lado. Ella apartó su mirada de él, decidida a no hacerle caso. Tras unos momentos, captó un olor amargo cerca, y, tras ser incapaz de contenerse, lo miró de reojo.

El ujik comía algo que parecía cuero viejo, se percató de que ella lo estaba mirando y le ofreció una tira.

—Cecina —explicó, masticando—. ¿Quiere?

Kasami soltó otro gruñido y apartó la mirada. El ujik se encogió de hombros y prosiguió con su comida. Tras unos momentos, terminó, se limpió las manos en la túnica y dijo:

—Se supone que debo distraerla. ¿Está abierta a una distracción?

Kasami no contestó, y el ujik se rascó la barbilla y se echó atrás, con las piernas cruzadas.

—Eso pensaba. Gota me ha dicho que debía desafiarla o alguna tontería así. No creo que eso vaya a terminar muy bien.

—No acabaría bien para usted —lo corrigió Kasami sin mirarlo.

El ujik esbozó una gran sonrisa.

—Así que puede hablar. Me lo había estado preguntando; se dice que a los Grullas les gusta arrancar la lengua a sus guardaespaldas para que no hablen de sus señores a sus espaldas.

Kasami lo miró, sorprendida por lo bien que hablaba, pues antes había parecido casi incapaz de entender el rokuganí.

—Qué ridiculez.

—Por supuesto. Ni siquiera los suyos son tan salvajes.

—¿Qué quiere decir con «los míos»?

—Los rokuganíes, claro. En mi pueblo se dice que no hay personas más crueles en el mundo que los rokuganíes.

Kasami lo fulminó con la mirada.

—¿Acaso los ujik no usan caballos salvajes para desmembrar a sus presos?

—Solo cuando queremos dejar algo claro. Su pueblo ha convertido la crueldad en un arte. —Le dedicó una sonrisa, y la guardaespaldas vio que tenía una buena dentadura para tratarse de un nómada—. Parece enfadada. ¿Está enfadada? Si no, puedo seguir hablando.

—Por mí, no se moleste.

El ujik se echó a reír.

—Me llamo Arban. ¿Cómo la llaman a usted?

—A usted qué le importa.

—Bueno, a usted qué le importa, creo que se está enfadando. Lástima. Me gustaría charlar un poco más antes de pasar al acero. —Se acercó más a ella, todavía con una sonrisa en el rostro—. Creo que se le da muy bien la espada.

Kasami no había dejado de mirarlo. Si bien Arban no tenía las manos cerca de su arma, antes se había movido muy deprisa, más de lo que ella había anticipado.

—¿Dónde está su señor? —preguntó en voz baja—. ¿Esperando escondido como un cobarde? —Eso último lo dijo en voz más alta. Oyó una maldición que provino de más allá en el pasillo y sonrió—. Ah, ahí está. Debería volver con él antes de que se haga daño.

—Gota sabe cuidar de sí mismo —repuso Arban, en el mismo volumen que ella.

—*Señor* Gota —dijo un grito en respuesta.

Arban no dejó de mirarla, sino que amplió su sonrisa.

—¿El suyo también se preocupa tanto por los títulos apropiados?

—No, aunque ojalá lo hiciera. Lo mejor es que cada uno sepa el lugar que le corresponde.

—Yo siempre he opinado lo contrario. —Hizo una pausa, con una expresión pensativa—. Pero supongo que es por eso que estoy aquí en lugar de con mi pueblo, en el gran mar de hierba. —La sonrisa volvió a su rostro—. Dudo que me echen mucho de menos.

—Yo también lo dudo. Parece un engorro.

—Lo soy, sí. Nací bajo una estrella del demonio, o eso dice mi abuela. —Miró más allá de ella—. ¡Hola, mi señor! Estoy siendo una distracción, como me ha pedido.

Kasami se dio la vuelta de sopetón y dejó a Gota petrificado con su mirada. Este se quedó a medio camino hacia el vestuario, con cara de mal humor.

—Maldita sea, Arban —gruñó—. ¿No puedes cumplir ni una sola orden sencilla?

—Pensaba que lo estaba haciendo bien —murmuró Arban antes de mirar a Kasami de reojo—. ¿Usted qué cree?

—Creo que deberían marcharse. —Kasami se puso de pie de repente. Asustados, Arban se cayó para atrás y Gota retrocedió varios pasos—. Ahora mismo. El señor Shin ha dado la orden de que nadie debe entrar en esta sala sin su permiso. Y eso lo incluye a usted, señor Gota.

—¿Cómo osas hablarme así? —balbuceó Gota—. ¡Soy de sangre noble!

—No creo que eso le importe mucho —dijo Arban antes de ponerse de pie con elegancia. Kasami se situó de espaldas a la puerta para poder mirarlos a los dos a la vez y apoyó la mano en la empuñadura de su espada. Arban esbozó una sonrisa y llevó una mano a su arma—. ¿Lo ve? No le importa.

Gota miró de uno a otro con una expresión consternada. Estaba claro que no había pretendido que la situación fuera tan lejos. Arban, por otro lado, parecía la mar de contento. Kasami mantuvo la expresión neutral y no permitió que su enfado se mostrara en ella.

Arban se bamboleó hacia la izquierda de ella y se volvió de manera que solo su lado derecho estuviera de cara a la guardaespaldas. Su sonrisa se había vuelto afilada y letal, no como la expresión de un guerrero, sino como la de un asesino que evaluaba a su presa. Aun así, no estaba muy preocupada. El ujik era un engreído, lo que quería decir que la subestimaba a ella o se sobreestimaba a sí mismo. El peligro de verdad era Gota. Si el noble se involucraba, Kasami se enfrentaría a la dura decisión de ceder ante él, pues era de posición más alta, o defenderse y arriesgarse a avergonzar a su familia y al Clan de la Grulla. Por suerte, aquella fue una decisión que no tuvo que tomar. Un trío ataviado en túnicas rojas se acercó, con Chika caminando a regañadientes tras ellos. Tenían la intención de entrar en el vestuario, pero ralentizaron el paso al percatarse de la confrontación que se estaba desatando en la puerta.

Los tres llevaban máscaras: uno llevaba un antifaz dorado con filigranas y un velo de seda roja que le cubría la boca y la nariz; el segundo llevaba una máscara de porcelana sencilla, pintada con rayas rojas y negras; y la tercera llevaba una cara de demonio que ocultaba la suya. Y todos iban armados. Eran samuráis y portaban la insignia de los Bayushi y del Clan del Escorpión. Quien llevaba el velo fue el primero en hablar.

—Aparta. Hemos venido a ver a la dama Etsuko.

—He recibido la orden de asegurarme de que nadie la molesta —repuso Kasami con tanta educación como pudo aunar en aquellas circunstancias.

El Escorpión soltó un sonido de impaciencia.

—Eso no nos importa. Quítate de en medio.

—No.

El Escorpión dudó; quedaba claro que no estaba acostumbrado a que se le negara ninguna orden. Aunque su mano estaba a escasos centímetros de la empuñadura de su espada, acabó volviendo su atención hacia Arban.

—Ujik, quítala de ahí. Se te recompensará generosamente.

—Usted no es mi señor —dijo Arban, con el ceño fruncido, tras lo que miró a Gota, cuya expresión estaba llena de ira—. ¿Qué le parece, señor Gota? ¿Debería apartarla en nombre de estos hombres?

—No seas idiota —le espetó Gota. Se cruzó de brazos y dirigió su mirada a los recién llegados—. ¿Quién los ha enviado?

—Vestimos los colores de nuestro señor con orgullo, Tejón.

Solo tiene que mirarnos.

Gota se sonrojó.

—¿Y qué es lo que quieren?

—Ver a la dama Etsuko.

—¿Por qué?

—¿Usted qué cree, Tejón? —respondió el Escorpión en un tono burlón—. ¿O acaso ella no le ha dejado sus intenciones lo suficientemente claras?

Gota se ruborizó todavía más y flexionó sus grandes manos. Kasami se percató de repente de los músculos que acechaban bajo la grasa del hombre. Shin le había dicho que Gota había sido un luchador de Sumai, y se preguntó si estaba a punto de ver una demostración de dichas habilidades. Estaba claro que los Escorpiones tenían una preocupación similar, pues se tensaron todos a la vez, como si pensaran que el mercader iba a echárseles encima con su furia cada vez mayor.

Sin embargo, en lugar de abalanzarse sobre ellos, respiró hondo y dijo:

—Si a mí no se me permite entrar, a ustedes tampoco. Que su señor venga, si desea verla. —Hizo un gesto y Arban se echó atrás y ocupó una posición junto a Kasami.

El Escorpión más alto suspiró y dio un golpecito con el dedo en la empuñadura de su espada.

—No pienso decirle nada por el estilo. Ni pienso permitir que lo insulte.

—El único que actúa de una manera insultante es usted, amigo —dijo Arban.

—Silencio, ujik. Tus superiores están hablando.

La sonrisa de Arban desapareció de su rostro como si le hubieran dado una bofetada, y se llevó la mano a la espada, aunque ya no de manera juguetona, sino con una seriedad asesina. No la desenvainó, todavía no, pero Kasami pensó que estaba a pocos segundos de hacerlo. La sangre iba a acabar derramándose en unos instantes, pasara lo que pasara.

Kasami oyó sisear la puerta al abrirse detrás de ella y el doctor Sanki tosió antes de hablar.

—¿Mal momento? —preguntó mientras soltaba el humo de la pipa. Kasami no se volvió. O bien el médico sabía dónde estar en el momento adecuado o trataba de impedir que se desatara la violencia.

—Sí —repuso ella—. ¿Qué ocurre?

—Tengo que hablar con el señor Shin.

—Estoy segura de que volverá pronto —dijo Kasami, y le cerró la puerta en la cara.

Captó la atención de Chika y articuló el nombre de Shin sin hacer ningún ruido. La actriz asintió y se marchó a toda prisa. Los Escorpiones o bien no se percataron de ello o no les importó. Arban se echó a reír.

—Actúa de una manera impresionante. Y todavía no me ha dicho cómo se llama. Pensaba que los suyos eran educados.

—Los buenos modales hay que ganárselos —dijo Kasami antes de mirar a los Escorpiones—. Si su señor, quienquiera que sea, desea visitar a la dama Etsuko, primero tiene que pedirle permiso a mi señor, Daidoji Shin. Intentar entrar a la fuerza solo les hará ganarse una buena reprimenda.

—¿Y quién nos dará esa reprimenda, mujer? —preguntó la que llevaba el rostro de demonio, completa con cuernos y sonrisa llena de dientes—. ¿Tú? ¿O quizá dejarás que el ujik lo haga por ti? He oído que los Grullas prefieren que los demás luchen en su nombre.

Kasami ladeó la cabeza.

—Qué curioso. Yo había oído lo mismo sobre los Escorpiones.

—Te atreves a… —le espetó la Escorpión, pero Kasami oyó la satisfacción bajo el enfado.

Estaban buscando una excusa, lo que le parecía bien, pues ella también. Mostró los dientes.

—Siempre.

CAPÍTULO 20
Rin y Uni

La sala de vestuario estaba sumida en un caos controlado. Un alboroto de productividad les dio la bienvenida, y Shin casi no supo dónde mirar, ni mucho menos para qué servía cada cosa. Varios trajes a medio alterar le llamaron la atención; tenían las costuras abiertas y sus muchos pliegues expuestos. Acarició el material de uno de ellos mientras lo contemplaba, antes de detener los dedos al encontrar una costura escondida: un bolsillo.

—Qué curioso —comentó Konomi, detrás de su codo.

Shin asintió.

—Es para la sangre. Para la seda, quiero decir. La guardan en estos bolsillos hasta que la necesitan. —Esbozó una sonrisa—. Algunos actores que conozco hasta guardan sus diálogos ahí. Un poco de despiste y un vistazo puede serles de ayuda en un aprieto. —Dejó el traje a un lado y se volvió al oír que Rin lo llamaba.

—Mi señor, me alegro de volver a verlo. Y tan pronto después de su última visita. —Rin se acercó a Shin y Konomi. Los demás vestuaristas le abrieron paso, normalmente ayudados por un rápido golpe de su vara. Hizo una reverencia tan baja como pudo y dedicó una sonrisa a Konomi—. Y ella debe de ser la dama Konomi, de quien tanto he oído hablar.

—Espero que solo cosas buenas, maestro Rin —repuso Konomi con una sonrisa.

Rin inclinó la cabeza.

—Tantas que uno no puede evitar dudar de su veracidad.

—Miró a Shin de reojo—. ¿Puedo preguntarle a qué se debe esta visita inesperada?

—Necesito algo de guía, maestro Rin.

Rin abrió los brazos en un gesto como de asombro.

—Paparruchas, mi señor. ¡Su elegancia sartorial es obvia hasta al cliente más hastiado!

Shin se echó a reír ante aquel halago tan descarado.

—Me temo que no es sobre ropa, sino sobre un tema menos placentero. —Hizo una pausa—. Me gustaría hablar contigo sobre la dama Etsuko.

La sonrisa de Rin se desvaneció tan solo por un instante.

—¿Cómo está?

—Descansando —dijo Shin—. ¿La conoce bien?

—Se podría decir que prácticamente ni nos conocemos.

—Lástima, pero bueno —repuso Shin—. Según sé, ha tenido ciertos problemas a la hora de hacer amigos entre los miembros de la compañía.

—«Problemas» es una manera de decirlo, mi señor.

—¿Cómo lo dirías tú?

—*Aversión*, mi señor. A la dama Etsuko no le agradan aquellos a quienes considera sus inferiores sociales. Algo curioso al venir por parte de… Bueno, no debo decir nada más sobre ello. —Miró a Konomi de reojo mientras lo decía.

—Por mí no te contengas, maestro Rin —murmuró ella.

Rin agachó la cabeza y esbozó una sonrisa afectada.

—Sé de buenas fuentes que su padre era un pescador común. Y su madre…, vaya, era una bracera. Una simple bracera. No es que esa sea una tierra muy fértil, si me permiten el comentario.

—Y, aun así, produjo una flor de una belleza incalculable —dijo Shin mientras se preguntaba lo que Konomi opinaría sobre las buenas fuentes de Rin. Muy para mérito de ella, su expresión no indicaba nada.

—El terreno difícil suele hacer esas cosas, según mi experiencia —concedió Rin, al cambiar de opinión en un abrir y cerrar de ojos. Vaciló antes de continuar—: No le gusta que se le recuerden esos inicios humildes, mi señor. Eso es lo que opino. Algunos actores quieren pretender que son iguales que los personajes que interpretan.

—¿Y Etsuko es una de ellos?

—La dama Etsuko es una mujer complicada, mi señor. Lleva muchas máscaras. —Rin se dio media vuelta para gritar una orden a uno de sus trabajadores y atizó al pobre hombre en el trasero con su vara—. Perdone, mi señor. Tenemos que ajustar los trajes para Ashina; no es tan... voluptuosa como la dama Etsuko.

—Lo siento, pero solo te entretendré unos momentos más —dijo Shin en voz baja—. Has dicho que la dama Etsuko tenía aversión a hacer amigos... ¿Qué me dices de hacer enemigos?

—Ah, bueno, esos los colecciona con ahínco, mi señor —respondió Rin, volviendo a mirar al Daidoji—. La maestra Uni por encima de todos, aunque no me dará las gracias por habérselo comentado.

—En ese caso, ¿por qué lo dices?

Los ojos de Rin brillaron por la diversión.

—Porque sé que esa vieja bruja dirá lo mismo de mí cuando hable con ella. Imagino que es su siguiente parada.

Shin inclinó la cabeza. Rin tenía una mente avispada y un don para encontrar patrones. El maestro de vestuario asintió, complacido por haber dado en el blanco.

—Por supuesto. Entre los dos, no hay nada que no sepamos. —Se dio un golpecito en la mejilla con la vara—. La dama Etsuko tiene un gran número de enemigos, es cierto. Cada actor de esta compañía estaría encantado de destriparla si supiera que podía irse de rositas. Algunos incluso si supieran que no puede ser así.

—¿Eso incluye a Nao?

Rin dudó antes de responder.

—Más que la mayoría. Se toma los insultos de ella contra nosotros muy a pecho. Después de que la dama Okuni se marchara, Nao ha pasado a ser... nuestra piedra angular, por decirlo de alguna manera. Sanemon es el director, pero Nao es el corazón y el alma de la compañía. Es en él donde buscamos el liderazgo.

—Eso no dice mucho del maestro Sanemon.

Rin hizo un gesto para restarle importancia.

—No es lo que quería decir, mi señor. El maestro Sanemon se esfuerza día sí y día también por hacer que nuestra humilde compañía se convierta en algo importante, pero su mente está llena de nervios y facturas. Solo que Nao…, Nao es un actor de actores. No hay nada que no esté dispuesto a hacer por esta compañía.

—Me alegra saber eso —dijo Shin—. Aparte de Nao, ¿quién más podría guardar cierto rencor a la dama Etsuko?

—Como he dicho, un montón de personas, entre ellos mis ayudantes. La dama Etsuko es un vendaval violento que sopla contra todos nosotros. —Rin volvió a titubear—. Pero a decir verdad, nuestras rencillas son diminutas en comparación con otras.

—¿Qué quieres decir?

Rin se acercó más antes de contestar.

—¿Sabe de los devaneos de la dama Etsuko, mi señor?

Shin miró a Konomi de reojo.

—No es el tipo de información de la que suelo preocuparme.

—Claro que no, mi señor —dijo Rin con una sonrisa cómplice—. No vale la pena ni escuchar unos rumores de tal bajeza. Pero uno tampoco puede llenarse los oídos de cera, ¿verdad? Desde que llegó aquí, ha hecho unos cuantos amigos entre los miembros de nuestra compañía… y unos pocos más en la ciudad.

—¿Un rastro de corazones rotos a su paso?

—Algo así, mi señor. —Rin se dio media vuelta y dijo algo a uno de sus ayudantes en voz baja antes de devolver su atención a Shin—. He oído que antes ha tenido un encontronazo con el señor Gota. Ese es el que no sabe recibir un no como respuesta, pero hay otros. No dejan de mandar a sus sirvientes aquí, a cualquier hora del día, y ya llevan semanas así. Todo tipo de personas que se cuelan tras bastidores e incordian a todo el mundo. Ninguno de estos devaneos acabó bien, según sé.

Shin frunció el ceño. Eso era bastante información que asimilar.

—¿Y sabes por qué?

—Por cualquier motivo, mi señor —dijo Rin, encogiéndose de hombros—. Algunos de ellos hasta pueden ser ciertos. —Volvió a dudar mientras miraba a Konomi, como si le diera vergüenza lo que estaba a punto de decir. Shin le hizo un gesto para que continuara, y el maestro de vestuario suspiró—. Dicen que tenía muchos peces en el mismo anzuelo, por decirlo de alguna manera.

—Ya veo —murmuró Shin, distraído. Cada vez más, sospechaba que estaba buscando al asesino en el lugar incorrecto. Rin lo miró más de cerca.

—¿Me permite hacerle una pregunta, mi señor?

—Como gustes.

—Todas estas preguntas... implican que la repentina enfermedad de la dama Etsuko no es... natural.

Shin clavó la mirada en el hombre.

—Si lo es o no, maestro Rin, no es asunto tuyo. La actuación de hoy continuará sin la dama Etsuko.

—¿Y la siguiente, mi señor? —preguntó una voz femenina tras ellos.

Shin se volvió para ver a Uni cerca de la puerta, aferrada a una peluca en el pecho, con actitud protectora. La sala se había quedado en silencio y Shin se percató de repente de que todos los ayudantes los estaban observando. Casi podía oír lo que pensaban, pues la preocupación estaba más que clara en cada rostro. Carraspeó para hacerse oír.

—Hasta donde yo sé, maestra Uni, todo va bien en ese aspecto. Pero me alegro de que hayas venido, porque quería hablar contigo también.

La mujer se tensó y frunció el ceño con sus rasgos arrugados.

—Lo estaba esperando antes, mi señor —dijo—. ¿Ha muerto, entonces?

—¿Por qué lo dices, Uni? —preguntó Shin, con el ceño fruncido.

La mirada de la mujer se dirigió hacia Rin.

—Ha muerto, ¿verdad? Eso no sería nada bueno.

Shin meneó la cabeza y se llevó las manos detrás de la espalda.

—No, no lo sería. Responde mi pregunta, por favor. —Si bien había esperado hablar con Uni en privado, ella parecía empeñada en tener la conversación allí mismo. Tal vez se sentía más segura, rodeada de Rin y de sus bordadores.

—Solo me hacía ilusiones, mi señor —repuso Uni.

—Se podría decir que querías que le ocurriera algo, Uni.

La anciana soltó un resoplido.

—No rezo para que le ocurra nada, pero tampoco para que no le ocurra. —Pasó por el lado de Shin y colocó la peluca que sostenía en las manos de Rin—. Necesitará aceite después de que tomes las medidas, así que ten cuidado.

—Imagino que no tienes a la dama Etsuko en muy alta estima —insistió Shin.

Uni no respondió de inmediato. Era una anciana testaruda y de un comportamiento tan orgulloso como el de cualquier dama de los grandes clanes. Cuando por fin le contestó, fue claramente a regañadientes.

—No es una dama. Casi ni se la puede considerar actriz.

Shin dejó pasar el comentario.

—El maestro Rin me ha confesado que vosotras dos habéis tenido ciertas dificultades desde que ella se incorporó a la compañía.

Uni fulminó con la mirada a Rin, quien se apresuró a buscar otra cosa que hacer.

—¿Ah, sí? —musitó mientras observaba cómo el maestro de vestuario retrocedía—. Vaya, qué solícito por su parte. —Hizo una pausa y se sonrojó—. Lo siento, mi señor. Mi lengua suele actuar por voluntad propia.

Shin le dedicó una sonrisa indulgente.

—Es una aflicción de la que todos sufrimos de vez en cuando. Pero dime, ¿hay algo de cierto en ello?

—Etsuko no nos lo pone nada fácil, mi señor —dijo Uni, tras apartar la mirada—. Nos trata, a mí y a todos, como si no fuéramos nada más que sus sirvientes. No valora todo lo que hacemos. —Suspiró—. Ni tampoco todo lo que sacrificamos para que ella y los suyos luzcan bien en el escenario.

—¿Y qué sacrificios son esos?

—Tiempo, mi señor —respondió Uni, y alzó una de sus manos arrugadas—. Me he pasado la vida rodeada de melenas falsas, cuidando de ellas como si fueran mis hijos. Algunas las he fabricado yo misma, mientras que otras son más viejas que yo. —Hizo una pausa—. A veces, por la noche, creo oírlas murmurar entre ellas.

—Tal vez sea así —dijo Shin—. Un sacerdote que conozco me dijo una vez que, cuando un objeto cumple cien años, puede adquirir vida propia. Hasta los objetos cotidianos más comunes pueden albergar un espíritu, si son lo suficientemente antiguos.

—No sé nada sobre ello, mi señor.

—¿Y qué es lo que sabes? —interpuso Konomi.

Shin la miró de reojo, pero dejó la pregunta en el aire. Uni, un poco sobresaltada por la interjección de Konomi, apartó la mirada.

—A diferencia del maestro Rin, yo no me rebajo a chismorrear con los pajes y los bordadores. —Miró en derredor con una expresión altiva, y ni un solo trabajador le devolvió la mirada.

—¿Y con los actores? —se apresuró a preguntar Shin.

Uni dio un respingo.

—¿Los actores, mi señor?

—No intentes disimular, maestra Uni. Sé de buenas fuentes que conoces gran parte de lo que ocurre tras bastidores. Si, según dices, no hablas con aquellos que tienen una posición inferior, lo lógico es asumir que sí hablas con los de posición más alta. —Shin se acercó a ella, y la anciana lo miró como una liebre podría mirar a un halcón que da vueltas por encima de ella—. Así que, ¿qué es lo que dicen Nao, Botan y los demás?

Uni frunció el ceño y se encogió en sí misma. Shin estaba a punto de repetir su pregunta cuando Konomi le puso una mano en el brazo, y él se detuvo para mirarla. Tenía una expresión casi de burla, aunque también contenía una advertencia. Respiró hondo, se lo pensó mejor por un momento, y dijo:

—Ah, vaya. Parece que el maestro Sanemon estaba equivocado.

—¿Sobre qué? —preguntó Uni tras dudarlo unos segundos.

—Me ha asegurado que era contigo con quien debía hablar sobre estos asuntos. Pero si dices que no sabes nada, pues… —Alzó las manos en un gesto de derrota, y Uni frunció más el ceño.

Shin oyó una risita que provenía de entre los bordadores reunidos. Uni echó una mirada en aquella dirección en silencio antes de mirar a Shin.

—No he dicho que no supiera nada, solo que no me meto en los chismes, mi señor.

Shin esperó. Por el rabillo del ojo vio que Rin los observaba desde el otro lado de la sala. El maestro de vestuario tenía el ceño fruncido, pero no parecía decidido a interferir.

—No era nada más que una persona problemática, mi señor —dijo ella finalmente.

—Hablas de la dama Etsuko, imagino.

—Lo agobiaba, mi señor. Nos llamaba ladrones y cosas peores. Dijo que alguien había rebuscado entre sus pertenencias y exigió que nadie más que esa pobre chica a la que llama su sustituta pudiera entrar en su vestuario. Acusó a la pobre Chika de robarle, y a Botan también, aunque, que yo sepa, él nunca ha mantenido ni una conversación con ella. Hasta intentó hacer que el maestro Sanemon lo echara, ¡y es el único payaso decente que tenemos!

Shin asintió, aunque no la interrumpió. Choki había dicho más o menos lo mismo. Y, si bien Sanemon había confirmado que solo eran rumores infundados, aquello no significaba que Chika o alguno de los otros actores no se hubiera ofendido. O alguien que actuara en su nombre. Recordó que Chika había estado en compañía de Odoma, el mercader. El mismo Odoma que al parecer se había enamorado de Etsuko…, por mucho que no lo hubiera mencionado cuando habían hablado antes.

—Bueno, el maestro Nao habló con ella al respecto —continuó Uni. La anciana olvidó sus modales y dio una palmada al recordar aquella alegría—. ¡Menuda pelea! Debería haberla visto. Los dos se lanzaron como zorros que se pelean por una gallina gorda.

—¿Solían pelearse?

Uni vaciló antes de contestar.

—No me gustaría meter al maestro Nao en ningún lío, mi señor.

—No te pido que lo acuses de nada, maestra Uni. Solo quiero saber cuán a menudo él y la dama Etsuko se peleaban.

—No soy dada a esparcir rumores, mi señor, pero… sí. Bastante a menudo, de hecho. Cada día, vaya.

—¿Y quién provocaba esas peleas?

Uni agachó la mirada y se quedó callada unos segundos.

—Sea lo que sea que haya pasado en el escenario, se lo tenía bien merecido —dijo finalmente.

Shin notó que, en lo que concernía a Uni, aquel era el final de la conversación. Sin embargo, ya le había dado información más que suficiente. Más de la que quería, de hecho.

Pensar que Nao hubiera podido tener algo que ver con la muerte de Etsuko no le resultaba nada placentero, pero había muchas cosas que no sabía sobre el actor, muchos datos que Nao mantenía ocultos. Sabía que iba a tener que volver a hablar con él, tal vez con Sanemon presente en aquella ocasión.

Shin inclinó la cabeza y dedicó a Rin y a Uni su mejor sonrisa.

—Muchas gracias por vuestra ayuda, habéis sido de lo más informativos. Os dejaré con vuestros asuntos.

Y, con ello, Shin y Konomi los dejaron seguir trabajando.

Cuando salieron al pasillo, uno de los bordadores los siguió. El joven les dedicó una reverencia y pasó agachado por su lado.

Shin hizo un gesto a Hachi, quien estaba agazapado en la pared opuesta a la puerta.

—Ve a buscarlo para mí, Hachi, por favor. Con amabilidad.

Konomi asintió para confirmarle la orden, y Hachi se puso de pie y se interpuso en el camino del bordador, quien se tensó cuando la sombra de Shin cayó sobre él y se volvió, con los ojos muy abiertos.

—¿Mi… Mi señor? ¿Lo… Lo he ofendido de alguna manera?

—No… Asahi, ¿verdad? —preguntó Shin tras extraer el nombre del joven de su espaciosa memoria—. Eres el ayudante de vestuario de mayor rango, ¿verdad?

—Así es, mi señor —tartamudeó Asahi, y le dedicó una reverencia. Estaba aferrado con fuerza a un traje que llevaba contra el pecho y daba miradas furtivas a Shin y a Konomi.

—¿Es para Ashina? —preguntó Shin, tras coger un pliegue de tela entre el pulgar y el índice—. Para su siguiente escena, supongo.

—Sí, mi señor. Debo ir a dárselo, mi señor. —Asahi echó un vistazo por el pasillo que pretendía recorrer. Shin esbozó una sonrisa.

—Claro que sí. Pero, si tienes un segundo, querría hacerte una pregunta.

—¿A mí, mi señor? —Asahi parecía escandalizado por la idea.

—Solo si no tienes nada que objetar. ¿No? Perfecto. El maestro Rin ha hablado de «todo tipo de personas que se cuelan tras bastidores»… ¿Qué tipo de personas son esas? ¿Un Escorpión, por ejemplo? ¿O alguien más? —Miró a Konomi de reojo—. ¿Tal vez un Unicornio?

—Shin —empezó a decir Konomi, con el ceño fruncido.

Shin se echó atrás e hizo un ademán con la mano.

—No importa. Muchas gracias, Asahi. —Se volvió hacia Konomi—. ¿Tiene algo que contarme?

—¿Qué le hace pensar eso?

Shin abrió su abanico de golpe.

—¿Por qué Yasamura le recomendó a Etsuko? ¿Y por qué me la recomendó usted a mí?

—¿Insinúa algo? —preguntó la Unicornio, enderezándose.

Shin consideró la pregunta.

—Sí, creo que sí.

Konomi estaba a punto de contestar cuando Sanemon apareció en el otro extremo del pasillo con una expresión de lo más miserable. Al verlos, se apresuró para llegar hasta ellos.

—Mis disculpas por la interrupción, mi señor. Pero... vaya, no tenía otra opción.

Shin desestimó su disculpa con un gesto.

—¿Qué ocurre?

—Chika ha venido a buscarme muy angustiada. Son los Escorpiones, mi señor —tartamudeó Sanemon, con la mirada gacha—. Tres de ellos. Quieren... Quieren llevarle un regalo a la dama Etsuko, o eso dicen, pero su guardaespaldas... ha... Es decir, ha... esto... —fue incapaz de completar su oración.

—Ha hecho lo que yo le he ordenado. ¿Alguien ha salido herido?

—Todavía no, mi señor, al menos según Chika. La situación... está en progreso, por decirlo de alguna manera. El señor Gota está allí, y su ujik..., bueno... Creo que no tengo que decirle más.

—Ah, suena emocionante. —Konomi se aferró al brazo de Shin con una expresión animada—. Por supuesto, tenemos que ir a ver qué sucede.

Shin soltó un suspiro.

—Tú primero, maestro Sanemon. Antes de que Kasami decida declarar la guerra al Clan del Escorpión.

CAPÍTULO 21
Kitano

—Escorpiones —resopló Ishi mientras pasaba la botella de vino de arroz a Kitano—. Buen vino, por cierto. Mejor que la bazofia que sueles tener. —Hizo tronar los labios en un gesto de gusto, y Kitano sonrió.

—Lo he cogido prestado del almacén del señor Shin. Él no se lo bebe, así que no creo que le importe. —Claro que Kitano no tenía ninguna intención de contárselo, solo por si acaso. Aun así, hizo una pausa con la botella a medio camino hacia sus labios—. ¿Qué dices de los Escorpiones?

—Se colaron tras bastidores la semana pasada.

—¿En algún lugar en concreto?

—En los vestuarios, principalmente —contestó Ishi.

—¿Es eso raro? Teniendo en cuenta con quién se iba a casar, claro.

Ishi soltó un resoplido.

—Ya he oído hablar de eso, pero no me lo creo.

Ishi era un hombre bajo, tan solo un poco más alto que un niño, vestido con ropa blanca del escenario y con el cabello rapado con una navaja afilada. Tenía suciedad metida en la piel de las manos y del cuello, y sus uñas eran lunas crecientes negras. Kitano, quien ya se había acostumbrado a darse baños a menudo, se preguntó si en algún momento habría tenido aquel aspecto.

Ishi estaba con la compañía de teatro desde que Okuni la había revitalizado. Lo habían contratado cuando trabajaba en un teatro de marionetas, donde supuestamente se le había dado muy bien diseñar mecanismos ingeniosos para mostrar y controlar las marionetas y el escenario. Tras haber visto algunos de los trucos que se le habían ocurrido a Ishi desde que habían comenzado a reparar el teatro, Kitano se creía las historias. Era un hombre inteligente, más que la mayoría, y Kitano notó cierta afinidad con él debido a ello, pues él mismo se había creído más listo que la mayoría hasta que había conocido al señor Shin. Se frotó el dedo prostético, distraído.

Ishi y él estaban sentados en lo alto de la pasarela situada por encima del escenario. Nadie los podía ver ni oír desde allí arriba, o eso le había jurado Ishi. Se trataba de un buen lugar para beber tranquilo, o tal vez de un lugar tranquilo para beber bien, según cómo se mirara. Kitano dio un trago de la botella y se la pasó al otro hombre.

—¿Qué es lo que hay que creer? Su prometido se lo dijo al señor Shin.

Ishi puso los ojos en blanco.

—Escorpiones —repitió, y la palabra estaba llena de desdén—. Ya sabes lo que dicen de los Escorpiones.

—Se dice de todo sobre los Escorpiones, así que vas a tener que precisar más —repuso Kitano mientras se rascaba la mejilla con el dedo prostético. A veces le picaba, y el muñón le dolía cuando hacía frío, pero ya casi se había acostumbrado del todo. De hecho, ya casi ni estaba resentido con Kasami por ello, a pesar de que no dejaba de amenazarlo con cortarle los otros dedos.

—Sus palabras están envenenadas —dijo Ishi.

—Quieres decir que ha mentido.

Ishi se encogió de hombros y dio un largo trago. Kitano dudó antes de continuar.

—Pero todo el mundo habla de ello. Parece como si todos lo supieran ya.

Kitano había estado acechando tras bastidores desde que se había marchado del palco del señor Shin, aunque no había encontrado nada de valor, a pesar de haberse servido con generosidad del almacén de vino de arroz del señor Shin. Había pasado la mayor parte de las últimas dos horas hablando con los aprendices, aquellos que tenían una posición tan baja que no se les permitía entrar en los vestuarios, por lo que tenían que conformarse con los pasillos. La mayoría de ellos interpretaban papeles de fondo: mendigos, borrachos y demás. Y todos ellos lo sabían. O bien a Etsuko se le había dado de pena ocultar sus intenciones, o bien le había dado igual que los demás hablaran del tema.

—No todos —dijo Ishi para restarle importancia.

—Los actores sí.

—Los actores no son todo el mundo —insistió Ishi—. Ya sabes de quién te hablo.

—Ajá —soltó Kitano mientras Ishi le devolvía la botella. La jerarquía era algo constante en sus vidas. Los nobles no hacían caso a los plebeyos, los actores no hacían caso a los trabajadores tras bastidores; tal como era arriba, lo era abajo. El señor Shin era extraño, ya que escuchaba de verdad, lo que era el rasgo que hacía que los demás se pusieran nerviosos ante su presencia—. Así que sois tú y los tuyos quienes no os lo creéis.

Ishi se paró a pensar sus siguientes palabras.

—Etsuko no es de las que se casan.

—¿Y cómo lo sabes?

—Porque me lo dijo.

Kitano casi se atragantó con su trago de vino.

—¿Qué? —soltó mientras Ishi le daba palmadas en la espalda. Kitano hizo un ademán para que se apartara—. ¿Te lo dijo… a ti?

Ishi dio un trago de la botella. Echó un vistazo al escenario y Kitano lo imitó. Los actores parecían motitas de color que revoloteaban desde aquel ángulo. Se trataba de otra escena de batalla; según lo veía Kitano, parecía haber muchas.

—Los actores son como gatos metidos en un saco, siempre acaban arañándose. En gran parte, no nos hacen caso o nos echan la culpa cuando algo sale mal. —Kitano asintió e Ishi continuó—:

Etsuko es distinta. No le caen bien los actores, pero nosotros sí. Los trabajadores del escenario, digo. No somos una amenaza, y le dejé claro desde el primer momento que no somos sirvientes.

—Sois seguros —dijo Kitano.

Sabía algo de ello de observar al señor Shin. Las diferencias de posición eran una espada de doble filo, pues uno nunca se sentía a salvo junto a otra persona de una posición superior o inferior, sino solo con aquellos que no tenían ningún rango del que ostentar.

—No sé, pero puede ser —gruñó Ishi—. Pero bueno, habla conmigo. —Dio un largo sorbo y Kitano se lo quedó mirando, fascinado.

—¿Y de qué habláis?

—No sé si debería contártelo, Kitano —dijo Ishi, tras pensárselo—. Me caes bien, pero a Etsuko no le gustaría mucho que fuera por ahí contando sus secretos.

Kitano lo miró con atención. Si bien el señor Shin siempre hacía que aquella parte pareciera fácil, era más complicado de lo que parecía. Decidió intentarlo con una perspectiva más directa.

—Sabes que la han envenenado, ¿verdad?

Ishi parpadeó, sobresaltado.

—¿Qué?

—No vayas a decir nada. El señor Shin no quiere que nadie lo sepa; ya sabes cómo son los actores. —Kitano se inclinó para acercarse más a él—. Pero sí... Veneno.

Ishi torció el gesto y apartó la mirada.

—Ya lo había pensado. Creía que podía haber sido eso, aunque no estaba seguro.

—¿Por qué lo has pensado?

—Estaba preocupada por que fuera a pasarle algo.

—¿Te dijo por qué?

—No exactamente —repuso Ishi, negando con la cabeza—, pero no es difícil imaginarse la razón. —Vaciló y Kitano le ofreció la botella. Ishi la aceptó y dio un buen trago—. No va a casarse, sino que se trata de un acuerdo de negocios.

—¿Y qué quiere decir eso exactamente? —quiso saber Kitano, frunciendo el ceño.

—Yo qué sé. Lo único que sé es que es así como lo describió ella: un acuerdo de negocios.

—Con el Escorpión —le insistió Kitano. Ishi hizo un mohín.

—Debe de ser eso, si lo que me cuentas es cierto. —Hizo una pausa para ofrecerle la botella a Kitano—. No me dio muchos detalles, como entenderás, pero con el tiempo he ido atando cabos. No estaba muy contenta con el trato, aunque sí estaba... satisfecha, supongo. Entre eso y lo que me pidió que le escondiera, no hacía falta ser un genio para ver que estaba ocurriendo algo.

Kitano se tensó.

—¿Qué es lo que te pidió que escondieras?

—No sé, a decir verdad —respondió Ishi, encogiéndose de hombros una vez más—. Documentos de algún tipo.

—¿Y siguen donde los escondiste? —preguntó Kitano, tratando de que sus repentinas ansias por la respuesta no se mostraran en su tono de voz.

El señor Shin iba a estar más que contento con su hallazgo, fuera lo que fuera en realidad. Ishi dudó antes de hablar.

—Envenenada... —repitió.

Kitano asintió.

Ishi suspiró y entregó la botella a Kitano con cierta brusquedad.

—Sígueme —le pidió mientras se ponía de pie poco a poco y empezaba a dirigirse hacia el extremo opuesto de la pasarela. Kitano lo imitó y lo siguió con cuidado. Llegaron a toda prisa a la zona tras bastidores y se adentraron más aún, por una trampilla detrás del telón que conducía bajo el escenario—. Cuidado con la cabeza —le indicó Ishi conforme descendían con torpeza la escalera de madera—. Ser alto no es precisamente una ventaja aquí abajo.

Kitano lo siguió con precaución hacia la oscuridad, que apestaba a humedad.

—¿Dónde vamos exactamente? —preguntó, agazapado bajo unos soportes de madera. Si bien no era muy alto, Ishi no había exagerado: el espacio era angosto, claustrofóbico.

—Estamos debajo del escenario —murmuró Ishi.

Ambos hablaban en voz baja para que ni el público ni los actores del escenario los oyeran. Ishi estaba acostumbrado a aquellos confines diminutos y se desplazaba deprisa y con confianza por el laberinto de madera y papel que conformaba el mundo bajo el escenario. Kitano lo siguió más despacio, pasando por encima de cuerdas de repuesto enrolladas y navegando entre tarimas de madera y rollos de papel.

Vio al menos a doce trabajadores que se encargaban de sus tareas en los recovecos oscuros bajo el escenario. Varios de ellos se percataron de su presencia y lo saludaron con un ademán de la cabeza. Kitano conocía a la mayoría de ellos de cara, si bien no sabía cómo se llamaban. Unos cuantos hasta le debían dinero.

Ishi se detuvo de repente, y Kitano casi se dio de bruces con él.

—Ahí. ¿Lo ves? —Ishi señaló hacia la oscuridad que había delante de ellos.

A los ojos de Kitano les llevó unos instantes ajustarse a la oscuridad, pero, cuando lo hicieron, vio un rectángulo de luz por encima y se dio cuenta de que estaban bajo una de las varias trampillas desperdigadas por todo el escenario.

Cada trampilla se abría hacia una pequeña plataforma de bambú conectada a un sistema de poleas y contrapesos que Ishi había diseñado. La idea era que la trampilla se abría para depositar a un actor sobre la plataforma, y esta después de eso descendía debido al nuevo peso.

Ishi señalaba hacia el sistema de poleas. Kitano entornó los ojos hacia la oscuridad, aunque no vio nada fuera de lo normal.

—¿Sí? —preguntó. Ishi soltó un resoplido.

—Pensaba que los apostadores debían ser observadores.

—Vale —gruñó Kitano—. Observo un sistema de poleas.

Ishi soltó una carcajada discreta y se acercó hacia la polea, con cuidado, para evitar el lugar en el que la plataforma iba a descender.

—Aquí, mira. —Kitano lo siguió y vio una capa de madera extra que formaba parte del marco de la polea. Ishi dio un golpecito a la madera y la rotó hacia un lado deprisa, lo que dejó ver un compartimento hueco—. Los hice para guardar herramientas, cuerda de sobra, ese tipo de cosas. No hay nada peor que cuando una polea se rompe y no hay materiales apropiados a mano para arreglarla.

Kitano echó un vistazo al compartimento y no encontró herramientas, sino documentos envueltos en una cinta de seda. Sabía leer y escribir un poco y reconoció los sellos de cera de abeja que marcaban algunos de los documentos doblados mientras los hojeaba en el compartimento. Vio la insignia de los Iuchi, los Akodo y hasta de los Tonbo; y un conjunto de ellos llevaba el sello elegante de Odoma, el mercader: una semilla de soja estilizada.

—¿Reconoces las insignias? —preguntó Kitano.

—Algunas. —Ishi se encogió de hombros—. Pero no es asunto mío.

—Ni mío tampoco —murmuró Kitano.

—Aun así, veo que los sigues mirando.

—Sí, claro. —Con cuidado y delicadeza, cogió los documentos y miró a Ishi—. Se los llevaré al señor Shin. Confío en que no tengas ninguna objeción.

Ishi no parecía muy contento, pero negó con la cabeza.

—No, nada que objetar.

—Bien. ¿Cuándo te pidió que los escondieras?

—Hace unos meses —repuso Ishi—. Etsuko me dijo que eran valiosos y estaba preocupada por los ladrones.

—¿Hay muchos ladrones por aquí?

—Hay muchas caras desconocidas, eso sí. —Ishi se pasó una mano por su pelo al ras—. Sirvientes como tú, dando vueltas por todas partes como si buscaran algo.

—¿Se lo contaste a alguien?

—Todos lo sabían —contestó Ishi con brusquedad—. La mayoría pensaba que espiaban a Etsuko en nombre de sus señores. Kitano lo miró con atención.

—¿Y tú? ¿Qué pensabas tú?

—Creo que a ella le preocupaba más su nueva familia política.

—Antes, cuando has dicho que los Escorpiones acechaban por aquí... ¿Crees que esto es lo que buscaban? —preguntó Kitano, echando un vistazo a los documentos.

La mayoría de ellos eran cartas: muestras de devoción y poemas de amor, algunos un tanto eróticos, al menos en el sentido que él daba al término. Meneó la cabeza. Según lo veía, la nobleza siempre complicaba esas cosas más de la cuenta.

—No creo nada —dijo Ishi, negando con la cabeza—. Pero ya me dirás tú qué hacían metiéndose en su vestuario cuando ella no estaba.

—No has dicho que fuera en su vestuario.

—Estaba implícito —se defendió Ishi.

Kitano decidió no discutírselo.

—Bueno, ¿y quién era? —preguntó, devolviendo su atención a las cartas. Pese a que no había esperado recibir ninguna respuesta, la expresión de Ishi le llamó la atención: era un gesto de consternación. Kitano clavó la mirada en él—. Sabes quién fue, ¿verdad?

Ishi se echó atrás y negó con la cabeza.

—No, no lo sé seguro.

—Dime —le insistió Kitano—. O díselo al señor Shin. Tú verás.

—Eres duro, Kitano —le dijo Ishi, tras fulminarlo con la mirada.

Kitano mostró sus dientes en una gran sonrisa.

—Eso dicen.

CAPÍTULO 22
Escorpiones

La situación no pintaba tan mal como Sanemon le había dado a entender, pero estaba cerca de salirse de control. Shin notó la violencia en el ambiente cuando dobló la esquina y vio la disputa que había frente al vestuario. Kasami estaba hombro con hombro junto a Arban y Gota, y se enfrentaban a tres guerreros Escorpión, quienes se hallaban entre él y la puerta. Estos se volvieron a toda prisa cuando soltó una tos educada para avisarlos de su presencia.

Shin desplegó su abanico y lo agitó frente a su rostro mientras los observaba. Konomi estaba detrás de él, y su guardaespaldas miraba a los Escorpiones con cautela. Como si se hubieran dado cuenta de que llevaban las de perder, los Escorpiones alejaron la mano de sus armas. Shin hizo un gesto con su abanico.

—¿Y bien? ¿Alguien podría explicarme lo que está ocurriendo?

Uno de los Escorpiones dio un paso adelante.

—Mi señor me ha encargado llevarle un regalo a la dama Etsuko para ayudarla a recuperarse lo antes posible —explicó.

Su máscara estaba hecha de oro y seda, y llevaba una túnica de color rojo y negro, al igual que los demás.

Shin se llevó las manos detrás de la espalda y los observó con cuidado. No se trataba de simples sirvientes, sino que eran samuráis. Interesante. ¿Por qué mandar a samuráis a entregar un regalo así?

—La dama Etsuko está descansando en estos momentos. El médico que la atiende ha pedido que no se la moleste por ninguna razón.

—Nuestro señor también pide que a su médico personal se le permita verla.

Gota dio un paso adelante.

—Si ellos van a buscar a su médico, yo haré lo mismo con el mío. —Y les dedicó una mirada enfurecida a los Escorpiones, como si ellos fueran los responsables del estado de Etsuko.

Por otro lado, Arban parecía tranquilo y daba golpecitos con los dedos en la empuñadura envuelta en cuero de caballo de su espada. El ujik esbozó una pequeña sonrisa al ver que Shin lo estaba mirando, y dicha sonrisa dejó paso a una expresión más especulativa cuando posó los ojos en Kasami.

Shin no tuvo tiempo para preguntarse a qué podía deberse aquello, pues notaba la tensión en el pasillo, como una tormenta en ciernes. Los Escorpiones estaban enfadados, pero también... ¿nerviosos? ¿Impacientes? Como si tuvieran algo de lo que encargarse, y no solo entregar un regalo, según le parecía.

—No será necesario. El doctor Sanki es el médico más hábil de la ciudad y está a su lado en este momento. La dama Etsuko necesita reposo. Esta... escenita no hace nada por ayudarla en ese sentido. —Miró a las partes transgresoras por encima de la nariz.

Gota, al menos, tuvo la decencia de parecer avergonzado, aunque era difícil saber lo que sentían los Escorpiones, dado que llevaban el rostro oculto. A juzgar por su lenguaje corporal, se habían relajado un poco. Tal vez pudiera evitar que se derramara la sangre.

El portavoz de los Escorpiones le dedicó una reverencia.

—Informaremos a nuestro señor de la situación. —Hizo un gesto y los demás se dieron la vuelta en un ademán para marcharse. Shin alzó una mano para detenerlos.

—Un momento.

—¿Mi señor? —preguntó el portavoz.

—El regalo.

Los tres dudaron e intercambiaron una mirada.

—No lo entiendo, mi señor —dijo el portavoz con cuidado.

—Ha dicho que han traído un regalo. ¿Dónde está? ¿Puedo verlo?

El portavoz entornó los ojos tras su máscara. Se había percatado de su error, aunque recobró la compostura deprisa.

—Mis disculpas, pero es solo para la dama Etsuko, mi señor.

—Por supuesto, pero estaría encantado de entregárselo, si así lo prefieren. En nombre de su señor, claro.

Shin no apartó la mirada del Escorpión mientras hablaba. Lo miraba a los ojos, pues se podía saber mucho de lo que pensaba alguien si se le miraba a los ojos. La gran mayoría del tiempo, estos mostraban más que el rostro: revelaban los nervios detrás de la máscara.

Solo que no había nada de nervios en la mirada del Escorpión, sino tan solo un atisbo gélido de evaluación. El juicio de un guerrero para valorar si la batalla se podía ganar o si llevaba las de perder. Supo qué había decidido en el momento en que el Escorpión tomó la decisión.

—No será necesario, mi señor. Muchas gracias.

Shin inclinó la cabeza.

—No me cuesta nada. Por favor, háganle saber al señor Isamu que me gustaría volver a hablar con él, durante el entreacto, por ejemplo. Si pudiera estar disponible para entonces, se lo agradecería.

Los Escorpiones le dedicaron otra reverencia con respeto y, tras el ademán de Shin, se marcharon. Shin esperó hasta que se hubieron alejado lo suficiente para volverse hacia el señor Gota.

—Mi señor Gota, le agradezco su intervención. No cabe duda de que su llegada a tiempo ha impedido que se moleste a la dama Etsuko.

Gota se ruborizó un poco.

—Me gustaría poder disculparme con ella en persona si fuera posible. —Miró de reojo hacia la puerta del vestuario, con una expresión casi de súplica.

A Shin le dio lástima por un momento, aunque contuvo el sentimiento.

—Le pido que vuelva a su palco, señor Gota. Su presencia aquí es disruptiva, no ayuda en nada al elenco ni a la dama Etsuko.

—No hasta que sepa que está bien —se plantó Gota.

—De acuerdo. Iré a ver a la dama Etsuko y le haré saber cómo se encuentra. Y entonces sí se marchará. —Si bien al principio parecía que Gota iba a discutírselo, se rindió y le dedicó un asentimiento brusco en su lugar, lo que fue todo un alivio para Shin. El Daidoji se volvió hacia su guardaespaldas—. Espera aquí.

Kasami inclinó la cabeza y se volvió para dedicar una dura mirada a Arban. El ujik se apoyó contra la pared, en una postura relajada, y dedicó una sonrisa distraída a Kasami. La guardaespaldas soltó un resoplido y volvió a mirar a Shin.

—No tarde, o puede que acabe destripándolo aquí mismo.

—Intenta contenerte. —Shin se adentró en el vestuario y llamó a Sanki.

El médico lo estaba esperando junto al cadáver de Etsuko.

—Ya veo que hemos tenido otro incidente —dijo Sanki, alzando la mirada.

—Así es.

—¿Otra vez Gota?

—Escorpiones, de hecho.

—Bueno, así es menos aburrido.

—Kasami me ha dicho que querías verme.

—Ajá. —Sanki lo miró con intención—. Quería decirle que tengo algunas respuestas en cuanto a cómo ha muerto.

—Has dicho que la han envenenado.

—Y eso es lo que ha ocurrido. —Sanki se inclinó por encima del cadáver, con la cabeza envuelta en el humo de su pipa—. La hinchazón está, o estaba, localizada en la garganta y en el rostro, donde había más maquillaje. La reacción habría tardado unos minutos en producirse. Lo más seguro es que ya hubiera notado los efectos cuando se ha subido al escenario. Es... bastante impresionante que haya durado tanto.

—Ashina ha mencionado que ya había sufrido alguna reacción alérgica antes.

—Puede haber pensado que podría soportarlo, mi señor. Algunas personas tienen una opinión un poco exagerada en cuanto a sus habilidades.

Shin parpadeó y se preguntó si aquel último comentario iba dirigido a él. Decidió no hacerle caso, como solía hacer cada vez que Sanki actuaba sin demasiado respeto, pues una cierta indulgencia era útil en lo que concernía a hombres como aquel. Incluso si el anciano no lo admitía, lo valoraba y comprendía lo poco común que era un regalo semejante.

—Por lo que me ha dicho Ashina, las reacciones previas fueron embarazosas, aunque no debilitantes. ¿Por qué esta ha sido distinta?

—Mire esto. —Sanki cogió una paleta de madera manchada con algo blanco—. Es una muestra que he sacado del bote. Mire la descoloración.

Shin cogió la paleta con cuidado y la examinó. La pasta blanca se estaba volviendo amarilla, y unas gotitas de algo aceitoso flotaban en la superficie.

—¿Es por el veneno?

—Así es. No estaba bien mezclado y ha empezado a separarse.

—En ese caso, debe haber sucedido en algún momento del día. —Shin olisqueó el brebaje y captó un tenue olor amargo. Se notaba, y en especial si uno se lo echaba en la cara. Estaba seguro de que Etsuko lo habría notado si el veneno se hubiera quedado así durante mucho tiempo—. ¿Qué es?

—Un derivado de veneno de avispa. No puedo identificar qué tipo exactamente, pero estoy seguro de que se trata de un componente derivado. Alguien lo ha añadido al maquillaje después de que este se mezclara, por lo que lo más seguro es que se haya hecho hace poco.

—Entonces ha sido después de que Ashina haya traído los ingredientes aquí —dijo Shin, montando las piezas del rompecabezas mentalmente.

Ashina dijo que había llevado los ingredientes al vestuario, y entonces Etsuko había preparado la mezcla. Aquello quería decir que el veneno se había añadido después.

—Es lo más seguro —confirmó Sanki—. Espero que eso le sirva de algo.

—Significa que tenía razón. Es probable que quienquiera que lo haya hecho siga en el edificio.

El responsable había querido ver cómo Etsuko se desmayaba, pues el método había sido demasiado público. Aquello iba más allá del asesinato: era una ejecución.

—No lo puede saber a ciencia cierta.

—No, pero es mejor hipótesis que la alternativa. —Shin le devolvió la paleta—. Si quienquiera que lo haya hecho ya ha escapado, todo esto no ha servido de nada.

—Una idea muy optimista —comentó Sanki—. Todavía hay otras pruebas que puedo hacer, claro, pero creo que ya he sacado toda la información que puedo sin... Bueno, ya sabe.

—Hizo un ademán hacia el cadáver, y Shin, una mueca.

—No, creo que no será necesario. Al menos por el momento.

Sanki se apoyó sobre los talones y soltó un suspiro de alivio.

—Bien. Este no es el lugar más adecuado para investigar el contenido del cuerpo humano. —Miró a Etsuko—. ¿Qué haremos con ella... después?

—Yo mismo pagaré por su funeral —dijo Shin en voz baja—. Es lo menos que puedo hacer, creo yo.

Sanki soltó un gruñido, perplejo.

—No es culpa suya, mi señor. Al fin y al cabo, no ha sido usted quien ha envenenado a la pobre.

—Sí, pero si no la hubiera traído aquí, no habría muerto. —Shin se arrodilló junto al cadáver e inclinó la cabeza. Era la primera vez desde que había muerto la actriz que se permitía pensar aquello. La repentina punzada de culpabilidad fue casi más de lo que podía soportar—. Si no me hubiera convencido a mí mismo de que traerla era la mejor manera de salvar a esta compañía, no estaría aquí. Seguiría viva, quizás hasta casada. Más feliz, en cualquier caso.

Sanki se quedó callado durante un momento antes de soltar una risa llena de amargura.

—No nos corresponde a nosotros decir si habría sido feliz o no. Alguien podría haberla matado igual allí que aquí. —Miró fijamente a Shin—. Al menos aquí está usted.

Shin no fue capaz de devolver la mirada al médico.

—Sí, aquí estoy yo. —Tras morir, Etsuko era más pequeña de lo que la recordaba. Era como si todo lo que había formado parte de ella hubiera huido tras su muerte, y lo que quedaba no se pareciera en nada a la mujer que había sido, sino que era solo un caparazón encogido. Apartó la mirada de ella y se puso de pie—. ¿Podrías quedarte aquí un poco más? —le preguntó.

—Por supuesto. Los difuntos son compañeros de lo más simpáticos. —Sanki hizo una pausa—. ¿Está bien, mi señor? Parece indispuesto.

—Cansado, solo estoy cansado. Aunque no creo que tenga la oportunidad de descansar hasta que todo esto haya acabado. —Shin se dirigió a la puerta, donde se detuvo para echar un último vistazo al cadáver. Una parte de él pensaba que debía disculparse, a pesar de lo ridículo que le resultaba aquel impulso. En su lugar, se limitó a dedicar un ademán con la cabeza a Sanki y se marchó.

Konomi lo estaba esperando en el pasillo.

—Debería volver con Yasamura —le dijo Shin antes de que ella pudiera hacerle alguna pregunta—. No me gustaría que pensara que la he secuestrado o alguna tontería por el estilo.

Konomi le dio una palmadita en el brazo.

—Más bien se estará preguntando dónde está usted.

—Ya, bueno, no sería el primero —repuso Shin con una sonrisa.

—¿Es él quien…?

Se interrumpió a sí misma con un gesto disimulado en dirección a Gota, quien estaba a cierta distancia. A juzgar por su lenguaje corporal, quedaba claro que el Tejón quería hablar con Shin, solo que no estaba muy seguro de cómo debía acercarse a él. Shin alzó su abanico para reconocer su presencia, aunque mantuvo su atención en Konomi.

—No —murmuró, negando con la cabeza—. Estoy bastante seguro de que Gota no posee la astucia fría necesaria para eso. Es un hombre de pasión, de furia repentina que se apacigua tan deprisa como aparece. —La miró con más atención—. Los Escorpiones, por otro lado, son conocidos por usar ese tipo de sustancias.

—Creo que eso ya lo he dicho yo antes —dijo Konomi.

—Sabias palabras —interpuso Kasami.

—Sí, gracias. —Shin miró a Kasami—. ¿Gota ha dicho algo que te haya parecido extraño? —le preguntó—. Antes de que llegaran los Escorpiones, claro.

Kasami negó con la cabeza.

—Nada más que las tonterías de siempre. —Se lo pensó un poco—. Diría que de verdad tiene ganas de verla. Pero los Escorpiones… Ellos sí podrían tener otras intenciones.

—Ya, mandar a tres samuráis para entregar un regalo es pasarse de la raya. —Shin se quedó en silencio y consideró el asunto—. A menos que hayan venido por otro motivo.

—¿Como cuál? —preguntó Konomi, con el ceño fruncido.

Shin dudó antes de responder.

—Eso es lo que debo averiguar. Tengo que volver a hablar con Isamu. —Notó la mirada de Kasami y la expresión que tenía. Quería decirle algo. Se apresuró a dar la mano a Konomi—. Me temo que ya le he quitado demasiado tiempo, Konomi. No me gustaría que se perdiera el resto de la actuación por mi culpa. ¿Sería de mala educación por mi parte pedirle que vuelva sola a su palco?

Konomi le dedicó una mirada cómplice. Sospechaba que sabía más que de sobra lo que se traía entre manos.

—Un poco, sí, pero creo que Hachi y yo nos las arreglaremos. Aun así, espero que me lo cuente todo durante el entreacto, Shin. No me haga venir a buscarlo. —Le dio un golpecito amistoso con el abanico e hizo un gesto a su guardaespaldas—. Ven, Hachi. Volvamos al lugar que nos corresponde en los cielos.

Shin los observó marcharse antes de volverse hacia Kasami.

—¿Qué ocurre? —preguntó en voz baja.

Kasami se acercó a él.

—Los Escorpiones han estado por aquí más de lo que creíamos. Han visitado a la dama Yua y a Nao.

—¿A Nao? —preguntó Shin, alzando una ceja—. ¿Qué pueden querer con él?

—Y no solo con él. Chika me ha dicho que llevan varias semanas paseándose tras bastidores.

—¿Chika? —Shin se dio la vuelta—. ¿Dónde está, por cierto? Tengo que hablar con ella.

Vio a la actriz haciendo el vago en el extremo opuesto del pasillo, hablando con Sanemon en voz baja. Le hizo un gesto, pero ella se dio la vuelta y se marchó a toda prisa. El Daidoji frunció el ceño y llamó a Sanemon, quien se acercó, aunque algo a regañadientes.

—¿Sí, mi señor? —preguntó.

—Tengo que hablar con Chika, y con Botan también, cuando sea posible. Y con eso quiero decir lo antes posible. ¿Dónde están?

Sanemon inclinó la cabeza.

—Preparándose para la última escena antes del entreacto, mi señor. Si se da prisa, podría pillarlos antes de que suban al escenario.

—Perfecto —asintió Shin—. Pero antes debo hablar con el señor Gota.

Gota lo estaba esperando sin mucha paciencia cuando Shin se volvió por fin hacia el Tejón. El hombretón parecía ansioso; no nervioso, sino preocupado. Shin le dedicó una sonrisa amable y lo llamó con un gesto.

—Venga, mi señor Gota. Paseemos un rato y charlemos. —Captó la mirada de Kasami—. Estoy seguro de que Arban y tú os podéis mantener ocupados unos minutos más.

Kasami miró de reojo al ujik y apretó la mandíbula, aunque no protestó.

—¿Está bien? —preguntó Gota en voz baja mientras él y Shin recorrían el pasillo.

La actuación seguía en marcha, y el ruido que provenía de ella se oía a través de las paredes de papel. A Gota no pareció importarle estar perdiéndosela.

—Tan bien como cabe esperar —repuso Shin, tras solo dudarlo un segundo, aunque Gota no pareció percatarse de ello. En su lugar, retorció sus dedos gruesos y miró la pared.

—Me alegro. Ha pasado por mucho ya. La vida de una actriz es de lo más dura.

—Sí, eso dicen. Iré a hablar con usted durante el entreacto, si me lo permite. Así podremos hablar de lo que ha sucedido hoy en un entorno más agradable.

—No sé de qué tenemos que hablar —dijo Gota, frunciendo el ceño.

—Y esa es la diferencia entre usted y yo, mi señor. —Shin le dio un golpecito en el pecho—. Tal y como lo veo yo, usted y yo tenemos mucho de qué hablar. Pero luego. —Shin se dio media vuelta y se llevó las manos detrás de la espalda—. Por el momento, disfrute del espectáculo.

CAPÍTULO 23
Artes escénicas

Shin se dirigió al vestuario comunal y trató de organizar sus ideas por el camino. El método de investigación Kitsuki otorgaba una gran importancia a las pruebas físicas; demasiada importancia, según lo veía él. Él prefería determinar el móvil del crimen y luego retroceder desde allí. Una vez que se sabía por qué, quién y cómo no tardaban en desvelarse.

A Etsuko la habían envenenado: Sanki lo había demostrado sin lugar a duda. Alguien había accedido al maquillaje de la actriz y lo había saboteado, pero ¿por qué? ¿Qué propósito cumplía la muerte de Etsuko? ¿Qué motivo tenía el asesino? La venganza parecía la respuesta más obvia, pero ¿la venganza de quién? Una ayudante maltratada, una expareja…, las posibilidades parecían infinitas. Se detuvo. Por la música que oía salir del escenario, se aproximaba el final de la escena. Quedaba una más antes del entreacto. Se le estaba acabando el tiempo, y hasta el momento lo único que sabía seguro era que una mujer había muerto y que no se trataba de ningún accidente.

El vestuario comunal estaba repleto entre escena y escena. Se habían colocado varios biombos para proporcionar un atisbo de privacidad, aunque la mayoría seguían plegados para que los actores pudieran hablar entre ellos mientras se preparaban para su siguiente aparición en el escenario.

Los pajes pasaban corriendo de un lado a otro cuando Shin entró en la sala, y llevaban nuevas pelucas y trajes a los actores que los necesitaban. Los asistentes ayudaban a los actores a vestirse o a maquillarse, y otros pasaban comida y bebida.

Se hizo el silencio entre los allí reunidos mientras el Daidoji recorría el vestuario en busca de Botan o Chika. Las conversaciones volvían a comenzar a sus espaldas, si bien de una manera más sutil. Aunque dedicó un saludo y una sonrisa desganados a aquellos que lo miraban, se vio recompensado con que los demás se marcharan más rápido. A pesar de todo lo que se había esforzado, seguía siendo un intruso en aquel lugar. No era que lo recibieran mal, eso nunca, pero su presencia los incomodaba. Se decidió a acabar deprisa.

No le costó nada encontrar a Botan. Estaba sentado cerca de la puerta con una taza de té y un cuenco de arroz. El actor esbozó una sonrisa nerviosa con la boca llena de arroz cuando Shin se detuvo frente a él. Hizo ademán de ponerse de pie, pero Shin lo paró con su abanico.

—No, no, quédate sentado, por favor. Mis disculpas por la interrupción, maestro Botan. ¿El maestro Sanemon te ha dicho que quería hablar contigo?

Botan tragó en seco.

—Sí… Así es, mi señor. —Volvió a tragar—. Aunque no sé de qué le puedo servir. ¿Tiene… Tiene algo que ver con Etsuko? Con la dama Etsuko, quiero decir.

—Sí, así es —dijo Shin. Desplegó su abanico e intentó agitar el aire estancado—. Me han dicho que ella te guarda cierto rencor. Que, de hecho, ha intentado hacer que Sanemon te expulsara de la compañía.

Botan casi se atragantó con su sorbo de té. Se limpió los labios a toda prisa, con sumo cuidado para no mancharse el maquillaje, y Shin no pudo evitar admirar la destreza del hombre. Botan hizo su comida a un lado y asintió.

—Sí, mi señor, eso ha hecho. Intentar que me expulsara, digo.

—¿Puedo preguntarte por qué?

Botan echó un vistazo en derredor. Shin se percató de que los actores que estaban más cerca de él hacían todo lo posible por no parecer que escuchaban a escondidas. A Botan no pareció importarle; de hecho, pareció alegrarse de ello. Quizá le gustaba ser el centro de atención.

—Me quedé más rato del que debía donde no tenía que estar, mi señor. Nada más que eso.

—Si no hubiera nada más que eso, no te habría pedido que me explicaras más. —Shin sonrió como si hubiera contado un chiste, y Botan soltó una carcajada educada.

—Sí, mi señor, claro. Bueno, estaba tras bastidores, practicando mis volteretas, cuando noté la presencia de alguien que no formaba parte del elenco.

—¿Y quién era esa persona?

—No lo sé —se limitó a decir Botan—. No la había visto antes.

—¿Hombre? ¿Mujer?

—No tenía cómo saberlo; llevaba una máscara. —Botan se dio un golpecito ligero en la nariz para no estropearse el maquillaje y se inclinó hacia Shin en un gesto conspiratorio—. He oído que la dama Etsuko iba a casarse, y con nada menos que un Escorpión.

Shin inclinó la cabeza un poco para no confirmar ni desmentir lo dicho. En su lugar, dijo:

—¿Esa persona que viste podría haber sido un Escorpión?

—Ni idea, mi señor. —Botan se echó atrás—. Al fin y al cabo, cualquiera puede ponerse una máscara. Yo mismo las uso para varios papeles. —Esbozó una sonrisa y meneó la cabeza—. Lo seguí, claro. A veces hay ladrones que se intentan colar por aquí para robar un poco de cuerda o algo. Pensé que podría disuadirlo, ya sabe…

—Algo muy admirable por tu parte —dijo Shin, sin creerse los motivos del actor. Botan no le parecía un hombre muy entregado a las hazañas llenas de coraje, sino que lo más seguro era que

hubiera estado husmeando en busca de algo sobre lo que chismorrear—. ¿El desconocido fue al vestuario de la dama Etsuko?

—Ahí mismo, mi señor. Debí pisar mal un tablón, porque
Etsuko me descubrió nada más saludarlo. Me vio y me dedicó
una mirada tan terrible que temí por mi vida.

—¿Y luego?

—Bueno, al día siguiente intentó que el maestro Sanemon
me echara. Le dijo que estaba deambulando por ahí y me tachó
de ladrón. —Botan asumió unos aires de ofendido—. Nunca
he robado nada en mi vida, salvo que cuente haberme quedado
con la atención del público en alguna ocasión.

Shin cerró su abanico de golpe.

—¿Tenía ella alguna razón para creer que le habías robado
algo? Tengo entendido que también acusó a tu compañera Chika
de haberle robado.

—Eso tendría que preguntárselo a Chika, mi señor —repuso Botan, con el ceño fruncido.

—Es lo que pretendo. Hace un momento has dicho que habías oído que se iba a casar. ¿Se trataba de un secreto a voces?
Es decir, ¿era un tema de conversación tras bastidores?

—Sí, mi señor —interpuso Chika en voz alta desde el otro
lado de la sala. El murmullo constante de voces se silenció de
golpe y Shin se volvió. Chika estaba agazapada en un taburete
junto a la pared más alejada, inclinada sobre un pequeño espejo y un tocador incluso más pequeño. Se detuvo, con el pincel
en la mano, y continuó—: Todos sabíamos que era cuestión de
tiempo. Por cómo andaba por ahí, sabíamos que iba a dar el
salto en un momento u otro.

Shin se paró a pensar, dio las gracias a Botan por su ayuda y
recorrió la sala. Chika alzó la mirada al ver que se acercaba.

—¿Puedo ayudarlo en algo, mi señor? —Su tono juguetón
desató un estallido de risitas entre los vecinos más cercanos.

Shin dudó antes de hablar. La pregunta iba con segundas
intenciones y Chika lo sabía. Era tanto un coqueteo como una

invitación. Shin sabía la reputación que tenía, y, si bien nunca había hecho ninguna propuesta indecente a ningún miembro de la compañía, algunos de ellos pensaban que solo era cuestión de tiempo y estaban impacientes por que sucediera.

—Me gustaría hablar contigo si tienes un momento —contestó, poniendo más énfasis en la palabra «hablar». No le sirvió de nada.

Chika sonrió, y una de las actrices que tenía cerca silbó. Las demás trataron de contener sus risitas cuando Chika se puso de pie con elegancia.

—Por supuesto, mi señor. Sería un placer.

Shin señaló hacia un biombo en la parte más alejada de la sala.

—En privado, por favor.

Más risas y más miradas clavadas en ellos. Shin notó una repentina punzada por la molestia, pero contuvo la sensación. Desplegó el biombo todo lo que pudo, lo que los ocultó ante el resto de los actores. Cuando se volvió hacia ella, vio que Chika lo miraba, a la expectativa. Shin dudó y se preguntó si no se lo habría pensado bien del todo, aunque apartó el pensamiento y trató de concentrarse en el asunto que lo había llevado hasta allí.

—Háblame de la dama Etsuko —le pidió.

Chika lo observó con una expresión calculadora.

—Okuni caía bien a todos, mi señor. Cuando se marchó, dejó un gran vacío que a cualquiera le habría costado mucho llenar. Éramos… Somos una familia, por decirlo así. Las mejores compañías siempre lo son.

—Y la dama Etsuko no se ha ganado la simpatía de la familia.

—Todo lo contrario, mi señor. El maestro Sanemon tiene que hacer malabares para que alguno de nosotros no acabe matándola… —Hizo una pausa—. ¿Es por eso por lo que ha venido, mi señor? ¿Se ha desmayado porque alguien le ha hecho algo?

Shin le dedicó una sonrisa irónica.

—Eso es lo que intento determinar.

La actriz se echó a reír y dio una palmada.

—¡Lo sabía! Uno de los ayudantes de Rin se ha pasado por aquí antes y ha mencionado que usted estaba hablando con su señor. Y entonces se lo he dicho a los demás. ¡El señor Shin está investigando un caso!

La sonrisa de Shin se volvió algo forzada. Hasta aquel momento no se le había ocurrido lo rápido que los rumores eran capaces de propagarse tras bastidores. A pesar de las riñas que había propinado a Rin y a los demás, estaba claro que la mayoría ya sabía lo que estaba haciendo, si bien no por qué. Aun con todo, ya no podía hacer nada al respecto.

—Sí, bueno, es por eso que he venido. Uni me ha comentado que tuviste un encuentro un tanto desafortunado con la dama Etsuko hace unas semanas, que ella te acusó de robarle algo, ¿me equivoco?

Chika se sonrojó bajo el maquillaje.

—No he robado nada, mi señor, se lo juro.

—¿Qué es lo que dijo ella que le habías robado?

—Documentos de algún tipo, mi señor. Cartas, si no me equivoco. Aunque no sé qué querría hacer nadie con sus cartas. Me dijo que alguien había estado rebuscando entre sus pertenencias y exigió que el maestro Sanemon declarara que nadie más que ella y esa flor marchita a quien llama sustituta pudiera entrar en el vestuario.

—Ashina —suministró Shin, y Chika asintió.

—Algo bien triste, si me permite el comentario, mi señor. Etsuko ata corto a la pobre chica y ella se niega a plantarle cara. —Hizo una pausa—. Si le soy sincera, el maestro Nao es el único capaz de plantar cara a Etsuko sin dudarlo.

—¿Ha tenido motivos para hacerlo a menudo?

La actriz volvió a asentir.

—Después del problema con las cartas, el maestro Nao empezó a interponerse cada vez que ella alzaba la voz. En cuanto empieza a importunar a alguien, él aparece por allí. —Lo miró—.

Es la única razón por la que la mayoría de nosotros nos hemos quedado aquí, mi señor.

Si bien sabía que aquella no era su intención, Shin no pudo evitar sentir que lo estaba regañando. Por muy buenas intenciones que hubiera tenido, su decisión de contratar a Etsuko casi había destrozado a su compañía de teatro. Se preguntó si tal vez debería haber consultado con la compañía antes de contratarla y se decidió a no cometer el mismo error la próxima vez.

—Le debo un gran agradecimiento al maestro Nao, entonces. —Se lo pensó unos instantes antes de añadir—: ¿Y por qué te acusó a ti?

—No lo sé —repuso Chika, tensa.

Shin captó la mentira en sus ojos, y pensó si debería dejarlo correr o no, aunque al final dijo:

—¿Tiene algo que ver con Odoma?

Chika apartó la mirada.

—Pues claro que está enterado, mi señor —dijo tras unos momentos—. Debería haberme dado cuenta. —Suspiró y le dedicó una sonrisa triste—. Sí, eso creo. Le sacó todo el jugo que pudo y luego pasó página. Solo que yo no soy tan codiciosa, y al hombre todavía le quedaba algo. Más que suficiente para mí.

—¿Tienes la intención de...? —empezó a preguntar Shin.

La actriz se echó a reír y resiguió el bordado de la manga del Daidoji con los dedos para acariciar el material.

—¡No, mi señor! No con él, al menos. Me valoro más que eso. No, Odoma es un hombre rico con malos hábitos y poco sentido común.

—En otras palabras: entretenido —dijo Shin. Dio un paso atrás, distraído, y ella hizo un mohín de decepción—. ¿Has hablado con él últimamente? Hoy, por ejemplo.

Chika le dedicó una mirada reservada.

—Un poco, mi señor.

Shin se paró a pensar si la reticencia previa de Odoma a asistir a la actuación de aquel día había sido una farsa.

—¿Puedo preguntarte por la conversación?

—Una dama debe mantener sus conversaciones en secreto, mi señor —dijo ella, con la mirada gacha.

—¿Ha tenido que ver con la dama Etsuko?

Chika dudó antes de contestar.

—Puede que hayamos hablado de ella, pero solo un poco. Es un tema doloroso para él, como se podrá imaginar.

—He oído que la dama Etsuko es conocida por ser rencorosa.

—Yo también —dijo Chika con una sonrisa taimada—. ¿Por qué cree que me junté con Odoma?

Shin asintió. Si bien ya lo había sospechado, estaba bien que se lo hubiera confirmado. Aun así, aquello todavía dejaba una pregunta sin responder.

—Esas cartas que se suponía que habías robado… ¿Te dijo quién las había escrito?

—No que yo sepa, mi señor —contestó la actriz, con el ceño fruncido—. Aunque deben ser importantes, sino imagino que no se habría enfadado tanto.

—¿Pueden haber tenido algo que ver con su promesa de matrimonio? —le preguntó, y observó su expresión con cuidado. La sorpresa que vio en su rostro fue real.

—Supongo que sí, mi señor.

Shin plegó su abanico y se dio un golpecito en los labios, pensativo. Recordó algo que Konomi había dicho sobre Etsuko y un chantaje. ¿Podría aquello ser la respuesta? Era posible. Pensó que tal vez necesitaba encontrar aquellas cartas, que podían ser la clave de todo. Miró a la actriz de nuevo.

—Muchas gracias, Chika. Has sido de gran ayuda.

—No hay de qué, mi señor —repuso Chika, antes de hacer una pausa, con una expresión especulativa—. ¿Es verdad que Shinjo Yasamura está entre el público hoy, mi señor?

Shin clavó la mirada en ella.

—Sí, sí que está. ¿Por qué?

Chika echó la cabeza atrás.

—Por nada, mi señor. —Se dio un golpecito en el labio—. Aunque, si me permite el comentario, es un hombre muy apuesto.

—No me había dado cuenta —dijo Shin, frunciendo el ceño.

—Sería un buen pretendiente, mi señor.

—Gracias. Creo que ya puedes volver a tus preparativos —dijo Shin, antes de apartar el biombo.

Se detuvo al ver a media docena de actores pretendiendo disimular que habían estado escuchando y se preguntó lo que significaba para el futuro de la compañía que a ninguno de ellos se le hubiera dado bien.

—Mi señor… —lo llamó Chika desde detrás de él, y Shin se volvió. La actriz tenía una expresión seria—. Piense lo que piense, ninguno de nosotros sería capaz de hacer daño a la dama Etsuko. ¿Hacerle pasar vergüenza? Encantados. Pero ¿hacerle daño? Solo nos estaríamos haciendo daño a nosotros mismos.

—¿Qué quieres decir? —preguntó el Daidoji, mirándola.

Chika miró a su alrededor.

—Sabemos que usted la trajo aquí para cambiar nuestras fortunas, mi señor. La necesitamos. No nos habría hecho soportarla si ese no fuera el caso. El maestro Sanemon nos lo dejó más que claro. —Juntó las manos frente a ella e inclinó la cabeza—. Todos estábamos dispuestos a soportar sus pataletas si aquello significaba que la compañía tuviera éxito.

Un murmullo de asentimiento recorrió el vestuario. Shin se volvió y observó a los actores allí reunidos. Todos tenían la misma expresión que Chika, una especie de determinación lúgubre que contrastaba con su comportamiento previo.

—Eso dice mucho de vosotros —dijo él en voz baja—. Pero no es algo que debierais haber tenido que soportar. En el futuro, os prometo que estaré más atento en cuanto a lo que la compañía necesita de verdad. ¿Para qué sirve un mecenas, si no?

Chika esbozó una sonrisa alegre.

—En ese caso, a todos nos vendría bien un aumento de sueldo. —Las carcajadas siguieron a su comentario, y Shin sonrió. —Veamos cómo va la actuación primero. Si la superamos sin más problemas, hablaremos de ello. —Y, con eso, Shin se marchó.

Para encontrarse a Kitano, que le esperaba en el pasillo.

—Mi señor, he encontrado algo —le dijo sin mayor preámbulo. Sacó un papel doblado de su túnica y se lo ofreció a Shin, quien lo aceptó. Vio la insignia de los Iuchi estampada en el sello roto y miró de reojo a su sirviente mientras pensaba en las casualidades de la vida. Kitano le dedicó una sonrisa—. Y tengo más como esa. Muchas más.

—¿Y qué es esto exactamente? —preguntó Shin mientras desplegaba el papel. Lo leyó por encima, con el ceño fruncido—. Ah. Oh. Vaya —murmuró. Kitano asintió.

—Todas son iguales.

Shin lo miró de reojo.

—¿Las has leído?

—He pensado que lo mejor sería ver qué eran, mi señor —respondió Kitano, encogiéndose de hombros con una sonrisa un tanto tímida—. Para no molestarlo si no era nada, claro.

—Claro —dijo Shin—. ¿Sabes lo que es esto?

Kitano, que claramente sabía lo que era, dijo:

—No, mi señor.

Shin se echó a reír.

—Eso es lo que pensaba. Es lo que hemos estado buscando, Kitano. —Se dio un golpe en la palma de la mano con la misiva—. Creo que has encontrado el móvil del asesino.

CAPÍTULO 24
Entreacto

Nao dio un fuerte pisotón y blandió su arma en un arco salvaje; un ataque desesperado por parte de un hombre herido. Unas cintas de seda roja salieron despedidas de un bolsillo oculto en un costado de su túnica para representar su herida: un corte fortuito de un primo enfurecido. Unos pétalos de papel cayeron desde las pasarelas situadas en lo alto y sumieron la escena en un ambiente surrealista.

Los primos, con máscaras ornamentadas, saltaban y giraban a su alrededor, blandiendo sus armas de madera. Se trataba de un duelo frenético entre un espadachín solitario y media docena de enemigos decididos a acabar con él. Ashina lo observaba desde la plataforma, con una expresión compuesta y solemne: la cara de una mujer obligada a llevar a su amante hasta una emboscada que iba a acabar con su vida.

Era una escena descarada, pensada para poner a prueba la compostura de un crítico. Cada línea de diálogo y cada gesto rebosaban del tipo de melodrama que hacía que la audiencia más entendida se estremeciera, aunque surtía un buen efecto entre los bancos de los plebeyos. Las pocas veces que pudo echar un vistazo hacia allí, vio rostros cautivados, y aquello lo motivó a alargar un poco más la escena.

Normalmente, la escena acababa rápido: unos cuantos giros con espada, algunos gritos, y el amante traicionado huía hacia un destino desconocido, al menos hasta después del entreacto. Sin embargo, Nao consideró que el público merecía un poco más de entretenimiento que aquello, en especial teniendo en cuenta el desmayo de Etsuko. Había dejado sus intenciones claras a los demás al principio de la escena, pues no era de buen actor improvisar sin aviso previo.

Los pétalos de flor también eran algo improvisado, aunque en aquella ocasión fue cosa de Sanemon, quien había pensado que una escena tan trascendental en la obra necesitaba un poco más de entusiasmo. A veces, Nao se preguntaba si habría un poeta escondido dentro de Sanemon. No uno bueno, tal vez, pero sí un poeta.

Desvió un tajo que lo habría decapitado si lo hubiera alcanzado y si la espada fuese de verdad. Dio otro pisotón y soltó un grito tan alto para que la última fila lo oyera. Sus oponentes retrocedieron como avecillas asustadas antes de abalanzarse sobre él una vez más. Cuando se volvió, dirigió su mirada hacia los palcos. Las cortinas estaban abiertas en todos ellos salvo en uno, el que pertenecía a los Escorpiones.

Nao se preguntó si estarían viendo la obra antes de ponerse a pensar en por qué se habrían molestado en ir siquiera al teatro. Tal vez para ver a Etsuko. No le sorprendía que hubiera escogido a un Escorpión como marido, pues eran tal para cual, aunque sí tenía cierta curiosidad por saber si el señor Shin ya le habría contado al novio que la boda iba a tener que cancelarse.

El grito de uno de sus contrincantes hizo que volviera a prestar atención a la escena. Había llegado el momento de retirarse. Paró una estocada tentativa y dio un paso atrás. El sendero de las flores lo llamaba: su huida iba a hacerlo pasar entre el público. Echó un último y largo vistazo hacia Ashina y vio que la actriz estaba llorando de verdad, pues lo notó en el rastro que habían dejado las lágrimas en su maquillaje. Se detuvo, y, por un momento, todo se desequilibró, aunque recobró la compostura deprisa. Con una floritura dramática, dio la vuelta y se alejó del escenario dando tumbos. Los pretendientes lo persiguieron hasta el borde del sendero de las flores, donde el grito de Ashina los detuvo. La voz le temblaba en un tono escalofriante, y Nao se decidió a felicitarla por su habilidad en cuanto tuviera la oportunidad. Si no supiera que no podía ser así, habría jurado que estaba triste de verdad.

El público se alzó cuando pasó corriendo entre ellos. Tras él, la música aumentó de volumen para indicar el final de la escena mientras el telón comenzaba su movimiento inexorable. Por encima de ellos, el tambor tronó e hizo saber al público que el entreacto estaba a punto de comenzar.

Se desvaneció entre las cortinas negras de la pasarela oculta y se encontró con Choki esperándolo, todavía con el traje de noble de una escena previa.

—Ha sido maravilloso, maestro —lo felicitó Choki mientras se dirigían tras bastidores—. El público se ha quedado con la boca abierta. En ningún momento los he visto tan atentos a la obra.

—Sí —dijo Nao—. Ha sido una buena actuación, aunque lo diga yo. —Sacó el resto de la seda roja de su bolsillo oculto y se la puso a Choki en las manos.

—Y Ashina ha estado increíble —continuó el aprendiz.

Nao lo miró de reojo, algo molesto.

—Sí, aunque creo que las lágrimas han sido un poco exageradas. Las emociones reales no tienen cabida en el escenario. —Le entregó la espada a Choki también—. Voy a tener que hablar con ella luego, cuando el teatro se quede vacío para el entreacto.

—¿No se ha enterado, maestro? El señor Shin ha decidido dejar las puertas cerradas.

—¿Que ha hecho qué? —preguntó Nao, con el ceño fruncido—. ¿Está loco? El público se va a rebelar.

Choki se encogió de hombros.

—No sé si está loco o no, pero he oído que va a permitir que los vendedores de té entren en el local para vender directamente en los asientos. Están todos en las puertas ahora, a la espera de que los dejen pasar.

Nao meneó la cabeza sin poder creérselo. Era un escándalo. Iba en contra de años de tradición. Aunque seguro que iba a ponerse de moda en poco tiempo, pues no había nada que gustara más a un mercader que un cliente cautivo.

—Con suerte, se acordará de mandar a alguien tras bastidores para nosotros. —Hizo una pausa—. Hablando de eso, he oído que ha habido algún alboroto antes. ¿Qué ha ocurrido?

—Los Escorpiones, maestro. Tres de ellos.

Nao se quedó petrificado, aunque solo por un instante.

—¿Qué querían?

Atravesaron las cortinas que separaban el pasillo de la zona tras bastidores. Todo estaba hecho un caos: movían piezas del escenario y los pajes corrían de un lado para otro con sus múltiples tareas. Los actores que hacían de primos pasaron por allí, entre risas, mientras se quitaban los disfraces.

—Querían ver a la dama Etsuko. Han insistido mucho.

—Ya me lo imagino. ¿Cómo ha terminado todo?

—El señor Shin los ha echado. —Choki titubeó después de decirlo, y Nao pensó que podría haber querido añadir algo más, pero el momento pasó deprisa—. No estaban nada contentos, maestro. Y el señor Gota tampoco.

Nao cogió aire por la nariz.

—Muy apropiado para Etsuko esto de dejarnos un desastre por recoger. —Meneó la cabeza—. Ah, bueno, que el señor Shin se encargue de todo. Para eso está.

—Sí, maestro. —Choki frunció el ceño—. El maestro Sanemon ha dicho que voy a hacer de uno de los monjes en la primera escena después del entreacto.

—Sí —dijo Nao, torciendo el gesto.

—¿Ha sido idea suya, maestro?

—Sí, Choki.

—Pero no tienen nada de diálogo —se quejó Choki—. Solo se pasean por el escenario.

—No se pasean, Choki. Se arrodillan para rezar ante el santuario al que nuestro héroe huye para recuperarse. Son, de hecho, muy importantes para la escena.

—¿Cuándo me va a dejar hacer algo, cualquier cosa que no sea estar en el fondo y ya? —preguntó el aprendiz, acalorado—. Ashina está ahí ahora mismo. ¡Yo también debería!

—¿Por qué? —le increpó Nao—. ¿Qué tiene que ver una cosa con la otra?

—Estoy preparado —insistió Choki—. Dígale al maestro Sanemon que estoy preparado. Por favor se lo pido. —Había apretado las manos en puños y tenía el rostro en una expresión llena de determinación—. Sabe que estoy listo.

Nao dudó, pero una voz detrás de él le ahorró tener que contestar.

—Nao.

Nao frunció el ceño. La voz le sonaba, así como el desdén que la teñía. Hizo un gesto a su sustituto.

—Ve a preparar mi disfraz, Choki, por favor. Luego hablaremos de lo que me pides.

—Maestro, ¿está…? —empezó a preguntar Choki, inseguro, antes de que su mirada se dirigiera hacia los recién llegados.

Nao chasqueó los dedos con fuerza para volver a llamar la atención al joven.

—El disfraz, Choki. Y pide a Uni que prepare una selección de pelucas, por favor. —Hizo un gesto para que se marchara—. Vete, no tardaré en ir por allí.

Solo cuando Choki se hubo alejado lo suficiente para no oír la conversación se volvió hacia los recién llegados. Había tres de ellos. Escorpiones. Seguramente los mismos que Choki le acababa de mencionar. Reconoció las máscaras, pues, entre los Escorpiones, una máscara era igual que un rostro si se la conocía.

—Arata, me alegro de verlo de nuevo. —Nao estiró las manos hacia el que lideraba la comitiva—. Venga para que le dé un abrazo, primo.

Arata no se movió para darle nada, aunque siempre había sido bastante frío. Sus ojos brillaban de malicia por encima del color rojo de su velo.

—Ya no somos primos, Nao. ¿O se te ha olvidado?

Nao le dedicó su sonrisa más agradable.

—No seguirá enfadado por aquello, ¿verdad? Fue hace tanto tiempo… Casi ni habíamos pasado nuestras ceremonias de nombramiento.

Cogió una flor de una cesta cercana. Falsa, por supuesto. Los pétalos estaban hechos de un papel doblado con sumo cuidado, mientras que el tallo era de madera.

—Algunas cosas no se olvidan —dijo una de los Escorpiones, una mujer con una máscara de demonio.

—¿Es usted, Nagisa, quien se esconde tras la sonrisa de demonio? —preguntó Nao mientras pretendía oler la flor. La mujer se tensó y Nao le dedicó una sonrisa—. ¡Ah! La última vez que la vi no era más que una niña que perseguía pollos con un cuchillo de pelar.

Nagisa lo fulminó con la mirada desde detrás de su máscara.

—Ya no soy una niña.

—Y yo ya no tengo que atenerme a las tradiciones del Clan del Escorpión. —Nao le lanzó la flor, pero ella no la atrapó, sino que, en su lugar, cayó por su pecho hasta llegar al suelo. Chasqueó la lengua en un gesto de riña y se volvió hacia el tercer Escorpión—. Y allá donde van Arata y Nagisa, el estoico Ozuru nunca está muy lejos.

Ozuru soltó un gruñido que bien podría haber sido un saludo, aunque, conociéndolo, seguramente no lo era. Nunca había sido muy hablador. Nao esbozó una sonrisa y miró a los tres.

—Los tres siempre detrás de Isamu con la esperanza de que el niño mayor compartiera sus jueguecitos. Qué recuerdos.

—Serás… —empezó a decir Nagisa, llevando una mano a su espada.

Arata hizo un gesto brusco.

—Está intentando provocarla.

—Y siempre cae —añadió Nao.

—Tienes suerte, Nao. Isamu nos ha dicho que no debemos hacerte nada. Si no, bien podríamos propinarte la paliza que siempre te has merecido.

Nao soltó una risita, no porque las palabras de Arata le hubieran hecho gracia, sino porque sabía que reírse de ellos los incordiaba. Si alguno de los tres tenía un atisbo de sentido del humor, no recordaba haberlo visto nunca.

—Promesas, promesas... —dijo en un tono de falsete—. Supongo que ustedes tres son quienes han intentado colarse en mi vestuario.

—Es el vestuario de la dama Etsuko —dijo Nagisa.

—Es de los dos —la corrigió Nao, y dejó que un tono más duro tiñera su voz—. Compartimos vestuario, no solo la posición de estrella principal.

—Debe haberle sentado muy bien a ella —le espetó Nagisa.

Nao no le hizo caso, sino que miró a Arata.

—¿Qué es lo que quieren? Y que sea rápido, que algunos tenemos que cambiarnos. —Señaló su traje.

—El señor Isamu quiere verte.

—¿Ah, sí? Menudo honor. —A pesar de sus palabras, Nao no tenía ni la menor intención de acompañarlos—. Sin embargo, lamento decirles que estoy demasiado ocupado ahora mismo para ir a saludar a uno de mis seguidores. Quizá después de la actuación. —Se dio la vuelta para marcharse, pero Ozuru lo sujetó. Nao se quedó petrificado—. Suélteme —dijo, con una voz más grave—. Ya.

Ozuru dudó antes de soltarlo, y Nao se dio la vuelta.

—Esta falta de respeto dice mucho de ustedes, primos. Y de Isamu.

—No menciones su nombre con tanta soltura —dijo Nagisa—. Ya no tienes ese privilegio. Habla así de él otra vez y te cortaré la lengua.

—¿Y qué piensa hacer con ella? Me estremezco solo de pensarlo —le soltó Nao.

Nagisa dudó, bastante confundida, aunque nunca había sido muy astuta precisamente. Sin embargo, antes de que pudiera responder, Arata intervino.

—¿Has recibido nuestro mensaje, Nao?

—¿Mensaje? —vaciló Nao. Recordó el mensaje acertijo que le habían dado a Sanemon durante el primer acto, aunque no lo mostró en su expresión—. ¿Qué mensaje?

Arata entornó los ojos.

—Ya sabes de qué te hablo, no te hagas el tonto.

—De verdad, no tengo ni idea de qué dicen —mintió, negando con la cabeza—. Al igual que no tengo ninguna intención de hablar con su señor…, a menos que venga a verme personalmente. No soy el lacayo de nadie para que me vengan a acosar unos guardaespaldas.

—Idiota irrespetuoso —murmuró Arata tras un silencio momentáneo provocado por la sorpresa—. Está intentando ayudarte.

—Aunque no te lo merezcas —musitó Nagisa.

Arata la miró de reojo, y ella se quedó en silencio.

—No rechaces el ofrecimiento de nuestro señor tan rápido —dijo él—. El pasado es un libro cerrado, y el futuro todavía no está escrito.

—Qué profundo —repuso Nao—. ¿Se lo ha escrito él?

Arata endureció la expresión, y a Nao le dio un escalofrío. Pese a que era complicado tocar una fibra sensible a Arata, cuando se conseguía, los resultados nunca eran bonitos. Dio un paso atrás para distanciarse un poco de los tres Escorpiones.

—Díganle a Isamu que estaré encantado de hablar con él, aunque solo bajo mis condiciones. Mis días de servir a los placeres de los Bayushi son cosa del pasado. Soy un hombre libre.

Nagisa se echó a reír ante aquellas palabras, pero Arata la calló con un gesto.

—Se lo diré, pero no va a estar contento.

—¿Y cuándo ha estado contento con algo que yo haya hecho? —repuso Nao, sin pensárselo.

Arata lo sorprendió al asentir.

—Ahí llevas razón. —La expresión gélida había desaparecido de sus ojos. Hizo un ademán, y los demás se volvieron para marcharse. Arata vaciló unos instantes más—. Eres muchas cosas, Nao, pero no idiota —añadió en voz baja—. Eso nunca. No permitas que tu orgullo te lleve a cometer un error absurdo.

Sobresaltado por su consejo, Nao no dijo nada, y solo encontró su voz cuando se hubieron marchado y se quedó solo.

—No sería la primera vez —murmuró.

CAPÍTULO 25
Cartas

Shin se dirigió de vuelta al vestuario mientras leía una de las cartas que Kitano le había llevado. Era bastante breve: la mayor parte era un poema, y no uno demasiado bueno. Declaraciones de amor y exigencias de que este se correspondiera, con algunas amenazas veladas entremezcladas. Los trazos eran elegantes y ordenados; demasiado, de hecho. Se trataba de la escritura de un administrador, tal vez, o de un escriba. Olisqueó la carta y detectó un resto muy leve de un olor curioso: ¿perfume, quizá?

—¿Y ahora qué, mi señor? —preguntó Kitano, quien le pisaba los talones.

Shin lo miró de reojo y pensó en la buena suerte que había tenido al darse de bruces con un hombre como Kitano. El exapostador había demostrado ser alguien de lo más útil en más de una ocasión últimamente. Había sido de una ayuda inestimable en las investigaciones de Shin y había demostrado ser alguien en quien podía confiar, al menos hasta cierto punto. Estaba bastante seguro de que Kitano saqueaba sus almacenes de vino a menudo, aunque era capaz de pasar por alto aquel tipo de indulgencias, siempre que él le fuera útil.

—Ahora necesito que lleves un mensaje al señor Isamu —repuso el Daidoji, dándose un golpecito en la barbilla con la carta—. Me gustaría hablar con él en mi palco, si le parece bien.

—¿Y si no?

Shin se quedó callado para volver a olisquear la carta. Normalmente, reconocía bien los perfumes, por lo que le molestaba no ser capaz de identificar aquel. Respiró fuerte por la nariz y trató de alentar sus pensamientos. Cuando la respuesta le llegó a la mente, parpadeó, sorprendido.

—Ah —murmuró. Y luego—: Oh.

El olor que había captado resultó no ser perfume, sino té. Sonrisa de Primavera, para ser más preciso.

—¿Mi señor? —insistió Kitano, y Shin parpadeó, sobresaltado.

—¿Qué sucede?

—¿Qué hago si al señor Isamu no le parece bien?

—Creo que le parecerá bien —dijo Shin, aunque antes de poder profundizar oyó un grito de Kasami que provenía de cerca del vestuario. Pasó por delante de Kitano y dobló la esquina para ver a su guardaespaldas confrontar a un rostro cuya expresión de amargura le sonaba. Reconoció al samurái León de antes, el guardaespaldas de Minami.

—Quítese de en medio —ladró, con la mirada clavada en Kasami.

—Yo creo que no —dijo ella, con lo que Shin pensó que fue un tono suave digno de elogio.

El león torció el gesto.

—Si no se aparta, le…

—¿Qué es lo que piensas hacer? —lo interrumpió Shin, y el León se dio la vuelta y abrió mucho los ojos al darse cuenta de quién era el Daidoji.

—Mi señor, no… —empezó a decir, pero Shin alzó una mano para callarlo.

Miró más allá del León, hacia Kasami. Su guardaespaldas tenía la mano sobre la espada, y su expresión indicaba que el León había tenido suerte de que Shin hubiera intervenido a tiempo.

—¿Qué ha ocurrido? —preguntó Shin a Kasami.

—Ha exigido ver a la dama Etsuko; me ha dicho que la dama Minami quería ver cómo estaba. —Kasami bajó la mano, pero continuó fulminando con la mirada al León—. Le he dicho que no se la debía molestar, y ha intentado apartarme de un empujón.

—Me sorprende que no lo hayas matado —comentó Shin.

—Me ha pedido que actuara con tacto.

El León se dio la vuelta como si quisiera discutir con ella, pero algo de su expresión lo hizo sumirse en un silencio brusco. Shin lo miró.

—No dejamos de vernos así, y todavía no te has presentado —le dijo el Daidoji, aunque luego algo se le pasó por la cabeza y chasqueó los dedos—. Ah, fue ahí cuando te conocí, claro. Viniste a mi casa durante el asunto del arroz envenenado el año pasado. En aquel entonces también fuiste maleducado.

El León dio un paso atrás y sus rasgos anchos se sonrojaron por la ira o la vergüenza. Apretó sus grandes manos antes de relajarlas y retrocedió con una expresión malhumorada.

—Mis disculpas —gruñó.

—Discúlpate ante mi guardaespaldas también, por favor. Es a ella a quien has ofendido.

Una vez más, parecía que iba a querer discutírselo, pero la sensatez prevaleció. Suspiró e inclinó la cabeza hacia Kasami.

—Lo… Lo siento. —Kasami se lo quedó mirando un poco más, tras lo que asintió con brusquedad y se hizo a un lado.

Shin la sustituyó frente a la puerta del vestuario para dejar claro lo que opinaba sobre que otras personas intentaran entrar.

—Vale. Bien hecho. ¿Cómo te llamas?

—Yoku —gruñó el León.

—Me alegro de conocerte, Yoku. Dile a la dama Minami que la dama Etsuko está descansando y que iré a verla durante el entreacto en cuanto tenga un momento. —Shin abrió los brazos y apoyó cada mano en un lateral de la puerta—. Ya puedes marcharte.

Yoku se lo quedó mirando un momento y luego se dio media vuelta; se fue sin decir nada y casi chocó contra Kitano por el camino. Shin miró a su guardaespaldas.

—Interesante, ¿no te parece?

—Molesto es lo que me parece.

—Eso también. ¿Ha venido alguien más que Yoku y nuestros amigos Escorpiones a husmear? —Shin hizo una pausa—. Además de Gota y Arban, claro.

—No que yo haya visto. —contestó, insegura—. He visto a uno de los sirvientes de los Tonbo escabulléndose por ahí, pero los soldados del señor Azuma lo han visto y lo han echado con un golpe en la oreja. —Por cómo lo dijo, dejó claro que le parecía bien—. Están todos muy preocupados por ella.

—No creo que quien les preocupe sea ella.

—¿Qué quiere decir? —le preguntó Kasami, con una mirada extrañada.

—Dejémoslo en que Kitano ha demostrado su valía —dijo Shin, sosteniendo la carta que había estado leyendo antes—. Etsuko estaba metida en algo ilícito, algo que bien podría afectar a otras personas asociadas. Quienquiera que la haya envenenado lo ha hecho como una declaración, posiblemente por lo que se traía entre manos.

—Cree que ha sido uno de sus… amantes —dijo Kasami, con el ceño fruncido en una expresión de desaprobación.

A Shin no le quedó claro si no le gustaba lo que implicaba la idea o los amantes en general, y no le pareció educado preguntárselo.

—Creo que eso es más probable que se trate de uno de sus compañeros de reparto. El veneno no es el arma de alguien enfadado, sino de alguien calculador. Alguien puede ser las dos cosas al mismo tiempo, claro, pero se necesita una mente muy concreta para urdir una táctica semejante.

—¿Y qué me dice de Nao? —preguntó ella.

—Eso, ¿qué sucede conmigo? —dijo Nao conforme recorría el pasillo hacia ellos. Se detuvo frente a Shin—. ¿Puedo ayudarle en algo? Aunque de verdad me gustaría cambiarme y beber algo de té antes de que acabe el entreacto.

Shin dudó antes de responder:

—Tienes una hora, al menos. Tal vez podrías dedicarme un minuto o dos de tu tiempo.

Nao lo miró con atención durante unos segundos y asintió.

—Por supuesto, mi señor. Cualquier cosa por nuestro ilustre mecenas. Si me permite…

Hizo un gesto hacia la puerta y Shin se movió a un lado mientras la abría. Realizó un gesto para que Kasami y Kitano esperaran en el exterior y siguió al actor hacia el vestuario.

Nao se dio media vuelta cuando Shin cerró la puerta tras él.

—Ha causado todo un alboroto, mi señor. Rin y Uni están fuera de sí, o eso me han dicho.

Shin inclinó la cabeza.

—Mis disculpas. No tenía intención de molestar a nadie.

—Lo que se pretende hacer y lo que ocurre en realidad suelen ser dos cosas distintas, mi señor —comentó Nao mientras empezaba a desvestirse en el centro de la sala. Movía los dedos con mucha rapidez y se había quitado la ropa casi antes de que Shin se diera cuenta de lo que hacía. Su cuerpo musculoso era pálido, aunque tenía varias cicatrices bien marcadas que sobresalían como cintas rojas contra su piel. Shin se las quedó mirando, sorprendido, y se preguntó cómo y dónde se las había hecho, hasta que Nao dijo—: Supongo que quiere hablar conmigo sobre Etsuko.

—Así es.

Nao echó un vistazo hacia la habitación.

—¿Sigue ahí?

—Sí —asintió Shin.

—¿Enferma?

—Envenenada.

Nao se quedó quieto, con la boca abierta, claramente sorprendido. Tan claramente que, de hecho, Shin supo que era una expresión fingida.

—¿Envenenada? Qué horrible —dijo Nao.

—Ya lo sabías.

—Lo sospechaba —repuso el actor, tras dudarlo.

—Y, aun así, no has compartido esas sospechas conmigo.

—Lo habría hecho si me lo hubiera preguntado —dijo Nao, con una expresión de dignidad herida.

—No me ha dado tiempo. Has huido tan deprisa como Rin y Uni.

—Tenía que estar en el escenario.

Shin lo dejó pasar.

—Pues ahora estás aquí. Cuéntame.

Nao se quedó callado unos momentos, antes de decir:

—Etsuko no tenía muchos amigos. Ninguno, de hecho, al menos que yo supiera. Pero sí sabía cómo ganarse enemigos.

—Eso he oído.

—Y, al saber eso, simplemente he llegado a la conclusión más obvia. No sería la primera actriz que acaba tragándose algo que no debe.

—No se ha tragado nada; estaba en su maquillaje.

Nao dio un respingo. Fue un gesto tan repentino, tan súbito, que Shin casi se lo perdió. Decidió archivarlo para pensar en ello más adelante.

—¿Cuándo ha sido? —quiso saber el actor.

Shin consideró si debía responder o no. Algo le decía que Nao ya lo sabía y que solo se lo había preguntado para guardar las apariencias.

—Tiene que haber sido en algún momento anterior a que subiera al escenario.

Nao se llevó una mano al pecho en un gesto exagerado de angustia llena de horror.

—Parece que acababa de hablar con ella, entonces. Hemos intercambiado pullas en los laterales del escenario. Cuando se ha desmayado, he pensado que…

Dejó de hablar. Shin aprovechó la oportunidad que le brindaban sus palabras.

—¿Qué has pensado?

Nao escogió un nuevo kimono de uno de los maniquíes de un rincón.

—Que estaba fingiendo, la verdad. Tiene cierta reputación de hacer eso.

—Eso he oído. Aunque nunca he oído que dejara el escenario de una manera semejante.

—No —repuso Nao, tras pensárselo—. Fuera lo que fuera, era una profesional. Al menos en lo que concernía a la actuación en sí.

—¿Y después?

—¿Después, mi señor?

Shin asintió.

—Después de que la llevaras tras bastidores y vieras la hinchazón, el sarpullido… ¿Qué has pensado entonces?

Nao dudó antes de responder.

—Que había sufrido una reacción alérgica de algún tipo, aunque no me imaginé cómo podía haber ocurrido. —Miró a Shin—. ¿Ya ha encontrado a quién la ha envenenado?

—No; esperaba que tú me pudieras ayudar con eso. ¿Quién podría haber tenido acceso al maquillaje de Etsuko? Más allá de ti mismo, claro.

Nao volvió a fruncir el ceño.

—Ashina es la única que se me ocurre. Pero no puede estar sospechando de ella, ¿verdad? No me imagino que esa chica sea capaz de matar ni una hormiga.

—No. Lo que nos vuelve a llevar a ti.

—¡Pues claro! —Nao se echó a reír y se volvió para echar un vistazo al expositor de trajes situado en una esquina de la sala. A Shin no le sorprendió comprobar que Nao tenía su colección propia—. Yo también sospecharía de mí si fuera usted. Etsuko y yo siempre nos peleábamos.

—También me han dicho que ella te acusó de robarle algo.

—¿Y quién le ha dicho eso? —le preguntó Nao, volviéndose para mirarlo.

Shin hizo caso omiso de la pregunta.

—¿Qué es lo que creía que habías robado?

Nao se lo quedó mirando unos momentos y luego escogió un traje.

—¿Acaso importa? —preguntó mientras examinaba de manera un tanto exagerada el traje que había seleccionado—. No robé nada.

Shin se paró a pensar. Estaba claro que Nao le ocultaba algo, pero ¿qué? Decidió arriesgarse, pues podría darle algo de provecho o nada de nada.

—¿Por casualidad no sería una carta? —Shin sacó de su túnica una de las cartas que Kitano le había dado y la sostuvo en alto—. Como esta.

Nao miró la carta, pero su expresión no dejó entrever nada.

—Puede que sí. Me acusaba de tantas cosas que dejé de escucharla. ¿Es de alguno de sus pretendientes?

—Eso parece.

—Pues eso lo explica, entonces —dijo Nao, no del todo convencido—. Lo más seguro es que haya sido uno de ellos. De sus pretendientes, claro. Ahí es donde buscaría a quien la ha envenenado, si fuera usted. —Esbozó una sonrisa—. Aunque es probable que ya lo haya pensado.

Shin se dio un golpecito en los labios con la carta, pensativo.

—No tanto como me gustaría.

—Los estaba chantajeando, ¿sabe?

El Daidoji parpadeó al darse cuenta de que Nao había hablado de ella en pasado. ¿Se trataba de un fallo o era un indicio de que Nao sabía que Etsuko había muerto? No podía saberlo a ciencia cierta, todavía no.

—¿Cómo?

Nao señaló la carta que Shin sostenía.

—A sus pretendientes. Los estaba chantajeando.

—¿Estás seguro?

—Lo sospecho. —Nao se encogió de hombros—. Pregunte a Ashina si quiere que se lo confirme. Al fin y al cabo, ella conocía los secretos de Etsuko.

—Lo haré en cuanto llegue. —Shin volvió a pensarlo: seguía hablando en pasado. O bien Nao sabía que la dama Etsuko había muerto o lo sospechaba. Decidió dejarlo correr por el momento, pues no se sentía cómodo acusando a Nao de nada hasta que tuviera alguna prueba más sustancial en la que basarse—. ¿Sabías que se iba a casar?

Nao se dio un golpecito en la nariz.

—Ah, Sanemon se lo ha contado, ¿verdad? —Suspiró—. Sí, lo sabía. Alardeaba de ello antes de la actuación. Estaba la mar de contenta. —Vaciló antes de añadir—: Antes de que lo pregunte, el prometido es Bayushi Isamu.

—Ya, ha venido a verme.

—¿Ah, sí?

Algo en la manera como Nao le respondió llamó la atención a Shin. Era como si el actor se hubiera dado cuenta de algo, aunque no tuvo la oportunidad de preguntarle al respecto, pues Ashina decidió escoger aquel preciso momento para llegar, con Choki pisándole los talones.

Los dos jóvenes estaban hablando en voz baja cuando abrieron la puerta y se quedaron petrificados al ver a Shin, tras lo que se apresuraron a dedicarle una reverencia.

—Mi... Mi señor —tartamudeó Choki—. Perdónenos. No sabíamos que estaba hablando con el maestro Nao...

—Arriba los dos. No hay ninguna necesidad de reverencias. —Shin hizo un gesto, y se enderezaron a toda prisa—. Me alegro de que hayas venido; quería hablar contigo.

—¿Conmigo? —soltó Choki, con la voz muy aguda.

—Claro que no —ladró Nao—. Quiere hablar con Ashina.

—¿Conmigo? Pero... Pero ¿por qué? —preguntó la joven. Parecía casi... asustada. Shin sintió lástima por ella durante un instante, aunque se obligó a pasar por alto la sensación.

—Me he enterado de que la dama Etsuko poseía cierta correspondencia y quiero saber más sobre ella. Creo que tú puedes ayudarme con ello.

Ashina dudó, claramente poco preparada para aquella vía de investigación.

—¿Mi señor?

—Las cartas, Ashina. —Sacudió la que llevaba en la mano para más énfasis—. ¿Qué me puedes decir de ellas?

Creyó ver que se ponía algo más pálida bajo su maquillaje.

—Mi señor, no sé qué quiere decir. No sé nada de ninguna carta. —Echó un vistazo de reojo a Choki, quien abrió la boca para hablar hasta que Nao lo silenció al fulminarlo con la mirada.

Shin volvió a hacer que la sustituta se centrara en él.

—Venga ya. Chika me ha dicho que la dama Etsuko te acusó de robar su correspondencia privada. Seguro que recuerdas eso al menos.

Ashina se sonrojó y bajó la mirada todo lo posible. Shin frunció el ceño.

—Ashina, mírame, por favor. —La chica lo obedeció a regañadientes y Shin le devolvió la mirada—. Es importante —le dijo con delicadeza—. Me temo que la enfermedad de la dama Etsuko no ha sido ningún accidente. Antes me has dicho que sufrió una reacción alérgica; pues parece que alguien ha adulterado su maquillaje.

—No. —Ashina se estremeció—. No puede ser.

—Por desgracia, así es. He encargado que examinen el maquillaje y me han asegurado que eso es lo que ha sucedido.

Ashina abrió mucho los ojos cuando cayó en la cuenta de lo que aquello implicaba.

—Yo no… ¡Mi señor, tiene que creerme!

Cayó de frente, temblando. Con un grito ahogado, Choki hizo ademán de acercarse a ella, pero la mirada de Shin lo paralizó donde estaba.

—Nao, por favor, llévate a Choki y acaba con tus preparativos más tarde —dijo el Daidoji con suavidad—. Enviaré a alguien para avisarte cuando haya acabado.

El actor dudó, si bien solo durante un instante. Se puso de pie con elegancia y empujó a Choki hacia la puerta.

—No sea muy duro con ella, mi señor —murmuró al pasar por su lado.

Shin no contestó, sino que se limitó a esperar a que Ashina recobrara la compostura.

—La dama Etsuko te ha tratado mal —dijo él tras unos momentos—. Todos estamos de acuerdo en eso. Por lo tanto, no me extrañaría que quisieras vengarte en cierta manera, aunque fuera solo para hacerle pasar vergüenza. Sabías lo de sus alergias y eras tú quien iba a buscar los ingredientes... Te habría resultado muy sencillo añadir un componente extra a la mezcla.

Ashina alzó la mirada hacia él, y Shin no vio nada más que terror en sus ojos. No culpabilidad, ni tampoco ira, sino solo miedo en su estado más puro. Si bien era una buena actriz, a nadie se le daba tan bien. Sin decir nada, ella llevó una mano al borde de la túnica de Shin, quien retrocedió unos cuantos pasos.

—Sí que te creo, Ashina —continuó con amabilidad—. Si no, no estaríamos hablando en privado. Sin embargo, también creo que sabes algo que me ayudará a descubrir quién ha envenenado a tu señora. La pregunta que tengo que hacerte es: ¿me ayudarás?

CAPÍTULO 26
Chantaje

Ashina se quedó callada durante unos largos momentos, con la cabeza gacha y los ojos cerrados. Si no hubiera sabido que eso era imposible, casi habría creído que se había quedado dormida allí mismo. Finalmente, alzó la mirada.

—¿Las ha encontrado, entonces?

—Sí. Debajo del escenario; un escondite muy bien pensado.

—No tan bien pensado —murmuró Ashina, sin inquina. Shin la miró bien, y la chica alzó la barbilla y tragó en seco—. Ha muerto, ¿verdad?

—Sí —asintió Shin.

No le sorprendía que se hubiera dado cuenta de ello, y se preguntó si tal vez lo habría sospechado desde el principio.

—¿Ha estado muerta todo este tiempo?

—Así es.

Ashina volvió a tragar en seco y apartó la mirada.

—Alguien la ha matado.

—Eso creo.

La chica inclinó la cabeza y respiró hondo mientras temblaba.

—Ella pensaba que las cartas la iban a proteger. Es lo que siempre me decía.

—¿Y cómo se suponía que iban a protegerla?

Ashina dudó, aunque solo por un instante.

—Eran de sus pretendientes; ella se aseguró de que le mandaran cartas como prueba de su afecto. Si las cartas llegaban a las manos equivocadas, podían ser bastante vergonzosas.

Shin asintió. Como idea, era de lo más antigua, pero también efectiva. Para cuando sus pretendientes se dieran cuenta de lo que habían hecho, lo más seguro era que Etsuko ya hubiera guardado las misivas incriminatorias a buen recaudo, donde nadie pudiera encontrarlas. Con el paso del tiempo, su escondite se había vuelto un almacén entero, un alijo de material de chantaje para distintas ciudades y clanes.

Era impresionante, a su manera: estaba claro que Etsuko había sido más astuta de lo que dejaba entrever con su actitud. Tal vez solo había aprendido a esconder aquella astucia bajo una máscara de descaro y arrogancia. Una mujer descarada era una mujer deseable, pero ¿una mujer astuta? Seguramente no. Seguramente solo para un pretendiente exigente. Alguien como Bayushi Isamu, tal vez.

—Imagino que el contenido de dichas cartas era algo escandaloso —dijo con cuidado para ver cuánto sabía ella. La joven asintió—. Para chantajear, entonces.

—¡No! —Ashina alzó la mirada—. No, no era eso.

—En ese caso, dime lo que era —insistió Shin.

Ashina se sonrojó.

—Solo era por protección. Nunca usó las cartas para nada más que no fuera asegurarse de que ninguno de ellos podía reclamarla. —Lo miró con los ojos muy abiertos, llenos de una tristeza inmensa—. No entiende cómo es nuestra situación, mi señor. Se nos repudia y desea a partes iguales. A veces un sentimiento se trasvasa hacia el otro y se nos castiga por los caprichos de los demás.

Shin no lo negó, pues no podía. En su lugar, se limitó a preguntar:

—¿Y crees que eso es lo que le ha ocurrido a la dama Etsuko?

La actriz volvió a bajar la vista al suelo. Tenía los ojos rojos, aunque todavía no había empezado a llorar. Se preguntó si iba a hacerlo.

—No lo sé, mi señor. —Miró de reojo hacia la habitación—. ¿Puedo...? ¿Puedo verla, por favor?

Shin dio un paso atrás y extendió un brazo. Ashina pasó por su lado tras dudarlo un segundo. Como si hubiera estado escuchando su conversación, Sanki abrió la puerta y le hizo un gesto para que pasara. El médico miró a Shin con una expresión inquisitiva, pero él solo meneó la cabeza como respuesta. Sanki soltó un gruñido.

Ashina se quedó petrificada en la puerta, mirando el cadáver de su señora. Parecía incapaz de hablar, y se llevó un nudillo a la boca como si quisiera contener un grito. Al ver que Shin lo dudaba, Sanki la cogió del brazo.

—Tranquila, chica. Ha sido bastante rápido, como suelen ser estas cosas, y se ha resistido más tiempo de lo que podría haber hecho cualquier hombre. Que eso te consuele un poco, si es posible. —La llevó hasta su taburete y la ayudó a sentarse.

Ashina le dedicó un ademán con la cabeza a modo de agradecimiento y se aferró a la mano del anciano. Tras unos momentos, dijo:

—No entiendo cómo puede haber sucedido. Yo misma he escogido los ingredientes, tal y como me ordenó, y he visto cómo los mezclaba. ¿Cómo puede haber sucedido? —Miró a Shin con una expresión suplicante—. ¿Cómo hemos llegado hasta aquí, mi señor?

—Eso es lo que intento determinar —repuso Shin con amabilidad—. La respuesta a quién puede haber hecho esto puede estar en esas cartas.

Ashina siguió con la mirada fija en el cadáver.

—¿Qué necesita de mí? —preguntó en voz baja—. Ya las tiene.

—¿Por qué decidió esconderlas en un lugar tan recóndito? —quiso saber Shin.

—¿Qué quiere decir?

—No era un lugar nada conveniente, y menos para ir a buscarlas deprisa. Y, según mis fuentes, las escondió hace poco. ¿Temía que alguien las encontrara en su escondite previo? Y, si es así, ¿quién creía que las estaba buscando?

Ashina inclinó la cabeza.

—Eso no me corresponde a mí decirlo, mi señor.

—Está muerta, chica —musitó Sanki—. Ya no tiene sentido protegerla. —Ashina se sobresaltó un poco ante sus palabras y miró primero al médico y luego a Shin, tras lo que respiró hondo, se puso de pie con algún tambaleo y soltó a Sanki. Sin una sola palabra, se retiró hacia el vestuario. Shin intercambió una mirada con Sanki y la siguió.

Poco a poco, la actriz se dirigió al tocador que Etsuko compartía con Nao y se inclinó como si quisiera limpiar algo de la parte frontal. Oyó un chasquido.

—Cómo no —murmuró Shin mientras se le acercaba—. Un cajón escondido. Muy astuto. —Hizo una pausa—. ¿Nao sabe de su existencia?

—No. —Ashina esbozó una leve sonrisa—. Cuando llegamos, discutieron porque el viejo tocador de Nao ocupaba mucho espacio, y la dama Etsuko hizo que lo tiraran sin que él se enterase. El maestro Sanemon insistió en que permitiera que el maestro Nao usara el suyo hasta que pudieran encontrar otro.

Shin se echó a reír.

—Imagino que a ninguno de los dos le pareció muy bien ese acuerdo mutuo.

—No —negó Ashina—. Si me disculpa el comentario, mi señor, a ninguno de los dos les gustaba ceder. —Dedicó una mirada llena de culpabilidad hacia la habitación. Sanki estaba en la puerta, donde fumaba su pipa y ocultaba el cadáver adrede. Ashina señaló hacia el tocador—. Aunque lo que más le molestaba a ella era estar preocupada por si Nao o alguna otra persona descubría su secreto.

Shin frunció el ceño.

—Parece imposible que alguien fuera a encontrarse con un escondite tan ingenioso por accidente.

—Lo pidió hecho así por encargo —dijo ella—. Yo solo me enteré por casualidad, cuando estaba limpiando el espejo. Se molestó muchísimo. Me hizo jurar que iba a mantener el secreto, aunque en aquel momento no sabía lo que había encontrado.

—¿Te lo dijo más adelante?

La sonrisa que esbozó Ashina fue de lo más breve: apareció y desapareció en un instante, y Shin casi no llegó a verla.

—No, yo misma las vi. Cuando ella no estaba.

—Muy bien hecho —dijo Shin, riéndose, antes de señalar hacia el cajón—. ¿Me permites? —La actriz se hizo a un lado y Shin se sentó frente al tocador para echar un vistazo al cajón—. Vacío, claro. ¿Decidió cambiar de escondite por Nao?

—Fue después del robo. Algunas de las cartas desaparecieron.

—Se había echado atrás para dejarle sitio y había dedicado su atención a los trajes de Etsuko, colgados en un expositor situado en el lado opuesto al de Nao. Por el rabillo del ojo, la vio reseguir algunos de ellos con la mano como si buscara algo. Si bien el gesto pareció más un movimiento distraído, en un momento dado hizo una pausa y soltó un sonidito que le llamó la atención, por lo que se dio la vuelta.

—¿Sucede algo?

—No —se apresuró a contestar—. No, nada.

Shin se apoyó sobre sus talones.

—Estas cartas que desaparecieron… ¿Son las que se suponía que Chika había robado?

—Sí, fue entonces cuando las cambió de escondite. Pero cuando supo que Chika no pudo haberlo hecho…

Ashina se interrumpió a sí misma y Shin asintió al entender lo que decía, aunque en sus adentros sospechaba que le escondía algo.

—Decidió que Nao era el culpable.

—Exacto.

—¿Por qué culpó a Chika al principio? —quiso saber Shin.

Ashina parecía incómoda.

—No… No estoy segura, mi señor. Pasaba por nuestro vestuario, pero muchos de los otros actores también iban y venían al principio.

Shin frunció el ceño. A Chika no le había parecido apropiado mencionar aquello cuando la había interrogado antes, y ya empezaba a entender por qué.

—¿Puede que tenga algo que ver con un mercader llamado Odoma?

Ashina parpadeó, sorprendida.

—Ah. ¿Sabe de él?

—Más de lo que me gustaría, aunque menos de lo que debería. ¿Tenía algo que ver?

—No creo. Las cartas que desaparecieron no eran las suyas.

Shin se paró a pensar.

—¿Chika sabía lo de las cartas? ¿Lo sabía algún otro miembro del elenco, aparte de ti? ¿O cómo acceder a ellas? —«Además de Nao», pensó. Quedaba claro que Nao estaba al tanto, pero ¿cómo se había enterado? Pensaba preguntárselo al actor en cuanto tuviera la oportunidad—. Quiero decir: ¿era un secreto a voces de la misma manera que su matrimonio con Bayushi Isamu?

—No, mi señor. —Ashina negó con la cabeza para recalcar lo que decía.

Shin reflexionó sobre ello durante unos momentos.

—¿Qué cartas son las que desaparecieron?

Ashina dudó antes de responder en voz baja:

—Las de Bayushi Sana.

—¿No Bayushi Isamu? —le preguntó Shin.

—El señor Isamu no le mandó ninguna carta —repuso Ashina, y estaba claro que había escogido sus palabras con cuidado.

Shin consideró lo que aquello implicaba. Conocía el nombre de Bayushi Sana por encima: era un noble influyente en la capital imperial. Más allá de eso, no sabía nada sobre el hombre, aparte de un posible interés por las mujeres descaradas.

—Iba a casarse con el señor Isamu —dijo él finalmente.

Ashina inclinó la cabeza y no contestó. Seguía protegiendo la reputación de su señora, a pesar de todo lo que había sucedido.

Semejante lealtad era admirable, incluso si se mostraba hacia alguien que la merecía tan poco. Shin recordó lo que Kitano había dicho sobre Etsuko, sobre que sus nupcias eran un acuerdo de negocios, y entonces todas las piezas empezaron a encajar. Respiró hondo y dijo:

—Creo que lo tengo. O, al menos, la forma de todo el conjunto. Las cartas desaparecidas son el motivo por el que se iba a casar con el señor Isamu, ¿me equivoco?

—No lo sé seguro, mi señor —repuso Ashina, con timidez.

Sin embargo, su tono de voz le convenció de que iba por buen camino. El Daidoji se rascó la barbilla y volvió a mirar hacia el cajón vacío mientras se lo pensaba. Estaba claro que sucedían más cosas de lo que había pensado en un principio. Miró a la actriz.

—¿Sabes dónde pueden estar?

—No, mi señor. De saberlo, se las habría devuelto a ella.

—¿De verdad? —preguntó él, y Ashina frunció el ceño.

—Claro, mi señor. ¿Por qué no iba a devolvérselas?

—Por el mismo motivo por el que la dama Etsuko las guardaba: por protección. Al fin y al cabo, ¿qué iba a ser de ti cuando ella se marchara?

Ashina dudó y Shin vio algo en sus ojos. Un atisbo repentino que desapareció tan rápido que casi no lo vio. La actriz sabía algo que no le estaba contando. Tal vez las había robado. Restó importancia a sus palabras con un gesto antes de cambiar de tema.

—He oído que los Escorpiones se pasaron por este vestuario varias veces durante las últimas semanas, supongo que para visitar a Etsuko. ¿Estuviste presente en alguna de esas visitas?

La expresión de Ashina mostró sorpresa por unos instantes.

—En una al menos, mi señor. Etsuko quería un testigo, así que me pidió que me escondiera en la habitación, pero no sé de ninguna otra visita.

—Háblame de esa, entonces —le pidió Shin.

—No hay nada que contar, mi señor, nada importante. Hablaron del matrimonio y de…, esto…, de la dote apropiada.

—Te refieres a las cartas.

—Sí —asintió.

—¿Todas ellas o solo las del señor Sana? —preguntó Shin, deprisa.

Ashina se lamió los labios.

—Todas, mi señor.

—Estaba intercambiando su ventaja por un matrimonio —comentó Shin.

Aquello añadía un obstáculo poco placentero al asunto. Si uno de sus pretendientes se hubiera enterado de los planes de Etsuko, de su dote, podría haber querido recuperar las cartas o silenciar a la única que sabía dónde estaban.

Ashina apartó la mirada.

—Estaba cansada, mi señor. Cansada de actuar, cansada de esta vida… Cansada de ser Noma Etsuko. Quería un cambio, ser una persona distinta.

—¿Y pensó que los Escorpiones le iban a proporcionar la mejor oportunidad?

—Ellos fueros quienes accedieron —dijo ella, con el ceño fruncido.

—¿Ya lo había intentado antes? —preguntó Shin, tras una pausa—. ¿Cuándo? ¿Con quién?

—Solo una vez. —Ashina se apretujó las manos—. En la capital, con un noble Unicornio. El hijo del campeón del clan. Pensó que lo tenía, pero él… Vaya… —Esbozó una leve sonrisa—. A él no le interesaba hacer ningún plan de matrimonio.

Shin se la quedó mirando unos momentos.

—Shinjo Yasamura —dijo en un tono sin emoción. La molestia y el enfado batallaban en su interior, y tuvo que contener el impulso de los sentimientos, pues no era el momento apropiado. Más tarde. Más tarde haría unas cuantas preguntas incisivas a Konomi, y tal vez más aún a Yasamura—. Está aquí hoy. ¿Lo sabía Etsuko?

Ashina le dedicó una mirada asustada.

—No. No tenía… No teníamos ni idea. ¿Por qué ha venido?

—Una mejor pregunta sería por qué me recomendó contratar a Etsuko.

Shin se dio la vuelta, con los pensamientos llenos de ira. ¿Lo habían usado para tender una trampa a Etsuko? Pensar en ello no le gustaba nada. No le gustaba que lo hicieran parecer un idiota, y mucho menos si aquello costaba la vida a una mujer que estaba bajo su protección. Shin se quedó paralizado durante unos momentos mientras su ira amenazaba con desbordarse.

—¿Mi señor? —lo llamó Ashina en voz baja. Su voz hizo que recobrara la compostura, se volvió y se obligó a sonreírle.

—Gracias, Ashina. Has sido de gran ayuda.

—Entonces… ¿Puedo seguir con la actuación? —preguntó.

—Por supuesto —repuso Shin, mirándola—. A menos que no quieras.

La actriz tenía la mirada gacha.

—Pensaba que, si se enteraba de lo de las cartas, querría deshacerse de mí. —Hizo una pausa, todavía con la mirada fija en el suelo—. Ahora que la dama Etsuko ha muerto, no tengo ningún motivo para quedarme. Si quiere que me marche, lo entenderé…

Shin le dedicó una sonrisa amable.

—Al contrario, pero esa conversación será para más adelante. Por el momento, puedes estar segura de que tendrás un lugar aquí hasta que decidas lo contrario.

—Ay, gracias, mi señor. ¡Gracias! —Ashina le dedicó una reverencia baja, y la voz le temblaba de alivio.

Incómodo de repente, Shin le hizo un gesto para que se pusiera de pie.

—Arriba, por favor —le pidió, antes de volverse hacia Sanki—. Doctor, volveré seguramente después del entreacto.

—Me quedaré a cargo del fuerte, como dicen los Leones —repuso Sanki, que se dio media vuelta y cerró la puerta de la habitación tras él.

Shin volvió a mirar a Ashina.

—Debo pedirte que no cuentes a nadie lo que hemos hablado ahora, al menos por el momento —le dijo, y luego la miró con atención—. No se lo digas a nadie. —Ashina asintió con fuerza, y, satisfecho, Shin se marchó del vestuario. Encontró a Kasami y a Kitano esperándolo, y habló primero con Kitano.

—Creo que te había encargado una tarea, Kitano. Ve ahora e informa al señor Isamu de que quiero hablar con él. Y no tardes.

Kitano hizo ademán de decir algo, pero una dura mirada de Kasami lo hizo ponerse en marcha. Su guardaespaldas se volvió hacia él, a la expectativa.

—¿Y yo?

—Sé que es tedioso, pero debo pedirte que te quedes aquí por el momento. Al menos hasta que estemos seguros de que no ha sido uno de sus admiradores quien la ha matado.

Kasami frunció el ceño, aunque no se lo discutió.

—¿Y dónde estará usted?

Shin soltó un suspiro y se pasó una mano por el cabello.

—Hablando con el prometido doliente y unos cuantos más.

CAPÍTULO 27
Aguijón

De vuelta en su palco, Shin suspiró e hizo un ademán para que el mensajero se marchase. Otra nota de un propietario de casa de té que se quejaba de que no se le permitiera ser el único en vender sus mercancías al público. Las protestas eran por costumbre; no había nada de inquina en ellas, tan solo la necesidad de demostrar que un aristócrata arrogante no se estaba aprovechando de ellos.

Por suerte, no recibió ninguna queja del público, pues sus integrantes solo parecían perplejos ante la idea de no tener que marcharse para comprar su té o su arroz. Oía risas que provenían de ellos, y había mandado a unos cuantos músicos de la compañía a entretenerlos y mantenerlos tranquilos.

Shin se reclinó en su asiento y dio unos golpecitos cargados de impaciencia a la tetera. Si bien aquello no ayudaba a la infusión, sí que lo hacía sentirse mejor.

Azuma, sentado frente a él, dijo:

—Explíquemelo una vez más, por favor. —El Kaeru cambió de posición sobre sus cojines y se inclinó hacia su anfitrión—. Como si fuera un niño pequeño. Y deje de dar golpes al té, va a echar a perder el sabor.

Shin miró el té y le dio otro golpecito.

—Eso es un cuento de viejas. Y es bastante simple, la verdad. La dama Etsuko estaba en medio de un complicado plan de chantaje que involucraba a varios personajes de renombre, entre ellos a Bayushi Isamu. Estaba intercambiando su material de chantaje por un matrimonio.

—Su dote —dijo Azuma, con una sonrisa gélida.

Shin inclinó la cabeza.

—Así es como lo he visto yo también, sí. También parece que Isamu se va a llevar el golpe en nombre de otro Bayushi.

—¿Y qué ocurre con el señor Yasamura? ¿Cómo está involucrado él?

—Todavía no estoy seguro. Lo único que sé es que es probable que esté en medio de la situación y que no es el único miembro de nuestro público que lo está. Akodo Minami y Tonbo Yua eran pretendientes de nuestra difunta actriz, así como el señor Gota y el maestro Odoma.

—Y cree que uno de ellos la ha matado —dijo Azuma—. Ya lo entiendo.

—Me alegra serle de ayuda. ¿Alguna queja más que haya recibido?

Azuma soltó un gruñido y se echó atrás.

—Varias; la mayoría de parte de la dama Yua y de Odoma. Ambos quieren marcharse, pero hasta el momento ninguno de los dos ha insistido mucho, por suerte.

—¿Y el señor Isamu?

—Nada. Parece conforme con quedarse escondido en su palco. Una pequeña victoria, supongo. —Azuma miró a Shin con atención—. ¿Cree que vendrá a ver lo que tiene que decirle?

—Lo haga o no lo haga, habré descubierto algo —repuso Shin. El té estuvo listo por fin, y llenó dos tazas—. Con suerte, será suficiente para encaminarme en la dirección correcta.

—¿Y si no?

—Entonces tendré que pensar en otra cosa. —Shin pasó su taza al Kaeru.

—El entreacto acabará en poco menos de una hora. Cuando termine la actuación no seré capaz de impedir que nadie salga. No sin una muy buena razón.

—¿Un asesinato no es una buena razón? —preguntó Shin, medio bromeando.

Azuma frunció el ceño.

—Por desgracia, no. —Bebió un sorbo de su té—. Todo habría sido más sencillo si el culpable fuera otro miembro del elenco. Una solución sencilla, y todos los problemas se habrían resuelto.

—La explicación más simple no siempre es la correcta —dijo Shin, con intención, y Azuma hizo un gesto para restarle importancia.

—Lo sé, solo lo comentaba. —Dejó su taza de té—. En cuanto a eso, ¿qué me dice del otro actor, Nao?

—Debo admitir que sigue siendo un sospechoso. Solo que el chantaje es un mejor motivo para el asesinato que los celos profesionales, ¿no cree?

—Si es que ha sido un asesinato.

—Sanki dice que, sea lo que sea, se ha añadido después de que el maquillaje ya estuviera mezclado. Ello indica la intención de quien lo haya hecho, o eso me parece.

—¿Ha descubierto ya lo que es? —preguntó Azuma, antes de dar otro sorbo a su té.

—Todavía no. Cree que es un derivado de veneno de avispa, aunque sus pruebas han sido inconclusas. La sustancia necesita que la víctima tenga una alergia específica para ser letal. De otra manera, solo habría sufrido un sarpullido temporal, por muy vergonzoso que fuera.

—Así que alguien se enteró de su alergia, ha preparado un veneno y se ha asegurado de que se lo aplique. —Azuma hizo una pausa—. ¿Qué sucede con la chica, Ashina?

—Es otra posibilidad, pero la he descartado. Le ha afectado mucho la muerte de Etsuko, y ha admitido su parte en los planes de Etsuko.

—Quizá para que no sospeche de ella.

Shin inclinó la cabeza para reconocer que existía la posibilidad, aunque no dijo nada. Azuma soltó un suspiro.

—Vale. ¿Con quién va a hablar primero?

—Con Odoma —repuso Shin, decidido—. Y luego con la dama Yua. Son los que tienen más ganas de marcharse, así que lo mejor será que hable con ellos antes. Después de eso, con la dama Minami y con el señor Gota.

—¿Dejará al Unicornio para el final, entonces?

—Sí, bueno, creo que esa conversación será muy poco placentera. —Shin cogió la taza con las dos manos y se quedó mirando las profundidades del té. Algunos adivinos afirmaban que podían ver el futuro en las hojas del té, pero Shin solo veía vapor. Se bebió el líquido hirviente y apartó la taza—. Cada vez más tengo la sensación de que soy una pieza en el tablero de otra persona. No me gusta nada.

—Uno se acaba acostumbrando —se limitó a decir Azuma.

Shin se lo quedó mirando durante unos momentos y luego soltó una carcajada apesadumbrada. Estaba a punto de contestar cuando oyó que alguien llamaba suavemente a la puerta. Pidió que pasara, y Kitano se adentró en el palco, donde hizo una reverencia de inmediato al percatarse de la presencia de Azuma.

—Mi señor, su invitado está de camino —le indicó Kitano.

—¿El señor Isamu?

—Sí, mi señor.

—Excelente. —Shin miró a Azuma de reojo, y este soltó un gruñido.

—Creo que volveré a mi palco, sí. —Se puso de pie, y Shin lo imitó. Azuma hizo una pausa antes de marcharse—. Espero que la próxima vez que hablemos tenga alguna respuesta, porque, hasta el momento, parece que no tenemos nada más que preguntas.

—Eso espero yo también, mi señor Azuma. —Shin cogió una taza nueva de entre la selección dispuesta en la bandeja de té y la hizo a un lado para Isamu. Entonces volvió a acomodarse mientras esperaba que Kitano acompañara a Azuma al exterior. A pesar de que mantenía una expresión de calma muy estudiada, estaba más que nervioso. Isamu estaba a punto de admitir que se traía algo entre manos.

Kitano hizo pasar a Isamu unos momentos más tarde. El Escorpión se quedó en la entrada un segundo, como si buscara trampas o asesinos ocultos en el palco de Shin, quien le indicó los cojines en los que Azuma se había sentado hacía unos momentos.

—Gracias por venir, mi señor Isamu. Por favor, siéntese.

Isamu se acomodó sobre los cojines.

—¿Qué es lo que quiere? —preguntó con brusquedad.

Se trataba de una provocación calculada, el aguijón de un noble del Clan del Escorpión. Un pinchazo tras otro…, así era como los Bayushi se encargaban de sus asuntos. En cierta manera, no era muy distinto al método Daidoji. Si la cortesía era un escudo, la falta de ella era una cuchilla. En caso de duda, asestaban una estocada en el punto débil o simplemente propinaban golpes suficientes, con lo que podían provocar que su contrincante revelara algo.

—Hablar —respondió Shin para desviar la estocada.

—¿De qué?

Shin se inclinó para volver a llenar su taza.

—¿Le apetece algo de beber? —preguntó.

—¿De qué quiere hablar? —respondió Isamu.

—¿Quiere algo de té? —quiso saber Shin, señalando hacia la tetera.

—No. ¿De qué quiere hablar?

—¿Quiere alguna otra cosa? ¿Vino de arroz, tal vez?

—No. —Isamu se quedó en silencio.

Shin se calló unos segundos para conseguir un efecto mejor antes de decir:

—Creo que hemos empezado con mal pie, usted y yo. Es culpa mía tanto como suya, claro.

—Eso es debatible.

—Ceder es preferible a debatir, o eso me parece —comentó Shin.

Isamu soltó un resoplido.

—Muy Grulla por su parte.

—Beba algo de té —insistió Shin.

Sirvió una taza a Isamu y se la colocó delante. El Escorpión la miró antes de cogerla a regañadientes.

—Vale. ¿Ahora puede ir al grano?

—Quería hablar con usted sobre su futuro matrimonio con la dama Etsuko. —Shin sopló sobre su taza de manera exagerada—. Me he percatado de que no me ha preguntado cómo está.

Isamu pasó un dedo por el borde de su taza, como si quisiera comprobar que nadie le había puesto veneno.

—He mandado a mis sirvientes a preguntarlo, pero usted los ha echado.

—No puedo evitar pensar que todavía no me lo ha preguntado.

Isamu clavó la mirada en él.

—¿Cómo está?

—Enferma.

—¿Es por algo que ha comido?

—Es una reacción alérgica a su maquillaje —contestó Shin mientras observaba los ojos del otro hombre en busca de cualquier tipo de reacción.

Se vio recompensado con una diminuta tirantez de la piel entre los ojos de Isamu: una mueca de sorpresa.

—Qué mala suerte. Tal vez debería llevarla a casa.

—Está descansando bajo los cuidados de mi médico personal.

—Muy amable por su parte —dijo Isamu—. «La amabilidad es un regalo circular cuyo propósito es singular».

—Utayu —comentó Shin para identificar el fragmento de poesía—. *El beso del invierno.*

—No. *La estadía del amante.*

Shin se molestó, aunque no dejó que su expresión lo demostrara.

—Del cual se derivaron los versos que conforman *El beso del invierno*, claro. En mi opinión, se considera mejor como una obra separada.

—Anoto y desestimo su opinión —dijo Isamu—. Al fin y al cabo, no se puede juzgar una obra de arte por un solo trazo del pincel.

—Una mente que discierne es capaz de juzgar una obra basándose en nada más que el medio —contraatacó Shin.

Si bien no era lo que él pensaba, creía que una declaración semejante molestaría a su invitado. Le complació ver que no se equivocaba.

—¿Y cree que usted tiene una mente que discierne? —le preguntó Isamu.

—En ocasiones se me ha descrito así.

—Yo no.

—Todavía no, pero el día es joven —repuso Shin, a la ligera—. Háblame de su relación con la dama Etsuko. ¿Cómo se conocieron?

Isamu se quedó callado unos momentos.

—«La campana de la aldea ha sonado, todos debemos ir a dormir; pero, pensando en mi amor, ¿cómo puedo sucumbir al sueño?» —citó.

—*Dama Kasua* —dijo Shin—. Un clásico del género. —Se aclaró la garganta—. «Las olas del mar rugen contra la costa como truenos; tan feroz y orgullosa como ellas es ella que hace latir mi corazón». —Miró a Isamu—. Poemas aparte, no creo que sus sentimientos por Etsuko sean tan fuertes como todo eso. De hecho, creo que ve sus nupcias inminentes como un incordio, como mínimo.

—¿Y por qué piensa eso?

—Soy muy observador.

—Eso dicen. Todavía no he visto ninguna prueba al respecto.

La sonrisa de Shin no desapareció de su rostro.

—Me he enterado de que Etsuko tenía el hábito de coleccionar correspondencia y de que pretendía intercambiar dicha correspondencia por un matrimonio apropiado. Sin embargo, ciertas partes de su dote han desaparecido.

—Y entonces, usted cree... ¿Qué? ¿Que la hemos envenenado?

—No he dicho nada de ningún veneno.

Isamu agitó una mano para restarle importancia.

—Soy un Escorpión. Según dicen los demás, el veneno es nuestra única arma. Permítame hacerle una pregunta...

—Por supuesto —repuso Shin.

—¿Qué importancia tiene?

—¿A qué se refiere? —preguntó el Daidoji, tras una pausa.

—Etsuko ha muerto, ¿verdad? ¿Por qué se molesta con todo esto?

—¿Por qué cree que ha muerto?

—Porque si no hubiera muerto podría preguntarle quién es el culpable más probable y no habría ninguna necesidad de llevar a cabo una de estas investigaciones tediosas que tanto le gustan. —Isamu apoyó su peso sobre los talones—. Y, si ha muerto, ya no tengo que asistir a esta función.

—Solo que irse antes de la cuenta puede implicar culpabilidad —se apresuró a decir Shin—. Aunque claro, usted es un Escorpión, por lo que se le determina culpable por defecto.

Isamu entornó los ojos.

—No la he matado.

—No he dicho que estuviera muerta.

—Estaba implícito.

—Las implicaciones son subjetivas. Lo que usted decide entender con mis palabras no es responsabilidad mía. ¿Quiere más té?

—No, gracias. Muy propio de un Grulla negar su responsabilidad.

—Muy propio de un Escorpión insistir en que los demás han hecho algo malo. —Shin dio un sorbo a su té sin dejar de mirar a Isamu—. Hábleme de las cartas.

—No sé de qué me habla.

—Si ese fuera el caso, no habría venido a hablar conmigo.

—He venido porque quería saber qué ocurre con mi prometida, dado que usted ha impedido que mis sirvientes comprobaran su estado. —Isamu se puso de pie—. Y ahora ya lo sé.

Shin hizo a un lado su taza.

—¿Y cómo se siente respecto a ello?

—Una vez más, ¿qué importa? —repuso Isamu tras pensárselo unos segundos.

—Sígame la corriente.

—«Esto no es el sol, ni tampoco el invierno; solo yo sigo sin cambiar» —citó Isamu.

Shin se puso de pie y lo siguió hasta la puerta.

—«Que siga viviendo hasta que añore este momento en el que estoy tan preocupado y lo llame alegría» —respondió él, también con una cita.

Isamu se volvió con los ojos brillantes por la ira.

—¿Me está amenazando, Grulla?

—¿Yo? —Shin se llevó una mano al pecho en un gesto de sorpresa fingida—. Por las Fortunas, no. Nunca. Además, ¿qué tiene usted que temer de mí?

—Nada, y haría bien en recordarlo —siseó Isamu. De repente se enderezó y se alisó la túnica—. No volveré a hablar con usted, Grulla. Ni hoy ni ningún otro día. Por Etsuko soportaré el resto de la actuación, pero en cuanto acabe me marcharé. Y no tratará de impedírmelo.

—Claro que no —dijo Shin—. No se me ocurriría ser así de descortés.

Isamu se lo quedó mirando un poco más antes de asentir con fuerza y salir del palco. Shin suspiró y se volvió hacia el escenario. No había averiguado tanto como había esperado, aunque seguía estando seguro de que Isamu escondía algo. La cuestión era cómo provocarlo para revelar lo que sabía.

Shin se detuvo cuando se le ocurrió algo, y una sonrisa se dibujó poco a poco en su expresión.

—En caso de duda, asestar una estocada en el punto débil —murmuró para sí mismo.

Con la decisión tomada, se volvió hacia la puerta y llamó a Kitano.

Había llegado el momento de ir a ver al Tejón.

CAPÍTULO 28
Tejón

Las intenciones y el resultado solían ser cosas distintas. Shin lo sabía muy bien, pues lo había experimentado de primera mano en varias ocasiones. Había pretendido ir a visitar a Gota, pero nunca llegó hasta él. Había dado tan solo unos pasos en el exterior de su palco cuando uno de los soldados de Azuma se acercó a él.

—¡Mi señor, mi señor! —jadeó el guerrero mientras recorría el pasillo a toda prisa—. ¡El señor Azuma nos ha pedido que lo avisemos si alguien intentaba marcharse!

Shin asintió.

—Sí, bueno, ¿quién ha sido?

—La dama Yua, mi señor —respondió el soldado Kaeru—. Y no está sola. Están en el vestíbulo. Han exigido hablar con el señor Azuma, y él me ha pedido que, si alguien preguntaba por él, debía llevarlo a usted en su lugar.

Shin contuvo una carcajada.

—Claro que sí. Muy bien, vayamos a ello. —Shin siguió al soldado de Azuma por donde este había venido, molesto por la interrupción, aunque no por ello menos preparado, pues sabía que alguien habría intentado marcharse tarde o temprano.

El hecho de que fuera la dama Yua sí que lo sorprendió un poco; había esperado que fuera Isamu. Aun así, los Escorpiones tenían buenos motivos para quedarse donde estaban.

La escena en el vestíbulo estaba cargada de tensión. Shin vio que la guardaespaldas de la dama Yua se encaraba a los soldados de Azuma. Y, detrás de ella, entrevió a los dos samuráis desaliñados que hacían de guardaespaldas para Odoma, el mercader.

Odoma estaba cerca de la dama Yua, aunque no tan cerca para implicar que se habían asociado de alguna manera.

El mercader fue el primero en ver a Shin y el primero en hablar.

—Y aquí viene nuestro captor, mi dama Yua. Él y toda su arrogancia, sin duda.

—Ah, maestro Odoma. Cuánto me alegro de volver a verte —mintió Shin. Y dedicó un ademán educado con la cabeza a la dama Yua—. Mi dama Yua. He oído que desean marcharse.

—Hay asuntos que requieren mi atención —respondió Yua, tensa, mientras hacía un gesto a Hira para que se apartara.

Parecía intranquila, y Shin se preguntó si se debía a la situación o a alguna otra cosa.

—Yo también —asintió Odoma.

Hizo un ademán y sus guardaespaldas relajaron la postura. Los soldados de Azuma, en cambio, no lo hicieron. Los Kaeru no estaban hechos para jueguecitos de bravuconería. Si iba a derramarse la sangre, estaban listos.

Shin miró al mercader de reojo.

—Pero se perderán el resto de la actuación.

A diferencia de Yua, Odoma no parecía nada nervioso. Tal vez tenía más práctica ocultando lo que sentía. Shin se preguntó si el mercader habría hablado con Chika últimamente. ¿La actriz le habría contado que Shin la había interrogado?

—Me temo que es inevitable —dijo Yua, y Shin asintió.

—Menuda decepción. Por no decir que es un poco insultante.

—Esa no es mi intención —empezó a decir ella.

—Y, aun así, me temo que es de esa manera como me lo voy a tomar —repuso Shin—. Me he esforzado mucho para que los dos estén lo más cómodos posible, y ahora se marchan antes de hora, lo que hace que todos mis esfuerzos se vayan al traste. ¿Qué dirán los demás sobre eso?

—No pensaba que a usted le importaran esas cosas, mi señor —interpuso Odoma con una sonrisa desagradable—. Me alegra ver que me equivocaba.

—¿Sí? ¿Te alegras? —le preguntó Shin, clavándole la mirada.

Odoma se sonrojó y miró a otro lado, claramente inquieto por la mirada del Daidoji.

—¿Dónde está el señor Azuma? —exigió saber Yua, tras ponerse delante de Shin—. Quiero protestar por este trato. No es apropiado que se nos impida marcharnos.

—Y no pretendo hacerlo —dijo Shin con educación—. En cuanto al paradero del señor Azuma, imagino que está en su palco, disfrutando de algo para beber antes de que continúe la actuación. Algo que a todos nos vendría la mar de bien, ¿no creen?

—Ya se lo he dicho, debo marcharme —respondió Yua con brusquedad.

Shin abrió los brazos en un gesto de impotencia muy bien estudiado.

—No necesitan mi permiso, aunque me halaga ver que creen que es así.

Yua se lo quedó mirando, como si se hubiera quedado perpleja por su pasividad testaruda. Un momento después dijo:

—Percibo que quiere decirme algo. Dígamelo y déjeme ir en paz.

Shin decidió que había llegado el momento de ser directo.

—Sonrisa de Primavera —fue todo lo que dijo.

La dama Yua lo miró, confusa, y Odoma hizo lo mismo.

—¿Qué? —preguntó ella.

—Es el té que le gusta. Tiene un olor muy distintivo, uno que perdura. Y más en el papel. Incluso tras varios meses.

Le dedicó una sonrisa amable, y, como esperaba, ella había captado lo que quería decirle de inmediato. Se alejó de él como si el Daidoji fuera una víbora, y Shin sintió un poco de lástima pasajera por la mujer.

—¿De qué están hablando? —exigió saber Odoma, pasando la mirada del uno al otro—. ¿Han perdido la cabeza?

—Buena pregunta —contestó Shin—. Yo mismo se la podría hacer a ustedes, aunque quizá sería mejor que fuera en algún lugar más privado.

Yua inclinó la cabeza.

—Sí —dijo en voz muy baja.

—No —dijo Odoma, con un resoplido—. Yo me voy.

—Si de verdad tienes que hacerlo… —repuso Shin—. Aunque Chika se llevará toda una decepción, claro.

—¿Qué quiere decir con eso? —preguntó Odoma, mirándolo.

Shin desplegó su abanico antes de contestar.

—Dime algo: ¿ella se ofreció a buscar la carta o fue idea tuya?

Fue un golpe a ciegas, una teoría basada en nada más que pruebas circunstanciales. No obstante, pareció ser una estocada certera, pues Odoma se puso pálido y se llevó una mano al pecho, sorprendido.

—No… No…

—Sí —se limitó a decir Shin. Los miró a los dos—. Creo que tenemos mucho de qué hablar. Les pido que me esperen en su respectivo palco. Iré a verlos antes de que acabe el entreacto para entrar en más detalles respecto al asunto.

Odoma tragó en seco.

—No… No puede…

Shin lo miró con atención.

—Sí puedo, y ya lo he hecho. Pero antes, ¿por qué quieren marcharse ahora mismo? ¿Qué ha motivado esta repentina necesidad de irse?

El mercader apartó la mirada.

—Me han dicho que sería lo mejor para mí —musitó.

Shin miró de reojo a Yua, quien asintió sin decir nada, aunque no le devolvió la mirada.

—¿Y quién se lo ha dicho?

Nadie contestó. Fue Hira quien se lo indicó, por mucho que fuera de manera más enrevesada. Llamó su atención e hizo un gesto diminuto con el dedo para indicarle que alguien estaba escuchando la conversación a sus espaldas. Con el rabillo del ojo vio una máscara de demonio que le sonaba y que los estaba observando desde la segunda planta del teatro. Sin embargo, cuando se dio la vuelta, la guardaespaldas de Isamu ya había desaparecido. Shin frunció el ceño.

—Estoy empezando a arrepentirme de haber invitado a ese hombre —murmuró, y se volvió hacia Odoma y Yua—. Hablaremos más adelante. Pueden estar seguros de que sus secretos, sean cuales sean, están en buenas manos. Ya pueden marcharse.

Kitano lo estaba esperando en lo alto de las escaleras.

—El señor Gota está cada vez más impaciente, mi señor —dijo, y echó un vistazo con curiosidad a Odoma y a los demás mientras seguían a Shin por los peldaños. Shin hizo un ademán con su abanico y siguió caminando. Su sirviente tuvo que apresurar el paso para seguirle el ritmo.

—No es el único. ¿La has visto?

—¿A quién, mi señor?

—A la Escorpión, Kitano. La de la máscara de demonio.

—Nagisa, mi señor —le explicó Kitano. Shin lo miró de reojo, y su sirviente le dedicó una sonrisa—. He…, esto…, he conocido a varios de los sirvientes del señor Isamu, mi señor. Son bastante amigables cuando se pasan por alto las máscaras. Ellos me han dicho los nombres de sus guardaespaldas. Nagisa, Arata, y el grandullón…, cuyo nombre he olvidado.

—Tendré que creerte. ¿La has visto?

—Solo un poco, mi señor —respondió Kitano—. Ha pasado por delante de mí en el pasillo.

—Seguramente se escabullía de vuelta a su señor. —Shin miró por encima del hombro y vio a Yua dirigirse hacia su palco y a Odoma arrastrando los pies en dirección al suyo—. Necesito que los mantengas vigilados. Asegúrate de que no intentan marcharse sin que yo me entere.

—¿Cree que lo intentarán, mi señor?

—Sería muy inconveniente que lo hicieran —explicó Shin—, por eso preferiría que no sucediera. —Señaló con su abanico—. Ve y vigila. Pero intenta que no te vean. Tengo que ir a hablar con el señor Gota, y luego iré a ver a la dama Yua.

Kitano le dedicó una reverencia y se alejó con discreción. Shin prosiguió su camino hacia el palco de Gota. Arban estaba sentado en el exterior, con la espalda apoyada en la pared junto a la puerta. Estiró un pie cuando Shin se acercó a la puerta y le bloqueó el paso.

—Lo está esperando —dijo el ujik, mirándolo desde abajo.

—En ese caso, quizá tendrías que quitar el pie de en medio.

Arban no le hizo ni caso.

—Gota me cae bien. Es un buen hombre, solo un poco... impulsivo. Intente no molestarlo. Podría hacer algo imprudente, y entonces Kasami se molestaría conmigo.

—Vaya, no querríamos que ocurriera algo así, ¿verdad? —dijo Shin, entretenido. Arban apartó su pierna de la puerta y Shin entró en el palco. Gota estaba dando vueltas de un lado para otro en el interior, con sus manos gruesas detrás de la espalda. Dedicó una mirada cargada de mal humor a Shin cuando este lo saludó.

—Ya iba siendo hora.

—Una distracción momentánea. Mis disculpas.

Gota soltó un resoplido y se dio media vuelta, con los brazos cruzados delante de su pecho corpulento.

—He oído hablar de usted, ¿sabe? Tiene cierta reputación.

—¿Buena reputación?

—No. Dicen que es un metomentodo. Un cotilla.

—Me temo que tengo muchos vicios, sí. —Shin soltó un suspiro—. Es una desgracia para mi familia.

Gota soltó un gruñido y se pasó una mano por la cabeza.

—Piense lo que piense de mí, sabe que no soy idiota. ¿Qué está sucediendo, Grulla? ¿Por qué no puedo ver a Etsuko?

Shin se dio un golpecito en la mano con el abanico.

—La dama Etsuko está enferma. —Hizo una pausa para pensar. En aquel caso, la sinceridad podría valerle más que una mentira, sobre todo si podía usar la furia de Gota para sus propósitos—. Y la enfermedad no es natural.

Gota se puso pálido.

—¿Veneno?

—Eso parece —dijo Shin, y observó su reacción.

Gota parecía anonadado, incrédulo. Si era un actor, se le daba mejor que a los que estaban sobre el escenario en aquellos momentos.

—¿Quién ha sido? —preguntó tras unos instantes, con la voz resquebrajada.

—No lo sé.

—¿Cómo que no? ¡Ha sido otro actor, seguro! Siempre han estado celosos de ella. —Gota se dio la vuelta, como si buscara a alguien a quien atacar—. Ella no dejaba de decir que la odiaban. Uno de ellos debe…, debe… ¿Cómo? ¿Cómo habrá…? —Se dio otra vuelta e hizo ademán de aferrarse a la parte frontal de la túnica de Shin. El Daidoji desvió sus manos con un golpe de su abanico y Gota se echó atrás, sorprendido. Los radios del abanico eran de acero y estaban afilados.

—¿Cuándo ha sido la última vez que habló con ella, señor Gota?

Gota meneó la cabeza.

—No me… ¿Qué más da eso? —Abrió mucho los ojos al darse cuenta de lo que quería decir—. Cree que he sido yo.

—No, no creo que sea capaz de envenenar a alguien. Si la hubiéramos encontrado con el cuello roto o asfixiada, usted habría sido mi primer sospechoso. Pero el veneno no es en lo primero que piensa cuando algo le molesta, ¿verdad?

Gota dudó y se miró las manos como si las estuviera viendo por primera vez.

—No —respondió con voz ronca, antes de bajar las manos—. No —repitió—. ¿Quién ha sido?

—Eso es lo que estoy tratando de determinar. —Shin decidió ser tan directo como le fuera posible. Se le estaba acabando el tiempo, y Gota podía proporcionarle más información de aquella manera—. ¿Cuánto tiempo hace que conoce a la dama Etsuko?

Gota parpadeó, sorprendido.

—Años. Muchos años.

—¿Cuántos?

—Desde que éramos pequeños. —La expresión de Gota se suavizó—. Es..., o, mejor dicho, era, parte de mi clan. —Shin, que no lo sabía, no permitió que ningún atisbo de sorpresa llegara a su expresión—. Nos conocimos... hace mucho tiempo —continuó Gota, y volvió a mirarse las manos—. Se fue para emprender un nuevo camino y no la volví a ver en muchos años.

—Debe de haber sido muy duro para usted —dijo Shin con cuidado.

Estaba empezando a entender por qué Gota se había convertido en semejante incordio. El Tejón le dedicó una dura mirada.

—No. No... No había nada entre nosotros. —Apartó la mirada—. No hasta más adelante, hasta que nos volvimos a ver. Muchos años después. Por entonces era un hombre acaudalado. Y todavía lo soy.

—Eso he oído. Causó revuelo en ciertos círculos cuando decidió trasladar su negocio hasta aquí desde la capital. —Shin hizo una pausa—. Más o menos cuando la dama Etsuko vino aquí, si no me equivoco.

—Más o menos cuando usted se la llevó —gruñó Gota. Se encorvó hacia delante, con las manos apretadas en puños; una montaña humana. Fulminó al Daidoji con la mirada—. Vino y se la llevó.

—¿Se la quité?

Gota parpadeó y la montaña se derrumbó. Volvió a apartar la mirada y flexionó las manos, sin hacer nada con ellas.

—No, a mí no.

—Si le sirve de consuelo, me arrepiento de haberlo hecho.

—No me sirve de nada.

Shin lo aceptó con un ademán de la cabeza.

—La siguió hasta aquí. ¿Por qué?

Gota se quedó callado durante un largo momento.

—Pensaba que iba a cansarse de todo esto.

—¿De qué? ¿De actuar?

—Tal vez. No. —Gota negó con la cabeza—. Quería más de lo que yo podía darle, de lo que ninguna persona podría darle, vaya. Era como una escalera que tenía que subir y le era imposible bajar. Solo podía seguir ascendiendo. —Se paró a pensar—. Creía que se acabaría dando cuenta de que nada la esperaba en la cima.

Shin vaciló antes de preguntarle:

—¿Sabía que iba a casarse?

Si en algún momento había sospechado de Gota, dichas sospechas se habrían disipado por la agonía que oyó en la voz del mercader. Gota era un hombre perdido en el mar, loco de amor y sin poder hacer nada al respecto.

—Sí —repuso Gota, tenso.

—¿Y sabe con quién? —le preguntó Shin mientras lo miraba a la cara en busca de cualquier pista que le indicara que mentía.

Aun así, no esperaba ver nada. Si Gota lo hubiera sabido, Shin sospechaba que Isamu ya estaría hecho pedazos.

—No.

—Bayushi Isamu. ¿Le suena ese nombre?

—No, ¿por qué me lo pregunta? —Gota lo miró—. El tal Isamu… ¿Es con quien ella iba a casarse?

Flexionó las manos una vez más, y Shin se preguntó cuánto daño sería capaz de hacer solo con sus puños.

Shin desplegó su abanico y apartó la mirada.

—Ya he dicho demasiado.

A decir verdad, pensaba que había dicho lo justo y necesario. Si Gota era una montaña, era de lo más inestable…, propensa a sufrir avalanchas. Sin embargo, una avalancha podía ser algo útil si caía en la dirección apropiada, por mucho que aquello le provocara una punzada de culpabilidad. No era nada agradable, pero sí que era necesario.

—Espere. Me acaba de decir que alguien la ha envenenado. Ese Bayushi que ha mencionado... ¿Cree que ha sido él?

—No estoy seguro.

Gota lo miró, y Shin se mostró incómodo por un momento ante la expresión del mercader. Se preguntó si habría cometido un error al contárselo, pero apartó el pensamiento de su mente. Ya era demasiado tarde.

—Tal vez debería ir a preguntárselo yo mismo —dijo Gota en voz baja.

—Creo que eso no sería muy sensato —contestó Shin, empujando las rocas por el acantilado—. Los Escorpiones no se deben tomar a la ligera.

—¿Les tiene miedo? —gruñó Gota—. Porque yo no.

—No tengo miedo, mi señor Gota, solo soy práctico. Si son los responsables, lo descubriré. Pero sería una insensatez confrontarlos sin estar seguro. —Shin dedicó a Gota una mirada suave que sabía que enfurecía a todo el mundo.

Pese a que Gota torció el gesto y se puso rojo, en lugar de estallar, se limitó a decir:

—Cuando se entere, hágamelo saber. Me lo tomaría como un favor personal.

—Por supuesto. —Shin le dedicó una reverencia—. Será el primero en saberlo. —Se dio media vuelta e hizo ademán de marcharse, aunque se detuvo en la puerta—. Recuerde lo que le he dicho: no se enfrente a ellos.

Gota hizo un gesto brusco y se giró. Shin se lo quedó mirando durante unos momentos y se percató de la tensión en sus hombros y de cómo había cuadrado la cabeza. Y entonces, satisfecho al ver que la avalancha ya se había puesto en movimiento, salió del palco. Tenía más amantes dolientes con quien hablar, y el entreacto estaba a punto de terminar.

CAPÍTULO 29
Intervención

Shin se dirigió a toda prisa hacia el palco reservado para el Clan de la Libélula solo para ver que no era el único que había tenido la idea de hacer una visita de última hora. Cuando dobló la esquina, lo sorprendió ver a varios samuráis en el espacio estrecho que era el extremo del pasillo. Kitano, que había estado apoyado contra la pared cercana sin molestar a nadie, acompañó a Shin.

—¿Qué ocurre? —le preguntó Shin.

Un guerrero que portaba la insignia de los Shinjo estaba cerca de la puerta, decidido a no hacer caso a su homólogo de los Tonbo, quien hacía todo lo que estaba en sus manos por mantener una expresión despreocupada. Cerca de ellos, Hachi, el guardaespaldas de Konomi, y Yoku, el samurái León, estaban en posición de firmes y fulminaban con la mirada al par de bribones de Odoma.

Kitano se encogió de hombros.

—La dama Konomi estaba esperando a la dama Yua. El señor Shinjo ha llegado hace poco, con la dama Minami y Odoma detrás de él. He decidido guardar las distancias, por si a alguno de ellos lo importunaba mi presencia.

—Muy sensato por tu parte. —Shin se detuvo para mirar a su sirviente—. Ve al palco de Isamu. Tengo la sensación de que va a suceder algo allí muy pronto y quiero enterarme enseguida.

—¿Qué es lo que va a ocurrir? —preguntó Kitano, con el ceño fruncido.

—Lo sabrás cuando lo veas. Corre. —Shin se volvió hacia el palco de los Libélulas una vez más y torció el gesto.

Estaba enfadado consigo mismo. Si bien sabía que Yasamura se traía algo entre manos, no se había imaginado todo aquello. ¿En qué estaba pensando? Desplegó su abanico con un gesto, frustrado, y se dirigió hacia el grupo de samuráis.

Todos ellos se dieron la vuelta cuando Shin llegó, y este creyó ver una expresión de alivio en el rostro de la Tonbo. Esbozó una sonrisa llena de expectativa detrás de su abanico, pero nadie dijo nada. Unos instantes después, hizo un gesto hacia la guardaespaldas de los Tonbo.

—¿Hira, verdad? Me parece que debes anunciar mi presencia.

Hira se sobresaltó, con una expresión llena de vergüenza.

—Por supuesto, mi señor. Mis disculpas.

Hizo el ademán de dirigirse a la puerta, pero el samurái Shinjo soltó un gruñido y extendió un brazo de manera protectora.

—Mi señor está visitando a la dama Yua —informó sin mirar a Shin.

El León, Yoku, se volvió para fulminar con la mirada al Shinjo.

—La dama Minami desea hablar con el señor Shin. Lo dejará pasar.

—Gracias, Yoku —dijo Shin, agradecido.

El Shinjo frunció el ceño y devolvió la mirada malhumorada al León.

—El señor Yasamura ha pedido que no se le moleste.

—Muy sensato por su parte. —Shin se valió de su abanico para apartar al samurái con amabilidad. El hombre le hizo caso, aunque a regañadientes—. Te aseguro que no tengo la menor intención de molestar a nadie. Ahora apártate, por favor. Gracias.

Shin se detuvo en la entrada del palco. Shinjo Yasamura estaba arrodillado frente a la dama Yua, con una tetera entre ellos. Konomi estaba sentada junto a su primo, y Minami y Odoma estaban allí cerca. A juzgar por la expresión de Yua, no parecía muy contenta por haber recibido aquellas visitas. Shin carraspeó y Yasamura se volvió con una expresión radiante.

—¡Ah, Shin! Me alegro de volver a verlo, y tan pronto desde la última vez que hablamos.

—Mi señor Yasamura, no esperaba verlo por aquí —repuso Shin, con educación, antes de mirar alrededor del palco—. De hecho, no esperaba ver a ninguno de ustedes por aquí.

—Solo disfrutamos de algo de este maravilloso té que nos ha proporcionado, Shin. —Yasamura alzó la taza a modo de saludo—. De verdad, no ha reparado en gastos. —Miró de reojo a Yua, quien no parecía haber tocado su taza—. Aunque quizás es un esfuerzo en vano en el caso de algunos.

—Prefiero vino —comentó Odoma.

Yasamura dedicó una mirada desganada al mercader, quien se ruborizó y apartó la mirada.

—Creo que en este caso a todos nos gustará tener las ideas claras —dijo Yasamura. Su sonrisa era tan afilada que podía cortar madera. Dejó su taza e hizo un gesto a Shin—. Supongo que quiere acompañarnos.

—Muy amable por su parte —murmuró Shin, aunque no se movió. En su lugar, miró a Konomi, que se estaba abanicando con una expresión serena—. No puedo evitar sentirme un poco tonto sobre todo lo sucedido.

Konomi bajó su abanico.

—¿Qué insinúa?

—Creo que sabe exactamente a qué me refiero.

—Pues yo no —intervino Minami. Miró en derredor, con una expresión bien molesta—. De hecho, todavía no sé por qué estoy aquí, salvo que Yasamura ha insistido en que así sea.

—Por la misma razón que todos —repuso Yasamura sin mirarla—. Todos menos Shin, claro. Y mi querida prima. —Cogió su taza y dio otro sorbo—. Todos tenemos el mismo problema, hasta nuestro humilde mercader aquí presente. ¿Verdad, Odoma? —El mercader se quedó mirando la taza de té que tenía en las manos sin decir nada.

—Etsuko —soltó Shin, sin miramientos.

Yasamura dirigió su mirada al Daidoji.

—Le ha llevado más tiempo de lo que pensaba —dijo—. Sinceramente, estaba empezando a preguntarme si iba a llegar a descubrirlo en algún momento. Menos mal que es guapo.

—Bueno, estaba en desventaja, dado que no tenía ni idea de lo que sucedía —contestó Shin mientras trataba de hacer caso omiso del revoloteo de placer que sintió cuando lo llamó guapo—. Aunque creo que ya me he puesto al día.

—Cuente, cuente —le pidió Yasamura alzando la barbilla y antes de esbozar una sonrisa sugerente—. Debería resultar entretenido como mínimo.

Shin agitó su abanico en un gesto burlón.

—Han venido porque Noma Etsuko se iba a casar, y eso quería decir que todo el material de chantaje que ha coleccionado iba a pasar a ser propiedad de alguien mucho más peligroso que una actriz ambiciosa.

—Iba. En pasado —dijo Yasamura, frunciendo el ceño—. Ha dicho que se estaba recuperando.

Shin vio las expresiones de perplejidad y consternación en los demás.

—Una mentira necesaria; no quería desatar el pánico.

—Más bien no quería perder dinero —resopló Yasamura—. Sé cómo piensan los Grullas.

—¿Ah, sí? —preguntó Shin, mirándolo con atención—. ¿Y qué es lo que estoy pensando ahora mismo?

Yasamura vaciló antes de volver a recobrar la compostura lo suficiente para decir:

—¿Ha encontrado las cartas, entonces?

—Así es.

Entonces sí que se tensaron los demás. Minami miró a Odoma de reojo y Yua se encorvó hacia delante con un gemido ahogado.

—¿Alguna mía? —quiso saber Yasamura, con una débil sonrisa.

—Entre otras. —Shin miró de reojo a Yua y a los demás para tratar de juzgar sus reacciones.

Tal y como había esperado, solo Minami le devolvió la mirada. Volvió a poner su atención sobre Yasamura, que seguía sonriendo. Parecía pensar que se trataba de un juego.

—Por curiosidad, ¿ha leído las mías?

—Una de ellas, sí —asintió el Daidoji, y Yasamura amplió aún más su sonrisa.

—¿Y qué le ha parecido?

—No es el tipo de lectura que me gusta —repuso Shin.

—Lástima.

—¿Cómo? —preguntó Yua de repente, en una voz cargada de emoción—. ¿Cómo las ha encontrado? Ella me dijo que las había escondido donde nadie iba a poder encontrarlas.

—Un golpe de suerte —respondió Shin, tras mirarla—. Las circunstancias exactas no importan. Estaba enamorada de ella, ¿no es así?

—No. Fue… una aventura —respondió Yua en voz baja, roja como una novia el día de su boda—. Nada más que eso.

—¿Usted le puso punto final?

—No, fue ella. —Yua hizo una pausa—. Etsuko solo se marchaba del escenario por su propio pie. Me dijo que… Que no era lo suficientemente interesante para ella. —Esbozó una sonrisa triste—. No puedo culparla, pues soy muchas cosas, pero interesante no es una de ellas.

—¿Por qué han venido aquí hoy? —volvió a preguntar Shin.

—Porque ella nos dijo que teníamos que venir —interpuso Minami.

—¿Y por qué iba ella a hacer eso? —continuó el Daidoji, mirándola.

—Para demostrar su poder —dijo Minami tras unos momentos—. Así era Etsuko, hasta en lo más pequeño. La vida era una guerra y ella estaba decidida a ganar.

—Creo que no es solo eso —repuso Shin, pensándoselo mientras trataba de pasar por alto la decepción de que sus invitados de honor hubieran sido chantajeados para asistir a la actuación—. Los quería aquí para mostrar su poder, sí, pero no solo como una muestra de egolatría, sino que lo hacía para demostrar algo, para mostrar a alguien más cómo los podía controlar. —Meneó la cabeza—. Y, aun así, seguro que las cartas que le escribieron no serían nada más que una vergüenza pasajera.

Minami soltó un resoplido.

—Usted sabe mejor que nadie que la vergüenza es un arma afilada en las manos apropiadas, y más en esta ciudad. Si se revelara que la comandante de las fuerzas del Clan del León ha perdido el tiempo fantaseando con una actriz, algunos empezarían a cuestionar sus decisiones en otros menesteres. Tal vez incluso cuestionaran si debía ser ella la comandante o no.

—Lo mismo ocurre conmigo —añadió Yua en voz baja—. Tengo muchas responsabilidades; si mis superiores pensaran que no estoy a la altura, me arrebatarían la posición.

—Yo habría perdido el respeto de los demás mercaderes —añadió Odoma con un gruñido—. Se me tiene en muy alta estima en esta ciudad. Que los demás se enteraran de mi aventura habría socavado mi reputación.

—A diferencia de lo de tus apuestas —dijo Shin, y Odoma torció el gesto.

—A un mercader se le puede perdonar por perder dinero, no la cabeza. —El mercader cambió de posición, incómodo, con una expresión llena de amargura—. Pensaba... Bueno, ya no importa.

—Pensabas que Chika iba a poder devolverte las cartas —continuó Shin, sin cortarse un pelo.

Odoma apartó la mirada y se mordió el labio inferior, nervioso. Shin soltó un resoplido lleno de desdén y se volvió hacia la León.

—Ha mandado a esa montaña a quien llama guardaespaldas para que intentara colarse en el vestuario de Etsuko. —Señaló a Yua con su abanico—. Y usted ha enviado a la pobre Hira.

Yua abrió mucho los ojos e hizo ademán de protestar, pero Shin la calló con un gesto.

—No, no; ella no ha dicho nada. He deducido la razón por la que había ido tras bastidores, pues solo había un individuo lo suficientemente preocupado para ir a ver a Etsuko en persona. Por algún giro del destino, también es la única persona sobre la que ella carece de control, al menos en forma de papel y tinta.

—Gota —murmuró Konomi, y Shin asintió.

—Exacto.

—Qué maravilla. El amor verdadero todavía existe en este mundo podrido. —Yasamura soltó un suspiro—. Imagino que es mucho pedir que nos devuelva las cartas.

—Lo haré después, sí —asintió Shin.

—¿Después de qué? —soltó Odoma—. ¿De la actuación?

—No. Después de que determine quién de todos ustedes la ha matado.

Oyó gritos ahogados por parte de Yua y Minami. Odoma gruñó, y Yasamura era un hombre de la corte demasiado experimentado para reaccionar como los demás, por lo que se limitó a alzar una ceja.

—Esa es una acusación muy grave. ¿Tiene pruebas de algo?

Shin desplegó su abanico.

—Si no las tuviera, ¿habría venido aquí?

—Casi seguro que sí. —Yasamura hizo una pausa antes de añadir—: ¿Cómo puede estar seguro de que se trata de un asesinato?

Shin se tomó unos segundos antes de contestar:

—Porque alguien la ha envenenado.

Yasamura dio una palmada y miró a Konomi.

—¡Ja! Tal y como yo decía.

—Sí, primo, muy astuto. —Konomi miró a Shin—. ¿Por qué cree que uno de ellos la ha envenenado? ¿Por qué no el Escorpión?

—Y ya que estamos, ¿por qué no uno de los otros actores? —interpuso Yasamura—. ¿Acaso importa si se detiene o no al culpable de verdad? Arreste a uno de los actores, o mejor aún, a uno de los trabajadores del teatro. Dudo que ella hubiera hecho muchos amigos, aunque seguro que sí más de un enemigo.

—Así no es como actúo yo —repuso Shin, con el ceño fruncido.

Yasamura se rascó la barbilla.

—Sería más fácil que fuera así.

Shin miró de reojo a Konomi, quien al menos tuvo la decencia de parecer avergonzada.

—Ya me han dicho eso mismo en otras ocasiones, pero no veo que nada vaya a cambiar en algún momento.

—No sería el hombre de quien tanto he oído hablar si fuera a hacerlo —dijo Yasamura con una sonrisa. Se aferró a sus rodillas y se echó hacia delante—. Vale. Usted tiene las cartas y el veneno. ¿Qué más necesita?

Shin imitó su gesto y se inclinó hacia delante.

—La verdad, a poder ser. ¿Por qué ha venido aquí, Shinjo Yasamura? No es porque tuviera muchas ganas de venir a flirtear conmigo, por mucho que me duela admitirlo. —Se vio recompensado por una ligera mueca en la boca de Yasamura. ¿Se trataba de un mohín de arrepentimiento o de molestia? No estaba seguro. Tal vez Yasamura tampoco lo estaba—. ¿Es cierto que Etsuko intentó casarse con usted?

Yasamura se quedó callado unos momentos, y Shin notó las miradas de todos los demás fijas en ellos.

—Es… Era una mujer vivaz —dijo finalmente—. Animada; le gustaba discutir. Tengo cierta preferencia por ese tipo de personas. —Miró a Shin mientras lo decía—. Permití que me sobrepasara su astucia y le escribí varias cartas de amor. Me insistió mucho en que las escribiera, claro que yo ya sabía lo que se traía entre manos. Ya me han chantajeado antes, y lo más seguro es que vuelva a suceder. Su intento fue torpe, y, al fin y al cabo, fácil de perdonar.

—¿Por qué?

Yasamura se encogió de hombros.

—No me cabe duda de que estaba buscando casarse con alguien de la nobleza. Si no lo lograba a fuerza de sus artimañas, iba a conseguirlo de otra manera. Por desgracia para ella, no lo hizo muy bien. Lo único que la salvó como conspiradora fue su método de defensa.

—Las cartas —añadió Shin.

—Sí, exacto. Son bastante inocuas, al menos las mías, pero, como bien ha dicho la dama Minami, la vergüenza es un arma muy afilada cuando se empuña como es debido. Hay personas que han matado por mantener sus pecados en secreto.

—Al menos una en este caso.

—Sí —repuso Yasamura, con el ceño fruncido—. Aunque no me gustan esos métodos. Etsuko no iba a hacer daño a nadie.

—Fuera como fuera, parecía que había logrado su objetivo —dijo Shin—. Se había prometido a Bayushi Isamu.

Miró en derredor, pero ninguno de los otros pareció sorprenderse. Estaba claro que él había sido el último en enterarse.

Yasamura soltó una leve carcajada.

—Lo sé. Ella sí que tenía corazón de Escorpión. Claro que puede que haya otra razón por la que ellos decidieran ceder ante sus lisonjas.

—Las cartas en sí.

—Sí —asintió Yasamura—. Años de ellas, desde que empezó su carrera como actriz. Menuda dote conformaban entre todas, ¿no cree? —Esbozó una sonrisa triste—. No me cabe duda de que las primeras no eran nada más que recuerdos dulces de sus amantes anteriores. Hasta que les encontró otro uso: una forma de protección, y, con el tiempo, una manera de escalar puestos. —Se interrumpió a sí mismo y meneó la cabeza—. Me he preguntado en muchas ocasiones qué es lo que la encaminó en aquella dirección, si en algún lugar hay una carta que lo explica todo.

Shin pensó en Gota y dijo:

—Tal vez. Pero ya carece de importancia; Etsuko ha muerto.

—Solo que sus secretos, nuestros secretos, siguen con vida —interpuso Yua.

—Y ese es el verdadero motivo por el que ha venido aquí hoy, ¿verdad? —quiso saber Shin, mirando a Yasamura.

El Shinjo torció el gesto.

—Sí, aunque le aseguro que no ha sido por mí. Estaba satisfecho con nuestra interacción, pero no era el único miembro de nuestro clan que cometió una indiscreción en lo que respecta a la dama Etsuko.

Shin, que había visto más de un símbolo de los Iuchi entre las cartas, asintió poco a poco.

—¿Cuántos? —soltó Konomi, con la sorpresa clara en su expresión.

—Más de los que cree, pero menos de los que sospecha —suspiró Yasamura—. Como he dicho, era una mujer vivaz y le gustaba discutir. Para cierto tipo de personas, eso es una combinación irresistible.

Shin se apoyó en los talones para reflexionar sobre ello.

—Y es por eso que se la recomendó a Konomi, al saber que ella me la iba a recomendar a mí. Debe de haber estado buscando una oportunidad para sacarla de la capital, y, por lo tanto, alejarla de aquellos a quien podría influenciar.

—Eso fue lo que pensé al principio, sí. Era una tarea sencilla, una que estaba encantado de cumplir. Solo que entonces me llegó el rumor de que iba a casarse, y con un Bayushi nada más y nada menos. Comprenderá el problema, claro. —Yasamura se acabó el té y dejó la taza.

—Claro. Los Bayushi, y los Escorpiones en general, son conocidos por valerse de la información embarazosa. —Shin meneó la cabeza—. Aunque tengo motivos para pensar que Isamu también es otra víctima arrojada a Etsuko para proteger a otra persona.

—No me sorprendería —dijo Yasamura—. Es una manera de pensar de lo más Escorpión. Pero ¿tiene pruebas?

—No exactamente, aunque lo que tengo es suficiente. —Shin examinó al hombre por encima de su abanico—. ¿Por qué involucrar a Yua y a los demás? De hecho, ¿cómo llegó a saber…? Claro. Qué tonto por mi parte. —Miró a Konomi, que ni siquiera parpadeó ante su mirada—. Antes hemos hablado de los rumores que giraban en torno a Etsuko. Sabía más de lo que me ha contado.

—Se lo he advertido, Shin —asintió Konomi.

—Aunque con rodeos. —Shin cerró su abanico y se dio un golpe en los labios—. Es molesto ver que soy un hilo del tapiz de otra persona.

—Sea molesto o no, ya está hecho. En cuanto a involucrar a las personas ilustres que nos acompañan, bueno, eso fue el consejo de mi querida prima. —Yasamura se echó atrás—. Isamu se niega a hablar conmigo, aunque sí ha hablado con los otros.

—Eso ha dicho la dama Yua —murmuró Shin, mirándola de reojo.

La Libélula se sonrojó y apartó la mirada.

—Isamu nos ha visitado a todos, a todos a quienes Etsuko insistió para que viniéramos —dijo Minami—. Cortesías con rodeos, envueltas en secretos velados de que tenía alguna ventaja sobre nosotros, seguida de la sugerencia de que debíamos marcharnos cuanto antes. —Mostró los dientes, y sus ojos brillaron como el fuego—. No podía decirlo él mismo, claro, así que ha enviado a sus sirvientes a hablar con nosotros. Como si fuéramos sus subordinados.

—Sí. Lo más seguro es que esperara impedir que nos reuniéramos así —dijo Yasamura—. Konomi decía que presentar un frente unido podría servir para hacer que nuestro rival Bayushi se echara atrás, y estoy de acuerdo con él. Dudo que Isamu quiera pelea.

Oyó un alboroto repentino en el exterior. El sirviente de Yua se asomó, nervioso, al palco.

—Mi… Mi señora, el sirviente del señor Shin está aquí. Dice… Dice que debe hablar con su señor.

Yua miró a Shin.

—¿Qué es esto? ¿Alguna artimaña de las suyas?

—Sí, y justo a tiempo. —Shin se puso de pie, pero Yasamura estiró una mano para que no se marchara.

—¿Qué ocurre con las cartas? ¿Qué pretende hacer con ellas?

—Por el momento nada. —Shin miró en derredor—. Que quede claro que no me interesan nada las cartas, salvo por el hecho de que pueden encaminarme en dirección al asesino. Pero eso tendrá que esperar, porque ahora pretendo ir a ver al señor Isamu.

—Según tengo entendido, él tampoco quiere hablar con usted —dijo Yasamura.

Shin esbozó una sonrisa alegre y se dio un golpe con el abanico en la palma de la mano.

—Ah, creo que cambiará de idea cuando impida que el señor Gota lo estrangule.

CAPÍTULO 30
Tejón y Escorpión

Shin se dirigió hacia el palco de los Escorpiones, aunque no a solas, pues Yasamura había insistido en acompañarlo, al igual que Konomi. Hachi y el guardaespaldas de Yasamura les pisaban los talones. Shin había decidido que no tenía sentido discutir con sus invitados, ya que era mejor tener a Yasamura como aliado que como enemigo. Además, tal y como había indicado Konomi, presentar un frente unido podría ser buena idea.

Konomi se inclinó hacia Shin, con el abanico en alto para esconder su boca.

—¿De verdad está enfadado conmigo? —murmuró, haciendo todo lo posible por parecer inocente. Él evadió la pregunta.

—Creo que me estaba distrayendo antes, que quería dar tiempo a Yasamura para encargarse de sus asuntos. Por eso no le preocupaba que él se preguntara dónde estaba usted, ¿verdad?

—Quizás en parte, pero más que nada era para entretenerme.

Shin esbozó una sonrisa sin un ápice de alegría.

—¿Y Yasamura?

Konomi dudó antes de soltar un suspiro y contestar.

—Supongo que intentaba ensillar dos caballos con una sola montura, como diría mi padre. A Yasamura lo han enviado aquí por un asunto familiar, y a mí me han pedido que lo ayude. Pensaba que podía ayudarlo a usted al mismo tiempo. —Agitó su abanico—. Si le sirve de algo, él realmente le encuentra fascinante, aunque no sé por qué.

—Imagino que por las mismas razones por las que se lo parezco a usted. —Había pretendido que su comentario fuera una broma, pero ella le dedicó una mirada de reojo que lo incomodó.

—Quizás ha sido un error ocultárselo todo —los interrumpió Yasamura al colocarse entre los dos. Konomi, claramente acostumbrada a aquellas muestras de mala educación por parte de su primo, se hizo a un lado con elegancia—. Al fin y al cabo, usted tiene tanto que perder como nosotros. —Soltó una risita—. Su reputación depende del éxito de hoy, ¿verdad? Un asesinato en mitad del escenario no puede augurar nada bueno en las reseñas.

—Eso depende —pensó Shin en voz alta—. Si fuera capaz de llevar al culpable a la justicia, imagino que eso ayudaría en gran medida a mi reputación.

—Tal vez podamos hacer que haga eso sobre el escenario también —propuso Yasamura con otra risita—. Seguro que al público le encantaría.

—¿Cree que ha sido Isamu? —le preguntó Konomi, mirándolo por encima de la cabeza de Yasamura—. Ha dicho que cree que Bayushi Isamu es un sacrificio, alguien ofrecido por los Escorpiones para apaciguar a Etsuko. Si yo fuera él y estuviera en esa situación, bien podría acabar envenenando a mi prometida.

—Sí que apuñaló a aquel hombre una vez —dijo Yasamura.

—Y le rompió las costillas a otro —añadió Shin.

—No estamos hablando de mí —Konomi los fulminó con la mirada—, sino del Escorpión. ¿Cuánto le habría costado contratar a alguien para que añadiera veneno al maquillaje de Etsuko? Aunque fuera a alguien de la compañía, y más si no reveló lo que era que debían añadir.

Shin se paró a considerarlo. Algo de lo que Konomi acababa de decir le había llamado la atención, solo que no podía estar seguro de ello.

Revoloteó por los bordes de su mente y desapareció. Antes de que pudiera pedirle que repitiera lo que había dicho, con la esperanza de que aquello despertara el pensamiento una vez más, Kitano se acercó corriendo por el pasillo. Shin había mandado a su sirviente por delante para comprobar cómo iba la situación, y estaba claro que Kitano ya había visto más que suficiente.

—Mi señor, será mejor que se dé prisa. ¡La situación se está saliendo de control!

Shin y los demás apresuraron el paso. Cuando empezaron a vislumbrar el palco, reconoció a los dos guardias que había frente a la puerta por su encuentro previo con ellos: la mujer de la máscara de demonio y el hombre de la máscara de cerámica con rayas rojas y negras. Sin embargo, no estaban prestando atención a Shin y a los otros, sino que miraban fijamente al ujik, Arban, y a su maestro, Gota, quien se encaraba a ellos en una pose agresiva.

—Apártense —gruñó Gota, con sus grandes puños temblando.

—Nuestro señor no desea que se le moleste —repuso Nagisa, la de la máscara de demonio. Tenía la mano puesta sobre su espada, pero Gota no pareció darse cuenta—. Lo mejor será que regrese a su palco, mi señor. —Su tono estaba cargado de desdén, y Gota, como era de esperar, se tensó.

—Arban —lo llamó el mercader.

—Sí, Gota —repuso el ujik, a desgana.

—Mátalos.

Arban alzó una ceja, pero cogió su espada igualmente.

—Usted es el jefe.

Shin soltó una tos exagerada, y todos se detuvieron. Poco a poco, los Escorpiones se dieron la vuelta.

—Creo que debería señalar que, técnicamente, como estamos en mi teatro, el jefe soy yo —anunció.

—¿Eso no es solo en los barcos? —preguntó Konomi para ayudar a nadie en particular.

—No, en el teatro también —dijo Shin, sin mirarla. Desplegó su abanico y lo agitó un poco—. Este es mi reino, y yo soy el gobernador aquí. No se derramará nada de sangre, salvo con mi permiso expreso. Y, como ninguno de ustedes goza de dicho permiso, les insto a que dejen de mirarse así. —Devolvió la mirada a Gota, quien echaba chispas por los ojos—. Mi señor Gota, creo que ya hemos tenido esta misma conversación.

—Quiero hablar con el Escorpión —insistió Gota, testarudo.

—Ya veo. ¿Y si se niega a hablar con usted?

—No se negará, si sabe lo que le conviene. —El mercader dirigió su mirada llena de furia a Nagisa y a su compañero. Ninguno de los dos pareció quedar demasiado impresionado, aunque las máscaras complicaban verlo—. Quiero saber qué le hizo a Etsuko —continuó, y Shin se lo quedó mirando durante unos momentos.

—No propongo detenerlo, mi señor, sino sumarme a sus esfuerzos. Un frente unido puede conseguir algo más que una sola voz, ¿no cree? —Miró hacia atrás, a Konomi y a Yasamura—. ¿Algo que objetar?

—Nada —respondió Yasamura, con una ligera sonrisa.

El Daidoji inclinó la cabeza, se volvió hacia Nagisa y su compañero y señaló hacia la puerta.

—¿Y bien? ¿A qué están esperando? Anuncien nuestra presencia.

—Mi señor ha pedido que no se le… —empezó a decir Nagisa.

—Sí, eso ya lo ha dicho. Pero creo que la situación ha cambiado un poquito. —Shin miró a su alrededor—. Tal vez una retirada estratégica sea lo más sensato, ¿verdad?

Los dos samuráis intercambiaron una mirada, y algo pasó en silencio entre ellos. Entonces el Escorpión de la máscara de porcelana se dio la vuelta y entró en el palco. Regresó unos momentos más tarde y deslizó la puerta a modo de invitación. Shin fue el primero en entrar, y Kitano, Arban, Hachi y el soldado de Yasamura se quedaron en el exterior, con Nagisa y su compañero.

A diferencia de la primera vez que había estado allí, Isamu estaba a solas en el palco. Durante un instante, se preguntó dónde se habrían metido los otros nobles Escorpiones, aunque cayó en la cuenta de que lo más seguro era que Isamu los hubiera hecho salir cuando se había enterado de la muerte de Etsuko. Estaba de pie cuando entraron y no hizo ningún ademán de sentarse, al igual que tampoco invitó a los demás a hacerlo.

—No esperaba semejante falta de respeto por parte de un Grulla, ni siquiera de uno que ha caído tan lejos del nido —dijo en el mismo tono de voz que podría haber usado para comentar un cambio de tiempo. Miró más allá de Shin, hacia los otros, y entornó los ojos—. Aunque, viendo con quién se codea, tal vez no debería sorprenderme.

—Qué cosas más feas dice —murmuró Yasamura.

Gota se tensó y blandió uno de sus gruesos dedos hacia Isamu.

—Controle su tono, Bayushi, o le mostraré lo maleducado que puedo llegar a ser.

—No caiga en la trampa, mi señor Gota —lo tranquilizó Shin mientras agitaba su abanico—. Como todos los Escorpiones, solo está buscando el mejor lugar para picarle.

—«Así gorjea la grulla que ahora recorre, olvidada, los juncos de las marismas, alejada de las nubes alegres.» —citó Isamu.

Shin se echó a reír.

—Tajiwara —dijo, al identificar la procedencia del verso—. Demasiado práctico, pero todo un clásico por la misma razón. —Miró a Isamu por encima de su abanico—. Prefiero su oda a la estabilidad económica. —Se aclaró la garganta y recitó—: «Al igual que los árboles firmes que crecen en las arenas del norte, en la Casa del Padre, los cerezos siguen mostrando su flor».

—Qué aburrido —repuso Isamu—. Aunque no esperaba nada más por parte de un alma tan ordinaria como la suya.

—Shin oyó a Konomi soltar un pequeño grito ahogado y se impidió fruncir el ceño.

La mala educación era un arma como cualquier otra, y a los Escorpiones se les daba mejor blandirla que a la mayoría. Isamu le estaba tendiendo una trampa, pero eso era algo que él también podía hacer.

—Que considere el estado de mi alma es un gran cumplido —ronroneó el Daidoji.

—No he desperdiciado ni un solo pensamiento en su alma ni en nada más relacionado con usted —soltó Isamu—. De hecho, le estaría muy agradecido si desapareciera de mi vista ahora mismo. Y eso va por todos.

Yasamura soltó un silbido por lo bajo, como si lo hubiera impresionado la desfachatez de Isamu. Gota dio un paso hacia el Escorpión, aunque se detuvo cuando Shin estiró un brazo para impedirle avanzar. Konomi soltó una ligera carcajada.

—La cortesía de los Escorpiones es toda una maravilla —dijo ella, e Isamu la miró.

—¿Y qué es lo que saben exactamente los Unicornios sobre la cortesía?

—Lo suficiente para saber que la hiel necesita más preparación que la miel —dijo en un tono un poco cantarín mientras daba golpecitos en el aire con su abanico. Isamu gruñó para restarle importancia y se volvió hacia Shin.

—¿Qué es lo que quiere? —le preguntó.

—Hablar —contestó Shin.

Isamu vaciló, aunque solo por un instante.

—¿Sobre qué?

—Etsuko.

—Claro —respondió Isamu, resignado—. Debería haberlo sabido. —Suspiró—. Ya le he dicho que no sé nada de ninguna carta. —Miró a Yasamura de reojo—. Tal vez el señor Yasamura sepa algo sobre ellas. ¿Le ha preguntado?

—Ah, por supuesto —dijo Shin—. Sabe bastante, sí. Pero diría que usted sabe más.

—Y yo le he dicho que no. Parece que hemos llegado a un punto muerto.

—No lo creo. —Shin agitó su abanico.

—No veo cómo puede ser de otra manera.

—Bueno, eso es porque usted no es un investigador formado —explicó Shin. Isamu clavó la mirada en él.

—Y usted tampoco.

Ante eso, Gota se echó a reír; una carcajada belicosa que llenó el palco.

—Ahí lo ha pillado, Grulla —dijo el Tejón. Tanto Shin como Isamu lo miraron, y Gota les devolvió la mirada—. Ya basta de tonterías. Quiero saber qué le ha hecho a Etsuko.

Shin alzó una mano y Gota se quedó callado, si bien a regañadientes.

—Antes ha hablado con la dama Yua —mencionó el Daidoji—. ¿Puedo preguntarle por el tema de dicha conversación?

—No, no puede —repuso Isamu, tras una pausa.

—También ha hablado con Odoma, el mercader. ¿Ha sido sobre el mismo tema?

—Eso no es de su incumbencia.

—¿Y qué me dice de la dama Minami? Me ha hablado mucho de sus amenazas. —Shin oyó una carcajada contenida tras él. Yasamura, si no se equivocaba.

—No he amenazado a nadie —dijo Isamu—. No sé de qué me está hablando, no sé por qué cree que estoy involucrado en este plan inexistente que usted se ha sacado de la manga, pero ya me estoy hartando de todo.

—«No hay ninguna alcoba en la que pueda hacer reposar a mi caballo ni cepillar mis mangas sucias» —citó Shin—. Tajiwara otra vez. Pese a que sus versos son simples, transmiten el significado.

Isamu se lo quedó mirando.

—No sé qué cree que ha sucedido, pero no tiene nada que ver conmigo. Todo el mundo es capaz de ver que el culpable, si es que hay alguno, está tras bastidores. Es bien sabido que los actores no son de fiar.

—Y, aun así, planea casarse con una actriz —dijo Shin.

—Con quien quiera casarme es asunto mío y solo mío. —Isamu hizo un ademán con las manos—. Algunos podrían decir que su interés por mi matrimonio roza la obsesión.

—Algunos, sí —respondió Shin, alegre—. Aunque nadie con dos dedos de frente, claro. —Miró en derredor—. Hablando de sus sirvientes, ¿dónde está el tercero?

Isamu le dedicó una mirada furiosa, y Shin sonrió.

—Vaya… Me pregunto si estará intentando colarse en el vestuario de nuevo. ¿Quiere comprobar el estado de Etsuko o está buscando las cartas?

—¿Cartas? —preguntó Gota, en un tono quejumbroso— ¿De qué demonios están hablando?

Isamu no le hizo caso, sino que mantuvo la mirada fija en Shin.

—¿Qué le importa a usted dónde está mi guardaespaldas? —lo desafió.

—¿Qué cartas? —insistió Gota, en un gruñido—. ¿De qué hablan? ¿Qué tiene todo esto que ver con Etsuko?

Isamu miró al Tejón antes de volver a poner la mirada sobre el Daidoji.

—No se lo ha contado, ¿verdad?

—¿Qué no me ha contado? —quiso saber Gota, mirando a uno y a otro.

Shin vaciló, y a Isamu se le arrugó el ceño. Estaba sonriendo.

—Que Etsuko ha muerto.

—¿Ha muerto? —repitió Gota, con voz ronca. Se había puesto pálido, y, por un momento, Shin pensó que el mercader iba a desmayarse—. Ha muerto. No. No. No puede ser. —Dedicó a Shin una mirada salvaje—. Me ha dicho que estaba enferma. ¡Me ha dicho que no le iba a suceder nada!

Shin dio un paso atrás.

—Ha sido una mentira necesaria. Lo siento, mi señor Gota, pero sí, ha muerto.

—Lleva muerta desde que ha pisado el escenario —dijo Isamu.

Había algo en su voz: ¿arrepentimiento? Shin no podía estar seguro.

Gota se volvió hacia el Escorpión.

—Ha sido usted —lo acusó con un gruñido. Isamu dio un paso atrás—. Ha sido usted —rugió de nuevo—. ¡La ha matado!

Y, con eso, se lanzó hacia la garganta de Isamu.

CAPÍTULO 31
Compensación

Nao estaba sentado en su tocador mientras se preguntaba qué le depararía el futuro. Un murmullo persistente que provenía de los bancos indicaba la impaciencia del público. El entreacto iba a acabar en breve, y entonces tendría que volver a subir al escenario. Sin embargo, no era capaz de aunar las fuerzas suficientes para terminar de vestirse. En su lugar, se había quedado mirando los botes de maquillaje que tenía frente a él.

Se habían visto obligados a compartir un tocador desde que Etsuko se había deshecho del de él por motivos que no lograba comprender. Pasó sus largos dedos por ellos y los movió en círculos lentos, como en un truco de magia. No todos eran suyos.

Para los poco entendidos, no había ninguna diferencia entre los botes, pero Nao los distinguía con suma facilidad. Los suyos estaban hechos a partir de arcilla de cierto río del norte y tenían una coloración más rojiza. Los había fabricado un alfarero plebeyo, y mostraban cierta crudeza que a él le parecía que tenía buena estética.

Los de Etsuko, por otro lado, los había fabricado un alfarero profesional. Eran suaves donde los suyos eran rugosos y costaban más que el sueldo de una semana de un actor aprendiz. No cabía duda de que se los había regalado algún miembro de la nobleza o un mercader encandilado con ella.

Alzó uno de los botes para verlo mejor.

—Será estúpida —murmuró—. No se puede jugar con la cola del escorpión sin que te acabe picando. —Dejó el bote de nuevo y se puso de pie.

Ya casi había llegado el final. ¿El final de qué? De la actuación, sin duda. Pero quizá también de todo. Mala suerte, eso es lo que era. Mala suerte, o tal vez el destino, que por fin lo había atrapado.

Quizá no era nada más que una coincidencia. Quizás Isamu solo quería hablar sobre los viejos tiempos. Solo que, por alguna razón, lo dudaba. A Isamu nunca le había gustado la cháchara insulsa. Quisiera lo que quisiera, sabía que iba a causarle problemas, y más si tenía algo que ver con Etsuko. Todos aquellos incordios eran una de las razones por las que había dejado la Ciudad de las Mentiras para dirigirse a lugares más agradables.

Había tenido numerosos motivos para marcharse; demasiados para mencionarlos, a decir verdad. Más de los que quería recordar. Si bien no había encontrado la felicidad precisamente, al menos se había quedado satisfecho. Pensar que todo estaba tan cerca de acabar lo volvía loco. Y todo por Etsuko.

—Estúpida y más estúpida —suspiró. Había vivido más que ella, pero ella había tenido la última palabra. Suspiró y, sin pensar, se volvió hacia la habitación. Dudó y se dio la vuelta de repente cuando la puerta del vestuario traqueteó al abrirse—. Choki —lo llamó—, ¿qué crees que haces dándome esos sustos?

El joven se quedó petrificado.

—Le… Le he traído la peluca para la siguiente escena, como me ha pedido —dijo, sosteniendo la peluca frente a él como si de un escudo se tratase.

—Espero que esta vez sea la correcta. —Nao se quedó callado y se maldijo a sí mismo en silencio por haber tratado así al aprendiz—. No importa. Claro, gracias. —Aceptó la peluca que Choki le ofrecía y la hizo a un lado—. ¿Cómo va todo tras bastidores?

Choki cruzó los brazos por delante del pecho.

—Todo el mundo está nervioso. Ha oído lo que Ishi ha encontrado debajo del escenario, ¿verdad?

—Sí. —Nao tenía que admitir que Etsuko había sido muy astuta: esconder las cartas en un lugar donde a nadie se le habría ocurrido buscar nunca—. No pienses en ello, Choki. No tiene nada que ver con nosotros.

El aprendiz se dirigió al expositor de trajes y empezó a rebuscar entre ellos.

—El maestro Rin dice que el señor Shin no está contento con cómo va todo. —Dejó de hablar para mirar mejor un traje antes de decantarse por otro—. Tome. Este será mejor, creo.

Nao aceptó el traje y lo examinó. Al menos combinaba con la peluca. Tal vez el chico sí que estaba aprendiendo.

—¿Y por qué iba a estarlo?

—Porque lo estamos haciendo lo mejor que podemos —soltó Choki—. No debería haberle dicho nada antes. Ahora Ashina se ha metido en líos y…, y… —Dejó caer la cabeza y se interrumpió a sí mismo—. Es solo que… parece que la compañía se está cayendo a pedazos.

—No has hecho nada malo —lo calmó Nao, tras pensárselo un poco—. Y Ashina no se ha metido en ningún lío. —Notó un pellizco de culpabilidad al pensar en lo que el joven debía estar sintiendo.

Choki echó un vistazo hacia la habitación.

—¿Y qué sucede con la dama Etsuko?

—¿Quieres decir que eso también es culpa tuya? —le preguntó Nao, con una sonrisa.

La expresión de Choki habría sido graciosa si Nao la hubiera visto en el escenario, pero en aquel lugar y en aquel momento lo asustó. Era una expresión cargada de miedo y algo más… ¿furia? No obstante, se desvaneció tan rápido que Nao no pudo estar seguro. El joven se dio media vuelta, con las manos apretadas en puños.

—Es que… Yo solo quiero ser actor. Soy actor. Pero sin compañía…

—No tienes que preocuparte por eso —dijo Nao con firmeza.

—Porque usted no me deja subir al escenario como nada más que actor de fondo. —Choki volvió a mirarlo—. Y ahora puede que nunca tenga la oportunidad. Por su culpa.

Nao se puso de pie y se irguió cuan alto era.

—Cuidado con lo que dices, Choki. Sigo siendo el actor principal y tú eres mi aprendiz.

—Soy su sustituto —dijo Choki—, no su aprendiz.

—Serás lo que yo diga que eres —insistió Nao. Notó que el calor le subía a las mejillas y que el corazón le latía a más velocidad, por lo que se obligó a relajarse—. Pero tienes razón —continuó, después de pensárselo.

El joven lo miró, sorprendido.

—¿Ah… sí?

—Sí, sí que la tienes. Hablaré con el maestro Sanemon.

—¿Me… Me dejará subir al escenario? ¿Con Ashina?

—Sí —asintió Nao—. Después de la actuación de hoy. —Vaciló antes de continuar—: Puede… Puede que tenga que marcharme, y la compañía necesitará a alguien que ocupe mi lugar. Ese podrías ser tú.

—¿Se marchará? —preguntó Choki, con los ojos muy abiertos—. ¿Por qué?

—No importa —repuso Nao, e hizo un ademán para quitarle importancia. Le devolvió la peluca a Choki y le dedicó un gesto—. He cambiado de idea. Dile a Uni que quiero algo especial, ella sabrá qué darte. Ya. Corre.

Choki asintió y se marchó rápido, casi dando saltitos por las prisas. Nao suspiró y se volvió hacia el expositor de trajes. Reemplazó el que Choki había escogido por el primero que había visto, y, tras doblarlo sobre su brazo, se dirigió a la habitación. Deslizó la puerta para abrirla en silencio y miró a la difunta tendida sobre la tarima. El médico, Sanki, se volvió un poco desde donde estaba sentado.

—No deberías estar aquí —dijo en voz baja.

—Ni ella tampoco —respondió Nao.

—No pareces sorprendido. Por su estado, quiero decir.

—No lo estoy. —Se colocó sobre Etsuko y la miró más de cerca—. ¿Qué ha sido?

—No estoy seguro de que deba decírtelo.

—¿Ha sido un tipo de veneno mezclado en el maquillaje?

Sanki frunció el ceño y se sacó la pipa de la boca.

—¿Cómo lo sabes?

—Conozco los efectos, aunque nunca había visto que matara a nadie. —Nao suspiró—. Era alérgica, ¿verdad?

—Sí, eso creo.

Nao cerró los ojos. Si bien no era una persona muy dada a las plegarias, trató de aunar algunos pensamientos positivos sobre la difunta, algo que no fuera frustración o alivio.

—¿La conocías bien? —le preguntó Sanki, e interrumpió su ensimismamiento. Nao lo miró, sorprendido.

—Más de lo que quería.

Se dio media vuelta para marcharse, pero se quedó quieto cuando la figura de Arata, que tanto le sonaba, entró en el vestuario. Había entrado tan silenciosamente que Nao no lo había oído. El samurái cerró la puerta tras él.

—¿Cómo ha entrado aquí? —exigió saber Nao.

—Con una pequeña distracción —respondió Arata.

—Qué raro. ¿Qué ha hecho, envenenarle el té?

—He pagado a dos de los pajes para que se peleen, y ella ha ido a separarlos. O a ver la pelea, no estoy seguro. Pero bueno, sea como sea, aquí estoy. —Miró a Nao con frialdad—. El entreacto ya casi ha acabado.

—¿Dónde están los demás? —preguntó el actor.

Hizo el ademán de cerrar la puerta de la habitación, aunque un breve gesto de Arata lo detuvo.

—Los he dejado vigilando a Isamu —explicó el samurái mientras se acercaba—. He pensado que uno podría tener éxito donde tres han fracasado. ¿Está ahí dentro?

—Está descansando.

—No lo creo. —Arata fue a empujarlo hacia un lado, pero Nao se movió demasiado deprisa para él. Retrocedió y Arata se asomó. Hizo caso omiso de Sanki, vio el cadáver de Etsuko de reojo y se volvió hacia Nao—. Serás idiota.

—¿Yo?

—Pese a que eres muchas cosas, nunca he pensado que pudieras ser capaz de esto.

Nao se lo quedó mirando. Arata parecía sorprendido, algo que no se había esperado.

—Yo no he sido.

—No te creo. —Arata dio un paso hacia él y Nao retrocedió—. El señor Isamu no te creerá. Tu única opción es someterte a su merced. Tal vez él pueda protegerte de la justicia.

—¿La justicia?

—El señor Shin. Está buscando al asesino.

—Como acabo de decir, ese no soy yo.

—Pero podrías serlo —dijo Arata en voz baja—. Sería muy fácil. Has quedado expuesto, Nao. Has quedado débil. Tu jardín de senderos que se bifurcan se ha reducido a un solo camino. —Se lo pensó mejor—. O, mejor dicho, a solo un camino que lleve a buen puerto.

—¿Es eso una amenaza, Arata?

—Una promesa. La misma que te hice tantos años atrás. Vuelve. Paga tu compensación y deja que Isamu te proteja. Solo así podrás sobrevivir… primo.

Nao soltó una pequeña carcajada.

—¿Y cómo se supone que voy a hacer eso, *primo*?

—Las cartas, ¿dónde están?

—Claro —repuso Nao con un resoplido—. Pero no, llegas demasiado tarde. El señor Shin las tiene. —Señaló hacia el tocador de Etsuko—. Las tenía ahí escondidas.

—No todas.

Nao lo miró.

—¿Hay más?

—Sí, las del señor Sana. Tú las robaste.

El actor recordó de repente su última conversación con Etsuko.

Así que de eso iba todo.

—No he robado nada.

—Claro que sí. ¿Cómo no ibas a hacerlo después de darte cuenta de lo valiosas que eran? —Arata lo miró con más atención—. El señor Isamu albergaba la esperanza de que lo hubieras hecho por lealtad a tu familia, pero yo sé que no es así. Nunca te ha importado nada más que tú mismo.

—Lo que usted o el señor Isamu crean no me importa, Arata.

El Escorpión se quedó en silencio durante unos segundos.

—Un mes. Ese es el tiempo que se pasó llorando tu partida. Un mes. Casi no comía ni dormía. Estuvo todo un mes garabateando poesía sin parar, y luego lo quemaba todo.

Nao soltó un suspiro.

—Ya, bueno, siempre ha sido un poco melodramático, ¿verdad?

—Lo rompiste. Y ahora aquí estás otra vez para burlarte de él.

—No es eso lo que hago. Ni siquiera sabía que estaba en la ciudad hasta que Etsuko me lo mencionó. —Nao hizo una pausa—. Me pregunto cómo reaccionó ella cuando él le dijo quién era yo.

—No muy bien —respondió Arata con un gruñido—. Me pidió que te matara, y quizá tendría que haberle hecho caso. Tal vez debería cortarte la cabeza para ahorrarnos más disgustos a todos. —Llevó una mano a su espada, y Nao se tensó. Arata no amenazaba por amenazar, no como Nagisa.

—Adelante. Será lo último que haga en esta vida —dijo una voz desde la puerta. Arata se dio media vuelta y, al mirar más allá de él, Nao vio a la guardaespaldas del señor Shin, Kasami.

—Creía que tenía que vigilar la puerta —soltó Nao.

—Eso hacía. Lo he visto entrar, pero quería oír lo que tenían que decirse. —Kasami cerró la puerta tras ella—. Ya lo he hecho, y ahora ha llegado el momento de que se marche, Escorpión.

—Esto no es asunto suyo —dijo Arata.

—Todo lo que sucede aquí es asunto mío —respondió ella, y dedicó una mirada al Escorpión que indicaba que no se le podía discutir—. Apártese del actor.

Arata se volvió para encararse a ella.

—No merece su protección.

—Eso lo decidiré yo. —Se alejó de la puerta y Arata le imitó el movimiento y trazó un círculo en la dirección opuesta. Kasami no miró a Nao al preguntarle—: ¿Sanki sigue aquí?

—Aquí estoy —indicó él médico, que se detuvo en la puerta de la habitación, todavía fumando su pipa—. Casi ni me ha mirado.

—No tengo ningún problema con ustedes dos —dijo Arata, y miró de reojo hacia la puerta.

—No, solo conmigo —repuso Nao, y dedicó una sonrisa al Escorpión—. Aunque nunca nos hemos llevado muy bien, ¿verdad, Arata? Dijera lo que dijera Isamu.

Arata vaciló, se enderezó y bajó las manos.

—No, nunca. —Señaló al actor—. Las cartas, Nao. Te perdonará a cambio de las cartas.

—No he hecho nada que necesite perdón —sentenció Nao. Arata lo miró durante unos segundos más antes de marcharse tan silenciosamente como había llegado. Nao miró a Kasami de reojo—. Gracias.

—¿Qué cartas? —quiso saber ella.

—Ni idea —contestó el actor, frunciendo el ceño—. Las únicas cartas que conozco son las que el señor Shin ha encontrado. Y, hasta donde yo sé, se las ha llevado consigo. —Hizo una pausa—. Aun así, creo que debo hablar con el señor Shin.

CAPÍTULO 32
Revelación

En un acto reflejo, Shin desplegó su abanico y lo blandió a lo largo del rostro de Gota con la fuerza suficiente para lastimarle, pero sin llegar a hacerle un corte, al mismo tiempo que se apartaba de la carga del hombre. Gota gritó una obscenidad y se tambaleó, con las manos en el rostro.

La puerta se abrió de par en par cuando Nagisa y el otro guerrero Escorpión entraron a toda prisa, seguidos de Hachi, Arban y del soldado de Yasamura. Isamu alzó una mano.

—Quietos —gruñó.

Los dos samuráis se quedaron inmóviles y Hachi miró alrededor, confuso. Arban ayudó a Gota a incorporarse. Yasamura hizo un gesto a su soldado para que se quedara atrás.

—Me ha dejado ciego —sollozó Gota, tocándose la cara a tientas.

Arban retiró las manos a Gota de la cara para ver las marcas que le había dejado el abanico, que ya se estaban desvaneciendo.

—No, en absoluto. Parece que solo le ha dado una advertencia.

El ujik miró de reojo a Shin con una expresión que bien podría haber sido de admiración. El Daidoji volvió a plegar su abanico y suspiró. La situación no iba por buen camino. Miró a Isamu.

—Eso ha sido muy estúpido por su parte. Podría haberlo matado.

—Lo dudo mucho —respondió el Escorpión, altivo, aunque se frotó la garganta como si se estuviera imaginando lo que Gota podría haberle hecho.

Shin señaló al hombre de la corte con su abanico.

—Ha dicho que la dama Etsuko lleva muerta desde que ha pisado el escenario. Y es cierto, pero ¿cómo lo ha sabido?

—Se trata de veneno, ¿no es así? —quiso saber Isamu.

—Sabe más que de sobra lo que es —gruñó Gota, y fulminó con la mirada a Isamu con sus ojos llorosos—. ¡La engañó para que accediera a casarse con usted y ahora la ha matado!

—No he engañado a nadie —le espetó Isamu—. Si cree que este compromiso ha sido idea mía... —Se interrumpió a sí mismo y meneó la cabeza—. Solo... respóndame. Ha sido veneno, ¿verdad?

—Sí. Mi médico ha determinado que la dama Etsuko ha muerto por una reacción alérgica al veneno de cierta especie de avispa, y lo más probable es que se haya mezclado con su maquillaje. —Shin miró a Isamu a los ojos mientras hablaba y creyó ver un atisbo de ¿qué? ¿Reconocimiento?—. ¿Le suena de algo? —preguntó.

—No —dijo, negando con la cabeza—. ¿Debería?

—Puede ser. El veneno se considera una expresión de arte entre los Escorpiones, o eso dicen.

—Yo prefiero la poesía —se limitó a decir Isamu, sin emoción en la voz.

—Lo sé. ¿Le escribió algo a la dama Etsuko?

—No —contestó el Escorpión, con una leve carcajada.

—¿Y el señor Sana? —continuó Shin.

Isamu se lo quedó mirando sin decir nada, y el Daidoji asintió.

—Sí, lo sé todo.

—Lo dudo mucho —repuso Isamu, con una risa llena de amargura.

—En ese caso, ilumíneme, por favor.

—El señor Sana es un idiota. Al menos en lo que concierne a las actrices. —Isamu se expresaba sin afectarse, como si estuviera hablando de la lluvia en lugar de sobre un escándalo. Echó un vistazo a sus uñas mientras se lo contaba para ver si estaban sucias—. Él sí que le escribió muchas cartas. —Alzó la mirada de repente—. Aunque dudo que fueran tan buenas como las del señor Yasamura.

—Eso está claro —respondió Yasamura, con una sonrisa alegre.

Shin desplegó su abanico.

—Y, aun así, era usted quien iba a casarse con ella, no el señor Sana.

—Así es.

—¿Por qué?

—Porque el señor Sana ya está casado —interpuso Konomi de improviso—. O al menos prometido. Con la hija de un importante miembro de la familia Miya. —Shin la miró de reojo, y ella se encogió de hombros—. Me invitaron a la boda.

—A mí no —dijo Shin.

—A mí tampoco —añadió Yasamura, y miró a Shin—. Seguro que se les ha pasado.

—No creo, la verdad —repuso Isamu, antes de asentir en dirección a Konomi—. Pero tiene razón. Está prometido. Etsuko, sin embargo, insistió en casarse con alguien de la nobleza, así que se le encontró un novio dispuesto.

—Me sorprende que no la mataran y ya —dijo Shin.

—Qué comentario más maleducado —repuso Isamu, fulminándolo con la mirada.

—Sí, bueno, estoy un tanto molesto con usted. ¿Por qué no la... hizo desaparecer sin más? —Shin se paró a pensarlo—. Fue por las cartas, ¿verdad? No solo las del señor Sana, sino todas.

Isamu no dijo nada, pero Shin supo que su silencio era una confirmación. Miró a Yasamura de reojo.

—Y es por eso que usted ha venido aquí, para impedir que los Escorpiones se hicieran con el material de chantaje que Etsuko iba a entregar como dote.

—Solo que ahora lo tiene usted —dijo Yasamura, con intención.

—Sí, así es, e Isamu lo sabe. —Shin volvió a mirar al Escorpión—. Así que, ¿por qué sigue aquí? ¿Esperaba poder exprimir algo de este desastre?

—Quizá creía que debía esperar por Etsuko, que se lo debía. Para ver si usted atrapaba al culpable.

—O quizás intentaba evitar que sospechara de usted. —Shin se dirigió a la cortina de privacidad y se asomó hacia el auditorio. Más abajo, el público se estaba poniendo nervioso. El entreacto estaba a punto de acabar, por lo que en cualquier momento el tambor iba a volver a sonar para indicar el comienzo de la segunda mitad de la actuación del día. Se le estaba acabando el tiempo. Se volvió hacia Isamu—. Creo que las cartas están relacionadas con la muerte de Etsuko, pero no sé cómo. Esperaba que usted pudiera arrojar algo de luz al respecto.

—No la he envenenado —dijo Isamu—. Ni tampoco he pedido a otra persona que lo hiciera. No podía sacar ningún beneficio de su muerte. Como he dicho, iba a casarme con ella.

Shin reflexionó sobre las palabras que Isamu había decidido emplear, pues había sido muy cuidadoso, muy particular. La manera de hablar de una persona de la corte.

—Pero ¿se alegraba de ello?

Isamu se quedó en silencio durante unos momentos antes de decir:

—¿Qué más da eso? Estaba dispuesto, y a ella le parecía bien. —Gota soltó un sonido ahogado, pero Isamu hizo caso omiso de él y continuó—. No tenía ningún motivo para envenenarla. Y, si lo hubiera tenido, no lo habría hecho con veneno de avispa.

—¿Qué quiere decir? —preguntó Shin, al haber captado el desdén en su tono de voz.

—El veneno de avispa es cosa de niños —explicó Isamu—. No genera nada más que un sarpullido.

—A menos que uno sea alérgico —añadió el Daidoji. Isamu vaciló y asintió.

—A menos que ese sea el caso, sí.

—¿Sabía que ella era alérgica a eso?

—Está claro que no —repuso Isamu.

—¿Cómo podía no saberlo? —insistió Shin.

Isamu le ocultaba algo, estaba seguro de ello. Notaba las miradas de los demás y sintió algo parecido a nervios. Era como si estuviera sobre el escenario y ellos fueran su público. ¿Qué se le escapaba?

—La dama Etsuko escondía muy bien sus secretos —dijo Isamu—. Su comportamiento brusco ocultaba una astucia muy superior a la de la mayoría.

Shin seguía pensando en algo que contestar cuando oyó un carraspeo educado que provenía de la puerta. El tercero de los guardaespaldas de Isamu estaba allí y parecía de lo más incómodo con lo que estaba sucediendo.

—Pasa, Arata —le pidió Isamu—. Como puedes ver, te has perdido el espectáculo.

Arata miró a su alrededor, claramente perplejo.

—Mi señor… —empezó a decir, entre titubeos.

—¿Sí? —insistió Isamu.

Arata negó con la cabeza, e Isamu contuvo una maldición.

—¿Sucede algo? —preguntó Shin.

Isamu se dio media vuelta, y, por un momento, su mirada estaba llena de fuego, aunque no tardó en enfriarse y recobrar la compostura. Shin se puso en alerta de inmediato: iba a ocurrir algo. Lo notaba.

—Se me acaba de pasar por la cabeza que tal vez usted ya sepa quién es el asesino —ronroneó Isamu.

Shin dudó antes de contestar.

—¿Qué quiere decir?

—Todo esto de ir de aquí para allá y hacer tantas preguntas impertinentes... ¿No estará encubriendo a uno de los suyos, Grulla? —Isamu hizo un gesto lánguido—. Es decir, a mí me parece que el asesino solo podría haber sido alguien que hubiera tenido acceso a Etsuko en un momento muy específico. Si es que ha sido veneno de avispa, claro.

Shin frunció el ceño. Estaba perdiendo la ventaja e Isamu recobraba el control sobre la situación.

—Sí que lo ha sido. Mi médico lo ha confirmado.

—El veneno de avispa debe mezclarse deprisa, pues no tarda en separarse de cualquier solución a la que se añada. Eso quiere decir que solo puede haberse añadido justo antes de que la dama Etsuko se lo aplicara. —Isamu puso las manos detrás de su espalda—. Resulta obvio, entonces, que el culpable es alguien que estaba tras bastidores. Un actor que le guardara rencor, tal vez.

Shin miró en derredor y vio que Gota asentía poco a poco. Yasamura lo miró a los ojos y le dedicó una sonrisa a modo de disculpa.

—Sí que sería una manera sencilla de resolverlo todo, ¿no cree? —le dijo—. Y usted mismo lo sospechaba al principio. O eso me ha dicho Konomi.

—El actor principal, Nao —continuó Isamu, casi con amabilidad—. Él es quien tiene más por ganar, ¿verdad? Antes de que Etsuko llegara, era su nombre el que estaba en la parte superior del cartel.

—Ya he hablado con Nao —dijo Shin.

Y entonces lo vio: una trampa impecable, o, como mínimo, una distracción.

—Sí, pero ¿le ha hecho las preguntas apropiadas?

Shin dudó antes de contestar.

—¿Qué quiere decir?

—¿Qué sabe sobre él? —le preguntó Isamu—. Qué sabe de verdad. Que es un actor está claro, solo que hay actores y *actores*.

—Me temo que no lo sigo —dijo Shin, frunciendo el ceño.

—¿No se suponía que era listo? —contestó Isamu con una carcajada.

Al sentirse atacado, Shin desplegó su abanico y lo agitó.

—Hable con claridad, si no le importa.

—¿Sabe dónde aprendió su oficio?

—Nunca se lo he preguntado.

Shin sabía que los actores del calibre de Nao solían asistir a academias especiales en lugar de aprender a actuar con un solo maestro.

—No, claro que no —dijo Isamu—. Al fin y al cabo, ¿por qué le iba a importar?

Shin detuvo su abanico a medio movimiento.

—Si tiene algo interesante que decir, le sugiero que lo haga, señor Isamu. Si no, puede que me aburra y me marche.

—La Academia Butei —le contó Isamu.

Shin se quedó en blanco.

—¿Cómo?

—Es imposible —interpuso Yasamura—. ¿Es un Shosuro? ¿Por qué trabaja con una compañía tan insignificante? —Al reparar en lo que acababa de decir, miró a Shin—. Sin ánimo de ofender, claro.

—No me ofende —respondió Shin, distraído. La Academia Butei era una escuela de gran prestigio, solo que los actores que se formaban allí no eran del tipo que acababan incorporándose a la compañía de teatro de las Tres Flores. No a menos que algo les hubiera ido muy mal en la vida. Miró a Isamu—. ¿Cómo ha llegado a tener esta información?

Isamu no respondió durante unos segundos, y a Shin le llegó un momento de claridad. A Isamu se le había escapado algo, pero ¿qué? Dirigió su mirada a un lado y quedó aún más expuesto.

—Supongo que carece de importancia. ¿Qué más da dónde estudiara o cómo se llame?

Otra pausa, otro titubeo. Isamu entornó los ojos. Había dicho más de lo que quería, y, así, había ofrecido a Shin algo que se suponía que debía ser una trampa, aunque Shin no le estaba haciendo caso adrede. Isamu miró a Arata de reojo. El samurái negó con la cabeza de manera casi imperceptible, pero Isamu sacudió los dedos en un movimiento cargado de impaciencia. A Shin le dio la sensación de que toda una conversación se había producido entre aquellos dos gestos.

Isamu le dedicó una petición en silencio. Shin agitó su abanico y dijo:

—¿Les importaría darnos algo de privacidad al señor Isamu y a mí, por favor?

—¿Está seguro? —le preguntó Yasamura.

—Sí, por favor —respondió Shin, sin mirarlo.

Yasamura soltó un gruñido, y parecía que iba a protestar, pero Konomi le rodeó un brazo con el suyo.

—Ya lo ha oído —dijo ella—. Fuera. Y eso va para usted también, señor Gota.

—No —contestó el mercader, beligerante.

Konomi también le pasó el brazo por el codo, y él la miró, sorprendido. Konomi desató la fuerza completa de su sonrisa sobre el hombre. Era el tipo de sonrisa que podía tranquilizar a un caballo salvaje o hacer que huyera. Shin ya la había soportado en una ocasión, por lo que no culpaba a Gota por tambalearse y acceder.

Konomi captó su mirada conforme guiaba a los dos hombres fuera del palco y le guiñó un ojo. Shin soltó un suspiro.

—Muy servicial —murmuró Isamu mientras sus samuráis se retiraban junto al resto y cerraban la puerta para dejarlos a los dos a solas en el palco.

—Tiene sus motivos.

—Se rumorea que ustedes dos se han prometido —comentó Isamu. Shin se dio media vuelta.

—¿Ah, sí? No lo había oído. Creo que quería decirme algo. —Hizo un gesto hacia el palco vacío—. Pues bien, usted tiene la palabra.

Isamu se quedó callado durante unos momentos.

—¿Qué sabe de la Academia Butei?

—Es la escuela personal de la familia Shosuro. Muchos buenos actores han salido de sus puertas, entre ellos Nao, según parece.

—Shosuro Nao fue uno de los mejores actores que la escuela haya producido nunca —dijo Isamu, y, una vez más, Shin captó algo que se había dejado en el tintero—. Pero era más que eso —continuó Isamu—, pues la academia es algo más de lo que parece.

—Ah. —Shin plegó su abanico y asintió—. Se refiere a los rumores de su doble propósito: no solo formar a actores, sino a espías y asesinos. —Shin había oído dichos rumores cuando era más joven, aunque en aquel entonces no les había otorgado demasiada credibilidad.

—No son solo rumores —dijo Isamu con una carcajada, antes de mirar a Shin a los ojos—. Se lo cuento teniendo plena confianza en que es lo suficientemente inteligente para olvidar todo esto una vez que este asunto haya llegado a su fin. Cualquier intento de usar esta información para su provecho personal comportará una retribución inmediata. No es más que una Grulla lejos del cobijo de su nido.

—Pero cuando se ve a un Escorpión, se puede estar seguro de que hay cien más escondidos —dijo Shin—. Sí, sí, tiemblo de miedo. Está insinuando que Nao es…, ¿qué? ¿Un asesino? ¿Que ha envenenado a Etsuko por alguna rencilla?

—Es posible —respondió Isamu, tenso—. También cabe la posibilidad de que otra persona lo haya contratado. —Dudó antes de seguir—: Nos dejó… Es decir, dejó a los Shosuro hace unos años. Hubo alguna disputa y se fue por su propio pie.

—Y supongo que ha sido solo una casualidad que usted se haya encontrado con él aquí.

—Sí —repuso el Escorpión con delicadeza, y algo en sus ojos convenció a Shin de que era la verdad—. No tenía ni idea de que estaba aquí hasta que Etsuko lo mencionó.

—¿En qué contexto?

—Creía que él le había robado algo. Antes había culpado a otra actriz del robo, pero luego había empezado a creer que el verdadero culpable era Nao.

—¿Las cartas? —quiso saber Shin.

—Tal vez; no llegó a decírmelo. —Isamu apartó la mirada—. Le advertí sobre él, claro. Le dije que no se quedara a solas con él, aunque no creo que me hiciera caso. —Suspiró—. Ojalá lo hubiera hecho. Lástima.

—Sí, lástima. ¿Es posible que Nao conozca los usos del veneno de avispa?

—Por supuesto. Los alumnos de la Academia Butei suelen usarlo para gastarse bromas entre ellos.

—En ese caso, es posible que quienquiera que lo haya usado no supiera que a Etsuko iba a provocarle una reacción así. Puede que haya sido un accidente.

Shin se dio un golpecito en la palma de la mano con el abanico. Sin embargo, según él mismo había admitido, Nao sí que sabía lo de la alergia. Si de verdad había sido él, ¿podría haber sido algo que no fuera un asesinato a sangre fría?

—No, Nao lo habría sabido.

—Está seguro de que ha sido él. ¿Por qué?

Isamu soltó un resoplido.

—¿Quién más podría haber sido? —Respiró hondo—. Y, al ser la parte afectada, su vida me pertenece.

Shin parpadeó, sorprendido.

—Puede que quiera debatir eso con el señor Azuma antes.

—¿Cree que le importará la vida de un actor? —se rio Isamu—. ¿Aunque sea uno de los suyos? No. Se lo entregará al Clan del Escorpión para mantenerlo contento, al menos.

—Lo que lo hace feliz a usted, hace feliz al clan, ¿verdad? —Shin interrumpió la respuesta del noble con un ademán. Pese a que no se lo creía, tenía que hablar con Nao y deprisa—. No sé qué rencor guarda a Nao, pero no se lo entregaría a nadie solo porque usted lo diga. Necesitaré pruebas.

—En ese caso, vaya a buscarlas. Hágale las preguntas correctas esta vez, a ver qué respuestas le da.

Isamu se quedó callado cuando el repentino estruendo de un tambor recorrió el teatro. El entreacto había llegado a su fin.

Shin hizo ademán de marcharse, pero Isamu lo detuvo al decir:

—Me daría prisa, de ser usted —dijo en voz alta—. Pretendo presentar mi información al señor Azuma en cuanto termine la actuación. De una manera u otra, Shosuro Nao será mío.

CAPÍTULO 33
El método Shosuro

Shin se dirigió tras bastidores al ritmo del tambor mientras las palabras de Isamu se pisaban los talones y se atropellaban en su cabeza. El entreacto había terminado y la actuación estaba a punto de comenzar de nuevo. Ashina iba a dirigirse al escenario en cualquier momento para llorar la muerte de su amante, a quien creía muerto, y de su primo, quien sí estaba muerto del todo. Le quedaba una hora, tal vez dos, para encontrar al asesino, dependiendo de cuánto pudieran alargar las escenas finales.

Había dejado a Kitano vigilando al Escorpión con la orden de ir a buscarle si Isamu o alguno de sus soldados hacía cualquier cosa. Se había disculpado con Yasamura y Konomi, y se había alejado de su compañía con tanta dignidad como había podido. Konomi había intentado inventarse alguna excusa para acompañarlo, pero él se había negado. Demasiadas personas solo conseguirían confundir más la situación.

Eso y que tampoco confiaba del todo en ellos, no en estos momentos, no con aquella situación. Yasamura estaba demasiado dispuesto a aceptar la hipótesis de Isamu, y Shin podía ver por qué: era una solución elegante, una que permitía que todos salieran de allí sin ninguna duda. Las cartas se habían extraviado, quien iba a usarlas para chantajear había muerto y el asesino estaba bajo custodia. Fin del problema.

Solo que Shin estaba casi seguro de que no había sido Nao. No sabía por qué ni cómo lo sabía, sino solo que lo sabía. No obstante, debía estar seguro, y aquello implicaba tener que hablar con Nao una vez más antes de que subiera al escenario. Al hacerlo, esperaba despertar algo en su intuición que lo condujera hasta el verdadero asesino.

—Grulla. ¡Grulla!

Shin se detuvo y se dio media vuelta, con el abanico extendido como si de una espada se tratase. Gota frenó en seco con torpeza. El mercader y Arban lo habían estado siguiendo desde que se había dirigido tras bastidores, y Shin lo había permitido porque no tenía tiempo para discutir. Solo que en aquel momento estaba molesto.

—¿Qué? —soltó—. ¿Qué quiere ahora, señor Gota? ¿Gritar un poco más? ¿Fanfarronear y rugir como un niño nervioso? Si es así, hágalo en otro lugar, se lo suplico.

Gota se puso rojo, pero dicho tono se desvaneció y el hombre dejó caer los hombros.

—Me ha utilizado —dijo tras unos momentos—. Sabía lo que iba a hacer, que iba a darle una excusa para confrontar a Isamu. Lo he sabido en cuanto ha aparecido por allí.

—Así es. —Shin bajó su abanico—. Y no me disculpo por ello.

—No quiero ninguna disculpa. Quiero verla, Grulla. —Y entonces añadió, en voz más baja—: Por favor.

Shin se vio tentado a rechazarlo, pero no tuvo las fuerzas para ello. En su lugar, se dio media vuelta e hizo un gesto a sus espaldas.

—Vale, pero no interfiera o me veré obligado a darle otro golpe en la nariz.

Gota dijo algo entre dientes, aunque no se lo discutió. En su lugar, preguntó:

—¿Cree que ha sido el tal Nao?

—No. Isamu intenta distraerme.

—¿Por qué?

—No lo sé.

—Entonces ¿cómo sabe que es así? —insistió Gota.

Shin no le contestó, y, tras ello, continuaron en silencio entre bastidores. Gota se había calmado. Arban silbaba sin una melodía específica, al parecer, muy tranquilo. El sonido del tambor los acompañó a lo largo de todo el camino mientras los pajes y los tramoyistas se apresuraban para ocupar sus puestos y un grupo de actores se dirigía hacia el sendero de las flores. Chika estaba entre ellos, y Shin agitó su abanico a modo de saludo.

Kasami estaba en su lugar de siempre cuando llegaron.

—Lo está esperando ahí dentro —dijo, sin sorprenderse al ver a Gota y a Arban—. Dice que quiere hablar con usted.

—¿Quién?

—Nao.

Shin frunció el ceño y miró hacia la puerta cerrada del vestuario.

—¿Hablar de qué?

—Supongo que tiene algo que ver con el Escorpión que se ha pasado por aquí. —Lo miró desde abajo—. ¿Recuerda que le he contado antes que estaban buscando a Nao? Creo que hay algo más aquí de lo que usted se imaginaba.

—Ya veo. —Shin se dio un golpecito en los labios con el abanico plegado—. ¿Qué más?

—No sé qué estaba buscando, pero no creo que lo haya encontrado.

—Bien.

Shin deslizó la puerta para abrirla e hizo un gesto a Gota para que entrara por delante de él mientras Arban se sentaba sin demasiada elegancia en el suelo. Tal y como Kasami le había dicho, Nao lo estaba esperando.

El actor pareció sorprenderse ante la aparición de Gota, aunque se limitó a decir:

—Bueno, ya era hora.

Shin le hizo un gesto para que se callara. Gota pasó por delante del actor hacia la habitación, abrió la puerta y se quedó quieto. Shin se le acercó.

—Sanki, si nos permites… —le pidió.

En el interior de la habitación, Sanki se puso de pie y salió hacia el vestuario para dejar solos a Gota y a Shin.

—Es tan bella… —dijo Gota en voz baja, mirando hacia la forma de Etsuko—. Incluso ahora es bella.

—Sí —contestó Shin.

Casi era capaz de oír los latidos del corazón de Gota como un tamborileo que resonaba en las profundidades de una fortaleza en la montaña. El hombretón dejó caer todo su peso junto al cadáver. Se inclinó sobre la difunta, tal vez un poco más cerca de lo que los modales permitían.

—La quería, ¿sabe? —confesó con voz ronca—. Siempre la he querido. Desde que éramos pequeños.

Shin no dijo nada y Gota no lo miró. El Daidoji creyó que su mirada se había vuelto hacia su interior.

—Le ofrecí todo lo que tenía, pero no era suficiente —continuó—. Quería emociones fuertes, o eso me dijo. —Un escalofrío recorrió su enorme cuerpo—. ¿Podría…? ¿Podría quedarme aquí con ella, mi señor?

—Tómese todo el tiempo que necesite —respondió Shin, antes de salir de la habitación. Cerró la puerta tras él y miró a Nao, quien vio algo en la mirada del Daidoji y enderezó su postura, antes lánguida—. Tenemos que hablar tú y yo.

—Así es —dijo Nao.

—He hablado con Bayushi Isamu.

—¿Y quién es ese? —preguntó Nao. Una mentira obvia—. ¿Un sospechoso, tal vez?

—Tal vez. Es posible que no haya sido nada más que un accidente. —Shin se sentó frente al tocador y lo examinó. Cogió un bote y le quitó el tapón. Un olor ácido le hizo picar la nariz—. Este es el que ha usado.

—¿Cómo lo sabe? —quiso saber el actor.

—Sanki me ha contado que el veneno se acaba separando de la mezcla. Estas gotitas de condensación, el olor… Es este.

—Shin lo miró de reojo—. Qué suerte que no lo hayas usado por error, ¿eh?

—Dudo que lo hubiera notado, salvo por el olor. No soy alérgico a esas cosas.

—Qué alivio. —Shin giró el bote de un lado para otro para examinarlo desde todos los ángulos. No era de la misma calidad que los demás. No se había dado cuenta de ello la primera vez—. Tengo respuestas para cada pregunta. Respuestas equivocadas, seguramente, pero respuestas al fin y al cabo. La única pregunta que me queda es la menos importante.

—¿Y cuál es?

—¿Cómo no lo ha sabido? Ha mezclado sus ingredientes, y, aun así, no se ha dado cuenta de que se le había añadido algo. Se me ha ocurrido hace poco. Ella misma se lo ha aplicado; ¿por qué no se ha dado cuenta de que algo no iba bien con la mezcla?

—Bueno, para empezar, no es uno de sus botes —dijo Nao.

Shin se quedó helado.

—¿Cómo?

—Ese bote de ahí no es suyo.

Shin se volvió hacia el actor, todavía con el bote en las manos.

—Si no es suyo, ¿de quién es?

—Mío, claro. —Nao le quitó el bote y lo sostuvo sobre la palma de la mano—. Me lo robó. Algo que ocurría a menudo, como le he dicho antes. Si la mitad de los rumores sobre ella son ciertos, le gustaba mostrar a sus rivales que podía llevarse cualquier cosa y salir impune. Hombres, maquillaje…, lo que fuera.

Shin se puso de pie y miró a Nao con una nueva sospecha. Parecía inconcebible que Isamu tuviera razón.

—¿Lo sabías? —preguntó en voz baja.

Nao parpadeó, perplejo.

—¿Qué quiere decir? —El actor frunció el ceño—. No puede pensar que he envenenado mi maquillaje para… ¿qué? ¿Para matarla?

—Ahora mismo no sé qué pensar. ¿Por qué no me contaste que eras miembro de la familia Shosuro?

—Sinceramente, no era asunto suyo, mi señor. —Nao vaciló antes de añadir—: Lo siento.

Shin sacudió los dedos para restarle importancia con un gesto brusco.

—¿Estás seguro de que este bote es tuyo?

—S... Sí.

—¿Y estás seguro de que ella te lo robó?

—Como he dicho, era una de sus costumbres. Estaba enfadada conmigo.

—¿Por qué? —quiso saber Shin.

—Porque ella era quien era y yo soy quien soy.

—¿Y quién eres, Shosuro Nao?

—No tengo derecho a ese nombre —dijo Nao, con un tono duro—. Esos privilegios y responsabilidades ya no me pertenecen. —Se encaró al Daidoji con una expresión que no contenía su arrogancia de siempre. La expresión que había bajo la máscara de actor. En aquel momento, solo era un hombre que miraba a otro—. Los rechacé cuando me fui. Cuando decidí labrar mi camino en lugar de seguir el que se había trazado para mí.

Sorprendido, Shin no dijo nada. Nao se aferraba al bote con tanta fuerza que Shin pensó que iba a romperse, aunque, en su lugar, lo acabó dejando sobre la mesa. Shin vio que le temblaba la mano.

—Etsuko era una veterana de las artes escénicas y sabía mejor que nadie cómo importunar a los otros actores. Y lo hacía muy a menudo. Algunos actores intentan caer bien a los demás miembros cuando se incorporan a una nueva compañía; otros, como Etsuko, intentan conquistarla por cualquier medio que les parezca apropiado.

—Cuando te has enterado de que se había puesto enferma, ¿has sospechado de la causa?

Entonces fue Nao quien se sorprendió.

—¡No! ¿Por qué iba a sospechar?

Shin se paró a pensar. Le acababa de soltar otra mentira, aunque creyó que aquella había sido por instinto.

—¿Es cierto que estudiaste en la Academia Butei?

Nao se quedó helado.

—¿Se lo ha contado Isamu?

—¿Eso es un sí?

—En otra vida, sí —repuso el actor, apartando la mirada.

—Se dice que los alumnos de dicha academia aprenden otras artes además de a actuar y a cantar.

—¿Como espiar, por ejemplo? —preguntó Nao, con la voz llena de amargura.

—Entre otras cosas.

—No tengo cómo saberlo. —Miró a Shin con más atención—. ¿Ha sido Isamu? —preguntó de nuevo.

Shin ladeó la cabeza.

—Os conocéis, ¿verdad? Hay algo personal entre vosotros.

—En otra vida —repitió Nao. Se miró al espejo con una expresión tristona—. Éramos más jóvenes antes. Creo que usted sabe lo que es eso, mi señor.

—«La juventud es otro país, y el mar entre nosotros es amplio» —citó Shin.

—Chamizo —contestó Nao, asintiendo—. El viejo sacerdote que alecciona a los padres sobre su hijo descarriado. —Esbozó una sonrisa—. Una buena escena…, por mucho que mi personaje no esté en ella.

—El señor Isamu cree que has sido tú quien ha envenenado a Etsuko.

Nao torció el gesto.

—Claro que dice eso. ¿Y supongo que quiere que me entreguen a él para que aplique su castigo?

—Lo ha mencionado, sí. No pareces sorprendido.

—Porque no lo estoy. Como he dicho, lo conocía cuando éramos jóvenes. —Nao meneó la cabeza—. No se puede confiar en él, mi señor. Es de lo más falso, incluso teniendo en cuenta que es un Escorpión. Siempre lo ha sido.

—Cuando lo conociste en tu juventud, quieres decir.

Nao inclinó la cabeza.

—Sea como sea. —Se miró las manos mientras ordenaba sus ideas. Shin no lo interrumpió. Cuando Nao alzó la mirada, se había vuelto a poner la máscara—. Si bien es cierto que me formé en la Academia Butei, fui de todo menos un alumno estrella. Es por eso que me fui. Tenía cosas por aprender que no podían enseñarme allí.

—Pero en el tiempo que pasaste allí, ¿aprendiste algo sobre venenos?

Nao dudó, y aquello fue una respuesta en sí misma. Shin decidió continuar su ataque.

—¿Quién más podría haber sabido que Etsuko pretendía... coger prestado tu maquillaje? —Nao lo miró como si fuera un idiota.

—Todo el mundo. No ocultaba esas cosas; al contrario, se enorgullecía de ello.

—Cuando te has dado cuenta de que tu bote no estaba, ¿qué has hecho?

Nao soltó un resoplido.

—Lo mismo que hago siempre: he robado uno de los suyos. —Esbozó una sonrisa—. El espectáculo debe continuar, al fin y al cabo.

Shin echó un vistazo al vestuario en busca de respuestas, solo que no encontró nada, al menos a simple vista. Nao había dejado de prepararse. Se puso de pie, quieto y en silencio, con la mirada perdida. Finalmente, dijo:

—Choki no está listo para sustituirme, aunque es posible que actúe mejor con Ashina que yo. La actuación puede proseguir, incluso sin mí y sin Etsuko. —Empezó a desvestirse, pero Shin le paró los pies con un gesto.

—No será necesario.

Nao se detuvo.

—En ese caso, cree que soy inocente, mi señor.

—No lo sé. Lo único que sé es que el público ya está lo suficientemente molesto. Perder a los dos actores principales provocaría un daño irreparable a la reputación de esta compañía.

—Por no hablar de su reputación —añadió Nao, con algo de su coquetería de siempre.

Shin asintió.

—Sí. Admito que es un poco egoísta por mi parte, pero no sería la primera vez que cedo ante el interés propio. —Entonces fue Shin quien se paró a pensar—. Estoy confiando en ti, Nao. No me decepciones.

El actor inclinó la cabeza.

—Haré todo lo que pueda, mi señor.

—¿Mi… Mi señor? —dijo la voz temblorosa de Choki desde la entrada.

Nao le hizo un gesto, y el joven entró del todo en el vestuario con una peluca en brazos.

—Ah, Choki, qué bien que estés por aquí. Me he decantado por un nuevo traje para que vaya con la peluca. —Nao hizo un ademán hacia un traje que estaba sobre un banco cercano. Choki le echó un vistazo y se puso blanco.

—¿Ese? ¿Está…? ¿Está seguro?

—Sí —repuso Nao, mirándolo—. ¿Por qué?

—Ah, por…, por nada. Solo he pensado que… No importa. Buena elección.

Nao soltó un resoplido.

—Todas mis elecciones son buenas. —Se señaló a sí mismo—. Ahora ayúdame a ponerme esa dichosa cosa.

Shin observó la situación mientras Choki empezaba a ayudar a Nao a vestirse. Las sospechas todavía acechaban en su mente. Había algo que no habían dicho allí, algo importante que no era capaz de ver. Consideró sus siguientes palabras con sumo cuidado.

—Isamu ha mencionado que Etsuko dijo algo sobre unas cartas que habían desaparecido.

Choki dio un respingo y Nao frunció el ceño.

—Tenía entendido que usted las había encontrado —dijo el actor.

—No todas. Algunas no estaban; Ashina me lo ha confirmado. ¿Se te ocurre por qué puede ser?

Nao se comprobó la peluca en el espejo.

—Es obvio, ¿no? Las escondió en otro lugar por precaución.

—¿Se te ocurre dónde?

—Me temo que no tengo ni idea.

Shin asintió y aceptó su explicación sin mayor problema. Inclinó la cabeza.

—Lástima, aunque posiblemente sea lo mejor.

Nao lo miró.

—¿Y qué ocurre con Isamu?

—Yo me encargo de él. Me ha dado hasta el final de la actuación para encontrar al culpable, y eso es lo que pretendo hacer. —Hizo una pausa para escuchar la música que provenía del escenario.

Todavía no tenía ninguna respuesta, al menos no las apropiadas. Ninguno de sus sospechosos parecía encajar del todo, no tanto como a él le habría gustado. Había algo que no era capaz de ver, pero ¿qué? ¿Cuál era la pieza que faltaba?

Se quedó mirando la nada mientras reflexionaba. Alguien había envenenado a Etsuko, pero ¿por qué? ¿Por venganza? ¿O para conseguir las cartas? ¿Y cómo había sabido que debía envenenar el maquillaje de Nao en lugar del de Etsuko?

Se quedó helado.

—¿Y si no lo sabía? —murmuró.

Era muy sencillo, tanto que había pasado por alto la posibilidad. Había estado tan centrado en que Etsuko era la víctima, que ni siquiera se había planteado que podría no haber sido el objetivo verdadero.

—Seré idiota —dijo en voz alta.

—¿Mi señor?

Se sorprendió y se volvió para encontrar a Choki detrás de él.

—¿Sí? ¿Qué ocurre, Choki?

El joven tragó en seco y miró a Nao. Tenía una expresión llena de cautela. Shin, al ver lo que quería, lo cogió del brazo y lo alejó un poco.

—¿Sí? —volvió a preguntar en voz más baja—. ¿Qué sucede?

—Creo… Creo que sé dónde están las cartas, mi señor.

Sorprendido, Shin lo miró.

—¿Dónde?

—En la torre del tambor, mi señor. Están en la torre del tambor.

CAPÍTULO 34
La torre del tambor

Shin siguió a Choki por los angostos pasillos que llevaban hasta la parte trasera del teatro. Los pesados peldaños de madera que ascendían hasta la torre del tambor estaban cerca de la entrada trasera, entre montones de utilería, cuerdas enrolladas, cortinas dobladas y los demás restos que producía un teatro al funcionar.

—Explícamelo otra vez —dijo Shin, apresurando el paso para seguir el ritmo al joven—. ¿Cómo has descubierto lo de las cartas?

—Ashina me lo ha contado, mi señor —respondió Choki, sin mirarlo.

—¿Y cómo sabía ella dónde estaban? —preguntó el Daidoji, aunque sospechaba que ya lo sabía.

Aquello era lo que Ashina había estado ocultando. Estaba claro que la actriz sabía más sobre lo que estaba ocurriendo de lo que había admitido al principio.

Choki agachó un poco la cabeza.

—Me… Me las dio a mí, y yo las…, las escondí en la torre del tambor. —Miró a Shin de reojo—. Nadie va ahí nunca, salvo la tamborilera, Chizu. Y ella solo se queda ahí el tiempo suficiente para hacer su trabajo, así que es imposible que alguien más las encuentre.

—Muy astuto —repuso Shin. Se preguntó si Choki habría pretendido ayudar a Nao con sus problemas con Etsuko, o tal vez el joven actor era más listo de lo que parecía; el chantaje era algo endémico entre los actores de todo tipo. La extorsión era un medio común para adquirir mejores papeles, al menos en algunas compañías—. ¿Estás seguro de que son las mismas cartas que Etsuko dijo que Chika le había robado antes de acusar a Nao?

—Sí, mi señor —asintió Choki con energía—. Reconocí el símbolo de los Bayushi.

Shin asintió para sí mismo. Sí, de verdad había sido muy astuto. Tanto que tuvo que hacerle la pregunta más obvia:

—¿Por qué has decidido contármelo ahora, Choki?

El actor se detuvo y se dio media vuelta, con una expresión apesadumbrada que casi resultaba graciosa.

—He oído lo que le decía al maestro Nao, sobre su lugar de procedencia y sobre lo que piensa el señor Isamu. Sé que no debería haber escuchado, pero… estaba preocupado.

—¿Por Nao?

Choki vaciló y Shin asintió al comprenderlo.

—Ah, estabas preocupado por Ashina. Creías que los Escorpiones podrían ir a por ella después de darse cuenta de que Nao no sabía nada de las cartas.

El joven dejó caer los hombros.

—Lo siento, mi señor, pero, vaya…, sí.

—¿Cuánto tiempo? —preguntó Shin, con una sonrisa.

Choki parpadeó, sorprendido.

—¿Mi señor?

—¿Cuánto tiempo hace que tú y Ashina estáis…? Ya sabes. —Shin sacudió su abanico para quitarle importancia al ver la expresión de Choki—. No importa. Ha sido maleducado por mi parte preguntártelo.

Choki inclinó la cabeza.

—Unas pocas semanas, mi señor. —Entonces añadió en voz más baja—: Solo unas semanas. —Se volvió a dar la vuelta y reemprendió el camino hacia la torre del tambor. Shin le siguió el paso.

—¿Es por eso que te dio las cartas para que las escondieras?

—Así es.

—¿Pretendías usarlas?

—¡No! —soltó Choki, mirándolo de reojo—. Nunca. Ni siquiera sabría cómo hacerlo, mi señor.

—Disculpa, Choki. Tenía que preguntarlo. —Shin notaba que Choki estaba nervioso por algo; tal vez temía que fuera a castigarlo, por lo que decidió tranquilizarlo.

—Me has ayudado mucho, Choki. Me aseguraré de que tengas una buena recompensa.

Choki le dedicó una breve mirada, pero no dijo nada, y Shin se incomodó al recordar lo que Kitano le había contado antes sobre cómo los demás veían su generosidad. ¿Cómo iba a sorprenderle entonces que Choki estuviera tan nervioso? Al pensar, desesperado, en un tema más seguro, Shin se conformó con el más obvio.

—¿Se te ocurre alguien que quisiera hacer daño a Nao? Aunque solo fuera dejarlo en evidencia.

Choki se sobresaltó, como si la pregunta le hubiera sorprendido, y frunció el ceño.

—No, mi señor. Todos los de la compañía lo quieren mucho. —Si bien no sonaba demasiado alegre por ello, Shin decidió dejarlo pasar—. ¿Por qué lo dice, mi señor?

—Temo haber cometido un error —contestó Shin—. Sospecho que Etsuko no ha sido la víctima que habían planeado, tal y como yo, y todos, nos habíamos imaginado. Lo más natural era que fuera ella. Pero ¿y si no es así? ¿Y si solo estaba en el lugar equivocado en el momento equivocado?

—¿Qué quiere decir, mi señor?

Shin se dio un golpecito en la mano con el abanico mientras hablaba. Era la primera vez que articulaba su teoría.

—¿Y si todo esto ha sido un enorme accidente, una comedia de errores? Alguien ha añadido veneno al bote de maquillaje, pero no era el bote de Etsuko, sino el de Nao. Ni siquiera había pensado en preguntarlo... Solo lo supuse, y resulta que lo supuse mal. Creí que Etsuko era el objetivo, y mi investigación ha reforzado dicha hipótesis.

—No lo entiendo, mi señor —dijo Choki, claramente desconcertado.

—La intención y el resultado, Choki. Suelen ser dos cosas muy distintas. Mi intención era encontrar al asesino de Etsuko, pero el resultado es que el asesino no quería matar a Etsuko. La situación no es la que me imaginaba. Nada está yendo como pensaba.

—Entonces ¿por qué busca las cartas, mi señor?

—Porque son un cabo suelto, y los cabos sueltos no son nada elegantes. —Shin agitó su abanico, distraído, y se llevó las manos detrás de la espalda—. Y también porque son la única manera de acabar con nuestra plaga de Escorpiones. Seguirán buscando las cartas hasta que sepan que alguien las ha encontrado, y preferiría que ese alguien fuera yo.

—¿Qué va a hacer con ellas?

—Nada. ¿Por qué? ¿Tienes alguna sugerencia?

Era una broma, pero Choki pareció tomársela como una pregunta de verdad.

—Yo las quemaría, mi señor. Es la única manera de estar seguro.

—Una buena idea. La tendré en cuenta.

—¿Y... qué hay del veneno? —quiso saber Choki—. ¿Quién cree que ha sido?

—Preferiría no decirlo —contestó el Daidoji, tras pensárselo.

Choki se volvió para mirarlo.

—Cree que ha sido Ashina, ¿verdad?

Shin frunció el ceño.

—Como he dicho, me gustaría no especular a estas alturas.

—No ha sido ella.

—A mí tampoco me gusta pensarlo —dijo Shin—, pero, por el momento, es la principal sospechosa. Al fin y al cabo,

¿por qué otro motivo me iba a mentir sobre dónde estaban las cartas extraviadas? La pregunta es por qué habría intentado envenenar a Nao. ¿Qué provecho puede sacar de ello? —Vio los peldaños que conducían hacia la torre del tambor al otro lado del pasillo—. Sea como sea, pronto lo sabremos. Vamos.

Conforme se acercaban más a los peldaños, Shin se dio cuenta de que los guardias que Azuma había apostado en la puerta no estaban en sus puestos. Choki captó sus dudas y dijo:

—Creo que el señor Azuma los ha llamado, mi señor. No sé muy bien por qué.

—Qué curioso. Aun así, estoy seguro de que ha sido por algo importante, sea lo que sea. —Shin empezó a subir.

Los peldaños estaban rodeados de paredes de papel que mostraban escenas de la historia del teatro. Subir por allí era una experiencia de lo más claustrofóbica; a propósito, pues los peldaños se habían diseñado para ocupar el menor espacio posible.

La torre del tambor era un edificio simple, fabricado de madera y con un tejado curvo y acampanado de tejas azules. Tenía cuatro paredes con unas aberturas circulares a cada lado, como ventanas, lo que permitía que el sonido de los tambores resonara hacia las calles cercanas.

Shin entró por la trampilla y se detuvo. La tamborilera, Chizu, ya se habría marchado, pues sus tareas del día habían acabado. Oyó el aleteo de un pájaro cuando este salió volando, asustado. Miró a Choki, por debajo de él.

—¿Dónde están?

Choki se asomó por la trampilla y señaló hacia los tambores.

—Las escondí debajo de los tambores. Hay un hueco bajo el suelo.

Shin giró los tambores poco a poco y los examinó desde todos los ángulos. Se incomodó de repente, pues todo era demasiado conveniente.

—¿Estás seguro? Supervisé la instalación de los tambores personalmente y no recuerdo ningún…

Un traqueteo de madera le asustó, y le llevó unos momentos percatarse de que había provenido de la trampilla. Se había cerrado. Shin corrió hacia ella y vio que estaba cerrada por el otro lado. Se había quedado atrapado en la torre.

—¿Choki? —lo llamó—. ¿Choki?

Ninguna respuesta.

Apoyó el peso sobre los talones.

—Genial. —dijo Shin.

Una trampa. Y, como un idiota, había caído de bruces en ella. Kasami no iba a dejar que lo olvidara nunca. Lo había sospechado un poco, pues haber descubierto las cartas de una manera tan repentina era demasiado conveniente, aunque se preguntó si aquel habría sido el plan o si tan solo se trataba de un impulso.

En aquellos momentos, Choki y Ashina podrían estar huyendo del edificio, sobre todo si los soldados de Azuma estaban en algún otro lugar. Aquello también parecía haber ocurrido en un momento sospechoso.

—Planeado, entonces —murmuró para sí mismo. Choki debía haberse dado cuenta de que Shin iba a poner su atención sobre Ashina de nuevo, por lo que se había preparado. Y en aquel momento estaba atrapado, al menos hasta el final de la actuación, y ellos tenían el camino hacia la libertad abierto de par en par. Shin se pasó una mano por el cabello—. Listo; muy listo, sí. Nao te ha subestimado mucho. Y, ahora que lo pienso, yo también.

Aun así, no podía evitar preguntarse el motivo de todo aquello. ¿Por qué Ashina había intentado envenenar a Nao? ¿Lo había hecho por Etsuko? ¿O tal vez en nombre de alguna otra persona? ¿Isamu? Parecía ridículo al pensar en ello, pero ¿por qué no? ¿Y si le habían prometido algo? Tal vez un papel protagonista.

Dejó de pensar y olisqueó el ambiente. Olía algo. Y, fuera lo que fuera, era un olor cada vez más fuerte. Entornó los ojos al mirar hacia la trampilla. Había algo…

Se puso de pie de un salto y soltó una maldición. Humo. Era humo. Alguien había prendido fuego a la torre del tambor. Con él atrapado dentro.

—¡Fuego! —gritó, dando pisotones en el suelo—. ¡Fuego! Pero su aviso cayó en saco roto. Pronto alguien se daría cuenta, cuando el humo saliera por las ventanas, solo que, para entonces, ya sería demasiado tarde para él. Si el humo no acababa con él, lo haría el fuego.

Miró en derredor, en busca de algún lugar por donde escapar. Si bien las ventanas no eran demasiado grandes, podría apretujarse y pasar por ellas. Durante un momento, consideró la idea de bajar por el exterior de la torre. Pero entonces sus ojos se iluminaron al ver el tambor.

Lo dudó, aunque solo por un instante. Cogió las mazas del tambor, las hizo girar sobre sí mismas y dio un golpe de prueba. El sonido era fuerte, solo que no lo suficiente. Tosió, pues el humo se colaba por las rendijas del suelo, y notó el primer atisbo de calor del piso de abajo.

No tenía tiempo para hacerlo con dignidad. Pensó durante unos instantes y luego se echó a reír. Un segundo después, comenzó a golpear el tambor. El ritmo no era el que solía salir de la torre, sino que era un ritmo muy específico, uno que cualquier marinero sabría reconocer: la señal para indicar *fuego*. Solo esperaba que la persona correcta lo oyera.

Continuó golpeando el tambor conforme una ola de calor se alzaba desde el suelo y lo rodeaba. El calor lo oprimía y el sudor caía por sus ojos cada vez que parpadeaba mientras seguía con su ritmo y golpeaba el tambor con tanta fuerza como podía. El humo le hacía picar los ojos y escocer la garganta. Oyó el crepitar del fuego justo debajo de él.

Lo único que lo distrajo del pánico que amenazaba con sobrepasarlo era haberse dado cuenta de que había resuelto el misterio. No por medio de ninguna deducción astuta por su parte, sino por un comentario sin pensar de su principal sospechoso.

Conforme el calor lo golpeaba a él y él golpeaba el tambor, las piezas del rompecabezas se colocaron en su lugar correspondiente dentro de su mente. Etsuko no había sido el objetivo: su muerte fue un accidente, un error. Aquello era obvio. El veneno de avispa no tenía la intención de matar, sino de hacer pasar vergüenza a alguien, de resultar una molestia, de enviar un mensaje que solo un graduado de la Academia Butei sería capaz de reconocer. Sin embargo, Ashina no había sido quien había mandado el mensaje. ¿Por qué iba a hacerlo?

Pensó en los bolsillos en los trajes y en el extraño grito de Ashina en el vestuario. ¿Qué era lo que estaba buscando entre los trajes de Etsuko? Fuera lo que fuera, su ausencia la había asustado. Si eran las cartas, ¿quién habría sabido dónde las había escondido ella? Solo alguien que conociera bien los trucos de los trajes, al igual que solo una persona tenía el acceso y la motivación necesarios para intentar avergonzar a Nao. Pero ¿por qué? ¿Qué sentido tenía todo? Necesitaba respuestas.

Lo único que tenía que hacer para encontrarlas era no morir devorado por el fuego.

CAPÍTULO 35
Rescate

Kasami miraba la puerta del vestuario. El pez a medio salto que estaba pintado en la puerta le devolvía la mirada. No se había percatado de la presencia del pez antes, pero una vez que lo había visto, no podía dejar de mirarlo. Chika, que estaba sentada a su lado, preguntó:

—¿Por qué un pez?

—¿Cómo? —dijo Kasami, sin dejar de mirar al pez a los ojos.

—¿Por qué un pez? ¿Por qué no un ave o una rana?

Kasami parpadeó, confusa.

—¿Una rana?

—Por el nombre de la ciudad, digo —aclaró Chika.

—¿No deberías estar en el escenario?

—No —repuso la actriz—. Además, pensaba que se alegraría por contar con algo de compañía.

—Ya tiene compañía —dijo Arban, desde el otro lado del pasillo.

Estaba agazapado delante de Kasami y de Chika. Kasami no le hizo caso, sino que miró a Chika de reojo.

—Me alegro, pero eres una distracción.

—Eso dicen todos —respondió Chika, coqueta.

Arban se echó a reír y Kasami lo fulminó con la mirada hasta que paró.

—¿Por qué está usted aquí? —exigió saber ella—. No se requiere de su presencia.

—Gota sigue ahí dentro —dijo Arban, señalando con el pulgar por encima del hombro—. Solo me aseguro de que no se haga daño. —Miró la puerta—. Aunque ese pez es muy feo. ¿Así son los peces aquí?

—Los peces no son así en ningún lado —respondió Chika. Se inclinó hacia delante y apoyó la barbilla en las manos mientras miraba a Arban—. Así que es un ujik.

Arban sonrió de oreja a oreja.

—¿Ah, sí? Me alegra saberlo.

—También es gracioso —continuó la actriz, tras soltar una carcajada.

Kasami puso los ojos en blanco.

—No lo es. No lo animes.

Se echó atrás. Estaba molesta. Shin se había ido a algún lugar con Choki sin advertirla y sin ni siquiera decirle adónde iba, algo que iba a tener que hablar con él largo y tendido más adelante. Tras haber pasado todo el día correteando de un lado para otro, cabía la posibilidad de que necesitara que le recordara que su propósito principal no era quedarse sentada delante de vestuarios, sino asegurarse de que el Daidoji no se fuera al otro barrio.

—A mí me parece que Arban es muy gracioso. Y guapo también. —Chika batió sus pestañas a Arban, y el respondió con una mirada lasciva casi cómica. La actriz se echó a reír—. Aunque demasiado guapo para mí. Prefiero a los hombres feos, ellos se esfuerzan más y solo te dan por sentado muy de vez en cuando.

—Me alegro de que opines eso —dijo Arban, con sinceridad—. Pues eres demasiado escuálida para mí. ¿Acaso has ido a caballo alguna vez?

—He ido en un carruaje del que tiraba un caballo. O quizás era un buey. —Chika se dio un golpecito en el labio con el dedo, como si quisiera recordar lo que era, antes de sacudir una mano—. Bueno, era un animal.

—¿Y usted? —preguntó Arban, mirando a Kasami de reojo con una expresión perezosa.

—¿Yo qué?

—¿Ha ido a caballo alguna vez?

Kasami soltó un resoplido.

—Pues claro. Todos los Hiramori sabemos cabalgar.

—Bien. —Arban asintió en un gesto lleno de aprobación—. Una mujer debería saber ir a caballo.

—Estoy de acuerdo —dijo Kasami—. También debería saber usar una espada.

—Yo no sé nada de eso —soltó Chika, con un tono de tristeza fingida, y miró a Kasami—. ¿Me puede enseñar?

Kasami parpadeó, sorprendida, y respondió en un acto reflejo.

—No sería apropiado.

—Ya te enseño yo —propuso Arban.

—No he dicho que no fuera a hacerlo —se apresuró a decir Kasami—. Solo he comentado que no sería apropiado. Pero podría… Supongo que podría enseñarte algo. Las bases, al menos.

—Y yo me encargo de todo lo que no te enseñe —añadió Arban, con una carcajada. Entonces se quedó callado y alzó la mirada—. ¿Huelen eso?

—Si se refiere a si necesita darse un baño, la respuesta es que sí —contestó Kasami.

Chika se echó a reír, pero Arban negó con la cabeza.

—No es eso. Otra cosa. —Miró de reojo a la puerta—. Quizá no es nada. Imaginaciones mías.

Los tambores empezaron a sonar un momento más tarde. Kasami frunció el ceño y miró a Chika.

—Pensaba que los tambores ya no iban a sonar más hoy.

—No deberían sonar, no. —Chika frunció el ceño y ladeó la cabeza para escuchar el ritmo con atención—. No suena a ninguna señal que haya oído antes.

Kasami asintió. El ritmo era casi marcial, aunque no era uno que conociera. Miró a Arban, que se encogió de hombros.

—No sé nada de tambores —dijo, en un tono de disculpa—. Pero no suena demasiado alegre, ¿verdad?

—No —murmuró Kasami.

Cuando se puso de pie, oyó unas voces que provenían del interior del vestuario. Voces enfadadas. Se dirigió a la puerta, pero antes de que pudiera abrirla, alguien lo hizo por ella.

—¿Qué hacen ahí plantados? —gritó Sanki, en una voz más alta de lo que habría creído posible en un hombre tan mayor. Había abierto la puerta de par en par y Gota estaba detrás de él, con una expresión asustada—. ¿No oyen el tambor, panda de cazurros?

—¿Qué le ocurre al tambor? —preguntó Kasami, sorprendida por la ira en la voz del médico.

—Es la señal de fuego —rugió Sanki, pasando por su lado.

Estuvo a punto de contestar cuando lo olió: humo. Miró a Arban.

—Le he dicho que olía algo —dijo él.

Kasami pensó rápido y miró a Chika.

—Avisa a los trabajadores, diles que hay un incendio cerca de la torre del tambor. —Se volvió hacia Arban—. Lleve a su señor a un lugar seguro.

—¿Y usted? —preguntó él.

—Tengo que ir a buscar a Shin. —Se quedó callada al caer en la cuenta de algo—. Una señal naval…, claro. Está en la torre del tambor, el muy idiota. —Empezó a correr por el pasillo, pero se dio media vuelta al notar que Sanki se apresuraba para seguirle el paso, con su bolsa en la mano—. ¿Adónde cree que va?

—Con usted, por supuesto. El señor Shin podría necesitar ayuda.

No tenía tiempo para discutir. Kasami asintió, tensa, y continuó su marcha. No ralentizó el paso, y Sanki no tardó en quedarse atrás, aunque confiaba en que la acabara pillando. Conforme corría, casi se llevó por delante a alguien que iba en dirección contraria. Choki. El actor se alejó de ella con una expresión llena de pánico.

—Choki, ¿qué…? —empezó a preguntarle.

—Fuego —jadeó él, aferrándose a la guardaespaldas—. ¡Fuego, mi señora! ¡Hay un incendio en la torre del tambor! Tengo que ir a avisar a los demás. ¡Debemos apagarlo antes de que el teatro entero se queme! —Se abrió paso entre ella y siguió corriendo por el pasillo, gritando a pleno pulmón. Pese a que Kasami siguió avanzando de inmediato, una parte de ella se preguntó por qué Choki no estaba con Shin. ¿Acaso el Daidoji lo había enviado a buscar ayuda? Parecía el tipo de estupidez que sería capaz de hacer.

Llegó a la torre del tambor unos momentos después. El incendio subía por las paredes y las vigas y, aunque por el momento no se había asentado en la madera, las paredes de papel iban a saciar su hambre más que de sobra. Pensó rápido, desenvainó su espada y cortó la más cercana de ellas, la arrancó y la lanzó a un lado. Aquello retrasaría el avance del fuego un poco.

Envainó su espada y sacó su cuchillo. Había sido un regalo de Shin, y ella siempre mantenía la hoja afilada. Con unos cuantos cortes rápidos, arrancó un retal de la parte inferior de su túnica y se hizo una máscara para resguardarse del humo, y unos trapos para protegerse las manos y el cabello de las llamas errantes. Un momento más tarde, empezó a subir por los peldaños, cuchillo en mano.

Conforme avanzaba, cortó y apartó más paredes de papel, pero sus esfuerzos eran en vano. El fuego se había propagado. Quienquiera que lo hubiera encendido sabía lo que hacía, o tal vez solo había tenido suerte.

El humo llenaba la escalera y, en poco tiempo, los ojos le lloraban y le picaba la nariz. El calor la rodeaba y la asfixiaba. Entre toses, llegó a lo alto de la torre y vio que alguien había atascado la trampilla con un cuchillo de utilería.

—¡Señor Shin! —lo llamó—. ¡Señor Shin!, ¿me oye?

A pesar del crepitar de las llamas, creyó oír un grito amortiguado por encima de ella. El tamborileo, que había continuado durante todo aquel tiempo, dejó de sonar por fin.

—¡Apártese! —gritó, entre toses.

Un golpe de su cuchillo fue suficiente para hacer añicos el cuchillo falso, y un golpe con su hombro logró abrir la trampilla hacia arriba. Una silueta salió del humo de arriba, tosiendo y jadeando.

Un momento más tarde, Shin prácticamente se dejó caer en sus brazos.

—Kasami —tosió—. ¿Por qué has tardado tanto?

El humo los rodeaba y hacía difícil ver dónde estaban, y mucho más difícil respirar. Colocó su cuchillo de vuelta en el cinturón y fulminó con la mirada a su señor.

—Chitón —lo calló—. Tenemos que salir de aquí.

Se aferró a Shin cuando él se dejó caer sobre ella, débil por un ataque de tos. Con su visión borrosa pudo ver que la túnica del Daidoji estaba manchada por el humo y que su piel estaba roja.

—Una idea maravillosa —dijo él, entre toses—. Tú primera.

Un instante más tarde, ya estaban descendiendo por las escaleras ennegrecidas. Vio que el fuego subía hasta el techo, a pesar de lo que había hecho para impedirlo.

Sin embargo, cuando llegaron al último peldaño, algo de agua cayó sobre la madera cerca de ella. Soltó un grito, cubrió a Shin y oyó una disculpa a gritos. Se había formado una pequeña cadena de cubos, organizada por Chika. Un momento más tarde, uno de los soldados de Azuma subió por las escaleras a toda prisa, más allá de Shin y Kasami, cargado con un cubo de agua. Varios pajes del teatro lo siguieron, todos ellos con sus respectivos cubos. Más gritos sonaban desde otras partes, y Kasami podía oír el estruendo de los pies al correr.

Kasami apartó a Shin de los peldaños y lo dejó a una distancia segura del incendio antes de quitarse la tela que le cubría el rostro.

—¿Qué hacía ahí arriba? —exigió saber—. ¿Por qué no me ha dicho dónde iba?

Entre toses, Shin intentó responder.

—Una trampa. Alguien ha intentado matarme.

—¡Cómo no! —repuso ella, resignada. Había esperado que esta vez pudieran pasar por una de las investigaciones de Shin sin que nadie intentara matarlo. Sin embargo, si él iba por ahí y le daba motivos a todo el mundo, era inevitable. Echó un vistazo de vuelta hacia los peldaños. El incendio estaba casi apagado—. Hemos visto el incendio antes de que hiciera algo peor que quemar la madera.

—Gracias a mí, claro —dijo Shin.

—Gracias a Sanki —lo corrigió ella—. Hemos oído el tambor, pero ha sido él quien ha entendido el mensaje que quería transmitir.

—¿Todavía crees que no debería haberlo contratado? —preguntó Shin, casi sin respiración. Cuando trató de ponerse de pie, ella le puso una mano en el pecho.

—No se mueva. Sanki está en camino. —Se volvió y entrevió a Sanki apresurándose por el pasillo, esquivando a pajes y trabajadores. Llevaba su bolsa en las manos y se la colocó a Kasami en los brazos antes de agacharse junto a Shin, jadeando por la carrera.

—¿Sigue vivo, entonces? —preguntó, mirando a Shin a la cara. Lo cogió de la barbilla para examinarla por un lado y otro.

—Gracias a ti —tosió Shin.

—Tiene suerte de que haya oído el tambor. —Señaló a Kasami con un ademán de la mano—. Creo que esta no me ha creído hasta que uno de esos pajes ha pasado por ahí a toda prisa y gritaba algo sobre un fuego. El nervioso, el que siempre ayuda a ese actor que tiene. ¿Cómo se llama?

—Choki —respondió Shin en voz baja. Kasami asintió.

—Debe haber visto a quienquiera que haya provocado el incendio —dijo la guardaespaldas—. Deberíamos ir a buscarlo para interrogarlo.

Sanki pinchó y toqueteó las extremidades de Shin y lo pellizcó en el cuello y en las mejillas. Kasami no estaba muy segura de que todo aquello fuera necesario; tal vez Sanki estaba tan molesto como ella. Se echó atrás y dedicó un ademán con la cabeza a Kasami.

—Está bien.

—Pues claro —dijo Shin mientras Kasami lo ayudaba a ponerse de pie. Le dedicó una mirada triste a su túnica—. Aunque no creo que podamos limpiar esta.

Kasami soltó un resoplido.

—Tiene más.

—Pero esta era mi túnica de la suerte —dijo, con un lloriqueo.

—Sí —interpuso el médico, con intención—. Sí que lo era.

Kasami miró a su señor.

—¿Qué le ha hecho subir hasta allí? —exigió saber—. ¿En qué estaba pensando?

—Pensaba… Bueno, no importa lo que pensara, porque ha sido una trampa. Tendida por el envenenador —repuso Shin, tratando en vano de quitarse una mancha de hollín de la manga.

Kasami miró a Sanki de reojo.

—¿El envenenador? Pero si le he visto marcharse con… —Se interrumpió a sí misma, y su enfado con Shin se evaporó al percatarse de lo que quería decir—. Ah. Choki.

Shin se incorporó del todo, cansado.

—Tenemos que encontrarlo. —Miró a Sanki—. Doctor, quédate aquí, por favor. Puede que alguien necesite tu ayuda antes de que apaguen el incendio.

Sanki asintió y se volvió hacia la cadena de cubos.

—Debe haberse ido ya —protestó Kasami.

—No se irá hasta que haya encontrado lo que quiere. Las cartas.

—Pero las cartas las tiene usted —indicó ella.

—No todas. —El Daidoji empezó a recorrer el pasillo, todavía tosiendo—. Ha sido Isamu quien me lo ha revelado todo, aunque no se haya dado cuenta.

—¿Isamu? —preguntó Kasami, siguiéndole el paso—. ¿Qué tiene él que ver con todo esto?

Shin le dedicó una mirada cargada de ironía.

—¿Quién crees que le ha dado a nuestro joven actor el veneno de avispa? No parece el tipo de cosas que Choki hubiera podido encontrar por sí solo. No, alguien se lo ha dado.

—Pero ¿por qué?

—Para transmitir un mensaje.

—¿Al matar a Etsuko? —preguntó la guardaespaldas, incrédula, antes de menear la cabeza—. Es ridículo.

—Sí —asintió Shin—, si el mensaje hubiera sido para Etsuko, pero no lo era. El objetivo era Nao.

—¿Nao? —preguntó Kasami—. ¿Por qué Nao?

—Es demasiado complicado para explicarlo ahora. Dejémoslo en que tenemos que ir al escenario. ¡Corre! —Shin salió corriendo y Kasami soltó una maldición y corrió tras él. Ni un incendio era capaz de ralentizarlo.

Había una muchedumbre de actores y trabajadores en los laterales cuando llegaron. A pesar de que Sanemon intentaba calmarlos a todos, no le iba muy bien. Al verlos, exclamó:

—Es Choki, mi señor. ¡Se ha vuelto loco!

Unos gritos de asentimiento siguieron aquella exclamación. Los actores habían formado grupitos y hablaban, animados, a pleno pulmón.

Shin miró a Kasami de reojo, y ella alzó la voz.

—¡Silencio!

Todos se quedaron callados, y los grupos se apartaron para que Shin y Kasami pasaran. En el escenario, la representación se había detenido en seco. Ashina y los otros actores estaban paralizados por el susto mientras observaban a su compañero, Nao, y a Choki, quien sostenía un cuchillo contra la garganta del actor.

—Que nadie se acerque —gritó Choki.

Su voz se transmitía con facilidad por el escenario en silencio. El público también se había quedado callado, y todas las miradas estaban posadas en el drama que sucedía frente a ellos.

—Choki, así no se hacen las cosas —dijo Nao. Kasami no pudo evitar admirar la calma del actor, pues había conocido a guerreros entrenados que no habrían podido quedarse tan tranquilos cuando alguien les ponía un cuchillo en la garganta—. No sé lo que pretendías hacer al colarte en el escenario, pero lo único que has conseguido es avergonzarnos a los dos…

—¡Silencio! —Choki retorció el cuchillo y Nao se quedó callado. La expresión del joven era salvaje, desesperada, y se llenó de sorpresa al ver a Shin y a Kasami en el lateral—. ¡No! ¡Atrás!

Kasami gruñó entre dientes y dio un paso amenazante hacia Choki, con una mano en la espada. Shin la detuvo con un gesto. Ella le dedicó una mirada inquisitiva, y él negó con la cabeza poco a poco.

—Nada de sangre —murmuró.

—Puede que no nos deje otra opción —dijo ella.

—Ya veremos —repuso Shin.

Respiró hondo y se dirigió al escenario. Ella lo siguió y notó todas las miradas del público posadas sobre ellos. El Daidoji dio un paso más en dirección al joven actor.

—Ni un paso más —dijo Choki.

Shin se detuvo, aunque solo durante un instante.

—Choki, ¿por qué? —preguntó en voz baja. Mantuvo las manos bien a la vista del joven y se movió poco a poco para no asustarlo. Kasami lo imitó y se dirigió en dirección opuesta—. ¿Por qué intentabas envenenar a Nao?

—No ha sido eso. ¡No ha sido eso! —respondió Choki, con la voz entrecortada. Se tensó, y Nao soltó un gruñido de dolor cuando el cuchillo se le clavó un poco en la garganta. Unas gotitas de sangre descendieron y se acumularon en la curva de su cuello. El público contuvo la respiración al mismo tiempo. Choki no mostró ningún indicio de haberse dado cuenta de ello—. Se suponía que solo iba a ponerse enfermo para que yo pudiera sustituirlo, solo por hoy. Para que todo el mundo pudiera ver…

Nao soltó una carcajada llena de desdén.

—¿Para que vieran cómo quedabas en evidencia en el escenario? —Choki torció el gesto y se tensó más aún.

Shin alzó una mano.

—Espera, espera —dijo, todavía con calma. Kasami frunció el ceño al ver lo que estaba haciendo. Shin intentaba no asustarlo, pues, si Choki se movía en el momento equivocado o de manera equivocada, Nao iba a morir—. Los dos sabemos quién te ha dado esa idea, ¿verdad? —Shin miró de reojo hacia el palco del Clan del Escorpión.

Choki le siguió la mirada, asintió y tragó en seco.

—Me… Me dijo que Nao pasaría tanta vergüenza que abandonaría la compañía y yo podría ocupar su lugar.

Shin se lamió los labios.

—¿Y te mencionó a Etsuko en algún momento?

Choki negó con la cabeza, lleno de furia.

—¡No ha sido culpa mía!

—No, no. No tenías cómo saber que ella iba a tomar prestado el maquillaje ni que iba a sufrir una reacción alérgica. Pero luego… Luego, cuando te has dado cuenta de lo que ha sucedido, has entrado en pánico, ¿verdad?

Choki cerró los ojos con fuerza.

—No la he matado —susurró—. No he matado a nadie. No ha sido culpa mía.

—No será porque no lo hayas intentado.

Choki abrió los ojos de repente.

—No podía arriesgarme. Si usted se enteraba…

—¿Y luego qué, Choki? —le preguntó el Daidoji, en un tono amable—. ¿Ibas a quemar el teatro? —El joven negó con la cabeza, con una expresión que solo contenía desesperación. A Kasami le recordó a un animal que había caído en una trampa—. ¿Por qué no has huido y ya está?

Choki volvió a tensarse. Dirigió la mirada hacia Ashina, y la expresión de la actriz fue imposible de leer. ¿Era miedo? ¿Arrepentimiento? ¿Frustración? Kasami no estaba segura. Shin continuó.

—Has vuelto a buscar las cartas, ¿verdad? Las has escondido en el traje de Nao antes, en uno de los bolsillos ocultos, si no me equivoco.

—Se suponía que iba a llevar el otro —explicó Choki, con una voz sin emoción—. Nadie se habría enterado, nadie me habría visto irme. Pero ahora es demasiado tarde. Demasiado tarde para todo menos para esto. —Retorció el cuchillo, y Nao siseó de dolor.

—Eso no es lo que quieres, Choki —dijo Shin. Kasami vio la espada de pega de Nao tirada en el escenario, cerca de ellos, y se colocó lo suficientemente cerca para cogerla. Choki no pareció percatarse de ello—. ¿Por qué quieres echar tu vida a perder por un gesto vacío como este? —continuó Shin—. Suelta el cuchillo y hablemos.

El joven negó con la cabeza y no contestó. El cuchillo tembló y se alejó de la garganta de Nao. Kasami se tensó y colocó el pie bajo la espada. Entonces la expresión de Choki se convirtió en un rugido lleno de pánico.

—¡Ya hemos hablado suficiente!

Fijó la mirada en Nao y alzó el cuchillo. Kasami enganchó la espada con el pie, le dio una patada para levantarla, la cogió al vuelo y la lanzó con torpeza hacia Choki. El joven soltó un grito y se hizo a un lado, lo que permitió que Nao se alejara, sano y salvo.

Antes de que Choki pudiera recuperar el equilibrio, Shin se abalanzó sobre él. Cogió al joven por la muñeca y se la retorció, lo que lo obligó a dejar caer el cuchillo. Cuando Choki soltó un grito de dolor, Shin tiró de su brazo hacia atrás y lo forzó a ponerse de rodillas. Alzó la mirada cuando Kasami se acercó a él, con una mano en su espada.

—Bien hecho —lo felicitó ella.

—Nada de sangre —dijo Shin.

En los bancos, el público empezó a aplaudir. Poco después, les dedicaron una ovación de pie. Los músicos entonaron una canción y el telón empezó a cerrarse, pero los aplausos continuaron durante un buen rato.

CAPÍTULO 36
Se cierra el telón

—¿Y eso es todo? ¿Un error? —Yasamura bebió un sorbo de su té y meneó la cabeza—. Todo este lío por un simple descuido.

—No es así exactamente como lo describiría, pero sí —dijo Shin, antes de beber de su té. Estaba sentado en su palco, junto a Yasamura y a Konomi. El teatro ya estaba casi vacío, y estaban retirando el escenario. El público pareció complacido, al menos con el final, y todos habían charlado con cierto ánimo según se marchaban del edificio—. Y pensar que nada de esto habría pasado si no me hubieran engatusado para que trajera a Etsuko aquí...

—¿Insinúa algo? —preguntó Yasamura, mirándolo.

—Creo que hace algo más que insinuarlo, primo —interpuso Konomi—. Y tiene razón. Fuimos nosotros quienes pusimos todo en marcha, por buenas que fueran nuestras intenciones, y debemos cargar con algo de responsabilidad por ello.

Parecía que Yasamura iba a discutírselo, aunque acabó encogiéndose de hombros antes de dar otro sorbo más.

—Vale, acepto mi parte de responsabilidad. Pero no había podido predecir todo esto. De hecho, todavía no estoy seguro del todo de lo que ha ocurrido de verdad.

Konomi miró a Shin.

—Creo que le toca.

—¿Qué quiere decir? —preguntó Shin, con una expresión cargada de inocencia.

—Ah, déjese de tonterías. Se muere de ganas de alardear de lo listo que es desde que ha acabado la actuación. Así que cuéntenos: ¿cómo lo ha descubierto todo?

—Como lo hago siempre: preguntando y observando. —Shin se dio un golpecito en un lado de la nariz—. La clave han sido las cartas extraviadas, aunque debo admitir que no lo han sido tal y como creía. Sabía que Ashina era la única que había tenido la oportunidad de robarlas, además de la única que sabía cómo encontrarlas. —Shin hizo un ademán lánguido—. Me percaté de su interés por los trajes de Etsuko cuando la interrogué por segunda vez, y se me ocurrió que dichos trajes podrían ser un escondite excelente, con todos sus bolsillos ocultos.

—¿Bolsillos? —quiso saber Konomi.

—Para la sangre —respondió Shin, sacando un trozo de seda roja de su túnica, uno que había escondido antes con la esperanza de que alguien le diera una excusa para usarlo y así ilustrar lo que decía—. Por desgracia, Ashina confió en la persona equivocada. Dijo a Choki dónde las había escondido, sin duda por lo que le parecía una buena razón en aquel momento, y, bueno...

—Y él se las ha llevado —interpuso Yasamura, con el ceño fruncido—. ¿Por qué?

—Para tener algo de ventaja —explicó Shin mientras se ataba la seda alrededor de las manos—. Ashina esperaba usarlas para asegurarse un futuro una vez que Etsuko se hubiera marchado, pero Choki las quería por un motivo más urgente: para protegerse de los Escorpiones.

—¿Por qué? —preguntó Konomi.

—Porque había fallado en la tarea que le habían encomendado —repuso Shin, y se lo pensó antes de añadir—: La mayor parte de esto es una teoría, claro, porque Isamu nunca confirmará nada, ni espero que lo haga. El veneno que le dieron a Choki habría hecho que Nao pasara algo de vergüenza, pero nada más.

—Solo que Etsuko era alérgica al veneno —interpuso Yasamura, al darse cuenta de ello—. Y ¿cómo ha acabado ella con el maquillaje envenenado?

—Mal juicio —dijo Shin—. Etsuko ha robado el maquillaje de Nao para vengarse de él por una rencilla previa. Ya lo había hecho antes, por lo que sabía que su mezcla de maquillaje no le iba a dar alergia, solo que esta vez así ha sido. Cuando Choki se ha dado cuenta de lo que ha ocurrido, ha robado las cartas, probablemente con la esperanza de que lo sacaran del lío en el que se había metido con los Escorpiones, y las ha escondido en uno de los trajes de Nao hasta que pudiera sacarlas. Por desgracia para él, Nao ha escogido ese traje en concreto para el acto final.

Hizo una pausa y tensó la seda roja entre sus puños.

—Si no me equivoco, Isamu ha sabido al instante lo que había sucedido. Y seguro que también sabía que iba a convertirse en sospechoso en cuanto se descubriera la causa de la muerte de Etsuko.

—Los Escorpiones son conocidos por sus venenos —murmuró Yasamura.

—Exacto —asintió Shin—. Aunque en este caso haya sido un accidente. Isamu, práctico donde los haya, ha decidido sacar todo el provecho posible de la situación. Es casi seguro que Etsuko le dio algunos nombres de su lista, como la dama Yua, el mercader Odoma y la dama Minami, y se aseguró de que todos ellos asistieran a la actuación de hoy para demostrar el valor de su dote. Isamu se ha dirigido a todos ellos con la esperanza de encontrar algún anzuelo con el que pescarlos antes de que se enteraran de que Etsuko había muerto y que su tesoro de material de chantaje se había perdido.

—Ha sido una hormiguita de lo más ocupada —comentó Yasamura, impresionado a regañadientes.

—No tanto como usted —dijo Shin con intención.

Yasamura tuvo la buena educación de apartar la mirada, aunque Shin estaba seguro de que no se sentía nada culpable por sus maquinaciones, incluso si estas habían acabado con la muerte de Etsuko. El Daidoji lo entendía, pues los juegos que organizaban las personas de la corte no se podían ganar si uno tenía el corazón blando, pero no podía justificarlo. Yasamura e Isamu eran dos lados de la misma moneda deslustrada; hombres que jugaban con vidas como los apostadores lanzaban dados.

Shin respiró hondo y continuó:

—Por supuesto, una vez que me he involucrado, el asunto se ha vuelto insostenible desde el punto de vista de Isamu... y de Choki. Choki ha prendido fuego a la torre para distraer a todo el mundo, con la esperanza de recobrar las cartas y escapar durante la confusión. Por desgracia para él, como he dicho, Nao había decidido llevar el traje en que él había escondido las cartas, lo que lo ha obligado a tratar de conseguirlas en pleno escenario. Y Nao lo ha visto, por lo que la situación se ha vuelto más... peliaguda.

—Pero usted lo ha atrapado —dijo Konomi, con un tono teñido de cierta aprobación.

—Algo por lo que deberíamos dar las gracias —añadió Yasamura—. Si conozco bien a los Bayushi, habrían soltado a sus perros contra él en cuanto hubiera vuelto a salir, tuviera las cartas o no.

—¿Qué le sucederá? —preguntó Konomi—. A Choki.

—Eso debe decidirlo Azuma. Es un magistrado, o, al menos, lo más parecido que tenemos —respondió Shin. Se quedó callado unos segundos al recordar la expresión de desolación de Choki cuando los hombres de Azuma se lo llevaron arrestado. Meneó la cabeza—. He pedido cierto grado de clemencia, dado que Choki no ha pretendido matar a nadie.

—Excepto a usted —interpuso Konomi.

Shin le restó importancia con un gesto.

—Lo dudo. Solo ha sido una manera conveniente de abrirse camino, nada más. No es ningún asesino, solo estaba desesperado y ha cometido estupideces. Pero bueno, lo que tenga que ser será.

—¿Entonces pretende… perdonar y olvidar? —quiso saber Yasamura.

—Yo nunca olvido —dijo Shin—. Pero si guardara rencor a todas las personas que han intentado matarme, no tendría tiempo para nada más.

A pesar de que lo dijo con ligereza, no le cabía duda de que Choki iba a morir en menos de una semana. Azuma se tomaba su deber muy en serio y Choki había matado a una mujer con amigos de alta cuna, incluidos el señor Gota y los Bayushi.

Pese a que Gota había dejado bastante claro que pretendía que el joven sufriera por lo que había hecho, Shin pensaba que lo más probable era que los Bayushi fueran a envenenar el siguiente plato de Choki para ahorrarles a todos el problema de organizar un juicio. En especial a ellos.

Yasamura soltó un gruñido, aunque el Daidoji no tuvo cómo saber si era por diversión o por aprobación.

—¿Y qué será de la chica, Ashina? ¿Qué hará con ella?

—Eso depende de ella. —Shin se encogió de hombros—. Es una buena actriz, y al resto del elenco les resulta simpática. Aquí tendrá un puesto si lo quiere, aunque puede que no, dado todo lo que ha sucedido hoy.

—Pero es una chantajista —dijo Yasamura, incrédulo.

Shin levantó un dedo.

—Trabajaba para una chantajista. No es lo mismo.

—¿Seguro que no? —preguntó Konomi, claramente entretenida.

—Me gustaría pensar que no —repuso Shin—. Además, no me corresponde a mí juzgarla.

—¿Y las cartas? —quiso saber Yasamura.

Shin dejó su taza.

—Las destruiré en cuanto tenga la oportunidad. Creo que eso será lo mejor para todas las personas involucradas. —Shin dio un golpecito al borde de su taza—. Tienen mi palabra de honor de que nunca saldrán a la luz.

—Ojalá fuera tan sencillo —empezó a decir Yasamura.

—Es suficiente —lo interrumpió Konomi—. La palabra de Shin vale tanto como la suya, primo. —Yasamura frunció el ceño, pero meneó la cabeza y no se lo discutió. Konomi volvió a mirar a Shin—. Todo el mundo pasará meses hablando de esta actuación, querido Shin. Harán cola hasta la siguiente calle para la próxima. ¿Ha pensado cuál será?

Shin volvió a coger su taza y bebió un sorbo de té.

—Una farsa, tal vez. A poder ser, algo que no tenga nada de muerte. —Se quedó callado y miró a Yasamura.

Pese a que el noble le había causado un montón de problemas, era algo que se podía perdonar... en las circunstancias adecuadas.

Kitano apareció en la puerta y carraspeó.

—Está aquí, mi señor —indicó.

Shin soltó un suspiro, a medio camino entre el alivio y la decepción.

—Bien. Ya pensaba que iba a rechazar mi invitación.

Yasamura y Konomi lo miraron.

—¿Quién? —quiso saber Konomi.

—Bayushi Isamu —repuso Shin. Se puso de pie y los demás lo imitaron—. Me temo que debo pedirles que se marchen.

—¿Nos echa? —dijo Konomi mientras se ponía de pie—. Qué maleducado.

—Es solo algo temporal, se lo aseguro. —Miró a Yasamura—. Aunque supongo que usted se marchará pronto. Lástima. Tenía ganas de... compartir más conversaciones con usted.

—¿Ah, sí? —Yasamura alzó una ceja—. Bueno, imagino que podría retrasar mi marcha unos cuantos días, si así lo prefiere.

—No quisiera que se moleste —dijo Shin con una sonrisa.

—Lo primero que debe saber sobre mí es que nunca me molesto —respondió Yasamura, y le dio un golpecito en el pecho con los dedos.

—¿Y qué es lo segundo? —preguntó Shin mientras trataba de hacer todo lo posible por mantener una expresión de interés templado, lo que le era bastante complicado, dado lo rápido que le latía el corazón.

Yasamura se inclinó cerca de él y le besó en la mejilla.

—Eso tendrá que descubrirlo usted mismo. —Se volvió y miró a Konomi, que había puesto una expresión extraña—. ¿Viene, prima?

—Sí, supongo. —Konomi vaciló y se apresuró a darle un beso a Shin en la otra mejilla.

Shin parpadeó, perplejo. Ella siempre era afectuosa, pero había algo distinto en aquel beso, algo casi posesivo.

Muy para mérito suyo, Konomi también parecía algo sobresaltada.

—Oh —murmuró.

—Oh —repitió Shin, antes de llevarse una mano a la mejilla—. ¿Qué ha…?

Konomi se dio media vuelta.

—Yasamura me llama. ¡Ya voy, primo!

Con una última mirada de soslayo, se apresuró a seguir a su primo. Desconcertado, Shin cerró la puerta y retrocedió para esperar a su siguiente invitado.

Kitano hizo pasar al Escorpión unos instantes después. A juzgar por lo poco que veía de su rostro, no le parecía que Isamu estuviera demasiado contento.

—Gracias por venir —le dijo Shin.

—Creo que no he tenido la opción de hacer otra cosa —respondió Isamu, tenso, mientras miraba alrededor del palco—. Aunque los Grullas son conocidos por asumir la autoridad cuando no se les concede ninguna.

Shin dejó pasar el insulto. Isamu estaba nervioso.

—Ya sabe por qué le he pedido que venga.

No era una pregunta, e Isamu no se la tomó como tal.

—No tiene nada que ver conmigo.

—Usted y yo sabemos que eso es mentira, y una bastante obvia, además. Hágame el favor de decir la verdad, o al menos esfuércese un poco más cuando suelte alguna falsedad.

Isamu dio un respingo, como si Shin le hubiera dado una bofetada. Se dio media vuelta y dejó caer su peso contra el borde del palco. Todas sus ansias de pelea parecían haber desaparecido. Volvió a mirar al Daidoji.

—No le he dado al chico el medio con el que envenenarla.

—Las palabras de un miembro de la corte —dijo Shin—. Usted no le dio nada, pero uno de sus sirvientes sí. Arata, tal vez. Decía haberse estado reuniendo con Nao, cuando, en realidad, estaba pidiendo ayuda a Choki. Me pregunto cómo supieron que iba a estar abierto a la idea de traicionar a Nao. —Shin interrumpió la respuesta de Isamu con un ademán—. Cosa de Etsuko, supongo. Ashina podría haberle contado que Choki no estaba contento con él, y, a partir de ahí, solo habría tenido que sondearlo un poco y hacer la propuesta.

—Si ya sabe todo eso, ¿por qué me ha hecho venir? —preguntó Isamu.

—Porque lo que no sé es por qué —repuso Shin, frunciendo el ceño.

—¿Y espera que se lo diga?

—No, pero si me lo permite… Nao era un alumno de la Academia Butei. Era un miembro de su clan, de su familia. Y ambos se conocieron durante todo ese tiempo. Eran amigos, o tal vez algo más. ¿Voy por buen camino?

Isamu no contestó. Shin asintió y continuó:

—Nao nunca me ha hablado de cómo acabó incorporándose a la compañía de las Tres Flores. Y yo nunca se lo he preguntado.

—¿Por qué iba a preguntárselo? Solo es un actor.

La voz de Isamu estaba cargada de amargura. Shin se preguntó si era en nombre de Nao o por otro motivo.

—¿Ah, sí?

Isamu volvió a mirar hacia el escenario.

—Ahora sí. Se ha asegurado de ello.

—¿Por qué quería que Choki lo envenenara?

—Eso no lo habría envenenado —dijo Isamu en voz baja—. Solo le habría irritado la piel.

—A menos que alguien fuera alérgico al veneno —añadió Shin, en un tono duro.

Isamu dejó caer la cabeza.

—Sí, a menos que alguien fuera alérgico.

Había un arrepentimiento sincero en su voz, o eso le pareció a Shin. Podría no haber querido a Etsuko, pero tampoco se mostraba indiferente ante su muerte. Tal vez sí que le gustaba, a pesar de todo.

—Nao se habría percatado de lo que se había hecho al maquillaje. ¿Ha sido una advertencia? —No dio tiempo a Isamu para responder antes de añadir—: ¿O una invitación?

—Un juego —respondió Isamu, tras unos instantes.

Shin parpadeó, sorprendido.

—¿Un… juego?

Isamu soltó una carcajada llena de amargura.

—¿A qué otra cosa juega un Escorpión joven? —Se enderezó y dio un golpe con los nudillos en el borde del palco—. No vine a esta ciudad por él; no sabía que estaba aquí. Cuando Etsuko me lo contó, me llevé una sorpresa. Y cuando ella se enteró de que… nos conocíamos, se enfadó. Estaba segura de que planeábamos algo en su contra.

—¿Por qué?

Isamu se encogió de hombros sin mucho esfuerzo, como alguien que cargaba con un peso incómodo.

—No lo sé. Se lo intenté explicar, pero no me quería hacer caso. Me amenazó con poner fin a la boda y avergonzar al señor Sana o algo peor, con vender sus secretos al mejor postor.

Shin lo consideró. Una a una, las piezas empezaron a encajar.

—Por eso le ha enviado el mensaje a Nao. Esperaba presionarlo para que encontrara la dote de Etsuko para usted, ¿verdad? Tal vez incluso podría encontrar las cartas que el señor Sana le había escrito, por lo que también se libraría de casarse con ella. Al fin y al cabo, ella ya le había contado que Nao las había robado.

Aunque Isamu no contestó, otra persona sí lo hizo.

—Eso es lo que esperaba, está claro —dijo Nao, por detrás de ellos. Shin e Isamu se giraron. El actor estaba en la entrada del palco, con una túnica sencilla, el rostro desprovisto de maquillaje y el cabello sin recoger. Daba vueltas a un bote de maquillaje, el que había resultado mortal, mientras hablaba—. ¿Por qué iba a molestarse en contactar conmigo si no necesitaba nada, en especial algo que sería un inconveniente para mí?

Isamu miró a Nao. Por primera vez, el Escorpión parecía haberse quedado en blanco. El actor lanzó el bote a Isamu, que lo atrapó al vuelo sin mirarle.

—Casi ha conseguido que me maten, Isamu. Creo que como mínimo me debe una disculpa.

Isamu miró el bote antes de devolver la mirada a Nao.

—Esa no era mi intención.

Nao soltó una carcajada amarga.

—Ah, nunca pretende hacer daño a nadie, pero, por alguna razón, eso es lo que siempre acaba ocurriendo. Es un don. —Meneó la cabeza—. Me fui porque estaba harto de esas tonterías. Harto de ser un espía que hacía de actor, cuando lo único que yo quería era estar sobre el escenario.

Isamu se relajó.

—Sí que me lo pregunté —dijo en voz baja.

La sonrisa de Nao se volvió más amable.

—No se tenga en tan alta estima, Isamu. Usted no tuvo nada que ver con mi decisión.

—¿Nada?

Nao se encogió de hombros.

—Quizás un poco. —Miró a Shin—. Dado lo que ha ocurrido hoy, sugiero que nuestra próxima actuación sea una farsa, mi señor.

—Eso mismo pensaba yo. —El Daidoji miró a Isamu—. Tengo las cartas. Todas ellas, incluidas las que escribió el señor Sana. Mi intención es destruirlas.

Isamu entornó los ojos.

—La intención no es lo mismo que el resultado.

—Para mí sí —repuso Shin con firmeza—. Entiendo por qué ha hecho lo que ha hecho, Isamu, pero no puedo justificarlo. Una mujer ha muerto porque a usted se le ocurrió ponerse a jugar a algo absurdo. Que haya sido un accidente no limpia la mancha que eso arroja sobre su persona. He dicho que voy a destruir las cartas. Si mi palabra de honor es suficiente para los Unicornios, también debería serlo para los Escorpiones. Confío en que eso ponga fin al problema y que todas las personas involucradas queden satisfechas.

Isamu asintió, si bien un poco a regañadientes.

—Supongo que sí. —Tenía la mirada clavada en el rostro de Nao conforme asentía poco a poco, ya fuera por reconocer lo dicho o tal vez por agradecimiento. Fue a hablar, pero se quedó en silencio y volvió a mirar al actor—. Nao, no…

—Creo que no hay nada más que hablar —dijo Nao. Isamu se puso tenso y asintió. Se marchó sin decir nada más, lo que dejó a Shin y a Nao a solas en el palco. Se quedaron en silencio durante unos momentos, y Nao suspiró y añadió—: Gracias, mi señor.

—No ha sido nada —contestó Shin—. ¿Alguna vez me contarás de qué iba todo esto? —Hizo una pausa—. De verdad, digo.

Nao esbozó una sonrisa.

—Lo más seguro es que no, mi señor. Es una historia triste y sórdida, nada apropiada para los oídos de una persona como usted. —Se irguió un poco—. Dejémoslo en que estoy mejor porque haya acabado como ha acabado. —Se deshinchó ligeramente y su sonrisa se tornó más triste—. Isamu también, aunque dudo que vaya a admitirlo. Siempre ha sido demasiado testarudo para darme la razón.

Shin asintió al entender lo que el actor le estaba diciendo y suspiró. El amor era de lo más curioso. Hacía poetas a los guerreros y guerreros a los poetas, y, por si eso fuera poco, los convertía a todos en idiotas.

—Ahora que sabe que estás aquí, es posible que vuelva a intentarlo.

Nao se encogió de hombros con un gesto elegante.

—Que haga lo que quiera. Me vendría bien algo de entretenimiento. Ser yo es agotador.

Shin se echó a reír.

—¿Eso significa que te vas a quedar aquí?

Nao apartó la mirada, como si estuviera avergonzado.

—De momento, mi señor. Alguien tiene que enseñar a Ashina cómo funciona todo, al fin y al cabo. —Miró a Shin de reojo—. Aunque me guardo el derecho a salir con una prisa nada educada si vuelve a sospechar que he matado a alguien.

—Por supuesto —respondió Shin, complacido. Llevó las manos detrás de la espalda y se volvió para mirar el escenario—. Creo que, a fin de cuentas, nuestro debut podría haber ido mucho peor.

—Mucho, mucho peor —añadió Nao—. La próxima irá mejor.

—Sí —dijo Shin, con una sonrisa—. Seguro que sí.

ELENCO

CLAN DE LA GRULLA

Daidoji Shin	*Noble y detective aficionado.*
Hiramori Kasami	*Yojimbo al servicio de Shin.*
Kitano Daichi	*Apostador y sirviente de Shin.*
Nagata Sanki	*Médico personal de Shin.*
Junichi Kenzō	*Noble y auditor del Concilio Comercial Daidoji.*

COMPAÑÍA DE TEATRO DE LAS TRES FLORES

Wada Sanemon	*Director de la compañía.*
Nao	*Actor principal.*
Choki	*Actor y sustituto de Nao.*
Noma Etsuko	*Actriz principal.*
Ashina	*Actriz y sustituta de Etsuko.*

Actores, tramoyistas y trabajadores varios.

OTROS

Odoma	*Mercader de soja y expropietario del Teatro del Fuego Fatuo.*
Iuchi Konomi	*Noble del Clan del Unicornio y seguidora de las artes escénicas.*
Shinjo Yasamura	*Noble del Clan del Unicornio y primo de Konomi.*
Ichiro Gota	*Noble del Clan del Tejón y seguidor de las artes escénicas.*
Arban-ujik	*Nómada y guardaespaldas al servicio de Gota.*
Bayushi Isamu	*Noble del Clan del Escorpión y representante comercial.*
Akodo Minami	*Noble del Clan del León y comandante de la guarnición.*
Kaeru Azuma	*Ronin y consejero del gobernador*